깊은 뿌리는 땅을 끌어안고

굴센 가지는 하늘을 품으니...

김영현 2012. 4

박상열 ...!

뿌리깊은나무

1

작가판 대본집

뿌리 깊은 나무 1

초판 1쇄 발행 2012년 4월 30일
초판 2쇄 발행 2017년 12월 22일

지은이 | 김영현 · 박상연
펴낸이 | 金眞眠
펴낸곳 | 북로그컴퍼니
편집부 | 김옥자 · 서진영
디자인 | 김승은 · 송지애
마케팅 | 이예지
경영기획 | 김형곤
주소 | 서울시 마포구 월드컵북로1길 60(서교동), 5층
전화 | 02-738-0214
팩스 | 02-738-1030
등록 | 제2010-000174호

이 책에 도움을 주신 분들
드라마 연출 | 장태유, 신경수
드라마 제작 | IHQ
IHQ | 장진욱, 황기용, 김지운, 김진희, 박은미
SBS콘텐츠허브 | 김휘진, 김경수, 노정현, 이정하, 최승화

ISBN 978-89-94197-34-0 04810
        978-89-94197-37-1(세트)

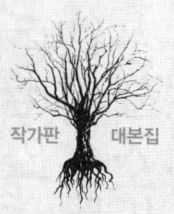

작가판 대본집

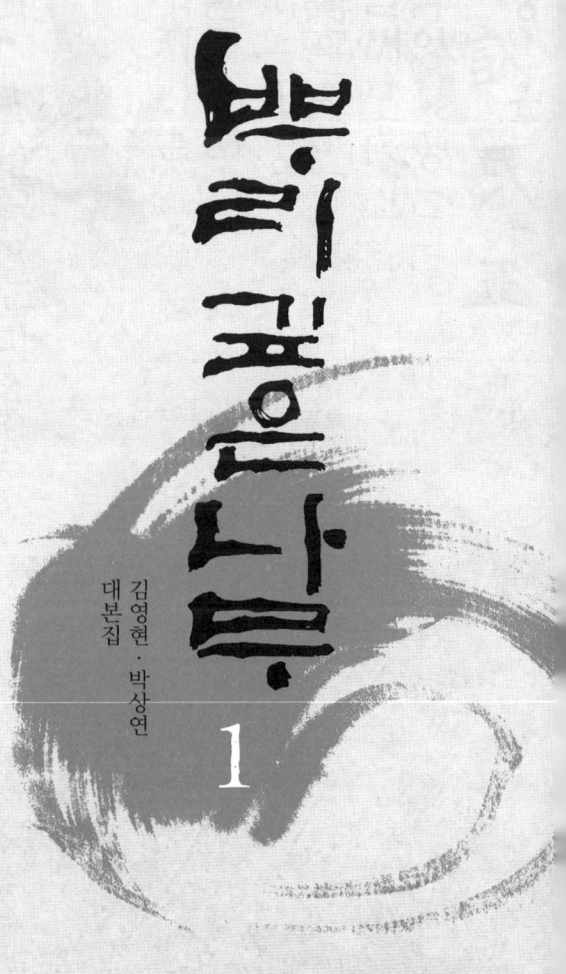

뿌리 깊은 나무

김영현 · 박상연
대본집

1

북로그컴퍼니

나의 호기심은 아직 살아 있다

작가로서 나의 힘은 호기심이다. 기계에 대한 호기심은 제외한다. 난 기계에는 호기심이 없다. 그래서 늘 포기하고, 늘 패배한다. 따라서 아무런 도전의식도 없다. 그러나 호기심의 대상이 사람, 사회, 사건이라면 달라진다. 역사 속 인물이든 현실의 사건이든, 한번 호기심이 발동하면 남들 모르게 혼자 좋아한다. 혼자 탐사하고, 홀로 도전한다. 그 호기심의 대상이 이번엔 세종 이도였다.

"3, 4시간만 잤다." "책벌레여서 통달하지 않은 분야가 없었다." "하루도 백성을 생각하지 않은 적이 없었다."

세종 이도에 관한 책들에 공통적으로 나오는 내용이다. 심지어 집현전 학사들을 모아놓고 같이 일하다 죽자고 한 적도 있었다고 한다. 나는 생각했다.

'왜?' '도대체 왜 이렇게 성실한 건데?' '왕이 무엇 때문에 이렇게 목숨 걸고 일을 하는데?'

이 질문에 대한 작가로서의 나의 답이 드라마 〈뿌리 깊은 나무〉다.

왕의 의무여서도 아니었고, 천재여서도 아니었으며, 원래 위대해서도 아니었다고 나는 생각했다. 위대해지지 않으면 자신은 아무것도 아님을 일깨워준 아버지, 천재가 되지 않으면 일을 하지 못하게 할 정도로 강력한 사대부, 그리고 왕의 의무를 이행하는 정도로는 절대 해결되지 않을 욕망을 품은 백성. 목숨을 걸고 일하는 이도는 이들이 만들었을 것이라고 생각했다. 그들이 바로 이방원, 정기준, 강채윤과 소이다.

대본집으로 나오는 〈뿌리 깊은 나무〉의 독자들께서 나의 질문과 나의 답에 대해 잠시나마 생각해주시기를 간절히 바란다. 나의 답이 그럴싸해서라기보다는, 세종이 아직도 더 탐구하고 싶은 인물이기 때문이다. 다음에 기회가 있다면, 다른 시각으로 세종과 세종의 시대를 탐구해보고 싶다. 왜 그렇게까지 성실하고, 왜 그렇게까지 위대해져야 했는지 더 알고 싶다.

영상으로 소비되는 드라마의 내용이 잊히는 것은 당연하다. 드라마 작가로서 그에 대한 서운함도 이제는 거의 없다. 배우분들의 혼이 담긴 연기와 두 분 감독의 빼어난 영상이 시청자들의 뇌리 깊은 곳에 들어앉은 것이 작가들에게는 더 영광이다. 그럼에도 대본집의 형태로 세상에 남아 있도록 해주신 분들께 감사의 말을 전하고 싶다.

김영현

세상을 느끼는 방식에 대한 이야기

당연한 일이지만 나는 내 인생에서 6, 7년의 세월 이상을 문맹인 채로 보냈다. 다른 사람도 비슷하겠지만, 난 내가 문맹이었던 시절에 대한 기억이 명료하지 않다. 기억해보자. 우리는 문맹일 때, 어떻게 사고했을까? 지금과 다름이 없었을까? 문맹인 우리 눈에 비친 이 세상은 어떤 모습이었을까? 지금 당장 주위를 살짝 둘러보아도 우리 시야에 들어오는 시각 정보의 상당 부분이 문자인 것을 알 수 있다. 그 문자들이 단지 기하학적인 도형이던 시절, 우리는 어떻게 세상을 느끼고, 어떤 방식으로 사고하며 삶을 살았을까?

드라마 〈뿌리 깊은 나무〉의 기획은 내가 문맹이던 그 시절을 상상하는 것으로 시작되었다. 우리가 내뱉는 말들이, 입 밖으로 나가면 그저 속절없이 허공으로 흩어져야 했던 시절의 이야기. 어떤 좋은 생각을 하든, 어떤 예쁜 이름을 갖든, 그것을 세상에 남길 방법이 없었던, 600년 전 이 땅에 살던 사람들의 이야기……

그 세상을 TV 드라마 안에 그려야 하는 나는, 대부분이 문맹이었던 그때의 백성들을 상상했고, 그 시절을 살았다면 필시 그저 백성이었을 내가, 평생을 문맹으로 살아가는 것을 상상했다. 그런 나에게 갑자기 내 혀를 닮고 내 입을 닮은 글자가 던져졌다면 그 충격은 얼마나 황홀했을까? 아니, 아닐 수도 있지. 과연 신나고 좋기만 했을까? 고단하기 그지없는, 단지 오늘만 살기에 급급했던 백성의 삶에 그것이 대체 무슨 의미란 말인가? 상상은 꼬리에 꼬리를 물고 뻗어 나가는데, 생각이 깊어질수록 기분은 이상해졌다. 그러자 원작소설 〈뿌리 깊은 나무〉로부터 내가 어떤 이야기를 해야 하는지 알게 되었다.

어둠 속에 살면서도, 자기가 사는 곳이 어둠 속인지도 모르는 사람들에게 빛을 준 누군가의 이야기. 또 난생처음 빛을 본 세상의 혼란과, 그 혼란을 딛고 자신이 믿는 대로 앞으로 나아가려는 사람들의 이야기. 그래, 내가 하려는 이야기는 이것이었다.

작가는 자신 안에 수많은 사람들을 품고 있다고 늘 생각해왔다. 이제 내 안에 있던 이도, 채윤, 소이, 정기준 등의 인물들은 내 안에서 해방되어 훌륭한 배우들의 현신으로 세상의 것이 되었고, 내가 하려는 이야기는 작은 컴퓨터 모니터를 넘어 영상이 되어 세상으로 멀리멀리 흘러 나갔다. 누군가에겐 기억되고 누군가에겐 벌써 잊혀졌을 것이다. 그리고 우리는 이제 우리 것이 아닌 이야기와 우리 안에 있지 않은 인물들을 이렇게 대본집이라는 기록으로 남긴다. 작품을 끝낸 직후의 허탈한 작가로서보다는 드라마 〈뿌리 깊은 나무〉의 이야기를 좋아했던 한 사람의 독자로서 이 책을 간직하게 되어 기쁘다. 이 대본집을 읽는 다른 누군가에게도 기쁜 일이길 바란다.

박상연

주연들

이도(송중기 · 한석규)

조선 4대 임금이자 훗날의 세종대왕. 어린 시절부터 아버지 이방원이 측근을 학살하고 숙청하는 모습을 보고 자라나, 치명적인 콤플렉스와 트라우마를 가지고 있다. 희대의 천재임에도, 가장 지위 낮은 백성과 수많은 보통 사람을 이해해야만 하는 아이러니를 안간힘을 쓰며 견디는 의로운 군주다. 지독한 일중독에 불면증을 앓았으며, 성질이 급하고 다혈질적인 면을 갖고 있다. 형식적인 것을 싫어하는 실리주의자이나, 성리학 국가인 조선의 군주로서 많은 것을 참고 감내한다.

강채윤 = 똘복(장혁)

이도의 장인인 심온 대감의 노비였으나, 심온 대감이 이방원에게 숙청당하면서 아버지 석삼과 오누이처럼 지내던 담이, 이웃들을 모두 잃고 만다. 아버지와 담이의 죽음이 이도 때문이라 생각한 똘복은 일생을 걸고 복수의 칼날을 갈다가, 신분을 세탁해 강채윤이라는 새로운 이름을 만들고 겸사복 직책을 얻어 이도가 살고 있는 한양 궁내로 들어오게 된다.

소이 = 담이(신세경)

똘복의 소꿉친구로 심씨 집안의 노비였다. 비운의 그날 아버지를 잃었으며 똘복도 죽었다고 생각하고 있다. 자기 때문에 아버지와 이웃들이 죽었다는 죄책감에 시달리며, 그 충격으로 실어증에 걸려 말을 하지 못한다. 이도의 중전인 소헌왕후의 도움으로 가까스로 목숨을 건진 담이는 소이라는 새 이름을 얻고 궁녀로 살아가게 되며, 이도를 도와 한글을 창제하기 위한 비밀 임무를 수행한다.

정기준 = 가리온(윤제문)

성균관 유생들과 이도에게 고기를 공급하는 반촌의 백정 가리온. 애교스럽고 사람 좋은 아저씨처

럼 보이지만 그 정체는 정도전의 동생인 정도광의 외아들이자 비밀 결사 밀본의 3대 본원인 정기
준이다. 어린 시절 자신의 경솔한 행동으로 밀본의 2대 본원이었던 아버지를 잃고, 아버지의 뒤를
이어 밀본을 재건하기 위해 백성 속에 숨어든다.

이도 측 사람들

무휼(조진웅)

이도의 호위 무사이자 내금위장. 조선 제일검으로 불린다. 출중한 무예 실력으로 이방원의 눈에
띄어 처음에는 이방원 아래에 있었지만, 이방원의 명을 받고 이도를 섬기게 된다. 이도와 가장 가
까이 있는 사람이며, 호위무사 이상으로 이도를 가장 깊이 이해하는 사람이다.

정인지(혁권)

집현전 대제학으로 이도와 함께 훈민정음을 만들고 있다. 침착하고 진중한 성격. 다혈질에 성질이
급한 이도를 억눌러주고, 집현전 신진 학사들의 충동과 분노를 통제한다.

성삼문(현우)

집현전의 젊은 학사 4인방 가운데 하나. 집현전 학사 중 가장 어려서인지 산만하고 장난도 심하지
만 비상한 머리로 답을 척척 내놓는 천재 캐릭터다. 제일 먼저 한글의 정체를 알게 되는 인물이
며, 한글 창제에 깊숙이 관여하고 있다.

박팽년(김기범)

성삼문과 단짝으로 다니는 젊은 집현전 학사. 가볍고 유쾌한 성삼문과는 달리 과묵한 원칙주의자
이다. 역시 한글 창제와 관련된 일을 하고 있다.

광평대군(서준영)
이도의 다섯째 아들로 한글 창제 조직의 핵심 일원이다. 이도의 자식들 중 유일하게 한글 창제에 깊숙이 관련하고 있는 인물이다.

조말생(이재용)
태종을 측근에서 모시는 지신사 벼슬을 지냈으며, 세종 시기에는 숭록대부(종1품 문관의 관등)를 역임했다. 태종 때부터 치밀하게 밀본을 수사해왔으며, 밀본에 대해 누구보다 방대한 정보를 가지고 있다.

밀본의 핵심원들

심종수(한상진)
집현전 직제학으로 밀본의 핵심원이다. 학문은 물론 서예, 무예에도 뛰어나다. 무예로는 무휼 다음이라는 말이 있을 정도로 문무를 겸비한 야심가다. 사람을 다루는 기술이 뛰어나고 행동력과 자신감이 있지만 잔혹한 면도 있다. 밀본에 대한 충성심이 깊은 인물.

도담댁(송옥숙)
반촌의 수장으로 반촌 노비들에게는 어머니 같은 존재다. 하지만 그녀의 정체는 비밀 결사 밀본의 핵심원으로 오래전부터 밀본의 일원이었다. 반촌이 관군도 함부로 드나들 수 없는 장소라는 점을 이용해 밀본의 여러 은밀한 일을 수행한다.

한가놈(조희봉)
번번이 과거에 낙방해 고향에 돌아가지 못하고 반촌에 눌러앉아 살고 있는 퇴물 양반. 양반이라는 허영심과 입담만 살아 있어 많은 사람들이 비웃지만, 사실은 정기준의 측근에서 밀본의 지략가 역할을 맡고 있다.

윤평(이수혁)

정도광의 호위무사였던 윤서진의 아들로, 정기준의 호위무사다. 정기준의 명이라면 무엇이든 수행한다. 말이 없고 차가운 인상에 실제 성격도 잔인하다. 이방지에게 무술을 사사받아 무공이 뛰어나며, 채윤과 마찬가지로 출상술에 뛰어나다.

이신적(안석환)

우의정이며 의금부 도제조. 젊은 시절 밀본에 들어갔으나, 정도광이 죽으면서 밀본이 와해되었다 생각해 자신의 입신양명에 충실한 인생을 살아왔다. 뒤늦게 3대 본원인 정기준이 등장하자, 세종과 밀본 사이에서 자신의 이익을 놓고 고민하게 된다.

개파이(김성현)

가리온의 조수로 일하는 연령 미상의 인물. 소문은 무성하지만 그의 정체를 제대로 아는 사람은 없다. 그의 진짜 정체는 옛 원나라 정예 무사로, 정기준의 옆을 지키며 윤평과 함께 밀본의 암살자 역을 맡고 있다.

| 용어 정리 |

cut	장면을 중지한다는 의미. '한 장면'을 뜻하기도 한다.
cut. to	한 장면에서 다른 장면으로 특별한 효과 없이 넘어가는 것을 의미한다.
dis	디졸브(dissolve)를 의미하며, 하나의 화면이 사라짐과 동시에 다른 화면이 점차로 나타나거나, 블랙이나 화이트 화면과 기존 화면이 겹칠 때 사용된다. 시간 경과를 나타내거나 씬을 마무리할 때도 자주 쓰인다.
E	효과음(effect)의 줄임말로, 등장인물은 보이지 않고 소리만 나는 경우에 쓰인다.
F. B	플래시백(flash back)의 줄임말로 과거 회상을 나타내는 장면이나 기법을 말한다.
ins	인서트(insert)의 줄임말로, 연결되는 한 장면에 다른 장면이 삽입되는 것을 말한다.
ins. cut	인서트 컷(insert cut)의 줄임말로, 삽입 장면을 의미한다. 주로 한 장면이 짧게 삽입되는 경우를 가리킨다.
N	내레이션(narration)의 줄임말로, 장면을 해설하는 목소리나 등장인물이 말로 하지 않는 목소리를 말한다. 등장인물의 생각을 표현할 때 자주 쓰인다.
O. L	오버랩(over lap)의 줄임말로, 앞 장면에 겹쳐서 다음 장면이 나오는 기법. 대사에서 O.L은 호흡을 주지 않고 앞사람의 말을 끊고 말을 할 때 쓰인다.
몽타주	따로따로 촬영한 화면을 적절하게 떼어 붙여서 하나의 긴밀하고도 새로운 장면이나 내용으로 만드는 일, 또는 그렇게 만든 화면을 의미한다.
틸다운	카메라를 위에서 시작해 밑으로 움직여 나가는 기법.
틸업	카메라를 밑에서 시작해 위로 움직여 나가는 기법.
팬	카메라 높이는 고정시킨 채 좌우로 움직여 촬영하는 행위. 광장 등 넓은 광경을 포착하거나 움직이는 피사체를 포착할 때 자주 쓰인다.
페이드아웃	화면이 처음에는 밝았다가 점점 어두워지는 상태를 말한다.
프레임인	촬영 대상이 화면 바깥에서 안으로 들어오는 것을 말한다. 화면을 부드럽게 연결시킬 수 있고 시간과 장소를 생략하거나 비약할 수 있다.
플래시컷	화면과 화면 사이에 삽입하는 빠르게 움직이는 화면. 화면의 속도를 높이거나 시각적인 충격 효과를 만들려 할 때 사용된다.
클로즈업	피사체를 크게 찍는 근접촬영을 의미한다.

| 차례 |

대본집을 펴내며_ 4

등장인물_ 8

용어 정리_ 12

제1부_15

제2부_67

제3부_117

제4부_163

제5부_209

제6부_259

제7부_305

제8부_349

스페셜 페이지 작가판 시놉시스 I _ 395
기획 의도/제작 방향/배경노트 1—반촌/배경노트 2—글자방

화보 〈뿌리 깊은 나무〉와 함께한 배우들 I _ 409

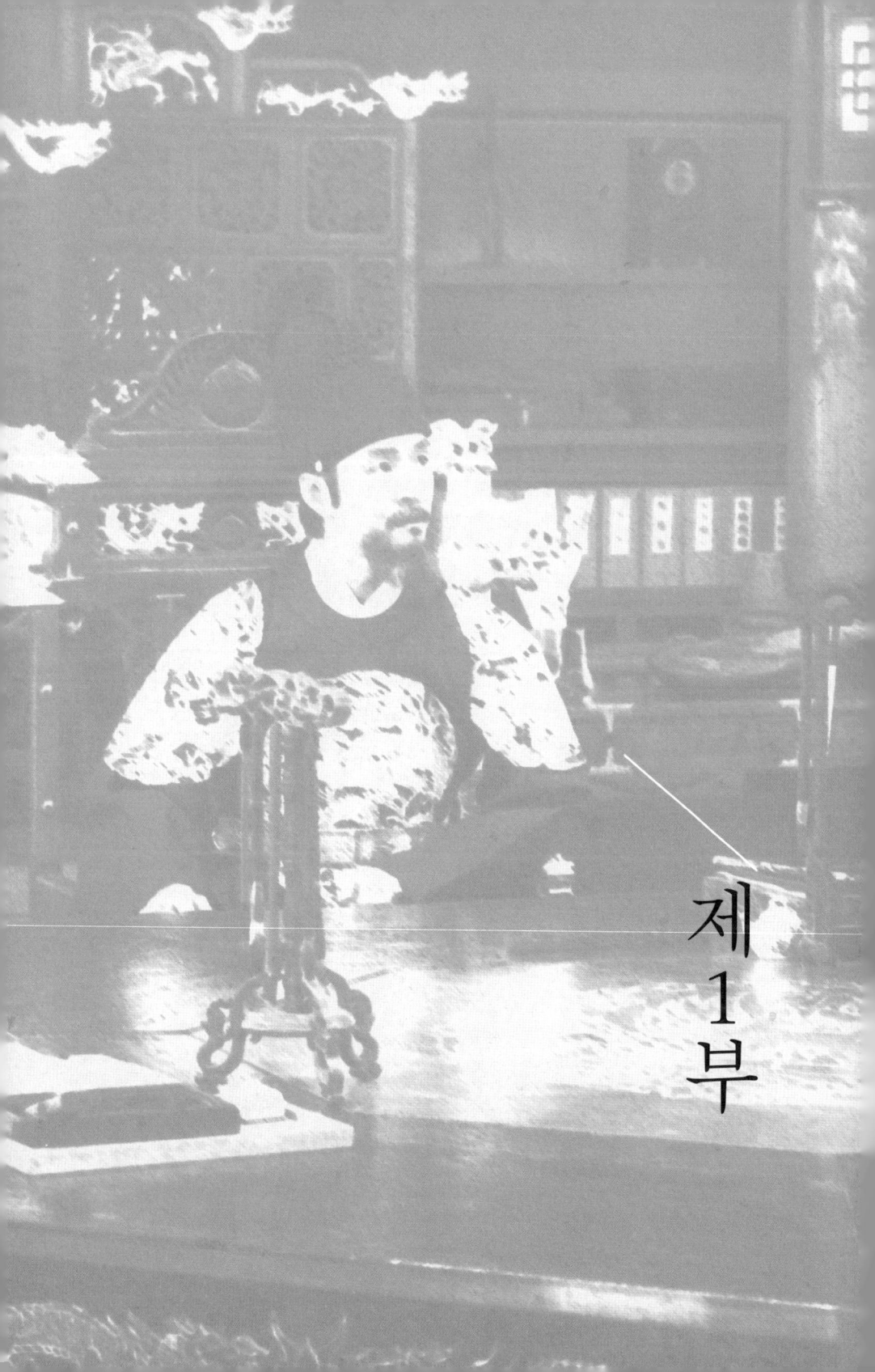

제
1
부

世宗御製訓民正音

國之語音이

異乎中國ᄒᆞ야

中國에달아

與文字로 不相流通ᄒᆞᆯᄊᆡ

文字와로 서르 ᄉᆞᄆᆞᆺ디 아니ᄒᆞᆯᄊᆡ

故로 愚民이 有所欲

나랏말ᄊᆞ미

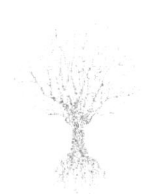

#1. 경복궁 전경(밤)
보름달이 휘영청 밝은 밤하늘.
한줄기 짙은 구름이 달을 지나가고 있다.
카메라 부감으로 땅을 비추면 어둠에 싸인 경복궁의 전경이다.

#2. 궁 일각(밤)
검사복 복장을 한 한 사내의 뒷모습.
빠르게 걷고 있다. 비장하고 긴박한 느낌.

#3. 경복궁 전경(밤)
밤하늘. 구름이 달을 지나가자,
달그림자가 걷히면서, 경복궁 전체가 달빛에 모습을 드러낸다.
그러다 근정전과 조정으로 축소되는 카메라.
부감으로, 근정문이 살그머니 빼꼼 열리더니,
살피는 누군가의 시선. 아무도 없는 것을 확인한다.
이내 성큼성큼 근정전을 향해 걸어가는 검사복 사내.

#4. 근정전 조정(밤)
앞 씬의 검사복 사내가 근정전 중앙으로 걸어간다.
근정전 중앙 바로 앞,

답도(踏道 : 임금 가마가 오르던 계단) 앞에 이르는 겸사복 사내.
강채윤이다. 비장하고 심각한 표정.

채윤　　(E) 백일곱 보…….

하고는, 근정전 중앙에서 보기에 오른쪽 끝 모퉁이를 본다.

채윤　　(E) 조하(朝賀 : 대신들의 조회와 하례)를 할 때…
　　　　내 자리는 저기다. 저기서부터 백일곱 보…….

하니, 강채윤의 시선이 머물고 있는 오른쪽 끝 모퉁이에
새로 생겨나는 CG 강채윤.

채윤　　(자기 앞으로 펼쳐진 삼도를 보며 E) 조선에서 오직, 임금만이 걸을 수 있는
　　　　길… 삼도(三道 : 오직 임금만 다닐 수 있는 근정전의 길)…….

근정문에서 왕의 옥좌까지 길게 뻗은 삼도가 보인다.

채윤　　(E) 내 자리에서 임금까지… 최단거리는 역시… 이 삼도뿐.

카메라는 조정 오른쪽 끝 모퉁이의 CG 강채윤에게로 간다.
ins. cut - (이하 장면 CG)
CG 강채윤을 중심으로 갑자기 주변이 낮이 되고,
CG 강채윤 주위로 도열한 다른 겸사복들이 나타나고,
삼도를 건너 CG 채윤의 맞은편엔 우림위 병사들이 나타난다.
다음으론 품계석을 따라 대례복을 입은 대소 신료들이 나타나고,
근정전 중앙엔 상궁과 궁녀들이 생겨나고,
좌운검, 우운검, 내금위 등이 나타난다.
그리고 왕의 자리에 이도(세종)가 앉아 있고 그 뒤에 무휼이 있다.
조정의 대소 신료와 임금이 신년 하례식을 하고 있다.
왕으로부터 107보 정도 떨어진 오른쪽 구석의 채윤,

다른 검사복들과 함께 고개를 숙이고 있으나 눈빛을 빛낸다.
이때 단상에 있던 도승지가 앞의 신하들을 향해,
'하. 례.' 하고 크게 외치는 순간!
비명 소리! 하례를 올리려던 신하들 모두가 뒤쪽을 보면
채윤이 발검을 하고는 기합을 지르며 뛰어나오고 있다.
건너편 우림위 병사들 경악하여, 강채윤을 막기 위해 뛰어온다.
재빠른 병사 몇몇이 강채윤을 막자,
강채윤, 현란한 칼 솜씨로 단 1합에 그들의 목을 베고,
뛰어올라, 삼도 위를 전력으로 뛰기 시작한다.
경악하는 대소 신료들! 궁녀와 상궁들의 터지는 비명!
삼도를 뛰는 강채윤과
감히 삼도로는 뛰지 못하고 그 옆길로 따라 뛰는 검사복과 우림위!
근정전 중앙의 이도 주변을 둘러싸는 운검들!
채윤을 막기 위해 앞으로 뛰어나오는 내금위 병사들!
이 와중에 차가운 눈빛을 빛내며 근엄하게 칼을 뽑고 임금 앞을 막아서는 무휼!

채윤   (전력으로 달리면서 E) 저자가… 조선 제일검… 무휼…….

앞에서 달려오며 막아서는 내금위 병사를 놀라운 도약력으로
점프해서 넘어가는 강채윤.

채윤   (E) 허나… 목표는 오직 이도!!!

긴장한 표정으로 자신에게 달려오는 강채윤을 보는 이도.
막아서는 운검 둘의 목만을 깔끔하게 베어버린다.
카메라에 뿌려지는 피. 그러고는 답도를 뛰어오르는 강채윤!
앞으로 뛰어나오는 무휼.
강채윤, 갑자기 품에 손을 집어넣어 무휼을 향해 뭔가를 던진다.
가볍게 칼로 쳐내는 무휼. 허나 무휼이 칼로 쳐내자,
밀가루 같은 것이 연막탄처럼 확 퍼진다.
경악하는 무휼! 그사이, 이미 놀라운 도약력으로 공중에 뜨는 강채윤,

이를 악무는 결연한 표정으로 칼을 곧추세운다.
똑바로 보는 이도! 이도, 절체절명의 위기!
이때, 강채윤의 몸에 꽂히는 화살.
강채윤, 놀라지만 이도를 베려고 안간힘을 쓰는 표정.
연이어 박히는 화살. 결국 이도 앞에 쓰러지는 강채윤.
무휼, 재빠르게 쓰러진 강채윤을 제압한다.
쓰러진 강채윤, 이를 악물며 화살이 날아온 쪽을 본다.
별시위(別侍衛 : 조선시대 용양위의 예하부대)의 무장들이
일제히 화살을 날린 것.

채윤   (죽어가면서 E) 실패… 실패인가…….

cut. to - 다시 현실의 밤의 강채윤.

채윤   (E) 실패. 역시 무리다….
          별시위와 무휼의 시선을 동시에 돌릴 수 있어야,
          성공률이 7할을 넘는다…….

다시 한 번 근정전 주변이 강채윤의 시선으로 훑어진다.

채윤   (E) 거리를 더 줄이거나, 더 빨라져야 한다.
          기다려야 한다… 7할 이하의 성공률엔 움직이지 않는다.

하고는 홱! 돌아서서 걸어 나가는 채윤.
근정문에 이르러, 나가려다 다시 한 번 어둠 속의 옥좌를 본다.
비장한 표정이다.

채윤   (차갑고 무표정한 얼굴로) 이도…….

#5. 궁 일각(밤)
채윤이 심각한 얼굴로 걷고 있다.

가다보니 검사복 경비 1조 여섯 명이 경비 2조 여섯 명과
교대식을 하고 있는 것이 보인다.
채윤의 머릿속으로 궁 지도가 붓으로 그려지며 CG로 펼쳐진다.
광화문… 영춘문… 영추문… 신무문… 사정전… 강녕전… 연생전 등등.
다시 심각한 얼굴로 어딘가로 가는 채윤.

#6. 궁 일각 2(밤)
채윤, 심각한 얼굴로 걷는다. 궁간문(집현전과 강녕전 사이)을 지나,
골목의 모퉁이를 도는데, 약 50미터 앞에서 이도와 호위무관 여섯 명이
앞에서 오는 것이 보인다. 조금 가까워지자 단번에 누군지 알아보는 채윤.

채윤   (E) 이… 도???

쿵쾅거리는 강채윤의 심장 소리. (E)
점점 가까워오는 이도와 호위무관들.
놀라서 멍하니 서 있는 채윤. 심장 소리. (E)
앞서 오던 무관이 뻣뻣이 서 있는 채윤을 보고 다가온다.

호위무관   (채윤을 보고 확 다가오며) 네 이놈! 예를 취하지 않느냐!!
채윤   (그제야 놀라 바로 엎드리며) 저… 전하! 황… 황공하옵니다.
이도   (무표정하게 보며 무심하게) … 괜찮다.
채윤   (E) 불과 열 보의 거리! 더구나 호위무관은 고작 여섯 명! 무휼도 없다!
이도   이 늦은 시간까지 수고가 많구나. 겸사복인가…?
채윤   (E) 지금이라면 8할 이상!!
         (손을 허리춤으로 조심스럽게 옮기다가 당황하며 E) 칼이 없다….
         (호위무관 허리춤의 칼을 보며 E) 저 칼을 뺏을 수 있다면, 7할!!
호위무관   이런 무례한 놈을 보았나… 전하께서 하문하시질 않느냐!!
채윤   예! 전하… 이 무지한 놈이 전하의 용안을 뵙고 당황을 하여….
이도   (그런 채윤 보며) …….
채윤   (E) 7할!!

하는데, 멀리서 누군가 뛰어온다. 무휼이다.

무휼   (예를 취하며) 전하, 여기 계셨사옵니까….
채윤   (무휼을 보며 E) 무휼이 왔다… 6할… 6할….
         (쿵쾅거리는 심장 소리와 함께) 어쩔 것이냐, 강채윤!
무휼   (채윤을 보며, 아까 그놈이군) 여긴 웬일이냐?
         (하고 이도에게) 김종서 장군이 보낸 그자이옵니다.
이도   (채윤 바라보며) …….
채윤   겸사복 근무를 서고 돌아가던 길입니다. 헌데 길을 잃어….
이도   집현전으로 가자.

         하니, 호위무관과 무휼이 길을 잡는다.
         계속 부복하여, 고개를 숙인 채, 이도가 가는 것을 보며,
         어찌할 바를 몰라 고민하는 강채윤. 쿵쾅거리는 심장.

채윤   (E) 어쩌지, 어쩌지…?

         하는데, 지나쳐 가던 이도가 돌아서 강채윤에게,

이도   겸사복… 누구인가…? 이름이 무엇이냐…?
채윤   (그대로 부복한 채로 미동도 않고) …….

         대답이 없자, 호위무관이 나선다.

호위무관   어허! 이놈이!!! (하며 강채윤 앞으로 나서는데)

         강채윤의 시선으로 다가오는 호위무관.
         호위무관 허리춤에 찬 장검이 보이고, 쿵쾅거리는 심장.

호위무관   전하께서 네놈의 이름을 하문하시질 않느냐!
채윤   (그대로 부복한 채로 미동도 않고 보면서 마음의 소리 E) 내 이름……?

내 이름은…
(갑자기 눈을 희번덕거리며 이를 악문 듯한 어조로 E)
한짓골 똘복이다!!

살짝 고개를 든 채윤의 희번덕거리는 형형한 눈빛과,
그를 바라보는 이도의 무심한 시선에서 dis.

어린 똘복   (E) 나 몰라…? 한짓골 똘복이야……

#7. 동네 일각(낮)
살벌한 똘복(10~12세 정도)의 얼굴 클로즈업.
조그맣고, 까무잡잡, 꼬질꼬질하며 그리 힘이 세 보이지도 않지만
눈빛만 살아 있어 독기와 집요함으로는 우주 최고일 듯한 느낌이다.
그런 똘복이 자기보다 큰 아이를 때려눕혀놓은 듯
위에서 누른 채 멱살을 잡고 있는 상태다.

똘복   (어리지만 다부지고 거친 말투로) 잘못 건드린 거 알겠지? 그치?
큰 아이   (코피 터진 채 너무 눌려 캑캑거리며) 아… 알어… 안다구….
똘복   누구야? 누가 장터서 우리 아부지 골탕 먹였어?
큰 아이   (캑캑거리며) 아… 알문? 니가 알문… 어쩔 건데?
똘복   (더 멱살 세게 쥐며 불량스럽게) 누구냐니까?
            누가 우리 아부지 놀렸냐니까?
큰 아이   … 얌마 어른이야 어른… 너보다 키가 한 척은 더 돼!! 니가 어쩔 건데?
똘복   (피식) 젠장… 어른은… (눈을 희번덕거리며 미소로) 배때지에 철갑 둘렀어?
큰 아이   (무서워하며) ……
똘복   나… 영의정이신 심온 대감 댁… 노비… 한짓골 똘복이라고!

하는 살벌한 똘복의 표정에서….

#8. 의금부 추국장 마당(낮)
처절한 비명 소리와 함께

추국장 사면에 둘러쳐져 있는 의금부 군사들.
그들의 한가운데 압슬형을 당하고 있는 강상인(姜尙仁). 피투성이다.

강상인   (고통스러우나 힘을 내어) … 영의정… 대감은!! 아무런 죄가 없소이다…….

무릎 밑엔 사금파리가 깔린 채, 이미 두 개의 바위가 강상인의
무릎에 얹혀 있고 병사 1, 2가 바위를 누르고 있다.
중앙서 이 모습을 보고 있던 박은(朴訔)과
조말생(趙末生)이 강상인 앞으로 나선다.

조말생   (다가가 작은 소리로) 진정… 그러합니까, 강참판?
강상인   영의정… 심온 대감께서… 대체 무슨 죄를 졌단 말이오……?
조말생   (작은 소리로) 허면… 강참판께선 죄가 있으십니까……?
강상인   (보며) ……!
조말생   (작은 소리로) 조정이 뭡니까… 책임이 뭡니까…?
          죄 지은 자가 없어도 잘못된 것이 있으면…
          죄 지은 자가 나와야 하는 것이… 조정의 일이 아닙니까?
강상인   (놀라) ……!!!
조말생   (단호하고 조용하게) 상왕 전하(상왕 태종 이방원)의 뜻이오.
강상인   (보며) 허… 허면……?
조말생   상왕 전하의 의지는 꺾이는 법이 없지요.
          강참판이 어찌한다 해도… 정해진 대로 흘러갈 겝니다…….
강상인   (상왕이라는 말에 체념하는 눈빛이 되며 멍해진다) 진정… 상왕께서…….
박은   (보다가 앞으로 나서며) 그 압슬형은 그냥 죽어지지 않네….
          어리석게 그리 죽어갈 겐가…?
          상왕 전하께 마지막 충심을 보여주시게…….
강상인   (체념하는 듯 눈물을 흘리며) 허나… 그분은…
          일인지하… 만인지상… 영의정이시며…
          금상의 장인이신… 심온 대감이십니다…….

보는 박은, 무표정하게 보는 조말생.

강상인의 흐느끼는 울음소리에 노비들의 노동요가 섞여서 들려온다.

#9. 심씨네 집 뒷마당 일각(낮)
남자노비 예닐곱 명이 누구는 나무를 자르고, 누구는 대패질하고,
누구는 칠을 하면서 민요를 부르고 있다.
그중 대패질하는 걸상의 리드에 맞춰 나머지는 후렴구를 하고 있다.

걸상   (대패질하며) 나무야 있는 덴 대패질 가고 넘이야 있는 덴 눈까지 가누나.
모두   (각자 일하며) 아이공 데이공 성화로다.
걸상   (대패질하며) 대패질은야 한두 번 하고 곁눈질은야 열두 번 하누나.
모두   (각자 일하며) 아이공 데이공 성화로다.
걸상   (하던 대패질을 놓고는 간드러지게) 하이얀 속곳에 걷은 소매
        (야한 몸짓까지 곁들여) 너 입기 좋고 나 보기 좋구나.
모두   (모두 괜히 같이 신나 일손 놓으며) 아이공 데이공 성화로다.

하면 모두, 일손 놓고는 걸상 보며 하하 허허 웃는다.

꺽쇠   (가장 어른인 듯 꾸짖는 톤으로) 주인마님이 영의정 되신 거지,
        니눔들이 영의정이여? 왜 일들 안 하고 들떠서는 그러는 거?
걸상   아이구 성님두…. 영의정이면 그냥 영의정이신가, 주상 전하의 장인에!
        뭐야… 그… 주상 전하 고명인지 떡국인지 받으러 명나라로 떠나셨구….
        그 김에 우리도 좀 놀멘 쉬멘 합시다.
꺽쇠   미친눔…. 이눔아… 고려 적 개새끼가 조선 적엔 개새끼가 아니라드냐? 고려
        적 종이면 조선에서도 종이지. 우리가 뭐 달라진 거 있다고 놀구 쉬구여?
걸상   종이면 같은 종이야?
        정승집 개새끼는 개새끼 나리고,
        정승집 종새끼는 종새끼 나리지. 그것이 워찌 같어?
노비 1 종새끼 나리?
걸상   그렇지… 종새끼 나리, 혹은 종누무새끼 나리,
        북쪽 말로 하면 종간나새끼 나리.
노비 1 종간나새끼 나리……? (하고 읊조리며 흐흐 웃음 터지자)

다른 노비들도 괜히 흐흐흐 웃음이 터지고,
걸상은 계속 흥에 겨운 듯 아리랑 가락에 맞춰,
'정승집 개새끼는 개새끼 나리고, 정승집 종누무새끼는 종누무새끼 나리다…
아리랑 아리랑 아라리요' 하며 흥을 돋우고,
꺽쇠 말고는 모두 따라 하며 흥겨운데… 이때!

석삼   (덜떨어진 톤으로 E) 엉아들!! 새참 왔다!!

하여 모두 보면, 모자란 듯한 석삼이 머리엔 큰 새참 소쿠리를 이고,
허리춤엔 아줌마들이 하는 큰 행주치마를 한 채 바보웃음을 짓고 있다.

걸상   저눔 자식… 꼬라지 봐라 또…….
노비 1   아이구 또… 아지매들이, 일 부려먹음서, 장난쳤네.
걸상   (그리며) 이눔아…. 치마를 둘렀으면, 연지곤지를 찍어야 제맛이지.
         (하고는 다 그린 듯) 어디 보자아…….

         cut. to - 노비들 낄낄거리는 웃음소리 속에서 보면,
         석삼 얼굴에다가 연지곤지도 찍어놓고,
         숯검정으로 눈썹을 그려주고 있는 걸상.

석삼   (울상인 채 어눌한 말투로) 엉아…. 우리 아들이 혼낸다.
걸상   (무시하고) 똑바로 있어야지. 이상하게 그려진다.
석삼   (여자 모습인데)
걸상   그눔 참… 그렇게 해놓고 보니까 곱상허네.
         어디 그럼… 엉덩짝이라도 한번 만져볼까?
석삼   (으응 하며 몸을 빼고)
걸상   (헤헤 웃으며) 허어 이눔이 튕기기까지?

         하며 걸상이 석삼의 엉덩이를 만지려들면

꺽쇠   저러다 또 똘복이 눔한테… 지랄발광네굽질 당할려고,

하는 순간, 괴성을 지르며 달려오는 똘복의 모습.
걸상이 몸을 피할 새도 없이 달려와 걸상의 배를 날아차는 똘복.
어른임에도 갑작스런 공격에 '어구구' 하며 뒤로 넘어지고,
똘복은 그런 걸상을 올라타, 때리고 눈도 찌르고 한다.
주변의 노비들, '이눔아 그만 못 둬!' '이눔 또 시작이네!'
'저런 후레아들놈!' 등등 한마디씩 떠들며 똘복을 떼어놓으려 끌어당기고,
일부는 똘복에게 발길질을 한다.
그러자 똘복, 절대 떨어지지 않은 채 걸상의 팔을 물고 늘어진다.
어른들이 더욱 세게 패고 끌어내며 '놔! 놔!' 하지만 절대 놓지 않는 똘복.
이때 어느샌가 달려온 담이(9~11살, 여아).

담이   (뛰어와 걸상과 똘복을 뜯어말리며) 아부지!! 얼른 잘못했다고 해.
        (똘복에겐) 오라버이…. 그만해 그만…….

        그러나 그치지 않는 똘복. 이 상황을 실제로 발을 동동 구르며
        지켜보는 석삼. 이때!!

심정   (버럭 E) 대체 무슨 소란들이야?

        보면, 심정(심온의 동생)이다.

        #10. 심씨네 집 안마당(밤)
        무릎을 꿇고 있는 똘복, 옆에는 걸상이 서 있다.
        뒤에는 노비들과 담이 서 있고, 석삼은 아직도 발을 동동 구르며
        똘복을 보고 있다. 마루 위에 서 있는 심정.

심정   주자학으로 나라를 일으키시려는 주상 전하의 뜻을 모르느냐?
걸상   (뭔 소리? 하는 표정이다)
심정   더구나 국구(國舅 : 국왕의 장인)이시자
        이 나라의 영의정이 바로 나의 장형(長兄 : 형의 높임말)인 심온 대감이시다!
똘복   (상관 않고 걸상만 노려보는데)

심정	비록 너희가 노비이나, 이를 명심하고 행동거지에 어긋남이 없어야 하거늘 어찌 어린것이 한참이나 위인 걸상이에게 발길질을 해댄단 말이냐!
걸상	(억울한 척) 그러게 말이옵니다, 마님.
똘복	(보며 씩씩대는데)
심정	응당 매질을 해야 하나, 인자의 마음으로 예를 가르치려 한다.
똘복	(뭔 소리야?)
심정	똘복이는 일어나 걸상이에게 절을 하거라.
걸상	(히히 좋아하는데)
똘복	(벌떡 일어나더니 대뜸) 까짓거 합니다. 하지만, 예를 가르치실 것이라면 걸상 아재도 가르쳐주십시오.
걸상	(뭔 소리?)
모두	(뭔 소리?)
심정	그게 무슨 소리냐?
똘복	(똘똘과 결기) 걸상 아재보다 우리 아비가 다섯 살 더 먹었습니다. 근데도 성님 소리는커녕, 매번 놀리고, 쥐어 팹니다. 이래도 되는 겁니까? 저 버르장머리 없는 건 다 걸상 아재 보고 배운 겁니다.
걸상	(으휴… 저 자식을 그냥?)
심정	(걸상 보며) 진정 그리했느냐?
걸상	(우물쭈물 답을 못하지)
심정	(다른 노비들에게) 걸상이가 그랬느냐?
모두	(걸상의 눈치만 보며 대답을 못하는데)
담이	… 예… 마님…. 저도 우리 아비가 자꾸 석삼 아재 놀려서 속상합니다.
걸상	(으이구) …….
심정	쯧쯧… 어른이 먼저 본을 보여야 하거늘…. 허면… 석삼이는 앞으로 나오거라.

석삼, 뭐가 어찌 되는지도 모르고 앞으로 나오고.

심정	걸상이는 석삼이에게 절을 하고… '형님' 하거라.

열받은 채로 어찌할까 하는 걸상. 그런 걸상을 노려보는 똘복.
뭔지 모른 채 어쩔 줄 모르고 서 있는 석삼.

이때 걸상, 결심한 듯 넙죽 절을 한다. 지켜보는 똘복.
그러나 넙죽 절을 한 걸상, 고개를 들어 헤죽 웃더니
석삼에게, '앞으로 잘 모시겠습니다' 한다. 노려보는 똘복.
이때 바로 이어지는 걸상의 말, '반푼이 성님'
그 순간, 불꽃이 튀는 똘복의 눈빛. 순간, 다시 바로 걸상에게
옆차기가 들어가는 똘복. 걸상도 이번엔 맞받아치고 노비들 말리고,
다시 아수라장이 되는 마당. 어이없는 심정.

#11. 심씨네 일각(밤)
꺽쇠가 똘복의 뒷목을 잡고 끌고 오고 있다.
끌려오는 똘복의 종아리는 시퍼렇게 멍들어 있다.
석삼은 어린아이처럼 울면서 그 둘을 쫄래쫄래 따라오고 있다.

꺽쇠   어디 감히 주인마님이 보는 앞에서 겁두 없이!!
       아랫것은 맞아서도 뒤지지만, 때려서도 뒤진다고 했어, 안 했어?
       성질 죽이라고 했어, 안 했어? 골로 가구 싶은 겨, 이눔아?
똘복   (식식대기만 하는데)
꺽쇠   어디서 이런 놈이 나왔는지….
       장똘뱅이를, 고개 셋을 넘어가서 패고 오지를 않나.
똘복   (씩씩대며) 우리 아부지 돈 뺏었어, 그놈이.
꺽쇠   그래서 니 애비 동냥시켰다고 거지 소굴에 쳐들어가
       실컷 쥐어 터지고 나오구?
똘복   내가 터지는 동안 한 놈은 작살냈어, 그래두.
꺽쇠   (머리 쥐어박으며) 잘났다 이눔아.
       이눔 진짜 어쩔려구 이려?
       애비가 반푼이니… (하다 아차 실수했다고 느끼는데
       옆에서 뭔가 기운이 느껴져 서서히 얼굴을 돌려 얼른 똘복을 본다)

당장이라도 잡아먹을 듯 독기 어린 눈으로 보고 있는 똘복.
바로 튀는 꺽쇠.

똘복   (쫓아가며) 거기 안 서!!

꺽쇠   (도망치며) 아니… 나는… 그게 아니라!

하고는 뛰어가는 꺽쇠를 노려보는 똘복. 그러다 석삼을 보면,
아까 분장한 거에다 눈물 콧물 범벅이 되어 서 있는 석삼.

#12. 개울가(밤)
똘복의 종아리를 만지려 하며 '어뜩해… 어뜩해' 하는 석삼.
그런 석삼을 무시하고는 석삼을 개울가에 앉힌 채 석삼의 코를 잡는다.

똘복   행 풀어!

석삼   (아들의 종아리만 걱정이 되어서) 어뜩해…….

똘복   (다시 다잡으며) 풀어! 행!

하면 행 푸는 석삼. 똘복은 개울물에 씻어낸다.
그러고는 얼굴에 그려져 있는 분들을 씻어주며

똘복   (퉁명스런 불만 톤으로) 이런 걸 그리면… '안 돼!' 그래야지.
        왜 당하고 있어? 왜?

석삼   (아무 생각 없이) 안 돼…….

똘복   그래! 안 돼! 해봐! 안 돼!

석삼   안 돼.

똘복   그렇지! '너 디진다' 따라 해봐.

석삼   (순하게) 너 디진다…….

똘복   그렇게 하면 안 되고, 이를 악물고 눈을 노려보면서 이 사이로 뱉어야 돼.
        (그대로 모션하면서 눈을 희번덕거리며) 디진다…….

석삼   (똘복을 보며 따라 하면서) 디진다…….

똘복   (보면서 영 아니자 다시 해보며) 디진다.

석삼   (또 인상 쓰면서 따라 하며) 디진다…….

똘복   (영 아니자) 왜 인상 하나를 제대로 못 써!
        그러니까 자꾸 사람들이 아부지를 반푼이라고 하잖아.

석삼	나 반푼이 아니다. 똘복이가 그랬다.
똘복	그래. 반푼이는 아들내미 하나도 못 지키는 사내야!
	아부지는 나 지켰잖아. 나 지키느라 산에서 굴러떨어진 거잖아!
석삼	나는 아들 지켰다.
똘복	그래! 아들은 아부지가 지키는 거야! 아들이 아부지 지키는 거 아니야!
석삼	아들은 아부지가 지키는 거야.
똘복	그러니까… 따라 해봐. (인상 확 쓰며) 디진다…….
석삼	(최대한 인상 쓰며) 디진다…….
똘복	그래. 그렇게. 싸울 때 주먹은 어떻게 하라고?
석삼	(야무지게 주먹을 쥐어 보인다)
똘복	그렇지!!
담이	(잔소리 E) 내가 진짜 못 살아.

#13. 심씨네 담이 방(밤)
걸상의 허리에 멍이 들어 있고, 담이가 거기에 뭔가 발라주고 있다.

담이	똘복 오라버이가 그렇게 싫어하는데 왜 그래 아부지는? 매번 당하면서?
걸상	(무시하고) 으휴… 그 독종누무 자식… 한 번을 그냥 안 넘어가구….
	(하다가는 옷을 내리며 아픈 듯) 어이구 어이구….
	쬐그만 놈이 으찌나 차돌맹이 같은지….
	바락바락 날 이겨먹을라구 아주…….
담이	그러니까 왜 그러냐구?
	괜히 사단 나는 바람에 아부지만 이 몸으로 심부름 가야 되잖아.
걸상	그러니까 이년아! 넌 왜 거기서 똘복이 편을 들어?
담이	아부지가 석삼 아재 괴롭혔잖아! 난 똘복 오라버이 편이야!
걸상	의리 없는 년…….

들는 둥 마는 둥, 나오는 담이. 그런 담이 보며 구시렁대는 걸상.

#14. 심씨네 마당(밤)
마당으로 걸어나오는 담이. 부엌에 들어갔다가 나온다.

삶은 밤 서너 개를 들고 있다. 어딘가로 간다.

#15. 동네 동산 일각 예쁜 곳(밤)
동산에 벌러덩 대자로 뻗는 똘복.
하늘을 보며, 한숨을 쉬는데….
이때 누워 있는 똘복의 입에 슥 넣어지는 삶은 밤톨 하나.
똘복의 누운 시선으로 보이는 담이의 얼굴.

담이   여기 있을 줄 알았어.

일어나 앉는 똘복. 앉아 있는 담이를 보고는,

똘복   (퉁명스레) 미운 놈 밤이나 처먹으라는 거지?
담이   으이구 또, 또…….
똘복   아님 불쌍한 놈 밤이나 처먹으라는 거야?
담이   (토라져서) 뱉어!
똘복   … (살짝 당황) …….
담이   얼른 뱉어! (하고는 입에서 빼내려고 하면)
똘복   (뺏길까봐 서둘러 방정맞게 씹는다)
담이   (그런 똘복을 째려보면)
똘복   (다 먹고는 히히 웃으며) 맛있다. 또 줘.
담이   싫어. 나나 처먹을 거야.
똘복   뻘났어?
담이   뻘났어.
똘복   (담이 눈치를 보다가는 슬그머니) … 어처구니…….
담이   (무슨 의미인지 아는 듯) 뻘났어어!
똘복   (담이와 똑같은 억양으로) 어처구니이!
담이   뻘났다구우!
똘복   구? (또 담이와 똑같은 억양으로) 구들자앙!
담이   (그런 똘복을 노려보다가 자기도 슬그머니) 장기알.
똘복   알통.

담이	통증!
똘복	증…? 증? (하다가는)
담이	졌지?
똘복	아냐! (하고는 증증… 하다가는 갑자기 씩 웃으며) 증말!
담이	뭐?
똘복	(능청맞게) 증~말!
담이	그게 뭐야~ 그런 게 어딨어~.
똘복	왜? 너 증말 이쁘다! 하잖아. 증~말!
담이	뭐어? (하며 웃음 터지면)

같이 웃어버리는 담이와 똘복의 모습에서.

#16. 길 일각(밤)
담이를 업고 오는 똘복. 그 위로

담이	(업힌 채로) 동동주.
똘복	주머니.
담이	(업힌 채로) 주머니? (하다가는) 아, 참! (하며 얼른 내린다)
똘복	(내려주며) 졌지? '니'는 없지?

하는데, 담이가 자기 옷에서 뭔가를 꺼내준다.
똘복, 뭔가 하고 보면 파란 비단으로 만든 조그만 복주머니다.
여러 조각 천을 덧대어서 만든 패치워크 형식의 복주머니다.

똘복	와아… 이거 비단 아냐?
담이	응. 안방마님 옷 만드실 때 남은 천… 조금씩조금씩 슬쩍했어. 대따 오래 걸렸어. 이거 모으느라.
똘복	(놀라며) 뭐? 슬쩍?
담이	(키키 웃으며) 으응….
똘복	멋있다, 너….

똘복, 귀엽게 보다가 복주머니에 수놓아진 글자를 본다.
福 자의 回 아래가 田 자가 아닌 口 자로 새겨진 잘못된 글자다.

똘복   와아… 글자다…. 담이 너… 이런 복잡하게 생긴 글자도 알아?
담이   (우쭐해하며) 난 한 번 보면 글씨든 그림이든 다 외우잖아!
똘복   맞아…. 너 진짜 대단해!
담이   (더욱 우쭐해하며) 원래는… (바닥에 福 자를 쓰는데, 쓸 때 절대 획순대로
        쓰지 말고 그림을 그리듯 아주 이상한 순서로 그리며) 이렇게 쓰는 글잔데…
        마님 금실을 조금씩 훔쳐서 쓰다보니까… 실이 모자랐어.
똘복   (담이가 바닥에 쓴 글 보고는 신기해서) 무슨 글잔데?
담이   (으쓱하며 아는 척) 복!! 복 받는 복 자야!
똘복   우와! 담이 너 진짜 대단하다! 완전 양반 같애!
        아니, 나으리들보다 더 똑똑해 보여!
담이   진짜?
똘복   응! 나두… 너 줄려고 하나 훔쳤어! 이거!

똘복, 씩 웃으며, 주먹 쥔 손을 내밀어 펴면, 작은 연지도장이다.

담이   (눈이 커져) 연지도장이네!! (좋아서 얼른 집어 보며) 와!
똘복   (조심스레) 근데 여기 끝에가 조금 부서졌어…….
담이   (보면, 연지도장 끝이 조금 부서져 있다)
똘복   (담이가 훔쳤다고 뭐라 할까 눈치를 보는데)
담이   (부서진 연지도장 보다가는… 활짝 웃으며) 담에 또 훔쳐주라!!
똘복   (담이가 좋아하자 신나서) 알았어!
        대신 너두 금실 더 훔쳐서, 이거 글자 맞게 고쳐줘!!
담이   알았어! (하고는 좋아서 연지도장을 입술에 찍어보는데, 삐뚤삐뚤하고)
똘복   (그런 담이 입술 보며) 에이… 그게 뭐야.

똘복, 연지도장 빼앗아 담이의 얼굴에 찍어준다.
입술에 곱게 바르고, 볼에도 발라주는데… 담이, 예쁘다.

담이	이뻐?
똘복	웅!
담이	줘봐. (하고는 연지도장을 받아서 장난스럽게 똘복의 이마에 찍는다)
똘복	(심통 내며) 어? 사내한테 이게 뭐야!!
담이	(뒤로 물러나며) 왜? 오라버니도 이쁘네! (하고 장난스럽게 웃는다)
똘복	너 일루 와!

하고, 담이를 잡으러 뛰는 똘복, 도망가는 담이.
밝게 웃으며 도망가던 담이. 갑자기 멈추며 웃음이 딱 멈추고,
멍해진다. 뒤에서 달려와 잡는 똘복.

똘복	너 죽었어! 사내대장부한테….

하다가 뭔가를 보고 같이 멍해지는 똘복.
놀라 보는 똘복과 담이의 얼굴에 불기운이 서린다.
그렇게 놀란 둘이 급히 달려가는 모습에서
카메라, 심씨네 집 앞으로 옮기면,

#17. 심씨네 집 앞(밤)
햇불을 든 20여 명의 군사들.
그 앞엔 심씨네 노비들이 우왕좌왕하는데,
군사들이 노비들을 육모방망이로 때려잡고 있다.
그중, 석삼이도 멋도 모르고 군사들에게 맞고 있다.
이때 느닷없이 소리를 지르며 석삼을 때리고 있는 병사를 들이받는 똘복.
갑자기 당한 병사는 당황하여 나자빠지고,
석삼이 어찌 된 상황인지 모르고 방방거리기만 하는데.

똘복	빨리 튀어 아부지! 얼른!

하면, 석삼 어찌할 바를 모르는데, 나자빠졌던 병사 일어나면
다시 그냥 물어버리는 똘복. '으악!!' 소리 지르며 다시 쓰러지는 병사.

그 틈에 똘복은 석삼의 손을 잡고 그곳을 빠져나간다.
한쪽에 있던 담이, 똘복과 석삼이 빠져나가는 것을 보고는 그쪽으로 뛰어간다.

담이   (뛰어와서는 같이 뛰며 석삼에게) 우리 아부지는요? 우리 아부지는?
석삼   … (뛰며) 없어…. 갔어…….
똘복   (뛰며) 빨리 뛰어!!

하며 뛰는 셋.
담이는 걱정스레 뒤돌아보면서도 같이 뛰는데
뒤에서 '와아!!' 소리가 들린다. 뒤를 돌아보는 담이.
담이의 시선으로, 심씨네 집 대문이 열리며
군사들이 일사불란하게 집으로 몰려들어가고 있다.
집 앞엔 노비 몇이 쓰러져 있고…
공포스런 담이의 표정.
그런 담이를 무시하고 석삼과 담이를 끌고는 무작정 앞으로만 달리는 똘복.

#18. 심씨네 집 마당(밤)
마당에도 역시 경계 태세를 취한 노비들이 서 있는데
소리를 지르며 우르르 들어오는 군사들. 그중 도사가 나선다.

도사   죄인 심정은 나와, 오라를 받으시오!

노비들 모두 놀라, 당장이라도 일을 칠 기세인데…. 이때,

심정   (버럭 E) 이놈들!!!

모두 보면, 마당으로 나타나는 심정.
심온의 아내인 안씨 부인도 소복 차림으로 나타나,
대체 무슨 상황인가 걱정스런 표정인데….

심정   예가 어딘 줄 알고 감히!

노비들	(그렇게 하는 당당한 표정들) ······.
심정	이곳은 주상 전하의 국구이신 심온 대감 댁이다!
	더구나 형님께서는 지금 주상 전하의 고명 사신으로,
	명의 황제를 알현하고 있을 터! 아우인 내게 오라를 받으라?
도사	······.
노비들	(그렇지!! 싶은 당당한 표정으로 도사를 보고)
안씨	(그러나 불길한 표정)
심정	대체 그, 해괴한 명은 누구의 명이냐?
도사	······.
안씨	(보는데)
심정	주상 전하와 숙질간이며!
	일인지하 만인지상인 영의정의 아우인 나를 누가!
	누가 잡아오라 이른 것이야?
도사	(드디어 입을 뗀다) 어명이오.
심정	(경악)
안씨	(경악)

하면, 믿기지 않는 심정의 표정. 경악하는 노비들.
무너져 내리는 안씨의 모습에서.

#19. 폐헛간(밤)
똘복, 담이, 석삼 있다.
병사에게 맞아서 찢어진 석삼의 팔을 천으로 묶어주는 똘복.

담이	(옆에서) 어떻게 된 거예요, 아재? 예? 갑자기 어떻게 된 거냐구요?
석삼	(횡설수설) 횃불 든 군사들이··· 막 왔어···.
	꺽쇠 성이 다 모이라구······.

그러고는 군사들이 때리는 모습을 몸으로 어설프게 흉내 내며
'어이구 어이구' 하며 나름대로 설명하는 석삼.

담이	뭔 일이지? 어뜨케 된 거지?
석삼	(일어나서 실제로 발을 동동 구르며) 가자아…. 우리 마님… 위험하다…….
똘복	(그런 석삼을 얼른 다시 앉히며) 안 돼! 아부지는 저런 자리에 절대 가면 안 돼.
석삼	큰일 났다. 큰일… 큰일…. (하며 어쩔 줄을 몰라 하는데)
	마님한테… 큰일이다. (하며 막 나가려고 하면)

똘복, 얼른 새끼줄을 가져오더니 석삼의 두 손과 두 발을 묶는다.
석삼은 뭐 하나 하면서 보는데….

담이	뭐 하는 거야?
똘복	(묶으며) 아버진 꼼짝 말고 여기 있어야 돼.
석삼	(그냥 보는)
똘복	(묶으며) 내가 무슨 일인지 알아볼게.
석삼	(안 된다는 느낌으로 자기가 하겠다며) 내가… 내가….
똘복	내가 알아볼 거야.
석삼	…….
담이	우리 아부지는 어떡해?
똘복	아까 안 보인 걸로 봐서 심부름 가신 거야. 우리가 집 앞서 기다리면 돼.

하면 걱정스런 담이의 표정. 석삼의 표정. 똘복의 표정.

#20. 궁 마당 일각(낮)
죽어라 달리고 있는 중궁전 상궁.

#21. 궁, 소헌왕후 거처(낮)
'중전마마' 하며 달려들어오는 중궁전 상궁.
안에는 중전(소헌왕후昭憲王后, 20대)이 있다.

중전	(다급하게) 숙부께선 어찌 되셨느냐?
상궁	지금 막 의금부로 잡혀 들어오셨다 하옵니다.
중전	(경악하는) 설마… 설마… 했건만…….

상궁	어찌하옵니까?
중전	전하께서는 어디 계시느냐?
상궁	(대답 못하고 우물쭈물)
중전	어디 계시느냐는데?
상궁	… 그곳에… 계십니다.

중전, 그 소리에 큰숨을 몰아쉬더니,
뭔 일이라도 낼 듯 벌떡 일어나 나가는 중전.
그 위로 너덧 명의 비명 소리가 난무하는 가운데.

#22. 추국장(낮)
심정과 강상인 등 신하들 추국당하는 모습 보이고 비명 소리 난무한다.

#23. 부용지(낮)
앞 씬의 공포스러운 비명 소리 사라지며,
숨소리조차 들리지 않는 고요한 부용지 연못.
그 위로 낚싯대들이 던져진다.
보면, 부용지 연못을 빙 둘러 서 있는 색색의 옷을 입은 신하들.
붉은 옷을 입은 신하들은 남쪽, 녹색 옷을 입은 신하들은 동쪽,
어린 유생들이 북북에 서 있다.
그리고 서쪽에, 홀로 낚싯대를 드리우고 있는 태종.
그 뒤로, 내관들 서 있고,
악공들이 열을 맞춰 앉아 있다.
모두, 숨소리도 내지 않은 채 부용지 연못만 바라보고 있는데…
이때, 태종의 낚싯대가 움직이는가 싶더니, 심하게 출렁이기 시작한다.
모두 놀라 보는데, 태종, 단숨에 힘을 줘 낚싯대를 들어올린다.
커다란 잉어가 심하게 몸부림을 치며 끌려 올라오는데.
그 순간, 깃발을 들어올리는 내관.
악공들, 그 신호에 맞춰 풍악을 연주하기 시작한다.
펄펄 뛰는 잉어를 한 손에 잡아 빼는 태종.
신하들과 유생들, 모두 대단하다는 듯 태종에게 찬사를 늘어놓는데……

조말생   (E) 역시 전하십니다!

태종, 돌아보면, 조말생이다.
조말생, 태종이 쳐다보자 얼른 태종의 앞에 바짝 엎드린다.

태종   (잡아 뺀 잉어를 다시 물에 놓아주며) 어찌 돼가느냐?
조말생   (바짝 엎드린 채) 강상인이 자복한 자는 박습… 이관… 심정… 등이오나…
         아직 모두 그 배후를 자복하지는 않고 있사옵니다.
         (하고는 태종을 올려다보는데)
태종   (앙각으로 보이는 태종의 모습) 정해진 답이 있는 것을….
         어찌들 그리… 어리석게 군단 말이냐?
조말생   (작게) 아마도… 오늘을 넘기지는 못할 것이옵니다.

그 말에, 다시 낚싯대를 던지는 태종.
내관과 악공들 모두 숨죽이고 바라본다.
조말생도 태종을 바라보는데….

태종   (생각하는 듯 잠잠한 수면만 바라보다가) … 주상은?

#24. 장서각이 있는 전각 앞(낮)
급히 달려오는 무휼(이름 자막). 전각 앞엔 경비 내시 둘이 서 있는데,
마침 문을 열고 나오고 있는 이신적.

무휼   (다급히) 전하께서는 안에 계십니까?
이신적   아무도 들이지 말라 하셨네.
무휼   들어가야 합니다! (하고는 밀치고 들어가려는데)
이신적   (말리며) 어허! 어찌 이러는가!
무휼   (무시하고 이신적을 밀치고 들어간다)

#25. 장서각 내 복도 + 마방진실 안(낮)
들어오는 무휼.

걸어 들어가는 무휼의 동선을 따라 장서각 안의 풍경이 보인다.
어마어마한 책들이 양쪽과 주변으로 펼쳐져 있다.
한참을 그렇게 걸어 들어가다보면, 안에 문이 하나 있다.
문 앞에 이르러 멈추는 무휼.

무휼   (다급 비장) 전하! 부휼이옵니다! 들어가겠사옵니다!

하고는 문을 여는 무휼.
문을 연 상태에서 무휼의 시선으로 안을 본다.
서 있는 이도의 뒷모습과 이도의 좌우로 늘어선 궁녀들 약 20명.
무휼, 그 광경을 보며 들어간다.

#26. 장서각 내 마방진실(낮)
벽면에는 뭐가 뭔지 모를 정도로 굉장히 많은 것이 붙어 있다.
무휼이 이도의 뒷모습을 향해 천천히 걸어간다.
내딛는 무휼의 한 발. 바닥에 풀어져 있는 3방진 그림.
다시 내딛는 무휼의 발. 풀어져 있는 5방진 그림.
다시 내딛는 무휼의 발. 풀어져 있는 7방진 그림.
다시 내딛는 무휼의 발. 풀어져 있는 9방진 그림.
그렇게 이미 풀어놓은 방진의 그림을 밟으며 가는 무휼,
이도의 바로 뒤, 옆에 멈춰서는,

무휼   전하…….
이도   (아직 뒷모습만 보이는 채 골똘히 생각하는 모습으로 E) 잠시만.

무휼, 이도의 어깨 너머로 본다.
처음으로 보이는 거대한 33방진 그림이 바닥에 그려져 있다.
어이없는 표정으로 이도를 보면 이도의 얼굴이 처음 나온다.

이도   (긴장된 빠른 말투로) 496과 812를 바꾸고,
          57과 22를 바꾸고, 1,004와 5를 바꾸어보아라.

궁녀	(E) 예.

이도의 말에 맞추어 옆에 늘어서 있던 궁녀들이 긴 장대를 이용하여 말한 숫자들을 얼른 바꾸어놓는다.

이도	(이도 옆에 가까이 서 있는 궁녀들에게) 너희들은 얼른 산술을 해보고.

판을 들고 적는 궁녀 네 명, 열심히 계산을 한다.

무휼	(더 이상 참지 못하고) 전하!
이도	(약간의 신경질이 묻어나며) 잠시만, 잠시만이라고 하질 않았느냐? (하며 계속 방진표만 뚫어지게 본다)
무휼	(더 이상은 참을 수 없는 듯) 심정 영감이 의금부로 압송되었습니다! 지금 추국 중입니다!

하고는 무휼, 답답하여 이도를 보면, 이도, 무휼의 말은 듣지 않고 방진표만 뚫어지게 보고 있는 듯한데,
무휼의 시선으로 이도 어깨의 미세한 떨림이 보인다.
무휼, 다시 밑을 보면, 떨리고 있는 이도의 손.
무휼, 의아하고 놀라 옆의 상궁을 보면,

상궁	(나지막이) … 알고 계십니다.
무휼	(알고 있는데도 저러는 건가 싶어 이도를 보는데)

이때, 문이 쾅! 열리면서 중전이 들어온다.
이도는 보지 않고 무휼의 시선으로 중전이 보인다.
성큼성큼 다가오는 중전.

중전	대체 예서 뭘 하고 계시옵니까!!!
이도	(역시 돌아보지 않은 채) 잠시만요… 잠시만요, 중전…….
중전	… (어이없고 야속한데) …….

이도	(불안 초조 공포의 떨리는 목소리로) 조용히… 잠시만…
	잠시만 계셔주세요. (하며 계산하는 궁녀들을 보는데 이때!)
궁녀 1	(계산이 끝난 듯 고개를 든다)
이도	(긴장 초조)
궁녀 1	… 맞지 않사옵니다.

순간, 엄청난 실망이 몰려오는 느낌의 이도. 천천히 몸을 돌린다.

이도	(그 느낌이 이어지며 나지막이) 정몽주… 이방석… 이방번… 남은… 심효생….
중전	(뭐지?) …… .
이도	(한 명 한 명 얘기할 때마다 초조와 공포가 엄습하는 느낌으로)
	정도전… 정도존… 정유… 정영… 정담….
무휼	(뭔지 알겠으니까 참담하다) …… .
이도	(점점 목소리 커지고 말 빨라지며) … 민무휼… 민무구… 민무질… 민무회…!!
중전	(역시 뭔지 알기에 울컥하는 마음이 생기는데) …… .
이도	아바마마께서 죽인 사람들입니다…. 더 댈까요?
중전	…… .
이도	죽고 싶지 않으시거든… 아니 더 죽이고 싶지 않으시거든….
중전	… (가만히 이도를 본다) …… .
이도	가만있으세요…. 전 무섭습니다…… .
중전	(그 말에 이도 앞에 무너지듯 쓰러지며 절규) 해서! 이 방진이!
	이 방진이 무엇을 해줍니까?
이도	…… .
중전	무엇을 해주기에, 이런 일이 벌어질 때마다 이걸 하고 계십니까?
	우리 아버지보다 방진이 중요하십니까?
	국구십니다! 저의 아버지고, 전하의 장인이십니다!
이도	…… .
중전	강상인의 입에서 숙부님 함자를 자복케 했습니다.
	이제 숙부님의 입에서 누구의 이름을 자복하라 하겠습니까?
	분명… 아버지께선 돌아오시는 대로 추포될 것입니다!
	돌아오시는 대로… 사약을….

（하다가는 차마 말을 하지 못하고 울음을 터뜨린다）

이도　　（보는） …….

중전　　（어떻게든 울음을 참으며） … 살려… 주세요…. 우리 아버지… 살려주세요….

이도　　（멍하니 중전을 보고） …….

중전　　정녕 전하께서… 아무것도 못하신단 말입니까?

　　　　제발… 제발… 살려주세요…….

　　　　그런 중전을 보는 이도의 얼굴. 그 위로 플래시컷들.

　　　　F. B – 누군가의 목을 치는 장면.

　　　　'살려주세요' 하는 사람들의 장면.

　　　　또다시 목을 치는 장면. 사약을 마시는 장면.

　　　　'살려주세요' 하는 장면.

　　　　충녕대군에게 달려오며, '살려주세요!' 하는 어린 노복.

　　　　외면하는 충녕대군.

　　　　그러자 증오의 눈빛으로 '옘병할 놈!' 욕하는 어린 노복.

　　　　원망스런 눈동자와 욕 등등의 장면과 소리들이 어지러이 섞인 몽타주들.

　　　　다시 현재의 이도, 눈을 감고 있다. 그러다 눈을 뜬다.

　　　　차마 앞의 중전을 보지 못하고 고개를 돌리는데,

　　　　방진 중앙에 있는 특별한 문양의 상자와 시선이 맞는다.

　　　　그때! 플래시컷

　　　　ins. cut – 싸늘하고도 차가운 눈빛의 12살 소년 클로즈업.

소년　　（차갑게） 넌… 아무것도 할 수 없어.

　　　　그런 소년의 얼음장처럼 차가운 눈동자가 클로즈업.

중전　　（울컥해서 E） 전하께서! 이 나라의 왕이십니다!

　　　　현재의 이도, 괴로운 표정.

무휼　　（그런 이도를 본다）

중전	(간절한 목소리로) 제발… 살려주세요….
이도	(말 끊으며 차분하게) 저는… 살리지 못합니다…. 아무것도 하지 못합니다.
중전	…….
이도	… 미안…… 합니다…….

중전은 원망과 한탄의 눈길로 보다가 눈물이 그렁해져서는 나가버린다.
남은 이도, 그렇게 서 있다가는 그 상자를 본다.
옆에 있던 무휼, 역시 이도를 보다가 그 상자를 보는 데서.

#27. 궁 전경(다른 날 낮)

박은	(E) 대역의 죄이옵니다!!

#28. 편전(낮)
대소 신료들 전부 모여 있는 가운데…
이도가 왕의 자리에, 옆의 태종 또한 이도 옆자리에
마치 두 명의 왕이 있는 것을 상징하듯 나란히 앉아 있다.

박은	더구나… 이미 상왕 전하께오서 군사의 일은 직접 청단(聽斷)하겠다는 명을 내린 시점에 이런 모의를 했다는 것은….
이도	…….
박은	상왕 전하와 주상 전하 두 분 부자의 정을 이간하려는 것으로, 대역의 죄이자 배은의 죄이고, 반천륜의 죄이옵니다!
태종	… (신하들 보는데) …….
신하 1	(태종 눈치 보며) 주모자 심온을 오는 즉시! 추포하여! 강상인 심정 등과 대질하게 하고!
태종	(인상을 확 쓰며) 대질이라? (박은과 조말생 보며) 따로이 대질이 필요할 정도로 추국이 허술한 것이냐?
모두들	(얼어붙고)
이도	(설마 대질도 없이? 하는 느낌으로 보는데)
조말생	아니옵니다. 이미 모든 사실을 있는 그대로 자복하였사옵니다.

신하 1   (만회하려) 허면, 강상인, 박습, 심정 등에게… 바로 사약을 내리심이…. (하고
는 태종을 보는데)

태종   (끊으며) 사약은, 죄가 있으나 그나마 선비로서 떳떳함이 있을 때… 왕이 베
푸는 은덕이 아니더냐?

신하 1   (당황하여) … 그, 그러하옵니다.

태종   허나… 그자들은 대역과 배은의 죄도 모자라,
아비인 나와 아들인 주상 사이를 이간하려던 자들이다.
아마도 주상께서 사약은 용납칠 못하실 게다.
(하고 뱀 같은 미소를 지으며 이도를 본다)

이도   …….

하는데 조말생, 교지를 들고는 앞으로 나아가, 이도의 앞에 놓는다.
이도, 떨리는 손으로 놓여진 문서 내용을 읽는데….

조말생   박습과 심정 등은 목을 베고, 강상인은 저자에서 거열형(능지처참)을 행하여
만천하에 본을 보여야 한다는 대간들의 상소이옵니다! 수결해주시옵소서!

이도   (어떻게 이렇게까지, 하는 심정으로 태종을 본다) …….

태종   …….

박은   또한 그 수괴인 심온을 명나라에서 의주 땅에 도착하는 즉시!
추포하여야 할 것입니다! 이 또한 수결해주시옵소서!

이도   (천천히 고개를 돌려 공포와 증오의 눈으로 태종을 본다)

태종   (무시하고 달래듯) 주상께서… 수결해야,
이 어지러운 정국도 빨리 끝날 듯합니다. 그리하시지요.

이도   …….

태종   (본다)

신하들   (그런 둘을 본다)

결국, 옥새를 잡는 이도. 그 손이 부르르 떨린다.
그러고는 눈을 감는다. 그리고 찍는다. 굴욕적인 이도의 모습.

#29. 편전 밖 마당(낮)
터덜터덜 걸어 나오는 이도. 뒤에 이신적과 상궁들이 따르는데….
모두의 모습이 무기력한 패잔병들의 모습 같다.

#30. 장서각 내 마방진실(낮)
이도, 들어오는데 태종이 있다. 놀라는 이도.

이도   … 어인 일이시옵니까?
태종   지난 며칠을 장서각에 계셨다기에…
         무슨 책을 읽고 있나 와봤소마는….
         (하고는 방에 있는 수많은 숫자들과 바닥의 방진들을 둘러본다)
이도   (그런 태종을 보는)
태종   (한심하다는 투로) 이걸 풀고 계셨던 게요?
이도   …….
태종   … 이래서 방진을 그냥 방진이라 하지 않고
         마귀 마 자를 붙여 마방진이라 하는 게지요.
         마귀에 홀린 듯 한번 빠지면… 나올 수가 없어서요….
이도   …….
태종   사가에서도 젊은 선비들이 방진에 빠지지 않도록
         늘 경계한다지요? (하고는 이도를 보며 혀를 차는 듯한데)
이도   …….
태종   (바닥에 깔린 거대한 33방진을 보고는) 하여 이것은 푸셨소?
이도   … 풀지 못했습니다.
태종   (3방진 앞으로 걸음을 옮기며) … 제가 풀어드릴까요?
이도   (의아하여 본다)
태종   (방진을 보며) 사각의 모든 열… 모든 대각선의 숫자를 더해서
         같은 숫자가 나오는 것이 방진이지요?
이도   … 예… 그렇습니다.
태종   난 해본 적이 없소만… 너무 간단하오. 너무 쉬워요.

하면서, 느닷없이 주변에 있던 여덟 개의 숫자판을 모두 획획 집어던진다.

놀라는 이도.
그러더니, 태종, 1이 쓰여 있는 숫자판을 집어들어
3방진의 정가운데에 떡하니 놓는다.
3방진의 중앙에 홀로 있는 숫자 1. 나머지 여덟 칸은 모두 비었다.
보는 이도, 의아한데…

태종   됐지 않소? 어느 열, 어느 행, 어느 대각선으로 더해도 1이지요.
        이러면 33방진도 간단하오. 숫자 하나만 남겨두고 다 버리면 되는 것이지요.
        백방진… 천방진… (톤 점점 고조되며) 만방진! 어떤 것이라도 풀 수 있어요!
이도   …….
태종   33방진도 그리 어려워 못 푸는데… 세상일은 몇십만방진이오.
        백 년을 살지도… 2백 년을 살지도 못하는 게 인간인데…
        그리 해서 언제 풀겠소? 이렇게 하는 것이오. 왕의 방진이란….
이도   …….
태종   그게 권력이오! 필요 없는 건 없애고! 방해되는 것도 없애고!
        단 하나로 힘을 모으는 것!
이도   …….
태종   (힘주어 또박또박) 그게. 나. 이. 방. 원. 이다.
이도   (보며) …….
태종   그러니 나 말고는 모두! (속삭이듯) 죽어 있어야 해.
        아무것도… 하지 말아야 한다….
        그냥 방진이나 하면서 말이다…. 알겠느냐……? (하고 차가운 미소)

비웃는 듯한 웃음을 흘리며 천천히 나가는 태종.
남은 이도, 태종이 휙휙 던져버린 숫자들을 하나하나 본다.
보는 이도의 눈빛에 분노가 느껴진다.
그런 이도의 부감샷에서….

#31. 태종의 방(낮)
태종 앞에 박은과 조말생이 있다.

태종	(박은과 조말생에게) 강상인의 형 집행을 서두르는 이유를 알고 있는 게지?
박은	물론입니다.
태종	주상의 장인이다.
	그를 처단하는 데 있어, 다른 어떠한 잡음이나 물의도 일어나선 안 돼.
박은	알고 있습니다.
태종	(조말생에게) 주상선과 중궁전은 각별히 살펴야 할 것이야.
	내금위의 동태는 더욱더 소상히 살펴야 할 것이고.
조말생	예. 조치는 취해놓았습니다.
태종	…….

#32. 비서고 안(낮)

이도, 앞 씬들의 모습과는 달리,
분노 때문인지 공포가 의지로 바뀐 표정으로 서찰을 쓰고 있다.
그러고는 이내 서찰을 접어 봉투에 넣어 봉한다. 그러고는,

이도	(밖에다 대고) 밖에 무휼 있느냐?

하는데… 들어오는 궁녀 1.

이도	무휼은? 무휼을 불러오너라.
궁녀 1	내금위 병사들은 상왕전의 부름이 있어 갔습니다.
이도	(잠시 생각하다가) 허면… 이신적을 불러라. 아니면 상선을….
궁녀 1	동부대언 이신적, 상선 영감, 상궁들은 모두,
	상왕전의 부름을 받고 급히 갔습니다.

이도, '아버지가 내 손발을 다 묶어놨구나' 생각한다.
F. B - 30씬. '죽어 있어야 해. 아무것도 하지 말아야 한다….
그냥 방진이나 하면서 말이다' 하는 태종의 모습.

이도	(참지 못할 뭔가가 더욱 솟아오르며) 허면,

하는 이도의 모습에서….

#33. 비서고 밖(낮)
궁녀 1이 의아한 얼굴로 나온다.
그리고는 죽 서 있는 나인들 중에서 제일 끝에 있는
어린 생각시(13세 정도)에게로 가는 궁녀 1.

궁녀 1　너 들어가봐.
생각시　저요?
궁녀 1　응. 전하께서 찾아 계셔.

의아한 표정으로 들어가는 생각시.

#34. 비서고 안(낮)
들어오는 생각시.

생각시　(의아하고 궁금한 얼굴로 보다가) … 전하…. 찾아 계시옵니까?
이도　네 어미가 많이 편찮으셔서 오늘 궁을 나가야 한다지?
생각시　… (의아하여) 예?
이도　(보며) 네 어미는 많이 편찮으신 것이다.
생각시　(놀라 생각하며) …….
이도　무슨 말인지… 알겠느냐?
생각시　(알아듣고 아… 예… 전하.
이도　네가 심온 대감을 구해야겠다.
생각시　(놀라고 긴장하여 보는데) …….
이도　이것이 지금 내가 할 수 있는 유일한 일이다.
　　　너라면… 의심 없이 궁을 나갈 수 있을 것이다.
생각시　(보면)
이도　(자신이 쓴 밀지를 건네며) 오늘 밤 은밀히 궁을 빠져나가,
　　　심온 대감 댁의 노비, 송집사에게 전하거라.
　　　그자가 제일 믿을 만하다.

생각시	… 집사요?
이도	이미… 부부인께서는 연금 중이실 터, 전하지 못할 것이다.
	그나마 노비들은 물도 긷고 빨래도 해야 하니, 출입은 하지 않겠느냐?
생각시	(긴장하며) … 예에…. (하고는 고개를 끄덕이는데)
이도	허니, 송집사에게,
	반드시 관군보다 먼저! 심온 대감에게 전해야 한다고 하거라.
생각시	… 예…….
이도	절대 발각돼선 안 된다.
생각시	… 예.

#35. 궁 은밀한 일각(밤)
은밀히 궁을 빠져나오는 생각시.

#36. 심씨네 집 앞(밤)
군사들은 집을 에워싼 채 도열해 있고, 앞쪽엔 백성들이 몰려와서
웅성웅성대고 있다.
'뭔 일이래?' '반란을 했다잖여?' '임금님 장인 어르신 아닌감?'
그런 백성들 틈바구니에서 은밀하게 쓱 고개를 들이미는 담이.
아버지를 찾는 듯 두리번거리며 보는데….
한편, 담이의 시선에 아직 보이지 않는 저쪽 반대편에서도
역시 고개를 쓱 들이미는 생각시, 상황이 여의치 않자
큰일 났다 싶은 표정으로 두리번거리며 옆으로 움직이는데….
생각시가 옆으로 움직이자, 보이는 걸상.
역시 담이를 찾으려는 듯 두리번거리다가는,

걸상	(은밀하게 백성 하나에게) 자네… 혹시 우리 담이 못 봤는가?
백성 1	(보고는 놀라며 작게) 어째 자넨 여기 있는 겨?
	안에 갇힌 게 아니었어?
걸상	나는… 주인마님… 심부름 루다가….

하는데, 이때 걸상의 뒷목을 탁 잡는 손. 놀라 보면 군관이다.

군관	허면 너도 심씨네 노비인 게로구나!
걸상	(당황) 아니… 그게 아니라요…

하는데 군관은 이미 걸상을 끌고는 심씨네 집 문 쪽으로 끌고 간다.

걸상은 '아니' 하고 소리를 지르며 끌려간다.

순간, 걸상이 지르는 소리에 보는 담이. 헉! 놀란다.

담이, 다른 생각을 못한 채 '아부지!' 하며 달려나가려는데,

이때 담이의 입을 막는 누군가. 보면 이도가 보낸 생각시다.

#37. 폐헛간 안(밤)

펼쳐져 있는 밀지. 모두 한자다.

앞엔 눈물 자국 가득한 담이와 똘복, 석삼, 생각시가 보고 있다.

똘복	그러니까 주인마님이 역적의 누명을 쓰셨는데….
	(밀지를 들어 보이며) 이걸 군사들보다 먼저 주인마님한테 전해야 한다는 거죠?
생각시	응. 주상 전하께서는 이걸 송집사에게 전하라 하셨는데
	이미 집에는 들어갈 수도 나올 수도 없으니… 너희들이 전해야 돼.
똘복	이 서찰, 뭐라고 쓴 건데요?
생각시	니까짓 게 들으면 알아? 전하라면 전할 것이지.
똘복	소인도 항아님 오늘 첨 봤는데, 어찌 믿어요.
	내용이 뭔지 말씀해주세요.
생각시	(한숨 쉬며) 일단은 피해 계시라는 거야. 심온 대감이 지금 당장 잡혀 오시지만 않으면, 전하께서 다 처리해주신다구! 그렇게 쓰여 있어.
담이	이거면 마님도 사시고, 울 아부지도 살 수 있는 거예요?
생각시	응. 이게 전하께서 심온 대감을 살릴 수 있는 유일한 일이라고 하셨어.
담이	진짜 우리 아부지도 살 수 있는 거죠?
생각시	응. 그러니까 이걸 심온 대감께 직접 전해야 돼.
	의주 땅에 도착하기 전에!
똘복	(결심하여) 알았어요. 제가 할게요! 제가 할 수 있어요!
석삼	(그런 똘복을 보며 놀란다)

생각시   하지만… 너무 먼 길인데….

똘복   마님 따라 개경도 자주 가봤고, 우리 아부지 고향이 의주예요.

생각시   그래? 그럼 난 너만 믿고… 전하께 고해도 되지?

똘복   걱정 마세요. 바로 떠날게요.

생각시   (보다가는) 중요한 일이야. 위험한 일이구. 알지?

똘복   예. 알아요.

하면, 생각시는 그런 똘복을 보다가는 나간다.
생각시 나가면, 똘복이 앞에 펼쳐져 있던 밀지를 펼쳐 들고는,

똘복   아, 맞다! 담아, 너 글자 알잖아. 이거 읽어봐.
          정말… 그런 내용이야?

담이   (얼떨결에 받아 든다) …….

똘복   잘 봐봐. 무슨 내용인지.

담이, 서찰을 본다. 하지만 너무 어려운 글자들이다.
모른다. 당황하는 담이.

똘복   뭐야? 저 생각시 말이 맞아?

담이   (당황) …….

똘복   (좀 무섭고 짜증스럽게) 아, 빨리! 뭐 해!

담이   (재촉하자 어쩔 수 없이 읽는 척하며) 어…. 어… 맞어….
          대감 마님 피해 계시라는 거야…. 그럼 우리도 다 살 수 있다고.

똘복   진짜? 진짜지?!

담이   (불안하지만) 그… 그럼….

똘복, 그렇담 지체할 수 없다는 듯,
서찰을 다시 접어 자기 옷에 넣으려는데,
옆에 있던 석삼이 서찰을 잡는다.

똘복   왜? 빨리 가야 돼.

석삼	(서찰을 뺏어서 자기 옷에 넣으며) 내가 갈 거다.
똘복	(다시 뺏으려 하며) 못해 아부지는! 아부지는,
석삼	(바로 이어) 아부지는, 아들을 지키는 거다.
	아들이 아부지 지키는 거 아니다.
똘복	(그런 석삼의 마음에 잠시 먹먹해지다가는) … 아냐… 이건 그런 일 아냐.
석삼	위험한 일이다.
똘복	…….
석삼	아들은 아부지가 지키는 거다.
똘복	(말문이 막혔다가는) … 그래도… 이건 아부지가 못하는….
석삼	안 못한다! 똘복 아부지 반푼이 아니다!

그 말에 순간, 똘복이 눈물이 확 나려는데… 보는 석삼. 보는 담이.

똘복	(나오는 눈물을 참으며) 그래도 안 돼! (하며 밀지를 다시 뺏으려는데)

석삼, 순간 똘복에게 주먹을 날린다. 놀라 보는 똘복.

석삼	(똘복이 가르쳐준 대로 인상 확 쓰면서 주먹 보이며) 디진다….

보는 똘복. 보는 담이.
간절한 표정으로 주먹을 쥔 채 '디진다'를 해 보이는 석삼.
그러고는 돌아 나가는 석삼.
그런 석삼을 말리지 못한 채 보고 있는 똘복.

#38. 일각(밤)
미친 듯이 달려가는 석삼의 모습들 컷컷.

#39. 궁, 비서고 안(밤)
이도, 초조하고 불안한 느낌으로 안절부절못하고 있는 모습.

#40. 폐헛간 안(밤)
역시 안절부절못하는 담이와 똘복의 모습.

#41. 산 일각(낮)
해가 밝아오는데 여전히 미친 듯이 달리는 석삼.
넘어진다. 그러나 다시 일어나 헉헉대면서 결연하게 다시 달리는 석삼.

#42. 동네 일각 예쁜 동산(15씬과 같은 곳, 낮)
큰 나무의 나뭇잎들 사이로 보이는 하늘.
카메라, 틸다운하면 걱정스런 표정의 똘복.

담이   (E) 우리 아부지… 진짜… 괜찮으시겠지?
똘복   걱정 마. 어명이라고 했잖아.
    (불안한 마음을 달래려 일부러 더 확신하는 듯) 뭐, 주상 전하께서
    피해 계시라고 했으니… 주인마님 피해 계시면 되는 것이고!
    나중에 다 살려주신다고… 했으니… 다 살 수 있는 거지!
    주상 전하 명이잖아? 그치? 그렇게 쓰여 있었잖아.
담이   (글자를 몰랐기에 불안하다) 으… 응….
    석삼 아재가 잘하시겠지?
똘복   (자기도 걱정되지만 일부러 더 단호하게) 그럼!
    우리 아부지가 다른 건 몰라도 남 살려주는 건 잘해.
담이   …….
똘복   너도 봤잖아.
    (주먹 쥐고 인상 쓰며 아버지가 했던 거 따라 하는) 디진다!
담이   (불안한 마음에 아무 말 못하고) …….
똘복   (자랑스러워) 잘하실 거야! 누구 아부진데? 한짓골 똘복이 아부지라구!
석삼   (멀리서 부르는 E) 마님! 저 똘복 아부지예요! 똘복 아부지!

#43. 길 일각(낮)
앞의 몽타주와는 달리 거지꼴이 된 석삼이,
'대감마님!!!! 저 똘복 아부지라구요!!!'

하며 죽어라 달려가고 있는 모습.

한참 앞에 가고 있던 사신단 행렬이 무슨 소린가 하고 뒤돌아본다.

보면 달려오고 있는 석삼.

사신단 행렬 모두가 멈춘 채, 뒤를 돌아본다.

제일 앞쪽에 말을 타고 가고 있던 남자가 마지막으로 돌아본다.

심온(沈溫)이다. 누군가 하고 본다.

거지꼴을 한 석삼을 못 알아보는 심온.

헉헉대는 석삼. 그제야 알아보는 심온.

심온	(의아하고 놀라며) … 너는… 석삼이가 아니냐?
석삼	(바로 밀지를 주며) 주상 전하가 주라구요. 급하대요.
부하	이놈! 전하께오서 니 동무냐? 어찌 말투가 그따위냐?
심온	아닐세…. 조금 모자라는 자이니… 괘념치 말게.
	(석삼에게) 그게 대체 무슨 말이냐? 알아듣게 천천히 말해보거라.
석삼	집이 난리가 났어요. 군사들이 막 들어와서….
심온	(이게 무슨 소린가 심상치 않은데) ……?
석삼	(밀지 다시 내밀며) 밀지… 전하 밀지랬어요.

심온, 대체 무슨 상황인가 싶어 얼른 밀지를 받아 펴 본다.

해냈다는 듯 자랑스런 석삼의 표정과 경악하는 심온의 표정에서….

#44. 주막, 은밀한 방(낮)

조말생이 앉아 있다.

조말생	잘 처리한 게지?

하면, 조말생의 앞에 있는 어린 생각시.

생각시	예. 분부하신 대로 하였습니다.
조말생	…….

#45. 길 일각(낮)
(43씬 연결) 경악한 심온. 그 위로.

심온   (편지 읽는 마음의 소리 E) '軍事當出一處(군사당출일처)'
       군사의 명령은 한곳에서 나와야 한다….
       허니 거병하여… 국본을 바로 세운다…….

분위기 파악 못한 채 뿌듯한 석삼.

석삼   (자기 기분에 들떠 혼잣말처럼) 내가 잘했다…. 똑복아… 내가….
심온   (편지를 보며 경악하여 부들부들 떠는) …….

이때, 들이닥쳐 사신단을 포위하는 의금부 병사들 50여 명.
놀라는 심온과 사신 행렬.

부하   (버럭) 이게 대체 뭐 하는 짓들이야?

이때 뒤에서 나타나는 군관.

군관   지금 읽고 계신 서찰은 무엇이온지요?
심온   (완전 긴장, 당황)
군관   누가 전한 것입니까?
석삼   (손 번쩍 들며) 내가! 내가 전했어요!
       (점점 더 들뜨며) 전하께서 주라고… 해서
       한양서… 여까지… (온몸으로 표현하며) 뛰고… 뛰고… 넘어지고… 다치고….

하며 어수선을 있는 대로 떨다가는 다친 자기 몸을 보여주려는 듯
몸을 구부려 옷을 걷으려는데 '꽝!' 석삼의 머리를 내리치는 철퇴.
경악하는 심온과 일행들.
쓰러지는 석삼, 머리에 피 흘리며 쓰러진 채… 앞으로 조금씩 긴다.
그러다 시야가 흐려지며, 정신을 잃는데…….

#46. 궁, 이도의 방(낮)
경악하는 이도.

이도   뭐라……?!
무휼   …….
이도   어찌 그런 일이… 어찌 그런 일이 벌어져?

#47. 태종의 방(낮)
태종 있고, 조말생이 앞에서 보고하고 있다.

조말생   분부대로 행하여, 죄인 심온은 한양으로 압송 중이옵니다.
태종   (듣는)
조말생   (이도의 밀서를 꺼내 태종에게 건네며) 이것이 대전에서 죄인에게 전하려던
        밀지이옵니다.

        밀지를 받아 드는 태종. 펼치는데….

#48. 이도의 방(낮)
(46씬 연결)

이도   (경악과 분노와 슬픔으로) 밀지가 바뀐 것이다….
무휼   … 예…. 그러한 듯하옵니다.
이도   …….
무휼   수소문 중이나… 전하의 명을 받은 생각시를 찾을 수가 없습니다.
이도   (경악과 분노가 들끓는) …….

#49. 태종의 방(낮)
이도가 전하려던 밀지를 읽고 있는 태종. 그 위로

이도   (E) 과인이 다시 부를 것이니… 그 전까지는 무조건 명에서 숨어 지내세요.
        지금은 오로지 그것만이 방법입니다.

태종	(밀지를 내려놓으며) 이리도 사사로운 정이 많아… 어찌 왕 노릇을 할꼬…
조말생	… 심온이 당도하면… 어찌……?
태종	심온은 생각이 있는 자다.
	그 밀지면, 주상에게 해를 입히지 않는 선에서 알아서 죽어줄 것이다.

#50. 태종의 방 앞(낮)
밖에서 듣고 있는 이도, 부르르 떨고 있다.
박차고 들어갈까 갈등한다. 옆의 이신적과 무휼, 걱정스레 보는데…
결국 들어가지 못한 채 발길을 돌리며 복도를 걸어나가는 이도의 모습.

#51. 의금부 추국장(낮)
추국을 준비 중인 의금부 마당. 형틀이 놓이고,
담금질할 쇠와, 화로 등이 놓인다. 그 앞에, 소복을 입고 묶인 채,
가부좌를 틀고 앉아 있는 결연한 표정의 심온.
그 좌우로 두 명의 소복 차림 대신들.
그 뒤로 마치 버려진 듯 웅크려 고개를 떨구고 신음하는 석삼,
피투성이다. 심온, 모든 상황을 파악하고 받아들인 듯
침착한 표정으로 석삼을 돌아본다.

석삼	주… 주인마님…. 제가 뭘… 잘못했나봐요…. 죄송해요….
심온	아니다….
석삼	(기침을 하며 피를 울컥 토하고 놀라) 저 죽… 나봐요… 죽… 는 건가봐요….
심온	(애처롭게) 미안하구나…. 네가… 주인을 잘못 만났구나….
석삼	우리 똘복이한테… 가야… 하는데….
	우리… 똘복이… 한테… 해줄… 말이 있는데….
심온	석삼아….
석삼	마님께서… 좀… 전해주세… 요….
심온	나도… 전하지… 못한다… 나도… 죽을 것이야….
석삼	(눈물 흘리며) 할 말이… 꼭… 할 말이 있는데에……. (하고 운다)
심온	(애처롭게 보며) ……. (지나는 군사에게) 지필묵 좀 가져다줄 수 있겠나?
군사	저… 아니 되옵니다.

심온	내 비록 죄인의 몸으로 이곳에 있으나, 영의정이자 이 나라의 국구이니라! 당장 대령하거라!

#52. 궁 일각(낮)
걸어가는 이도. 그 위로

태종	(E) 심온은 생각이 있는 자다. 그 밀지면, 주상에게 해를 입히지 않는 선에서 알아서 죽어줄 것이다.

이도, 괴로운 얼굴로 멈춰 선다. 그리고는 어딘가를 돌아보는데….

#53. 의금부 마당(낮)
사약을 받아 드는 심온의 의연한 얼굴.
그러나 잠시 복잡한 심경으로 사약을 바라보다가는, 조용히 마신다.
그 뒤로 신음하며 심온을 보는 석삼. 석삼의 손엔 유서가 들려 있다.

#54. 장터 일각(낮)
추포되어 가는 심온 댁 가솔들과 노비들.
또 그들을 혀를 차며 구경하고 있는 백성들.
이때 울며불며 '아부지! 아부지!'를 부르며
수많은 백성들 사이를 뛰어가고 있는 담이.
'담이야!' '아부지!' 부르며 담이의 뒤를 따라 뛰고 있는 똘복.
둘 다 얼굴에 황망함과 긴장과 두려움이 가득한데….
백성들 사이로 밀치고 나오는 담이와 똘복, 걸상을 찾는다.
맨 앞에 보이는 안씨 부인과 아들들.
그리고 뒤로 이어지는 노비 행렬들 중 걸상이 보인다.
걸상을 본 담이와 똘복, 경악하여,

담이	(뛰어나가며) 아부지! 아부지!
걸상	(그제야 담이를 보고는) 담이야! 안 돼! 얼른 도망가! 얼른!
똘복	우리 아부지는요? 우리 아부지는요?

걸상	시끄러, 이눔아! 빨리, 담이 데리고 도망이나 가!!!

이때, 이들의 모습을 매서운 눈으로 보는 인솔군관.

담이	싫어! 싫어! 난 죽어도 아부지랑 죽을 거야!
걸상	(담이에게) 빨리 가! (똘복에게) 얼른 담이 데리고 가!

하는데 어느새 다가온 군관과 병사들.
우왕좌왕하는 담이와 똘복을 우악스럽게 움켜쥔다.
놀라는 담이와 똘복, 낭패다 싶은 걸상.

#55. 이도의 방(밤)
이도 멍하니 있는데, 중전이 들어온다.

이도	(그냥 중전을 보는데) …….
중전	… 아무것도 안 하신댔잖아요….
이도	…….
중전	근데 왜 그러셨습니까?
	왜… 그런 건… 보내셨습니까?
이도	…….
똘복	(E) 분명 주상 전하가 보내는 거라고 했단 말야!

#56. 의금부 옥사(밤)
똘복, 여기저기 얻어터진 몰골로 독기에 차 씩씩대며
한쪽에 넋 나가 눈물범벅이 돼 있는 담이를 끌고 오고 있다.

똘복	(담이를 다그치며) 너 제대로 읽은 거 맞아?
	그 항아님이 우리 다 살리는 서찰이랬잖아? 니가 분명히 읽었잖아?
담이	(혼이 나간 듯, 어쩔 줄 모르고 금방 넘어갈 듯한데)
똘복	(담이 어깨를 잡고 무섭게 다그치며) 말해! 제대로 읽은 거 맞아?
	분명히 피하라는 내용이었냐구!!!

담이   (대답 못하고 겁에 질려 벌벌 떠는데)

똘복   (그런 담이 태도를 보고서) 너… 너… 몰랐지? 너! 글자 모르지이이!!!!

담이   (대답 못하고 벌벌 떨며 눈물 흘리는데)

똘복   (그 눈물의 의미를 깨닫고 눈 돌아가 희번덕거리며) 너 때문이야!
        니가 잘못 읽었으면 너 때문이라구!
        너 때문에 다 죽는 거라구!!

담이   !! (감당할 수 없는 두려움에 휩싸여 하얗게 질리는데)

모두 흥분 상태로 똘복과 담이를 보고 있다. 이때!

결상   (그런 담이를 감싸 안으며 나타나서는) 그게 왜 담이 때문이야!!

똘복   …….

모두   (보면)

결상   석삼이 역모꾼이라고 잡혀 왔다잖아. 석삼이 그눔이… 그럴 위인이 돼?
        그랬다믄 애초에 그 서찰이 잘못된 거야!

똘복   …….

담이   (눈물 흐르며) …….

결상   그냥… 당한 거여…. 뭔지 모르지만 우리나 주인마님이나 다 당한 거라구….

노비 1   맞어! 우리가 뭔 죄여!

꺽쇠   이럴 순 없는 겨. 아무리 천한 목숨이라지만 이렇게 죽을 순 없는 겨!

노비 2   우리 죽는 거예유?

결상   뭐 들었어? 역모야! 딴 것도 아니고 역모라고! 다 죽는 거야. 이게 말이 돼?

노비들   (격앙되는데)

이때 옥사 문이 열리며, 만신창이가 된 석삼을
나장 두 명이 어깨에 메고 들어와 바닥으로 던진다.
보던 노비들. 석삼의 몰골에 경악한다.

결상   (바로) 석삼아! 이게 어찌 된 일이야? 응? 석삼아!

다른 노비들도 모두 석삼의 처참한 몰골에 놀라,

주변으로 모여 '석삼아! 석삼아!' 하며 '어찌된 일이냐'
'정신 차려!' '죽은 겨, 산 겨!' 묻는데,
맞아서 떠지지도 않는 눈으로 가쁜 숨을 몰아쉬는 석삼.
그런 석삼의 시선으로 사람들이 보인다.
걸상이. 담이. 꺽쇠. 노비 1. 노비 2.
그러고는 마지막으로 보이는 똘복의 모습.
다 터진 얼굴로 드디어 웃는 석삼.

석삼   … 똘복… 아…….

그러나 똘복은 그런 석삼을 보며 망연자실하다.
석삼은 손을 허공으로 저으며 똘복을 만지려 하는데
똘복이 멍하니 서 있기만 하자, 걸상이 똘복을 눌러 앉힌다.
앉아서도 망연자실한 똘복.
석삼은 헉헉대며 똘복에게 무어라 얘기하려 하는데, 말이 되어 나오지 않는다.
가쁜 숨을 몰아쉬며 겨우 똘복에게 손을 뻗는 석삼.
석삼, 마지막 힘을 다해 겨우겨우 똘복이 손을 잡는 듯한데….
보면… 똘복의 손에 구겨진 서찰 하나가 쥐어져 있다.

걸상   (서찰 보고) 이게 뭐야?
병사   (옥사 앞에서 보다가) 그거 니 애비 유서야!
똘복   !
병사   심온 대감이 대신 써주셨다. 노비 주제에 유서는 지랄….

석삼의 피가 묻은 서찰을 멍하게 보는 똘복.
그때, 숨을 놓는 석삼. 멍한 똘복.

걸상   (석삼을 흔들며) 석삼아! 석삼아!

하면, 다른 노비들, 모두 석삼을 부르며 울기 시작하고….
눈물조차 나지 않는 똘복의 눈빛, 망연자실하여 석삼에게 향한다.

#57. 이도의 방(밤)
(55씬 연결)

중전   아버님이 아무 말도… 아무 변명도 없이 돌아가셨답니다….

이도   …….

중전   변명 한마디 안 하시고…
          하소연 한마디를 안 하시고…
          단… 한마디도 안 하시고….

이도   …….

중전   왜 그러셨겠습니까?

이도   …….

중전   누구 때문이었겠습니까?

똘복   (차분하게 E) 누가 그랬어?

#58. 의금부 옥사(밤)
(56씬 연결)
모두가 울고 있는 가운데 똘복만 석삼의 시신 앞에서 멍하게 읊조리고 있다.

똘복   아부지…. (자는 사람 깨우듯 멍하게 나지막이) 아부지… 누구냐고….
          누가… 그랬냐고… 아부지…. (갑자기 버럭) 아부지!! 아부지!!
          (울음 터지며) 누구냐고!! 누가 그랬냐고!! 어떤 새끼야!!! 누구야!!

#59. 이도의 방(밤)
(앞 씬 연결)

중전   (앞 씬의 똘복이 대사를 받듯) 전하십니다….
          (눈물 흐르며) 전하 때문에… 전하께 누가 안 되려고… 돌아가셨습니다….

이도   …….

#60. 의금부 옥사(밤)
(앞 씬 연결)

똘복 말 좀 해봐, 아부지⋯. 누구야⋯ 누가 그런 거냐고!

#61. 이도의 방(밤)
(앞 씬 연결)

중전 (앞 씬의 똘복에게 대답하듯 증오와 슬픔을 담아) 전하께서 그러신 겁니다⋯.

그런 중전을 보며 멍하니 서 있는 이도.
그리고 60씬의 똘복의 모습에서 분할 엔딩.

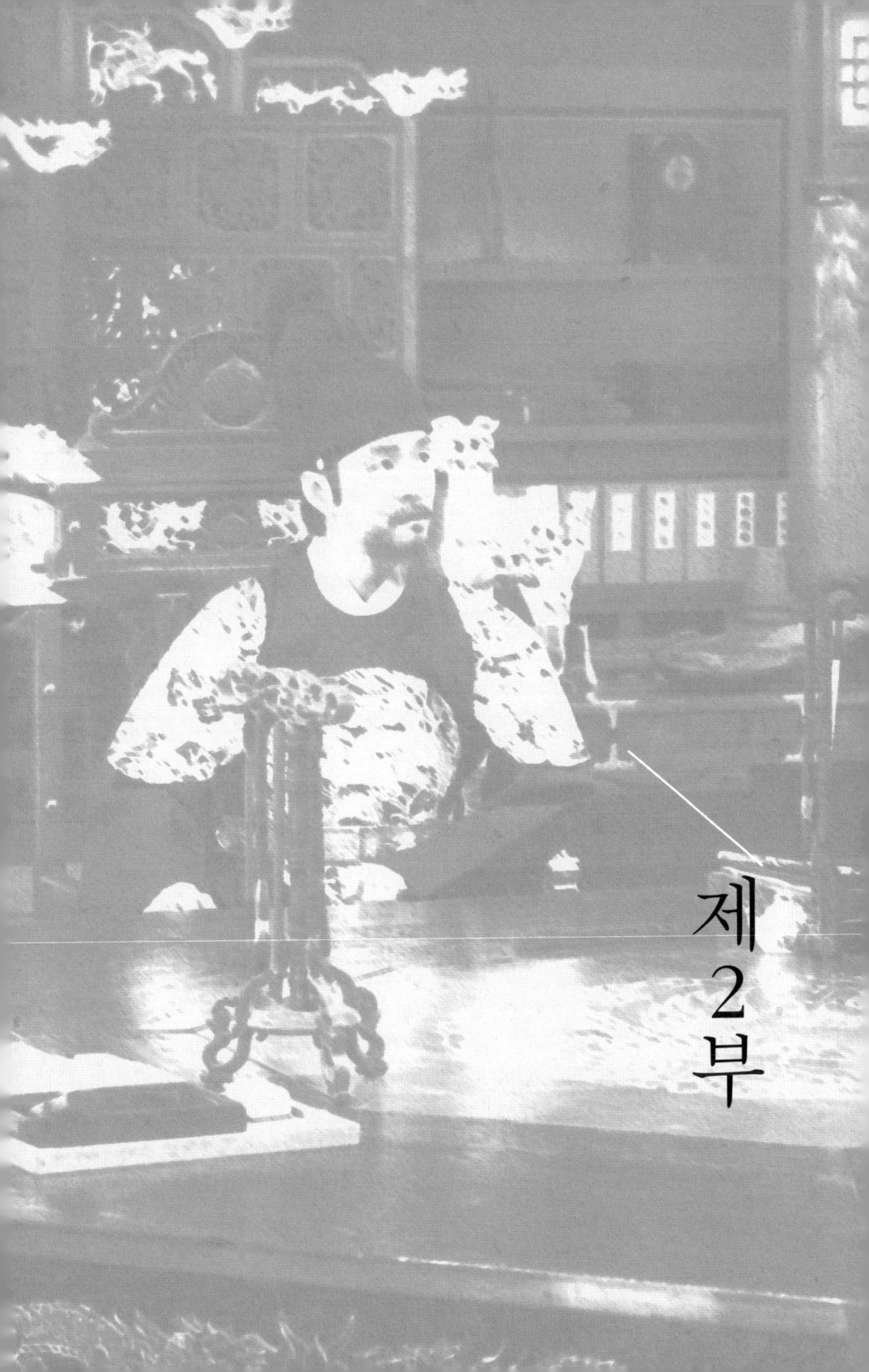

제2부

世宗御製訓民正音

나랏말ᄊᆞ미

中國에 달아

文字와로 不相流通ᄒᆞᆯᄊᆡ

故로 愚民이 有所欲

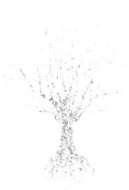

#1. 의금부 옥사(밤)
(1부 58씬 연결)
모두들 울고 있는 가운데 똘복만 석삼의 시신 앞에서 멍하게, 읊조리고 있다.

똘복   아부지…. (자는 사람 깨우듯 멍하게 나지막이) 아부지… 누구냐고….
      누가… 그랬냐고… 아부지…. (갑자기 버럭) 아부지!! 아부지!!
      (울음 터지며) 누구냐고!! 누가 그랬냐고!! 어떤 새끼야!!! 누구야!!

#2. 이도의 방(밤)
(1부 59씬 연결)

중전   (앞 씬의 똘복이 대사를 받듯) 전하십니다….
      (눈물 흐르며) 전하 때문에… 전하게 누가 안 되려고… 돌아가셨습니다….
이도   …….

#3. 의금부 옥사(밤)
(앞 씬 연결)

똘복   말 좀 해봐, 아부지…. 누구야… 누가 그런 거냐고!

#4. 이도의 방(밤)
(앞 씬 연결)

중전   (앞 씬의 똘복에게 대답하듯 증오와 슬픔을 담아) 전하께서 그러신 겁니다….

그런 중전을 보며 멍하니 서 있는 이도. (1부 엔딩 지점)

#5. 의금부 옥사(밤)
계속 소리 지르는 똘복의 모습.
모든 노비들이 절규하는 똘복의 모습에 소리 내어 울고 있다.

똘복   (더욱더 석삼을 세차게 흔들며) 아부지, 아부지….
나 한짓골 똘복이야! 나한테 얘기하라구!
아버지 이렇게 한 사람 얘기하란 말야!!

노비들 점점 분노와 분통이 터져가며 감정이 고조되는 듯,

꺽쇠   그려 이눔아! 어떤 새끼들이여?
어떤 새끼들이 죄 없는 널 이렇게 만든 겨?
걸상   누구긴 누구겠어?
윗것들이겠지!!
그것들 눈엔 우리가 파리새끼만큼도 안 보이니까!

노비들, 모두 동조하며 한마디씩들 해대며 술렁이기 시작하는데….

#6. 궁 전경(밤)
아무 일 없는 듯 평온한 궁의 밤.

#7. 이도의 방(밤)
중전은 이미 나간 듯, 이도만 멍하니 앉아 있다.
그런 이도를 보는 무휼.

무휼	… 전하….
이도	(멍하니 있다가는 벌떡 일어나 걷는다)
무휼	… 어디로 납시는 것이옵니까, 뫼시겠습니다.
이도	(넋나가) 의금부로… 갈 것이다….
무휼	(놀라) 아니 되십니다. 상왕전에서 아시면,
이도	(날카롭게 쳐다보며) ……!
무휼	(이도 보며) …….
이도	정녕 난… 아무것도 해서는 안 되느냐?
무휼	…….
이도	… 그래도….
무휼	…….
이도	… 그래도… 내가… 내가… 왕인데… 말이다…….
무휼	…….

#8. 이도의 방 밖(밤)
슬프고 어두운 표정의 중전, 나온다.
궁녀들이 모시려고 모이는데,

중전	의금부로 가야겠다! 어머님이라도 봬야겠어!

하고는, 서둘러 돌아서 성큼성큼 가는 중전.
궁녀들 서로 쳐다보며 당황하고 어쩔 줄 몰라 하지만, 다들 따른다.

#9. 의금부 옥사(밤)
석삼의 유서를 꽉 움켜쥔 똘복의 손. 이를 악문 채 석삼을 보고 있는 똘복.
이젠 오히려 다른 노비들이 모두 서서는 울며 분통을 터뜨리고 있다.

껙쇠	이렇게 사람이 다 죽어나가는데 뭔 일인지는 알려줘야 하는 거 아니여!!
노비 1	제 말이 그 말입니다!
걸상	그러게 우리가 소새끼야 개새끼야!

병사	(나장들 서넛과 오며) 이누무 종새끼들이 왜 이렇게 시끄러워?
걸상	종새끼는 사람 아니오?!!
	우리도 조선 백성이라고!
병사	이 자식이 지금! 정신 못 차리구! (하며 분위기 험악해지는데)
담이	(한쪽에 있다가는 슬프게) 사람이 죽었어요.
	석삼 아재가 죽었다구요…. (하고 울먹인다)
병사	뭐? 죽어? 에이… 젠장할…. (옆에 있는 나장들에게) 치워.

하면, 나장 네 명, 옥문을 따고 들어간다.
그러고는 죽어 있는 석삼에게 다가가 팔다리를 잡으려 하자,

| 똘복 | (보고 있던 똘복이 석삼을 잡으며) 놔! 우리 아부지야! 안 돼!! |

하며 붙들고 늘어진다.
그러자 나장 하나가 '이놈이! 어서 못 놔!'
하며 육모방망이를 휘둘러 똘복의 머리를 후려친다.
그 모습에 눈빛들이 변하는 노비들.
순간, 걸상이 갑자기 나장을 공격한다.
가뜩이나 분하고 억울하던 옥사의 노비들, 순식간에 나장들의
육모방망이를 뺏고, 일제히 공격하기 시작한다.
나장들과 밖에 서 있던 군관들은 갑작스런 공격에 당황하여
두어 명은 맞고, 두어 명은 도망친다.
순식간에 꺽쇠가 옥문을 부수고 빠져나가고
노비들 우르르 나가는데…
얼른 담이의 손을 잡아 챙기던 걸상, 똘복의 손도 잡아끈다.

걸상	여깄다간 어차피 죽어! 나와!
똘복	(다급하게) 아부지는요? 아부지는?
걸상	아부지도 너 도망치길 바래, 이눔아!
	(하고는 뒤를 돌아 죽은 석삼을 보며) 그치? 그치! 성님….
똘복	(처음으로 성님이라 부르는 걸상을 본다)

담이   (역시 걸상을 보다가 똘복을 본다)

걸상   (다시 똘복을 보며) 날벼락 맞지 말고 얼른 가라 그러시잖어!!

하면, 똘복은 차마 떨어지지 않는 발걸음으로 석삼을 보는데….
담이는 얼른, 똘복의 손에 쥔 석삼의 유서를 자신이 만들어준
똘복의 복주머니에 넣는다. 챙겨주는 느낌으로.
이때 억지로 똘복과 담이의 손을 잡고는 끌고 나가는 걸상.

#10. 의금부 마당(밤)

'파옥이다!'를 외치며 뛰어나오는 나장들.
그 소리에 여기저기서 병사들이 뛰어나온다.
의금부로 들어서던 중전과 상궁, 궁녀, 이게 무슨 상황인가 싶어
한쪽 구석에서 당황스럽게 보고 있다.
그런 중전의 시선으로 펼쳐지는 의금부 마당의 상황들.
여기저기서 우르르 나오는 병사들.
옥사에서 뛰어나오는 노비들. 또 갇혀 있던 사람들.
병사들은 달아나는 노비들과 죄수들을 보이는 대로 닥치는 대로
때리고, 찌르고, 죽인다.
여기저기서 피를 흘리며 처참하게 쓰러지는 노비들.
마당의 다른 쪽 구석.
걸상이 병사들 서넛을 밀어제치며 나오고 있다.
담이와 똘복은 손을 꼭 잡은 채 그런 걸상의 뒤를 따르고 있는데….

#11. 의금부 마당 쪽 담벼락 + 의금부 내 담벼락 바깥(밤)

앞서 길을 터주던 걸상, 담벼락에 이르자,
얼른 똘복이를 먼저 담으로 들어올린다.

걸상   먼저 넘어가! 담이 넘겨줄 테니까!

하면 얼른 넘어가는 똘복.
걸상은 바로 담이를 안아 담 너머로 넘겨준다.

담벼락 바깥쪽, 담이를 안아 받는 똘복.
넘어오는 담이.

담이   아부지도 빨리 넘어와!!
걸상   (안쪽에서 E) 알았다 이년아!

하고는 손을 짚고는 뛰어오르는 걸상. 몸의 반이 보이는데….
보는 담이와 똘복.
이제 넘기만 하면 되는 걸상이 '윽' 하며 멈춘다.

담이   (놀라) 아부지!
똘복   아재!!
걸상   (순간 입에서 피가 흐르며) …가…. 얼른…….
담이   아부지!
걸상   … 똘복아…. 부탁한다…….

하고는 담벼락 너머로 떨어져버리는 걸상. 칼에 맞은 것이다.

담이   (사라져버린 아버지에 경악하며) 아부지! 아부지!
똘복   아재! 아재!
담이   아부지!!

하는데 보니, 어느샌가 이쪽 마당에도 와 있던 병사 하나가
담이를 내리치려 오고 있다.
똘복, 순간 '똘복아… 부탁한다…' 플래시백 되며
'으아악!' 소리를 지르며 달려오는 병사를 향해 달려드는 똘복.

담이   (제정신이 아닌 상태로 이번엔) 오라버이!!!
똘복   (죽을힘을 다해 병사의 바짓가랑이를 잡은 채) 빨리 가! 빨리!!
담이   오라버이!!
똘복   얼른 가라구! 얼른!!

담이, 정신없는 상태로 뒷걸음질 치며 도망친다.
병사는 사정없이 똘복을 육모방망이로 가격하고
똘복은 그래도 죽어라 병사를 잡고 늘어지다가는
결국 정강이를 물어버리는 똘복. '으아악!' 비명 지르는 병사.

#12. 의금부 뒷마당 일각(밤)
계속 똘복 쪽을 보며 뒤돌아 도망치고 있는 담이.
그러다가 순간, 무엇엔가 쿵 부딪친다.
놀라 돌아본다. 중전이다. 놀라는 담이.

중전   … 담아….
담이   … 마마….
중전   … 어찌… 너까지….

하는데… 이때 어둠 속에 햇불이 일렁이며 이쪽으로 오는 것이 보인다.
중전, 얼른 담이를 치마폭 안으로 넣어버린다.
보던 상궁, 놀라지만 냉정.
이때 달려오는 병사들.

병사 1   (달려오며) 누구냐?
상궁   중전마마시다!!

병사들, 긴장한 채로 햇불을 중전의 얼굴 쪽으로 비춘다.

중전   대체 무슨 일이 벌어진 것이냐?
병사 1   (얼른 조아리며) … 파옥이 일어났습니다….
중전   … 어찌 그런 일이… 일어났단 말이냐….
상궁   뭣들 하는 게야! 어서 잡아야 할 것이 아니냐!
병사들   예!!

하고는 서둘러 가는 병사들.

큰 숨을 몰아쉬며 안도하는 중전.
이때 치마폭 안에서 기절한 듯 치마폭 밑으로 쓰러지는 담이.

#13. 의금부 앞 길(밤)
삿갓을 쓰고 변복한 이도와 선비 차림으로 변복한 무휼이
저쪽에서 오고 있다.
이때 의금부 안쪽에서 '잡아라!' 소리와 싸움이 벌어지는
시끄러운 소리가 들린다. 무슨 일인가 보는 이도와 무휼.
이때 의금부 문이 '쾅!!' 거칠게 열리면서
노비들 열댓 명이 쏟아져나와, 제각각 도망친다.
따라나오는 병사들. 도망하는 노비들을 각각 쫓는데….

무휼   전하! 파옥인 것 같사옵니다! 돌아가셔야 하옵니다!
이도   (그냥 무시하고는 의금부 앞을 보는데)

        의금부 앞쪽 길 중, 이도 쪽과는 반대쪽 길에서
        잡힌 노비들을 닥치는 대로 학살하는 병사들.
        보는 이도.
        이때 열린 의금부 문으로 도망쳐나오는 똘복.
        보는 이도.

무휼   (그런 이도가 답답하여 다급한 소리로) 전하! 지금은 상왕 전하께
        어떠한 오해도 받으시면 아니 되옵니다. 가셔야 합니다!

        하는데도 이도는 그 난리를 얼어붙은 듯 보고만 있다.
        노비들이 도망치고, 잡히고, 살해당하는 처참한 광경들. 그 위로….
        1부 26씬 중의 대사들이 이펙트 처리된다.

중전   (어떻게든 울음을 참으며 E) …살려… 주세요…. 우리 아버님… 살려주세요….
중전   (E) 정녕 전하께서… 아무것도 못하신단 말입니까?

1부 30씬 중의 대사만 이펙트 처리

태종   (속삭이듯 E) 죽어 있어야 해. 아무것도… 하지 말아야 한다….

그새 똘복은 도망치느라 이도 쪽으로 달려오고 있다.
이도가 본다.
달려오는 똘복.
F. B - 1부 플래시백에서 나왔던, 피투성이로 끌려가던 소년의 차가운 얼굴.

소년   (차갑게) 넌… 아무것도 할 수 없어.

다시 소년의 얼음장같이 차가운 눈 클로즈업이.
달려오는 똘복의 눈동자로 이어진다.
자신의 눈을 의심하듯이 놀라는 이도.
도망가던 똘복이 앞의 이도를 세게 밀치며.

똘복   옘병할!! 비켜! (하고 밀치고 가는 똘복)

이도, 다시 비틀하며 쓰러질 듯하자, 무휼이 급히 부축한다.
숨을 몰아쉬는 이도.

무휼   전하! 전하!
이도   (숨을 몰아쉬며 마치 뭔가에 홀린 듯) 구하라….
무휼   예?

가는 똘복을 돌아보는 이도.
이때 똘복을 쫓느라 뒤따르는 의금부 병사들 또한 이도를 지나쳐 간다.

이도   (무엇엔가 홀린 사람처럼 무휼에게) 저… 저… 아이를….
무휼   (무슨 말인가 싶어)
이도   (버럭) 당장 저 아이를 구하라지 않느냐?

| 무휼 | (보면) …….

| 이도 | 어서!! 어서!!

무휼, 할 수 없는 듯 달려간다.
이도, 따르는데…
그 상황을 뒤에서 보고 있는 누군가의 시선.

#14. 다른 길 일각(밤)
필사적으로 도망치는 똘복.
병사들 또한 필사적으로 쫓는다.
결국, 똘복이 병사들에게 잡힌다.
똘복, 잡힌 채로 악을 쓰고 발광을 하며 몸부림을 치다가
병사 한 명의 손등을 거칠게 물어뜯는다.
비명을 지르는 병사.
그러자 옆의 병사가 분노하여, 창을 들어 똘복을 찌르려는데,
이때 양손으로 두 명의 병사를 재빠르게 제압하는 무휼.
병사 둘 쓰러져 기절한다. 놀라서 보는 똘복.

| 무휼 | (주위를 두리번거리며 똘복의 손을 잡아채고) 어서 가자!

| 똘복 | (경계하며) 아저씨 누군데? (무휼이 상관 않고 자신을 거칠게 끌자)
놔봐! 누구냐고!

무휼, 난감하다는 듯, 똘복의 뒷목덜미를 쳐서 기절시킨다.
스르르 쓰러지는 똘복.
이때 이도가 온다. 쓰러진 똘복과 병사 둘을 본다.
여기저기서 혼란스러운 소리가 들린다.

| 무휼 | 얼른 빠져나가야 하옵니다. 어서!

#15. 산속 폐헛간 앞(밤)
어깨에 똘복을 이고 온 무휼. 헛간 문을 열고는 안으로 던져놓는다.

그러고는 문을 닫고, 돌아서면 이도가 있다.

무휼	전하… 제발 이제 돌아가셔야 하옵니다.
이도	…….
무휼	… 아이는 무사할 것이옵니다.
태종	(E) 뭘… 하는 게야….

놀라 돌아보는 무휼.
역시 놀라 돌아보는 이도.
13씬에서 이도의 상황을 지켜보던 시선의 남자, 태종이다.
사냥복 입은 태종과 조말생, 10여 명의 무사들이 있다.
마주 보는 이도와 태종.

#16. 산속 다른 일각(밤)
마주 보고 서 있는 이도와 태종.
태종의 뒤쪽엔 조말생과 무사들이 버티고 서 있고,
이도의 뒤에는 무휼 혼자만이 버티고 서 있다.

이도	… (읍소) 그냥 어린아이이옵니다.
태종	역당의 노비이다!
이도	… (읍소) 아직 어리고, 철모르는 아이일 뿐이옵니다.
태종	역당의 노비이며, 국법에 대항하여 파옥한 대역죄인이다!
이도	… (읍소) … 아직은… 어리고… 어리석고… 철모르는….
태종	(OL로) 역당의 노비이며, 국법에 대항하여 파옥을 했고, 병사를 공격한 죄인이다!
이도	… (뜻을 꺾을 수 없는 것인가? 안타깝게 보는데) …….
태종	(그런 이도를 보며 살짝 비웃음 띠는데) …….
이도	(그런 태종의 비웃음에 모멸감을 느끼는데) …….
태종	(비웃음을 띤 채 이도를 똑바로 보며 명령은 수하들에게 내리는) 그 아이를 데려와 죽이거라.
이도	(본다)

태종	(역시 이도를 노려보며) 역당의 노비만으로도 죄를 면치 못하거늘, 파옥을 했고, 감히 (힘주어) 나의 병사를 공격했다.
	이 자리에서 목을 벨 것이다.
이도	(보는데)
태종	어서!
수하들	예!! (하고는 돌아서 가려는데)
이도	(버럭) 한 발짝도!
수하들	(놀라 머뭇) …….
태종	(이도 보는데)
이도	(태종 똑바로 보며 잘근잘근 씹어뱉는 말투로) 움직이지 마라….
태종	… (황당하다는 듯 보며) 무어라……?
이도	(노려본다) …….
태종	(수하들에게 다시 힘주어 명령을 내린다) 어서 그 아이를 데려와, 즉시 참하라! 왕명이니라!
이도	(말 확 자르며 분노 폭발하며) 왕을 참칭하지 말라!!!
	상왕은 왕이 아니다! 내가! 내가 조선의 임금이다!!
태종	(순간 긴장) …….
무휼	(긴장)
수하들	(긴장)
이도	(보고)
태종	(보는데)

#17. 폐헛간(밤)
'으…' 깨어나는 듯한 똘복의 모습

#18. 산속 일각(밤)
긴장하고 당황한 태종.
역시 긴장하고 당황한 태종의 수하들. 그리고 조말생.
제일 긴장한 무휼.

태종	이도… 네놈이… 미친… 게로구나….

이도	외숙들이… 죽던 날 밤…. 모후께서 목 놓아 우시던 그날 밤….
	저는 열한 살이었습니다.
	제가 마방진을 시작한 것이 그날입니다…. 3방진을 풀었었지요….
태종	…….
이도	아바마마께서 살육을 하실 때마다,
	전 그 방으로 달려가 마방진을 풀었습니다.
	하여! 어제는 33방진을 풀고 있었습니다! 제가 말입니다!
태종	(버럭) 넌 도망만 치는 놈이니까!
이도	(같이 버럭) 이해해보려는 것이었습니다, 아버지를!!!
태종	…….
이도	이해하려 했습니다!
태종	…….
이도	민무질… 민무구… 민무휼… 민무회…
	외숙들을 죽여야 했던 이유….
태종	…….
이도	나이 어린… 이방석… 이방번…
	제 숙부들이 그 어린 나이에 죽어야 했던 이유…….
태종	…….
이도	같이 대업을 도모했던 동지…
	심효생… 이근….
태종	… (니가 그 말을 하기만 해 하는 눈으로 보는) …….
이도	(무시하고) … 장지화….
태종	…….
이도	… 정도존….
태종	… (이제 분노로 떨기 시작하는) …….
이도	… 아들 정유… 정영… 정담….
태종	(니가 기어이!!!!) …….
이도	그의 형이자, 그들의 아버지인 정. 도. 전.
태종	(부르르 떨며 버럭) 감히 네놈이 내 앞에서! 그 역적의 이름을 대다니!!
이도	(오히려 더 들으라는 듯) 예, 예!! 삼봉(三峰 : 정도전鄭道傳의 호)! 삼봉!
	정! 도! 전! 말입니다!!

태종	(분노로 치를 떨며 보며) !
이도	저는 아바마마께서… 조선의 근간을 만든 정도전과는 다른 이상이 있다고 생각했습니다.
	그자의 뜻과는 다른 조선을 만들기 위해 그리하셨다 생각했습니다.
태종	… (참을 수 없는 분노로 부르르) …….
이도	헌데 아니었습니다.
	아버지가 그자를 죽인 이유는 오로지 아버지만이 혼자 권력을 쥐어야 하기 때문이었습니다.
태종	… (점점 더 부르르) …….
이도	그리고는 정도전이 만든 조선을 그대로 이어가셨사옵니다.
태종	(터지며) 그자는 아무것도 하지 않았어!
이도	…….
태종	내가 정몽주를 죽였고! 내가 그자 대신 명에 볼모로 갔고!
	내가 고려의 왕을 쳐내고 아바마마를 왕위에 올렸어!
	그자들은 정몽주를 죽이고 싶어 하면서도 명분 따위에 휘둘려, 하지 못했어!
	더러운 물에 손을 담그려 하지 않았어!
이도	…….
태종	내가 세운 조선이다! 내가 더러운 물에 손을 담그고 세운, 나의 조선이야!
이도	…….
태종	내가 온전히! 모두! 가져야 마땅한 권력이다!!
	그게! 나의 조선이고! 이방원의 대의다!
	이방원의 대의가! 곧 조선의 대의인 것이다!
이도	(OL) 나의 조선은 다릅니다!!! 다를 것입니다!!
태종	(노려보고)
이도	(노려보고)
태종	… 어찌… 다를 것이냐…. 어떻게 다르게 할 것이냐….
이도	…….
태종	답을 해보거라….
이도	(잘 모르겠다) …….
태종	너의 조선이라… 했다. 너의 조선은 어떤 조선이냐….
	답을 하고, 방도를 말해보거라.

이도	(잘 모르겠다, 미치겠다) …… .
태종	(보다가 비웃으며) … 한심한 놈…. (수하들에게) 뭣들 하는 게야! 그 아이의 목을 가져오너라!
수하들	예!

하고, 수하들 움직이는데, 이도 어찌할 바를 몰라서 보다가,
자신의 칼을 뽑아 태종의 앞에 던진다.
태종, 무슨 의미냐는 듯 이도를 본다.

이도	저도 베십시오. 패역한 역당의 노비를 비호했고, 삼봉의 이름을 입에 올려 아바마마의 권력에 도전했으니, 베시지요.
태종	(놀라) !
이도	그 아이를 죽이려거든, 나의 외숙부들과 삼촌들과, 동지들을 죽였듯이, 저도 이 자리에서 죽이시지요.
태종	(분노로 본다) …… .
이도	(역시 노려보며) …… .
무휼	(긴장하여 본다) …… .
태종	(그러다 갑자기 껄껄대고 웃으며) 네놈이 뉘 앞에서 감히 허세를 부리는 것 이냐. 내가… 베라면 못 벨성 싶으냐…. (껄껄 웃는다)

웃음이 싹 멈추며 차가운 표정이 되고는 그 칼을 집어 드는 태종.
정말 죽일 듯한 미소를 짓는다.

태종	(차갑게 미소 지으며) 소원이라면, 베어주마. (하고 다가온다)

태종, 칼을 들고 다가와, 이도의 목에 칼을 들이댄다.
떨리는 이도.
모두들 긴장한 채, 어찌할 바를 몰라, 주시한다.
조말생의 당황한 눈빛, 무휼의 긴장한 눈빛. 이때!

이도	무휼!! 내가 누군가에게 살해당한다면!
무휼	(놀라 보며) ……?
이도	넌 즉시 임금을 시해한 자의 목을 쳐야 할 것이다! 알겠느냐!
무휼	(경악) !!!
태종	(경악) !!!
조말생	(경악) !!!
태종	(날카롭게 보는) …….
이도	사사로이는 아버지이나, 무휼 넌, 공의로서! 대의로서!
	너의 직분을 다하라!
태종	!!
무휼	(놀라 보며) !!
이도	이것이 아무것도 할 수 없던 왕, 이도가 마지막으로 내리는 명이니라!!
태종	…….
이도	(무휼에게) 실수치 말거라.
태종	…….
이도	(태종에게) 아버지께서 제게 무휼을 주시며 일러주셨던 말씀을 기억하십니까? (힘주어) 능히. 혼자서. 100인의. 무사를 대적할.
	조선. 제일검. 이니라. 라고. 하셨죠.

이도가 말하는 순간, 비장한 표정이 되어 칼을 뽑는 무휼의 손.

무휼	(비장하고 뜨거운 눈빛이 되어) 무사 무휼!
	한 치의 실수도 없이 명을 수행할 것이옵니다. (하고 태종을 본다)

그 순간 조말생과 태종의 수하 무사들 모두, 칼을 뽑는 컷컷들.
양쪽의 대치 국면. 긴장된 상황이다.
태종이 잡은 칼이 부르르 떨린다. 칠까 말까….
보는 이도.
보는 태종.
보는 무휼. 보는 태종의 무사들.
긴장된 상황들이 컷컷으로 흐른다.

그러던 순간. 칼을 잡은 태종이 손힘을 뺀다.
천천히 칼을 내리는 태종.
보는 이도. 보는 무휼.
그때 칼을 쥔 채 돌아서 가는 태종.
보는 이도. 보는 무휼.
돌아서 가던 태종이 칼을 휙 뒤로 날린다.
이도의 앞. 땅에 꽂히는 칼.
그렇게 태종은 간다. 그러다 뒤를 돌아보는 태종.
긴장하여 보는 이도.

태종   감당… 할 수… 있겠느냐…?

하고는 다시 가는 태종. 따르는 수하들. 그리고 조말생.
그런 태종의 뒷모습을 보는 이도.
계속 경계를 풀지 않는 무휼.
점점 숲 사이로 사라져가는
태종의 뒷모습. 태종의 모습이 사라지자,
다리에 힘이 풀리는 듯 나무를 한 손으로 짚고 서는 이도.

무휼   전하!

태종이 사라진 쪽을 멍하게 보며, 숨을 몰아쉬는 이도.

#19. 폐헛간(밤)
똘복, 깨어나 여기저기 다친 몸 때문에 부르르 떨고 있는데
이때 밖에서 들려오는 소리.

병사 1   (E) 이쪽에서 사라졌어!
병사 2   (E) 저 아래부터 샅샅이 뒤져보자구!

움츠린 늑대처럼 긴장하는 똘복. 주위를 살핀다.

작은 돌도 있고, 어처구니가 빠진 맷돌도 있다.
그것들을 보는 똘복의 맹수 같은 시선.

#20. 산길 일각(밤)

굳은 얼굴로 산길을 내려오는 태종. 그 뒤의 조말생과 호위무사들.
조말생, 난감한 표정으로 용기 내어 입을 연다.

조말생	(눈치 보며) 대전의 춘추 아직 미령하시어… 지혜가 부족하시니….
태종	(뚝 끊고는) 날 설득하는 지혜는 갖추지 않았더냐….
조말생	예……?
태종	주자도, 공자도, 그 어떤 고담준론도 날 설득치 못하느니라…. 오직… 힘만이 설득할 수 있는 것이지….
조말생	(보며) …….
태종	이도가… 그걸 깨달은 걸까…. 허허….
조말생	(태종의 상태를 보며 조금 안도하는 듯 미소로) 예, 전하. 상감께서, 유약하시다고만 생각했사온데.
태종	(갑자기 걸음 멈추고 차갑게 말 자르며) 날이 밝는 대로 당장!
조말생	(놀라 멈추고 보며) …….
태종	(빠른 목소리로) 내금위! 별시위! 우림위! 겸사복 궁내의 전 병력은! 무장한 채, 강무장에 집결하라는 명을 전하거라!
조말생	(경악하여) !! 저… 전하….
태종	(낮은 목소리로 단호하게) 지엄한… 군령이니라!

하고는 가는 태종. 내일 큰일이 벌어지겠다는 느낌에,
불안한 조말생의 눈빛.

#21. 산속 일각(밤)

이도, 아직도 나무를 짚은 채 숨을 몰아쉬고 있다.

무휼	전하, 괜찮으시옵니까?
이도	… 괜찮다…. (하고는 바로 선다)

무휼   전하, 아뢰옵기 송구하오나 상왕 전하께서…

이도   (말 자르며) 그 아이에게 가보자.

무휼   전하, 지금, 그 아이가 중요한 것이 아니옵고,

하는데, 그냥 앞서 가버리는 이도.
어쩔 수 없다는 표정으로 따르는 불안한 표정의 무휼.
그 위로 문고리를 흔드는 소리와 함께

병사 1   (E) 어? 왜 잠긴 거야?

#22. 폐헛간 안(밤)
폐헛간 안으로 들어서는 병사 1.
숨어 있다가 맷돌로 내리치는 똘복.
머리를 감싸고 비명을 지르며 쓰러지는 병사 1. 신음한다.
숨을 몰아쉬며 눈빛을 빛내는 똘복.

#23. 폐헛간 밖 일각(밤)
이도와 무휼이 오고 있다. 헛간 안에서 들려오는 소리.

똘복   (E) 누구냐고!!

놀라는 이도와 무휼. 헛간 쪽으로 다가가 열린 문틈으로 헛간 안을 보면,
신음하는 병사 1의 배 위에 올라탄 채 병사의 멱살을 쥐고 흔드는 똘복.

똘복   (특유의 말투로) 나… 한짓골 똘복이야.
         누구야? 누가 시킨 거야!!

놀라 보고 있는 이도와 무휼.

#24. 폐헛간 안(밤)
병사 1은 '으으으' 신음하고 있는데….

똘복	(울음이 섞인 목소리로) 우리 아버진 대감마님한테
	편지 전해주래서 전해준 죄밖에 없어!
이도	(밖에서 보고는 '저 아이의 아비였단 말인가?' 놀라는)
무휼	(역시 놀라는)
똘복	(울음이 점점 섞이며) 궁년지 지랄인지가 와서는 밀명이라면서,
	전해주기만 하면 주인마님, 우리, 다 산다 그랬어!
이도	…….
무휼	…….
똘복	그래놓고 이렇게 된 거야. 누가 시킨 거야!!
	(눈물이 철철 흐르며) 왜! 왜! 누구야! 어떤 개새끼야!!

병사는 똘복의 다그침에 입을 연다.

병사 1	(신음하며) 이놈아…, 이런 일을 다 누가 시키겠어?
똘복	누구냐니깐?
병사 1	몰라서 물어? 어… 명이… 지…. 어명…!

울던 얼굴이 멈추며 놀라는 똘복.
하지만 놀란 표정이 싸늘한 미소로 바뀌며 씹어뱉듯,

똘복	(이를 악물며) 어명…? 임금이란 말이지?
	우리 아부지한테 밀지 전해주라고 한 수상인지… 밥상인지…
	그 임금새끼란 말이지!
이도	(놀라 보는) !!
무휼	(역시 경악하여 이도의 얼굴을 얼른 보는) !!
똘복	죽여버리겠어!

무휼, 너무 놀라 당장 달려가려 하는데… 손으로 제지하는 이도.

| 병사 1 | 이런 흉악한 놈을 봤나…. 니깐 놈이 뭔 재주로! |
| 똘복 | (눈알을 희번덕거리며 차가운 미소로) 임금 배때지엔 철갑 둘렀어? |

이도	……!
똘똑	죽여버릴 거야! 우리 아부지 죽인 원수 죽일 거라구!
이도	(보는데) …….
병사 1	(아이가 말이 너무 심하자 힘을 내서) 전하께서…
	대의를 위해 하신 일이야…. 니깐 놈이 뭘 안다고….
똘복	(바로 버럭) 대의? 지랄하지 마시라 그래!!!
이도	(너무 놀라워 멍한 채로 보는)
무휼	(역시)
똘복	대의…? 우리 아부지 죽여도 되는 대의가 뭔데?
	(여기서부터 엉엉 울며) 우리 아부진 반푼이야….
	반푼인데… 반푼이라서…, 나 살릴라구… 간 거라구.
이도	…….
무휼	…….
똘복	반푼이도… 아들 살리는 건 안단 말야…. 임금은… 백성의 어버이랬잖아.
이도	(듣는데 미치겠다)
똘복	(갑자기 눈물 뚝 그치며) 그러니까 대의로 지랄하시지 말라 그래!!
	지랄하시지 말라 그래!!!

하며 엉엉 목 놓아 우는 똘복.
그런 똘복을 보며 황당한 듯, 넋 나간 듯 보고 있는 이도.
그리고 우는 똘복의 모습이 풀샷으로 보이는데….
이때 의금부 병사들의 횃불이 일렁이는 것이 보인다.

무휼	(정신을 차리며) 전하… 일단은 피해야….

하며 얼른 헛간 안으로 들어간다.
이도는 들어가는 무휼을 보면서도 멍한 채로 보고 있다.

#25. 폐헛간 안(밤)
급히 들어온 무휼, 아직도 절규하고 있는 똘복의 혈을 잡아 기절시킨다.
병사 1도 정신을 잃은 듯하다.

여전히 밖에서 멍하게 보고 있는 이도.
그런 이도를 보는 무휼.
기절한 똘복의 모습.

#26. 폐헛간 밖(밤)
이도가 서 있는데 무휼이 나온다.
약간은 흥분된 느낌의 이도, 쓰러진 똘복을 묘하게 보고 있다.
생전 처음 듣는 욕과 거친 말에 느끼게 되는 흥분과 분노,
시원함과 통쾌함 등이 섞여 있다.

무휼   죽여야 합니다.

이도   (놀라 보며) ……!

무휼   소신, 전하의 큰 뜻을 모르지 않사옵니다. 허나,
         당장 내일 날이 밝으면 상왕전으로부터 어떤 일이 벌어질지
         가늠키 어려운 상황이옵니다.

이도   (차갑고 무겁게) 하여……?

무휼   이놈의 불손한 언동은 차치하고라도
         심온 대감에게 서찰을 전한 노비의 자식이옵고,
         훗날 어떤 화근이 될지 알 수 없는 아이이니, 죽여야….

이도   (말 자르며) 백성이다.

무휼   예……?

이도   (약간은 흥분이 된 듯) 내가… 살린….

무휼   (보며) …….

이도   나의….

무휼   …….

이도   (기절한 똘복의 얼굴을 보며) 첫 번째… 백성이다!

무휼   ……!

이도   저 아이 말이 맞다….
         백성을 살리는 것이, 백성을 구하는 것이 임금이다….
         내가 어찌… 임금이라 할 수 있겠는가….
         나 때문에… 모두 죽었거늘….

무휼	전하···.
이도	헌데··· 내가··· 저 아이만은 살렸느니라. 구했느니라···.
	하여, 난 잠시··· 임금이었다.
무휼	(보며) ······.
이도	내가 살린 나의 첫 번째 백성이요···
	마지막 백성일 것이다···. (하고 피식 웃는)
무휼	예?
이도	난 답이 없다. 아바마마의 조선과는 다른 나의 조선.
	말만 번지르르할 뿐, 아바마마의 질문에 답하지 못했다···.
	내 안에··· 답도··· 방도도 없구나···.
무휼	무슨 말씀을 하시는 겁니까···.
이도	(왕을 그만해야겠다는 생각에 눈빛이 흔들리며) ······.
무휼	전하!
이도	(말 돌리는 듯 자르며) 저 아이··· 내가 살릴 수 있는
	유일한 백성일지도 모른다···.
	허니··· 살려야 한다···. 반드시!

#27. 궁 일각(밤)
혼자 걷고 있는 이도. 어두운 표정이다.

#28. 근정전 앞(밤)
어두운 표정으로 터덜터덜 천천히 걸어오고 있는 이도.
ins. cut - 24씬 헛간.

똘복	(바로 버럭) 지랄하지 마시라 그래!!!

편전을 바라보는 이도.

이도	(마음의 소리 E) 지랄··· 지랄이라···. 참으로 적절한 말이 아니더냐···.
	(피식 웃으며) 그래··· 그만하자···. 지랄···.

하고는 피식하며 돌아서는 이도의 표정.

#29. 반촌 전경(새벽)
아직 해 뜨기 전 밤 같은 새벽. 이때 어디선가 들리는 특경 소리.

#30. 도담댁네 방(새벽)
특경 소리에 벌떡 일어나는 똘복.
온몸이 땀에 젖은 채로, 순간, '여기가 어딘가?' 살핀다.
낯선 공간이자, 즉시 목침을 들어 경계하고는
문으로 가, 빼꼼히 열고 밖을 살피는 똘복.
ins. cut – 밖엔 아무도 없다.
조심스럽게 나가는 똘복.

#31. 마당 + 마당 앞길(새벽)
경계하면서 마당으로 나온다. 아무도 없이 조용하다.
툇마루에 놓인 호미를 보고는 얼른 호미를 드는데,

도담댁   (E) 그럴 것 없다.

똘복, 경악하며 확 돌아보며 노려보는데, 도담댁이다.
온화한 미소를 띠고 있는 도담댁.
그래도 여전히 호미를 겨누며 경계하는 똘복.

도담댁   (호미 상관 안 하는 듯 물건들 챙기며) 무슨 사연인지 몰라도 여기선 아무도
         상관 안 한다.
똘복   … 여기가… 어딘데요…?
도담댁   반촌(泮村 : 성균관 노비들이 거주하는 동네)이다.
똘복   (놀라 호미 든 손을 내리며) 반… 촌…? 여기가 반촌이란 말이오?
도담댁   그래. 성균관 노비들이 살고 있고,
         문성공(안향安珦 : 주자학을 들여온 사람)의 사당이 있는 반촌 말이다.
         (미소로) 어명 없인 관군도 들어오지 못하는 곳이니… 안심하거라.

그때, 10여 명의 노비들(노비들이나 깨끗하게 차려입은)이 도담댁에게 오더니
깍듯이 인사한다. 똘복, 다시 경계하는데…
(반촌은 대부분 개성 사투리를 쓸 겁니다. 억양 연구 요망입니다.)

도담댁 (개성 사투리 톤으로) 밥은 먹었는('먹었느냐'의 개성 사투리)?
개출   (개성 사투리 톤) 먹었뜨랬습니다. (하고는 옆의 똘복을 보며) 누구니까요?
도담댁 새 식구다. 앞으로 조랍게(친하게) 지내라.
개출   (보며) … 예에….
도담댁 오늘은 새로 들어온 유생들 첫날이다. 냉큼 가자, 늦겠다.
      (하고는 똘복 보며) 너는 들어가 쉬고.

하고는 도담댁과 노비들은 서둘러 어딘가로 간다.
가는 그들을 보는 똘복, 들어가지 않고, 길로 나가 보면
여기저기서 나온 노비들이 우르르 한곳을 향해 가는데,
서로 인사하고 웃으며 정답게들 간다.
마치 공장 노동자들의 출근 풍경 같다.

#32. 성균관 팻말 있는 앞(새벽)
시금치, 콩나물 등의 채소들과 삶은 고기가 든 가마솥을
짊어지고 들어가는 반촌 사람들과
물지게와 여러 물품들을 짊어지고 가는 반촌 노비들 등등 들어가는 모습들.
그리고 개출, 명부와 도담댁 등도 모두 어딘가로 들어간다.
그들을 따라들어가는 똘복.
똘복, 들어가고 나면 팻말 '成均館(성균관)' 보이고….
이때 '둥!' 하고 첫 북소리가 울린다.

#33. 동재 앞마당(새벽)
몰래 숨어 들어온 똘복. 나무 뒤에 숨어서 보는데.
두 번째 북소리가 크게 울린다. 놀라는 똘복.
이때, 개출이 맨 앞에 서고, 그 뒤로 대야 하나씩 들고 줄 맞춰 들어오는
30여 명의 노비들. 와서 일정한 간격으로 서면

개출   (노비들의 앞으로 선 채) 함취관세(咸就盥洗)~.

동재에서 자고 있던 유생들이 일제히 문을 열고 나와 자신의 대야 앞에 서자,
노비들, 대야를 내려놓는다.

개출   첫 호흡입니다. 정성을 들이십시오.

하면 유생들, 일제히 단전부터 끌어올린 심호흡을 한다.

개출   이제 소세를 하십시오.

유생들이 얼굴과 손을 씻는다.
이를 숨어 보는 똘복. 처음 보는 광경인지라 신기한데….
세수를 마친 유생들은 노비들이 건넨 광목으로 얼굴을 닦는다.

개출   도기(출석 체크)는 진시(辰時 : 오전 7~9시)에 식정(食亭 : 식당)에서 하오니 숙지
하십시오!

하면 유생들, 다시 노비들의 지시에 따라 방으로 들어간다.
똘복, 개출과 시중드는 노비들의 절도 있는 움직임을 보면서,
일반 노비들과 달리 유생들을 지시하고 움직이게 하는 느낌인데….

개출   옷을 반듯하게 하시고… 이제 책을 읽으십시오!!

하면, 유생들이 들어간 안에서 일제히 책 읽는 소리 들린다.
똘복은 저건 또 뭔가 싶어 보는데….
마당의 노비들은 그 소리에 맞춰 다 씻은 소세물을 들고 일사불란하게 나간다.
이를 보는 똘복. 이때!

개출   (E) 이년이녀석('이놈'의 개성 사투리)!

놀라 보는 똘복. 보면 어느새 옆에 와 있는 개출.

개출　여긴 어드르케 따라들어온?
똘복　…….
개출　나가라. 여긴 아무나 들어오는 곳이 아니다.

똘복, 얼른 도망친다. 도망치는 똘복과 스치며 들어오는 멍부.

멍부　(똘복 보며 짜증) 뭐야? (하고는 개출에게) 왜 불렀수?
개출　(작게) 이따 해시(亥時 : 밤 9~11시)에 대성전으로 나와…….
멍부　(놀라, 작게) 그 시각에 거긴 왜? 안 되잖아…….
개출　(더욱 은밀하게) 와…….

#34. 반촌굴 밖 일각(새벽)
똘복이 긴장한 채 두리번거리며 차양이 쳐져 보이지 않는 공간으로 들어가고
있다.

#35. 반촌굴 안(새벽)
들어오는 똘복, 놀라는 표정이다. 그런 똘복의 앞에 펼쳐진 광경.
좁지만 길게 펼쳐진 반촌굴 양쪽 작업장에서 흥겨운 노래를 부르며
제각각 일하는 노비들의 모습.
'산이야산이야산이로다. 열두 근 망치는 공중에 놀고
열두 근 정은 룡왕국 간다. 때려라박아라박아라때려라'
하면 바로 이어받아서는 또 누군가가
'고사리고사리고사리야 내가 너 보려 여기를 왔더냐
내 님을 보려고 여기를 왔지. 애꿎은 고사리만 목을 빵긋이 꺾누나'
하자, 한 명이 나오더니 갑자기 입으로 해금 소리를 흉내 내는
구희(口戱 : 입으로 하는 놀이. 악기나 동물 등의 소리를 모사하여 하던 공연)를 해
사람들의 노랫소리에 맞춰 연주를 한다.
일하는 사람들 늘 그랬다는 듯 구희자의 가락에 맞춰 모두들
합창하듯 노래를 흥얼거리고, 그러면서도 각자의 일을 하는 풍경이

마치 아름다운 오케스트라처럼 보이는데….

그들 사이를 호기심과 경계의 눈으로 보며 걸어가는 똘복.

처음 지나가는 곳은, 오른쪽엔 가죽신을 만드는 노비의 모습.

왼쪽엔 베틀을 놓고는 베를 짜거나, 삶은 삼에서 명주실을 뽑아내고 있는

여인네들 10여 명의 모습.

또 지나가면, 갓을 만드는 자들과 옷을 만드는 자들의 모습.

조금 더 지나가자, 이번엔 대장간이 펼쳐지며

대장간에서 칼과 농기구들을 만드느라 웃통을 벗고,

일정한 운율에 맞춰 쇠를 쳐대는 자들의 모습.

왼쪽엔 채반이나 사기그릇 등이 잔뜩 쌓여 있고,

독을 만드는 공간과 사람들이 있다.

당연히 가마가 있고, 사람들은 땀을 뻘뻘 흘리며 구워진 그릇을

꺼내와 일부는 깨고, 일부는 소중히 한쪽에 놓는다. 이때!

노비 1   (큰 소리로) 개봉이요!!

하는 소리에 똘복이 보면, 황토로 밀폐해 놓았던 참숯가마를

엄청 큰 망치(혹은 도끼)로 부순다. 황토가 부서져 내리고

사내들이 들어가 땀을 뻘뻘 흘리며 다 구워진 참숯을 끌고 나온다.

주변에 있던 노비들도 몰려와서는 함께 도와주며,

끝수   이번엔 나도 찜질 좀 하자구! 어제오늘 허리가 쑤셔서 말야.

이 모습을 보는 똘복. 이때!

도담댁   (E) 참숯 만드는 거 첨 보는?
똘복   (보면 도담댁이다. 여전히 경계한 모습)
도담댁   여긴 성균관에서 쓰이는 물건들과 음식들을 만드는 곳이다.
         참숯도 아예 만들어 쓰지. (하고는) 따라온!
똘복   (보면)
도담댁   온 김에… 상처나 시료하자.

하고는 도담댁이 먼저 가면, 똘복도 따라가는데….
이번엔 엄청난 양의 식재료들, 시금치, 콩나물, 고사리 등등을
다듬고 있는 여인네들, 생선의 목을 탁탁 치는 사내들,
닭의 목을 탁탁 치는 사내들의 무서운 모습들이 컷컷 되고
마지막으로 어딘가에서 도축을 했는지
털이 뽑힌 돼지와 털이 제거된 소를 둘러메고 와서는
여인네들에게 던져주고 가는 남정네들의 모습 컷컷.
보는 똘복. 그 위로

도담댁   (E) 성균관 유생들은 특별히 고기를 먹이라는 어명이 있어,
           도성 내에서는 유일하게 여기서만 도축을 할 수 있다.

           얼떨떨한 똘복은 그런 풍경을 신기하게 보며 가는데…
           도담댁, 藥(약)이라고 쓰여진 낡은 하얀 깃발이 꽂혀 있는 곳에 멈춰서며….

도담댁   (어깨에 손을 올리며) 여기 의원이 있다. 들어가자.
똘복   (손을 거세게 뿌리치며) 내가 왜… 여기 있는지…
           누가 날 데려왔는지… 그것부터 말해주소.
도담댁   그렇잖아도 그 얘긴 이따 저녁때 할 생각이다.
           (하고는) 장의원! 장의원 있는가? (하고는 안으로 들어가는데)

           경계심을 풀지 않는 똘복. 반촌굴을 다시 돌아본다.
           신기한 듯, 노동요를 부르며 일을 하는 사람들을 멍하니 보는데….
           F. B - 1부 9씬. 석삼과 꺽쇠, 걸상 등이 노래 부르며 일하던 모습.
           회상에서 돌아온 똘복. 생각난 듯, 복주머니에서 석삼의 유언을 꺼내 본다.
           피가 묻어 있는데… 내용은 화면에 보이지 않는다.

똘복   (보고 바로 접으면서 슬프게 피식) 반푼이… 글자도 모르는 자식놈한테…
           유서랍시고 이걸 남겨…? (하고 눈물 고인다)

#36. 궁 전경(낮)
경복궁 전경이 보인다. 여기저기가 다 보이는데,
단 한 사람, 그 누구도, 아무도 없다.
쥐 죽은 듯이 고요한 느낌의 궁궐.

#37. 이도의 침전(낮)
이도가 어두운 눈으로 앉아 있다. 상 위에 있는 옥새.
그 앞에는 군권을 상징하는 검들이 놓여 있다.
오매패(烏梅牌 : 임금이 대신과 장수를 불러들일 때 쓰는 패)와
상아패(象牙牌 : 2품 이상의 문무관이 쓰는 호패)도 보인다.
하나하나 훑어보는 느낌의 이도.
슬픈 표정이다. 그러다 피식하고 미소 짓는다.
그러고는 결심한 듯 비단 보자기로 옥새를 감싼다.
하나하나 정리해서 챙기는 느낌.

이도   밖에 있느냐, 상왕전으로 갈 것이니 채비를 하거라.

밖에서 아무 소리도 들리지 않는다.

이도   밖에 아무도 없느냐….

하는데, 궁녀 하나가 난감한 표정으로 들어온다.

궁녀 1   전하….
이도   어찌, 니가 들어오는 것이야. 상선은?
궁녀 1   전하… 아뢰옵기 송구하오나….
이도   (보며) …….
궁녀 1   저….
이도   어허… 무슨 일이냐….
궁녀 1   아무도… 아무도 없사옵니다.
이도   (놀라) !!

#38. 궁 일각. 몽타주(낮)
각각 다른 복색을 한 각 병사들이 긴박하게 움직이고 있다.
내금위, 겸사복, 우림위, 별시위의 부대들이다.
내시부의 내시들도 긴박하게 모이고 있는 몽타주.

이도   (E) 그게 무슨 소리냐?!!

#39. 이도의 방(낮)
이도와 무휼이 있다.

무휼   전하….
이도   (무휼을 보며) …… 아무도 없다니…. 그게 무슨 소리냔 말이다….
무휼   내금위… 겸사복… 우림위… 별시위의 전 군사가…
          상왕 전하의 군령에 따라, 강무장에 집결하고 있사옵니다.
          또한 내시부 전원도 상왕전에 모여 있다 하옵니다.
이도   ……!!

ins. cut – 18씬 회상

태종   감당… 할 수 있겠느냐……?

이도   (멍하게 있다가 피식) … 어젯밤의… 대가로구나….
무휼   전하…….

#40. 태종의 방(낮)
태종이 있는데, 조말생이 들어와 예를 취한다.
조말생, 무장의 옷을 입고 있다.

조말생   전하, 내금위, 별시위, 우림위, 겸사복,
          궁내의 전 병력을 모두 강무장에 집결시켰사옵니다.
태종   그래… 알았다….

조말생   하온데….

태종   (보면) ……

조말생   주상 전하께서… 검서청에서 옥새를 가져가셨다 하옵니다.

태종   옥새를…?

조말생   예, 전하…. 또한… 오매패와 상아패, 어도(御刀 : 임금의 칼) 등을 가져오라 명
       하셨다 하옵니다.

태종   … 한심한 놈….

조말생   예?

태종   아니다… (밖에 대고) 상선 있느냐!

중전   (E) 뭐??

#41. 중전 방(낮)
중전이 놀라 궁녀 2를 보고 있다.

중전   뭐라 했느냐? 주상 전하께서….

궁녀 2   예… 옥새와 어도, 오매패, 상아패를 정리하고 계시다 하옵니다.

궁녀 3   또한… 강무장엔 상왕전의 군령으로, 궁궐 전 병력이 집결해 있사옵니다.

중전   이런… 이런 일이…. (하며 일어서는 중전)

#42. 태종의 방(낮)
상선이 비단 보자기에 싼 찬합을 들고 들어온다.
들어와서는 비단 보자기를 풀어 보이고,
찬합의 뚜껑을 연다. 사각형으로 된 아홉 개의 칸이 있는 찬합이다.
텅 비어 있는 찬합.

상선   분부하신 대로 찬합을 대령했사옵니다.

태종   그것을 대전에 전하고 오너라.

상선   수랏간에 일러, 음식을 채우라 하올까요?

태종   아니다. 그냥… 빈 찬합을 드리고 오너라.

상선   … (경악하여) …!!!

조말생   … (경악하여) …저… 전하…!!

태종　　(굳은 무표정으로) …….

#43. 비서고 내 방진방(낮)
이도, 함을 열고 있고….
ins. cut - 차가운 눈으로 말하는 소년.

소년　　넌 아무것도 할 수 없어….

이도　　(마음의 소리 E) 그래…. (하며 함에서 낡은 한지 한 장을 꺼낸다)
　　　　니 말이 맞다….

과거장 시험지인 듯, 긴 문장이 쓰여 있으나
카메라는 정기준이라는 이름을 클로즈업한다.

이도　　정기준…. 넌 어찌… 그때… 이미 그것을 알았단 말이냐….
　　　　난… 아무것도 할 수가 없다….

문이 열리고 중전이 들어온다.

이도　　오셨습니까… 중전….
중전　　여쭐 것이 몇 가지 있사옵니다.
이도　　그러세요….
중전　　지난밤, 의금부에 파옥 상황과… 관련이 있으시옵니까?
이도　　없다고 할 순 없습니다.
중전　　그 자리에 계셨습니까?
이도　　예….
중전　　지난밤… 상왕 전하를 뵈셨습니까?
이도　　예….
중전　　(떨리는 목소리로) 하여!! 옥새와 어도, 오매패를 챙기셨습니까…?
이도　　그렇습니다….
중전　　(눈물 그렁해지며) …… 허면… 제가 짐작하고, 두려워하고 있는 일을…

하려고 하십니까…?

이도   (차분하게) 예에…. 그만… 하려고 합니다….

중전   (바로) 왜요? 전하의 조선은 어쩌시구요….

이도   (슬프게) 답도… 방도도… 없습니다….

      전 단지… 아바마마가… 싫었을 뿐이었나 봅니다….

중전   (그런 이도를 슬프게 보며) ……

이도   (슬픈 미소로) 아까우십니까… 중전 자리…. (하고 미소)

중전, 그 말에 눈물이 뚝 떨어진다.

이도, 떨리는 손등으로 중전의 얼굴에 뻗어

눈물을 닦아준다. 안기는 중전.

이신적   (밖에서 E) 전하…. 동부대언이옵니다.

이도   (중전에게서 떨어지며) 무슨 일이냐….

이신적   (찬합을 싼 보자기 들고 들어와서는 눈치를 보며 쫄아서는) 저… 전하….

이도   무슨 일이냐… 묻질 않느냐….

이신적   … 방금… 상왕전 내관이… 전하께 이것을 전하라….

중전   (손에 들린 보자기 보고는 불안한 얼굴로) 상왕전에서요? 무엇입니까?

이신적   (보자기를 내려놓으며) … 그것이… 그것이….

조말생   (E) 아니 되옵니다!

#44. 태종의 방(낮)

태종이 있고, 조말생이 간하고 있다.

조말생   전하! 빈 찬합을 대전에 보내시다니,

      이는 자결을 명하시는 것이 아니옵니까!!

태종   이도가… 총명하니, 그리 알아듣겠지?

조말생   전하… 위무제가 문약에게 빈 찬합을 보내고,

      문약이 자결을 한, 유명한 고사가 아니옵니까….

태종   (무표정하게) ……

조말생   전하, 그것만은 아니 되옵니다!!

태종	그리 알아듣고, 그리한다면…
	그 또한 어쩔 수 없는 일이 아니겠는가…….
조말생	(불안한 표정으로) …….

#45. 비서고 내 방진방(낮)
보자기에서 풀어져 나온 빈 찬합.
이신적, 경악해서는 벌벌 떨며 서 있다.

이신적	(무릎 꿇으며) 전하!

경악하여, 빈 찬합을 보고 있는 이도와 중전.

중전	이… 이것은….
이도	(E) 빈 찬합… 먹지 말라….
중전	이럴 순 없습니다. 이럴 순 없사옵니다!
이도	(멍하게 보며) 지난밤의 대가가…
	이 정도로 무거운 것이었는가….
중전	아바마마께서 어찌 이러실 수 있단 말입니까!!
	전하께서 무슨 죄를 지으셨다고 이렇게까지 하신단 말입니까!!
이도	문약도… 별 죄가 없이 자결을 했으니,
	경우가 아주 틀린 것은… 아닌 듯… 합니다….
이신적	전하!
중전	전하…! (눈물이 흐른다)

찬합을 노려보며 차갑고 싸늘해진 이도.

#46. 반촌 전경(밤)

#47. 대성전 앞(밤)
명부가 주위를 살피며 온다. 긴장된 느낌.
은밀히 기다리고 있던 개출, 명부에게 얼른 오라는 듯 손짓한다.

명부는 안절부절못한 채로 두리번거리며 오며,

명부   공자의 위패 모시는 덴 왜 오라는 거야. (대성전이라는 전각 팻말 클로즈업)
              제사도 아닌데, 여기 있다 걸리면….
개출   (말없이 은밀한 눈빛으로 주위를 살피는데)

이때 대성전 뒤쪽에서 스윽 나타나는 유생 1.

개출   (기다렸다는 듯 다가가며) 무슨 일로 부르셨습니까?
유생 1   (따라오라는 듯 턱짓하며 대성전으로 들어간다)

개출, 따라 들어가고, '명부, 역시 긴장한 채 주위를 경계하며 안으로 들어간다.

#48. 대성전 안(밤)
명부, 긴장한 기색이 역력한 채 대성전 안을 살핀다.
명부의 시선으로 보이는 대성전 안.
공자, 안자, 증자, 맹자, 주자 등의 위패가 모셔져 있다.
위패가 모셔진 곳에 깔린 천 아래로 손을 쓱 넣는 유생 1.
명부, 기겁하여 보는데
위패 모셔진 곳 아래에서 보자기로 싼 책 보따리가 나온다.

유생1   (개출에게 주며) 북촌 대장간에 가면, 이언두라는 자가 있다. 전하거라.

개출, 의미심장한 눈빛으로 고개 끄덕이고 은밀히 간다.
명부, 역시 겁을 잔뜩 먹은 표정으로 개출을 따라나간다.

#49. 반촌가 일각(밤)
담 모퉁이에서 스윽 고개를 내미는 개출, 주위를 살핀다.
명부, 긴장한 얼굴로 개출의 뒤에 바짝 붙어 있고….
개출, 품에서 서책을 꺼내 비장하게 보더니, 다시 품속에 단단히 집어넣는다.
그러고는 은밀히 빠져나가려는 듯, 경계하며 움직인다.

밖으로 나갈 수 있는 담 앞에 이르러,

서로 눈짓을 주고받고는 담을 넘으려는데,

순간, 개출과 명부의 목에 와 걸리는 올가미 줄, 그대로 떨어지고 만다.

#50. 반촌굴(밤)

햇불을 들고 질서정연하게 늘어선 반촌 노비들.

그 사이를 묶어서 끌려오는 개출과 명부.

명부, 잔뜩 겁먹은 얼굴이고,

개출은 모든 게 틀렸다는 듯 절망한 얼굴이다.

끝수가 개출에게서 빼앗은 서책을 누군가에게 갖다 바친다.

서책 꾸러미를 받아 드는 손. 보면 차가운 표정의 도담댁이다.

서책 꾸러미를 받아 풀어보는 도담댁. 풀면, 서책을 묶은 비단 띠가 있고,

비단 띠의 끝은 元(원) 자가 쓰여진 나무패다. 놀라는 도담댁. 이때!

똘복   (E) 놔! 이거 안 놔!

모두, 소리 나는 쪽을 보면, 똘복 역시 묶어서 끌려오고 있다.

똘복   (악을 쓰며) 이거 풀라고!!! 이 새끼들이!!
        니네 다 디질래! 어!!!

도담댁, 그런 똘복이를 보다가 다른 노비에게 눈짓을 하자,

똘복의 입에 재갈을 물린다. 몸부림치며 반항하지만,

결국 재갈을 물게 되고, 잠잠해지는 똘복.

하지만 여전히 씩씩거리며 눈빛만은 형형하다.

도담댁   오늘 안건은 두 가지다.

노비들   (일제히 부복하며) 예, 행수님! 명을 받듭니다.

도담댁   개출과 명부!

개출이와 명부가 도담댁 앞에 끌려나온다.

도담댁	조선이 세워지고, 20여 년…. 수없이 피바람이 불었지만
	그 와중에도 우리 반촌은 살아남았다.
	어찌 살아남았는지 모르는 것이냐….
개출	…….
명부	(겁에 질려) 살려주십쇼…. 목숨만… 목숨만 살려주십쇼.
똘복	(이게 무슨 상황인가 싶어 주시하며) …….
도담댁	무인년, 상왕께서 삼봉을 치던 그날 밤….
	우리 반촌의 두 노비가 그 일에 개입했다.
똘복	(주시하며 듣는다) …….
도담댁	한 노비는 상왕께 삼봉이 남은 대감의 별가에 있음을 고하였고,
	한 노비는 삼봉에게 상왕께서 군사를 일으켰음을 고하였다.
	어찌 되었느냐….
개출	(억울한 듯) 하오나….
끝수	닥쳐라! 행수께서 말씀하시고 계신다!
도담댁	그 일로 우리 반촌은 모두 도륙당할 뻔했느니라. (목소리 높아지며)
	우리 반촌은! 그날! 그 두 노비를 모두 죽여, 시신을 바치고,
	살아남았다! 그 이후로, 우리 반촌은 어떤 경우에도! 조정의 일은!
	들어도 귀에 담지 않고! 보아도, 눈에 남기지 않으며!
	알아도 머리에 두지 않는다!
	헌데, 네놈들이 감히, (책을 들어 보이며)
	삼봉의 서책을 가지고 일을 꾸미려 했단 말이냐!
개출	하오나, 삼봉 대감은 억울하게 살해당하셨습니다!!!
도담댁	(말 자르며) 닥쳐라!!! 반촌은 옳고 그름을! 판단하지 않느니!
똘복	(도담댁의 카리스마를 흥미 있게 보며) …….
도담댁	(책만 불길 속에 던져 넣고는) 개출… 명부… 스스로 처결하라….

하니, 끝수가 개출과 명부에게 칼을 던진다.
개출과 명부 앞 땅에 꽂히는 두 개의 칼.
명부는 울고, 개출은 비장하게 칼을 든다.
주시하는 똘복.
개출, 비장하게 칼을 들어 배를 가르고

명부는 칼을 들고 갑자기 탈출하려 반항을 하자,
끝수가 가차 없이 목을 벤다. 순식간에 시신이 된 두 사람.
다른 노비들이 무표정하게 두 시신을 치운다.
흥분된 표정으로 이 광경을 보고 있는 똘복.

도담댁   (차갑고 무표정하게) 다음 두 번째 안건이다. (하고 똘복을 본다)

똘복, '나?' 하는 표정으로 놀라 보는데,
똘복을 억지로 끌고 나가 도담댁 앞에 무릎을 꿇린다.
재갈을 풀어주는 끝수.

도담댁   방금 본 것 때문에 놀랐겠지만 무서워하지 말거라.
똘복   안 무서운데?

도담댁을 비롯한 모두들, 똘복의 대답에,
'앤 뭐야?' 하는 표정으로 어리둥절하게 본다.

도담댁   이곳은 반촌이다. 믿을 수 있는 자만이,
          함께할 수 있고, 함께하면… 규칙을 지키는 한, 끝까지 지켜줄 것이다.
똘복   나도 믿을 수 없는 데 있고 싶지 않소.
도담댁   넌 누구냐. 무슨 사연으로 예까지 왔느냐?
똘복   내가 낮에 분명히 얘기했을 텐데. 먼저 말씀하쇼.
          날 데리고 온 사람이 누구며, 뭐라고 하고 날 맡겼는지!
끝수   (발길로 가슴팍을 걷어차며) 네 이놈! 누구 앞이라고 감히!!
똘복   (캑캑거리며) 처… 쳤어…? 응?
끝수   빨리 네놈이 누구인지 고하지 못할까?
똘복   나도 밑바닥 말자들 사이에선 유명한 놈이야!
          이름 들으면 까무라칠껄! 그리고 후회할껄!! 엉!!
끝수   이… 이놈이!!
똘복   아지매부터 말해봐! 나 여기까지 데리고 온 새끼가 누구야!
도담댁   네놈은 질문할 수 없다!

똘복   (바로 말 끊으며) 그럼 아지매도 물어보지 말든가!!!

모두들, 똘복의 태도에 경악.
무슨 어린놈이 좀 전의 광경을 보고도 이렇게 겁이 없단 말인가.

끝수   네놈이 기어이 죽고 싶은 게로구나.
똘복   어! 죽여! 내가 충고 하나 하는데, 나 죽이는 게 좋을 꺼야.
        내가 지금 마음이 그지 같아서, 여길 살아 나가면,
        아주 여길 박살 내버릴 거 같거든. 그니까 죽여!
끝수   죽이라면 못 죽일 것 같으냐!

하고는, 끝수, 쇠꼬챙이 하나를 들고 똘복이의 머리채를 확 젖히고
목덜미에 쇠꼬챙이를 들이댄다.

끝수   네 이름은 뭐고, 무슨 사연으로 왔느냐!
        (거칠게 머리채를 젖히며) 두 번 묻지 않을 것이다!
똘복   (지지 않고 노려보며) 나도 두 번 안 물어!
        나 여기 데리고 온 놈! 누구야! 엉!!!

끝수가 죽일 듯이 똘복이를 압박한다.
똘복이는 목에 쇠꼬챙이가 들어왔는데도, 굴복하지 않고,
도담댁을 핏발 어린 눈으로 노려본다.

끝수   (그런 똘복을 보고, 당황하여 도담댁 눈치를 보다가) 이… 이놈이!!!
        진짜 죽고 싶어? (하고는 더 거칠게 죽일 듯이 쇠꼬챙이를 들이대며)
        이름이 뭐냐고!!!
똘복   (이를 악물고 핏발이 선 눈동자를 희번덕거리며) 두 번 안 묻는대매?
도담댁 (뭐, 저런 놈이 있나 싶어 놀랍게 보며) …….
끝수   이 자식이!!!

더 거칠게 목을 젖히며 정말 죽일 듯이 쇠꼬챙이를 들이대도,

끝수와 눈을 맞추며 노려보는 똘복.
둘의 기싸움인 듯싶은데, 결국 똘복의 눈에서 눈물이 흐른다.
하지만 눈물을 흘리면서도 시선을 피하지 않고 눈빛만은 형형하다.
정말 찌를 듯이 쇠꼬챙이를 드는 끝수.
똘복은 무서워하면서도 참으며 노려본다.
결국 오줌을 지리는지, 바지가 젖는 똘복.
사람들, 그럼 그렇지 하는데,

똘복   (눈물은 흐르고 울먹이는 목소리지만) 이러고도 못 죽이면 반푼이지….
            (낮은 소리로) 죽여봐…. 죽이라구…. (갑자기 버럭) 죽여봐!!!

오히려 기가 질리는 끝수. 어찌할까… 싶은 얼굴로
명을 기다리듯 도담댁을 바라본다. 다른 노비들 모두,
똘복에게 기가 질렸다는 듯 놀랍게 본다.
도담댁, 그런 똘복을 보며, 회상. (새로 찍는 씬)
ins. cut – 반촌 일각, 도담댁과 무휼이 있다.

무휼   기가 보통이 아닌 아일세. 그 기를 모두 꺾고, 온순하게 만들어
            자네의 손발로 만들어두게.
도담댁   분부하신 대로 하겠습니다만… 무슨 사연을 가진 아이인지….
무휼   (날카롭게 보고는) 쓸데없는 관심은 거두게.
도담댁   송구하옵니다.
무휼   그럼 믿고 가겠네. (하고 가다가 다시 돌아서며) 만약….
도담댁   ……?
무휼   자네도 그 기를 꺾지 못하겠거든…
            지체 말고… 죽여야 하네.
도담댁   ……!!!

회상에서 돌아오는 도담댁,
오줌을 싸면서도, 눈물을 흘리면서도
기를 꺾지 않는 똘복을 보고,

죽일까 말까 명을 기다리는 끝수의 얼굴을 본다.
손을 들어 죽이라는 명을 내릴 듯하는 도담댁.
목에 쇠꼬챙이를 꽂을 자세를 취하는 끝수. 그러다…

도담댁   (손을 힘없이 내리며) 일단 가둬놔라.

끝수, 멱살을 풀고, 똘복이는 캑캑거리며,
아직 눈물이 마르지 않은 번들거리는 얼굴로,
도담댁을 본다. 갑자기 이겼다는 듯 차가운 미소를 짓는다.
놀랍게 보는 도담댁.
차가운 미소 짓는 똘복에서.

#51. 궁 전경(밤)
구름이 달을 휘감고 있는 하늘, 그 아래로 궁의 전경이 보인다.

#52. 비서고 내 방진방(밤)
빈 찬합이 보인다.
마치 3방진처럼 생긴 아홉 개의 칸이 비어 있다.
홀로 앉아서 아직도 멍하니 빈 찬합을 보고 있는 이도.

#53. 강무장(밤)
곳곳에 횃불이 밝혀져 있고,
아직도 훈련을 하고 있는 병사들의 모습.
가운데서 훈련을 보고 있는 태종, 그런 태종을 보며 불안한 조말생.
검술과 진법을 훈련하는 병사들의 모습.

#54. 비서고 내 방진방(밤)
빈 찬합을 아직도 멍하게 보고 있는 이도.
이때 밖에서

무휼   (E) 전하! 무휼이옵니다! 들어가겠사옵니다!

무휼이 들어와 간절하고 다급한 마음으로….

무휼   전하… (부복하며) 감히 간하옵니다!
이도   (찬합에 시선을 고정한 채 깊은 생각에 빠진 듯 아무 말도 없다) …….
무휼   석고대죄를 하시옵소서.
이도   …….
무휼   상왕 전하께 죄를 청하고… 용서를 비셔야 하옵니다….
이도   허면… 살까……?
무휼   소신, 무휼… 일평생을 검을 잡고 쟁투를 하며 살아왔을 뿐,
        정치의 일도, 권력의 일도 아는 바 없사옵니다. 단지….
이도   단지……?
무휼   이것 또한 싸움이라면… 지금은 격(擊)을 삼가고…
        적의 예봉을 피할 때라 사료되옵니다.
이도   격을 삼가고, 때를 기다려 반격을 하라……?
        (하고는 픽 웃으며) 내게 무엇이 있어 반격을 한단 말이냐?
        내겐 답이 없어. 내가 가진 것이라고는…
        (흩어진 방진들을 보며) 아무 곳에도 쓸모없는 저… 방진… (하다가는 멈춘다)
무휼   (그런 이도를 보는데)
이도   (뜬금없이) 이 찬합의 모양이 마치… 마방진 같지 않으냐?
무휼   (한숨을 쉬듯) 전… 하….
이도   (자리에서 일어나며) 그래…. 내가 왜 그 생각을 못했을까….
무휼   (보며) ……?
이도   그렇구나!! 그래! 밖에 있느냐!
무휼   어찌, 어찌 그러시옵니까?

문 앞에서 대기하고 있던 궁녀들이 우르르 들어온다.
이도는 방진들이 있는 쪽으로 걸음을 옮긴다.
일전에 태종이 패악을 부리며 부수고 던져놓은 숫자판들이 어지럽다.
눈빛을 빛내며 찬찬히 하나하나를 살피는 이도.
풀리지 않는 33방진과, 다른 방진표들.
그리고 7방진, 5방진, 3방진…. 3방진에서 시선을 멈추는 이도.

3방진의 가운데 칸에만 1 자가 채워져 있다.

ins. cut - 1부 30씬.

주변에 있던 여덟 개의 숫자를 모두 던져버리는 태종. cut.

태종 됐지 않소? 어느 열, 어느 행, 어느 대각선으로 더해도 1이지요.
이러면 33방진도 간단하오. (cut)

흩어진 숫자판을 주워 든다.

4 자와 6 자를 제자리에 놓고, 또 1 자를 들고 원래 자리에 놓고
뭔가 생각하는 이도. 대각선 4, 5, 6을 보다가,
1을 원래 자리에서 들어서 오른쪽 대각선 연결되는 칸이 아닌 곳에 놓는 이도.
2, 3, 7, 8, 9도 마찬가지로 천천히 놓아보는 이도.
3방진의 3×3의 아홉 칸을 중심에 품는 마름모꼴의 새로운 도형이 생겼다.
뭔가 깨닫는 듯한 이도. 강하고 어두운 음악이 쿵 하고 흐르면서
갑자기 이도의 손이 빨라지며, 이후 장면 몽타주처럼
각각 모두 ins. cut 느낌으로 연결.
5방진의 숫자를 빠르게 놓는 이도.
역시 5×5의 25개 칸을 품는 새로운 마름모꼴 도형 탄생.
이도의 경악하는 듯, 깨달은 환희의 표정.
5방진의 CG가 7방진이 되고, 점점 넓어지는 CG가 보인다.
33방진 CG가 보이고, 실제 33방진으로 겹쳐진다.

이도 (3방진, 5방진, 7방진을 보며 궁녀들에게) 이와 같은 규칙으로!
33방진을 배열하라!

무휼 (황당하다는 듯 이도를 본다) ······.

ins. cut - 분주하게 상궁의 지시에 따라 숫자판을 들고 움직이는
궁녀들의 모습. 33방진 주위에서 일사불란하게 움직인다.
음악 딱 끊기고 정적이 된 상태에서 이도의 눈을 통해 보이는.
거대한 면적의 33×33, 1,089칸의 사각형을 중심에 품는,
마름모꼴 새로운 도형 안에 배열된 1,089개의 숫자들.

흥분된 눈빛으로 보는 이도.

이도　　어떠하냐?

상궁　　전하, 검산의 결과, 모든 행과 열을 더한 값이
　　　　일만 칠천구백여든다섯으로 일치하옵니다….

이도　　! (기쁨의 얼굴로 방진을 보며) …….

ins. cut – 18씬 산속 일각.

태종　　내가 온전히! 모두! 가져야 마땅한 권력이다!!
　　　　그게! 나의 조선이고! 이방원의 대의다!
　　　　이방원의 대의가! 곧 조선의 대의인 것이다!

ins. cut – 24씬 헛간 안.

똘복　　(바로 버럭) 대의? 지랄하지 마시라 그래!!!

이도　　(풀린 33방진을 보며 이를 악물고 미소 띠며 낮은 소리로) 지… 랄….

무휼과, 궁녀 1 등이 자기가 잘못 들었나 싶어 깜짝 놀라 이도를 본다.

이도　　(점점 미소가 번지며) 그래… 그거였어…. 그거였구나….

무휼　　전하…. 어찌 그러시옵니까…?
　　　　지금… 방진이 문제가 아니오라… 상왕 전하께….

이도　　빈 찬합의 의미도, 나의 답도, 알았다….

무휼　　예?

이도　　(궁녀들에게 빠르게 지시) 너희들은 이제 이 방진을 모두 치우거라.
　　　　놀이는 끝났느니라.
　　　　또한 무휼! 넌 지금 즉시 나의 침소로 가서,
　　　　옥새와 어도와 오매패, 상아패를 가져오너라.

무휼　　어쩌시려고 그러시옵니까!

이도   시간이 없다! 어서!!

#55. 궁 일각(밤)
어딘가로 빠르게 걸어가는 이도.

#56. 강무장(밤)
활 쏘는 훈련을 하고 있는 병사들.
백 보 앞에 과녁이 마련되어 있고,
한 조 열 명씩 나와서 과녁을 향해 활을 쏘고 나면,
바로 다음 조가 교대하여 연사로 화살을 쏘는 훈련을 하고 있다.

#57. 강무장 내 단상 위(밤)
그것을 지켜보고 있는 태종.
태종이 화살 훈련을 지켜보고 있고, 한 조가 앞으로 나온다.

군관 1   갑조! 격비(擊備)!

열 명이 '격비'라는 말과 함께 일제히 화살을 재고 자세를 취한다.

군관 1   갑조! 격발(擊發)!

일제히 화살이 시위를 떠나고 과녁에 꽂힌다.
과녁 쪽에 있던 군관이 깃발을 들고 외친다.

군관 2   관중이오!

앞선 줄이 다음 조로 빠르게 교체된다.

#58. 강무장 문 앞(밤)
비장한 느낌으로 걸어오고 있는 이도의 모습.
드디어 강무장의 문 앞에 다다른다.

그리고 심호흡을 한 후, 양손으로 문을 여는 이도.

#59. 강무장 안(밤)
문이 열리고, 과녁과 과녁 사이의 앞을 보고는 놀라는 이도.
저만치 백 보 앞에 열 명의 궁사가 격비 자세를 취한 채, 자신을 겨누고 있다.
이도가 온 것을 보고 놀라는 태종과 조말생.
격비를 취한 궁사들도 자신의 시위 안에 임금이 보이자, 당황한다.
그들을 지휘하던 군관도 이를 보고 당황한다.

군관 1	병조! (하고는 태종의 눈치를 본다)
태종	뭣 하는 게야! 계속하라!
군관 1	… 하… 하오나….

자세를 취한 병조의 열 명 궁사들도 이마에서 식은땀이 난다.
군관이 차마 깃발을 내리지 못하고 있자,
태종이 자리에서 일어나 군관에게로 간다.
그러고는 깃발을 빼앗는다.
이도, 백 보 앞의 그런 광경을 보며,
다시금 비장한 표정이 된다. 그리고 과녁과 과녁 사이로
앞으로 나선다. 그러고는 자신을 겨눈 화살들을 향해,
앞으로 걷기 시작한다.

태종	(빼앗은 깃발을 내리며) 병조! 격발!

식은땀을 흘리며, 긴장한 느낌의 병조 군사들.
이를 악물고 눈을 질끈 감으며, 화살의 시위를 놓는다.
날아가는 화살, 그 사이를 당당하게 걸어오는 이도의 결연한 표정에서
엔딩.

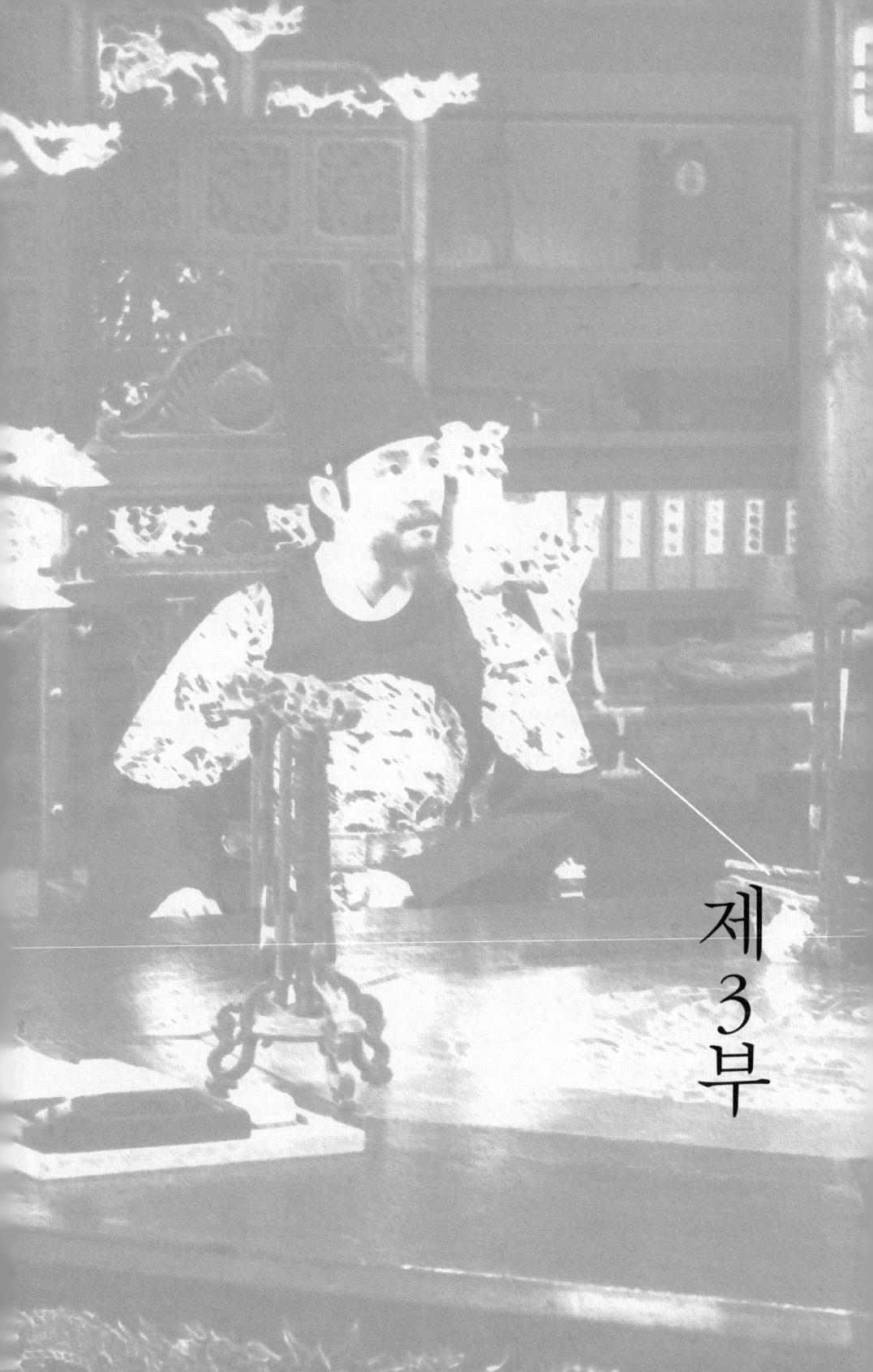

제
3
부

世宗御製訓民正音

國之語音이

異乎中國ᄒᆞ야

與文字로 不相流通ᄒᆞᆯᄊᆡ

故로 愚民이 有所欲

나랏말ᄊᆞ미

中國에 달아

文字와로 서르 ᄉᆞᄆᆞᆺ디 아니ᄒᆞᆯᄊᆡ

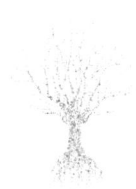

#1. 강무장(밤)
문이 열리고, 과녁과 과녁 사이의 앞을 보고는 놀라는 이도.
저만치 백 보 앞에 열 명의 궁사가 격비 자세를 취한 채,
자신을 겨누고 있다.
이도가 온 것을 보고 놀라는 태종과 조말생.
격비를 취한 궁사들도 자신의 시위 안에 임금이 보이자, 당황한다.
그들을 지휘하던 군관도 이를 보고 당황한다.

군관 1   병조! (하고는 태종의 눈치를 본다)
태종   뭣 하는 게야! 계속하라!
군관 1   … 하… 하오나….

자세를 취한 병조의 열 명 궁사들도 이마에서 식은땀이 난다.
군관이 차마 깃발을 내리지 못하고 있자,
태종이 자리에서 일어나 군관에게로 간다.
그러고는 깃발을 빼앗는다.
이도, 백 보 앞의 그런 광경을 보며,
다시금 비장한 표정이 된다. 그리고 과녁과 과녁 사이로
앞으로 나선다. 그러고는 자신을 겨눈 화살들을 향해,
앞으로 걷기 시작한다.

태종   (빼앗은 깃발을 내리며) 병조! 격발!

식은땀을 흘리며, 긴장한 느낌의 병조 군사들.
이를 악물고 눈을 질끈 감으며, 화살의 시위를 놓는다.
날아가는 화살, 그 사이를 당당하게 걸어오는 이도의 결연한 표정.
(2부 엔딩 지점)
다행히 화살은 이도를 피해, 과녁에 맞는다.

군관2   (다행이라는 듯 한숨을 몰아쉬며) 과… 관중이오!!

계속 걸어오는 이도. 이윽고 계단 앞까지 와 선다.
태종, 자신의 자리로 돌아가 앉는다.

이도   아바마마, 아침 문후를 올리지 못하였사옵니다.
      강녕하시옵니까?
태종   강녕이라… 그럴 리가 있겠소?
      지난밤, 하도 험악한 일이 있어, 강녕하지 못하오.
이도   (비장하게 보며) …….

#2. 궁 일각(밤)
급히 뛰어오는 무휼의 모습.

#3. 강무장(밤)
(앞 씬 연결)

이도   아바마마….
태종   (차갑게 보고) …….
이도   (갑자기 무릎을 꿇고 비굴하게 머리를 조아리며) 살려만… 주소서.
조말생   (놀라 보며) !!
신하들   (놀라 보며) !!
병사들   (놀라 보며) !!

태종	(놀라 보며) !!! ……? 살려달라구요…?
이도	(공포에 떠는 듯 연기를 하며) 소자…, 어젯밤 제정신이 아니었사옵니다.
	어젯밤, 소자의 언동이 불인하고, 불효하고, 불의하고, 무례하며,
	무지한 것을, 잘 알고 있사옵니다.
	소자도 과연 소자가 저지른 일이 맞는지, 믿을 수 없으니,
	아바마마께서 얼마나 놀라셨겠사옵니까…?
	죽음으로써 이 죄를 씻어야 마땅하옵니다.
	이 육신 털끝 하나까지도, 어느 것 하나,
	아바마마께 받지 않은 것이 없사오니,
	언제, 이 육신을 거두신다 해도, 억울할 것 없사오나, 단지…
	부모보다 먼저 죽는 것 또한 불효지… 상이니,
	목숨만을 구하고 걸하옵니다. (눈물을 흘린다)
태종	(이도의 연기를 멍하게 본다) …….
이도	(조아린 머리 살짝 들며 보고는 짐짓 눈물 섞인 젖은 목소리로) 아바마마!!
태종	…… 진정… 으로 하시는 말씀이오…?
이도	이를 말이옵니까. 소자, 이후로 아바마마와 겨루려는 불손한 마음은,
	털끝만큼도 가지지 않을 것이옵니다.
	소자, 이후로, 조정의 크고 작은 모든 일을 아바마마의 뜻대로 처결하고
	오직 아바마마의 모든 것을 배우고 익히는 데 매진할 것이옵니다.
태종	(살피는 듯 본다) …… 모든… 것을……?
이도	예! 그러하옵니다!
태종	군권에 관한 일은… 어찌… 하실 것이오…?
이도	군사와 병마를 통솔하는 일을 소신, 어찌 흉내나 낼 수 있으리까!
	오직 아바마마의 뜻대로 모든 것을 하소서!!
태종	(그런 이도를 살피듯 본다) …….
이도	혹여라도 부족한 것이 있다면 하명하여주소서.
	어떤 것이든 채울 것이옵니다.
태종	주상의 말씀엔 충, 효, 예… 모두가 있지만 단 한 가지가 빠져 있소.
이도	예, 아바마마. 하명하소서.

태종, 자리에서 일어나서 걸어나온다.

그러고는 무릎을 꿇은 이도의 앞에 와 선다.
올려다보는 이도.

태종   일어나세요.

일어나는 이도, 가까이 마주 선 둘.
아래 대사 모두 다른 사람은 들리지 않게 작은 소리로.

태종   (다른 사람 안 들리게 작은 목소리로) 너의 말에 빠져 있는 단 한 가지는….
이도   …….
태종   진심이다.
이도   ……!
태종   네놈은 조금도 진심이 없어.
이도   (노려보며) …….
태종   내가 틀렸느냐?
이도   (차가운 미소를 띠며 역시 작게) 아바마마께서 강건하시어,
             아직 통찰력을 잃지 않으셨으니, 소자 기쁘기 그지없사옵니다.
태종   ……!! … 감히 날 비아냥거리는 것이냐?
이도   당신께서 세웠다는 그 조선의 임금입니다. 예를 갖추시지요.
태종   ……!!
             빈 찬합을 받지 않았느냐? 의미를 모르느냐?
이도   찬합을 받은 적이 없습니다.
태종   뭐라?
이도   마방진 모양의 그릇 하나는 받았지요.
             칸이 모두 비어 있더군요.
태종   (보며)
이도   아바마마께선 어떤 방진이라도 풀 수 있는 방법을 알려주셨지요.

ins. cut - 1부 30씬 비서고.
3방진의 중앙에 홀로 있는 숫자 1. 나머지 여덟 칸은 모두 비었다.

태종	(힘주어 또박또박) 그게. 나. 이. 방. 원이다.

이도	방진의 숫자 1은 아바마마를 상징하는 것이옵니다.
	헌데 이번에 보내신 방진은 가운데 숫자는 물론, 모두 비어 있었습니다.
	하여 그 의미를 깨달았지요.
	그것은 바로⋯.
태종	(긴장하여 보며) ⋯⋯.
이도	아바마마께서 계시지 않는 조선을 의미하는 것이 아니겠습니까?
태종	⋯⋯!
이도	제가⋯ 아바마마보다 오래 살 것이니 말입니다.
	그 세상을 대비하라⋯ 그런 의미가 아니겠습니까?
태종	내가 빈 찬합을 보낸 이유는⋯.
이도	(말 자르며) 사실 그 진짜 이유 따위는 상관없습니다.
	어떤 의미로 보내셨든, 소자의 해석이 그러니까요⋯.
태종	⋯⋯!
이도	그렇게 해석하는 것이 아바마마께도 좋은 일이겠지요.
	왜냐하면⋯ 저 말고는 (쉬었다가 낮게 힘주어) 대안이. 없으시니까요!
태종	네놈이⋯
이도	(보며)
태종	(차가운 미소를 지으며) 답과⋯ 방도를 찾았나보구나⋯.
	너의 조선⋯⋯.
이도	예⋯. 전⋯ 이제 제 식대로 모든 방진을 풀어낼 수 있습니다.

태종, 그런 이도를 한동안 노려보더니, 다시 단상으로 돌아가, 자리에 앉는다.

태종	⋯⋯ 모든 것을 나의 뜻대로 한다면, 주상께선 무엇을 하실 요량이오⋯.
이도	(다시 연기하며) 소자, 그저 현량한 젊은 학자들과 함께 조그만 전각이나마 지어, 경전이나 배우고 익히며, 아바마마를 보필하겠사옵니다.
태종	전각⋯? 전각을 지어 글이나 읽겠다는 게요⋯?
이도	예⋯, 아바마마께서 윤허하여만 주신다면.
태종	(마음의 소리 E) 네놈의 답이라는 것이 고작⋯ 그 정도냐⋯.

이도 (마음의 소리 E, 차가운 미소로) 이것이 어느 정도인지…
     당신은 아직 알지 못합니다.
태종 예… 그러세요, 주상. 전각을 지으세요.
이도 전각의 이름, 또한 아바마마의 뜻대로 하려 하옵니다.
     이름 하나를 내려주시면 따르겠사옵니다.
태종 현명한 자를 모은다고요? 허면… 뭐….
     아…, 전조 고려에도 그런 비슷한 게 있었던 걸 아는데…. 유명무실했지만….
이도 예, 어떤 이름이옵니까…?
태종 (성의 없이) 그냥… 집현이라고 하세요.
이도 집현… 그리하겠사옵니다. 집현….
     (차가운 미소로, 마음의 소리 E) 집. 현. 전!

서로 시선을 맞추고 노려보는 태종과 이도에서 dis.

#4. 태종의 방(밤)
이도와 태종이 독대하고 있다.

태종 (한심하다는 듯) 집현전…. 그런 것으로 무엇을 할 수 있단 말이냐.
이도 …….
태종 (비아냥) 그런 것이 나오는 다른 조선….
     그 답이란 말이냐…? 집현전이 방도란 말이야?
이도 그러하옵니다.
태종 (비아냥) 어떤 조선인가, 그것은?
이도 권력의 독을 감추고, 칼이 아닌 말로써 설득하고,
     모두의 진심을 얻어내어, 모두를 오직 품고…
     하여 방진에 1만을 남기는 것이 아니라 2, 3, 4, 5, 6….
     모두가 제자리를 찾고 제 역할을 하게 하는… 그런 조선입니다.
태종 (보면)
이도 시간이 걸리더라도 인내하고, 기다릴 것이옵니다.
태종 (마음에 들지 않는 듯 본다) …… 기다린다…. 기다려….
이도 (보고) 전… 오직 문(文)으로 치세를 하려 합니다.

모든 무(武)는 오직, 외적을 방비하고 영토를 수호하는 데만 쓸 것이옵니다.

태종   (마음에 들지 않는 듯 보며) ……..

이도   '무'라는 단단한 껍질을 가지고

          '문'이라는 부드러운 속살을 가진 과실…. 그런 조선이옵니다.

태종   왕도와 패도는 언제나 양날의 검이다…. 하여….

이도   (말 끊으며) 제 치세는 다를 것이옵니다.

          토론하고 쟁명하여 상대방을 설득하고

          쉽게 결론을 내리지 않고 인내하고 참고 기다리며.

태종   (말 확 끊으며 믿기지 않는다는 듯) 설마… 경연 같은 것을 말하는 것이냐…?

이도   바로 그렇사옵니다.

태종   (살짝 흥분) 경연이 어떤 의도로, 어찌 만들어졌는지 몰라서 그러는 게야?

이도   예, 경연은 건국을 주도한 사대부들이 왕을 견제하기 위해,

태종   (OL로) 그래! 왕을 허수아비로 만들기 위해, 왕을 계도한다는 허울 좋은 핑계
          로 만든 것이 경연이다! 헌데… 칼을 내려놓고 그것만 하겠다?

이도   예. 그것이 고려에서 개혁된, 조선의 시작이었고,

          조선의 정체이며, 성리학의 이상이니까요.

태종   (버럭) 조선이 세워진 지… 백 년이 되었느냐? 2백 년이 되었느냐?

이도   (팽팽히 보면 OL) 스물여섯 해가 되었지요.

태종   그래! 고작 26년이다! 조선이 50년을 갈지, 5백 년을 갈지!

          아직은 그 누구도 알 수 없어! 도성 안에 굶어 죽는 자가 없으니, 지금이 태평
          성대라도 되는 줄 아느냐!

이도   !

태종   (나지막이) 헌데… 설득하고 기다린다…. 헌데… 참고 인내한다….

          (목소리 커지며) 헌데!! 경연 따윌 하며! 세월을 허비한다!!??

이도   허비가 아니옵니다!

태종   (버럭) 허비다!

이도   (보며)

태종   서둘러 나라의 기틀을 잡고, 뜻을 모으고, 힘을 하나로 합해야 한다!

          그게 26년 된 나라의 임금이 해야 할 일이야!

          지금! 이 조선의 임금이란 자리는!

이도   (보며) ……..

| 태종 | (힘주어 나지막이) 그리… 한가로운 자리가… 아니니라. |
| 이도 | (말문이 막혀 보며) ……. |

#5. 상왕전 앞(밤)
무휼이 초조한 표정으로 대기하고 있다.

#6. 태종의 방(밤)
이도가 예를 취하고 물러난다. 돌아서 나가려는데,

태종	밀본…….
이도	(나가다 말고) ……?
태종	밀본이라고… 들어본 적이 있느냐……?
이도	(돌아보며) 예…. 저잣거리 호사가들의 풍설이 아닙니까….
	밀본이라는 역당의 비밀결사가 있다는….
태종	풍설이… 아니다….
이도	(놀라) !! 아바마마…. 설마… 그런 것들을 믿으신단 말이옵니까?
태종	정도전… 그자가 밀본을 만들었고….
이도	(OL) 어찌 그런 세간의 한담 따위를… 아바마마께서….
	정도전 일파는 모두 죽거나 유배되었고, 살아남은 자는
	모든 힘을 잃었습니다. 그런 조직을… 누가… 이끌 수 있단 말입니까…?
태종	정기준이 살아 있지 않느냐….
이도	(놀라) !
태종	기축년… 초동요사의 주인공…. 정도전의 생질… 정기준….
이도	(보며) …….
태종	너도… 정기준 때문이 아니더냐……? 기축년의 그 일 때문에…
	경연이니, 뭐니… 문으로써 치세를 하겠다느니… 그러는 것이 아니냐?
이도	(보며) …….
태종	아니냐……?
이도	… (전혀 들어본 바 없는 듯 담백하게) 저는 그자가 누구인지 기억이 나지 않
	사옵니다. 정도전의 일족이옵니까……?
태종	(거짓말하는 이도를 보고 피식) …….

이도   (역시 태종을 보는 데서) …….

#7. 도담댁의 방(밤)
도담댁, 元 자가 써진 나무패가 달린 비단 띠를 보고 있다.

도담댁   (기쁨과 회한으로 비장하게 마음의 소리 E) 본원 어르신…….
           드디어… 밀본지서가 손에 들어왔습니다.

           ins – 2부 50씬.
           서책 꾸러미를 받아 드는 손. 보면 차가운 표정의 도담댁이다.
           서책 꾸러미를 받아 풀어보는 도담댁. 풀면, 서책을 묶은 비단 띠가 있고,
           비단 띠의 끝은 元 자가 쓰여진 나무패다. 놀라는 도담댁.
           元 자가 쓰여진 나무패를 심각하게 보는 도담댁.
           이때, 밖에서 인기척이 들린다.

끝수   (E) 행수님, 들어가겠습니다요.
도담댁   (급히 비단 띠를 품에 숨기며) 그래, 들어오너라.
끝수   (들어와서 무릎 꿇고 앉으면)
도담댁   아이는?
끝수   그런 놈은 첨 봅니다. 소리를 있는 대로 지르고… 어휴…
           열두엇밖에 안 돼 보이는 놈이… 어찌 그리 독한지….
도담댁   (말 끊으며) 사날은 굶겨야 될 듯싶으니… 잘 지키거라. (하고 일어서면)
끝수   (함께 일어서며) 사당으로 가십니까?
도담댁   그래. 오늘부터 7일간 문성공 안향 선생의 재계 기간 아니냐?
끝수   예. 압니다.
도담댁   그날까지 재계를 정히 할 것이니… 모두들 사당 출입을 금하도록 하고, 주변
           에도 출입하지 말라 이르거라.
끝수   암요. 평소에도 그곳은 피하여 돌아갑니다.
           반촌민들이야… 문성공을 제 부모보다 더 경건히 여기는데요.
           문성공 아니면… 반촌이 있기나 한가요?
도담댁   (그런 끝수 보고는 나간다)

#8. 궁 일각(밤)

복잡한 마음으로 걸어가는 이도. 뒤에 무휼이 뒤따른다.

걷다가 멈춘다.

이도   (마음의 소리 E) 정기준…. 진정… 그자 때문인가……?

ins. cut – 차가운 눈빛으로 지나가는 소년.

소년   넌… 아무것도 할 수 없어.

이도   (마음의 소리 E) 정… 기… 준.

징을 치는 소리와 함께 천천히 회상으로 들어간다.

#9. 성균관 과거장(밤)

(자막, 9년 전)

과거를 치르고 있는 많은 선비들, 모두 붓을 잡고 쓰고 있다.

카메라, 단상 위를 비추면,

태종과 양녕대군, 효령대군의 모습이 차례로 보이고

마지막으로 열두 살의 어린 이도(자막, 충녕대군忠寧大君 : 훗날 세종대왕),

똘망똘망한 눈으로 보고 있다.

선비들이 어찌 쓰는지 궁금한 이도는 계단을 내려온다.

그리고는 앞줄의 선비들의 글을 눈으로 흘깃흘깃 보며 가는데….

이때, 벌써 시제를 모두 푼 듯, 시험지를 들고 나오고 있는

11살의 갓을 쓴 어린 정기준(자막, 정기준).

그런 정기준을 호기심 어린 눈으로 보는 이도.

정기준은 시험지를 시관 앞의 책상에 놓는다.

눈이 마주치는 이도와 정기준. 묘한 느낌으로 본다.

정기준은 돌아나간다.

궁금해진 이도, 시관의 책상 옆으로 다가가 맨 위에 놓인

정기준의 글을 읽기 시작한다.

잠시 읽던 이도!! 경악한다!! 그 위로

이도   (떨리는 목소리 E) 대저, 조선의 제도가 주나라의 제도에 근거하고 있음은
모든 유생들이 익히 아는 바다.
또한 주관에서의 왕은 허군이고, 실군은 관을 총괄하는 재상총재의 것임도
모두 알고 있다.
이것이 우리 조선을 건국하신 삼봉 선생의 치국의 기본사상이었다.

경악한 이도, 시험지를 내고 간 아이를 얼른 본다.
과장을 나가고 있는 어린 정기준.

#10. 성균관 관내 일각(낮)
여유 있게 걸어가고 있는 어린 정기준. 전각 뒤로 사라진다.
이때 나타나 정기준을 찾는 이도.
전각 뒤로 사라지는 정기준을 본다. 따라간다.

#11. 성균관 공자 사당 앞길(낮)
어린 정기준이 가운데 신도를 남겨둔 채 양쪽에 있는 인도로
예를 갖추어 천천히 걸어 들어간다.
뒤따라 들어오는 이도. 제를 올리는 분위기로 인도를 천천히
걸어들어가는 기준을 보는 이도.
들어가는 기준. 보는 이도.

#12. 공자 사당 안(낮)
사당 안으로 들어오는 기준. 들어오더니 최대한 예를 다하여 절을 한다.
사당 안으로 들어와 그런 기준을 보는 이도.
두 번째 절을 하는 기준. (정기준의 말톤은 감정 없이 나긋나긋)

이도   이곳은 아무나 들어올 수 없는 곳이다.
기준   (절을 마친 기준이 본다)
이도   (역시 노려보자)

기준	(보며) 공자의 가르침을 따르는 자, 맹자의 가르침을 따르려는 자만 들어올 수 있는 곳이지.
이도	…….
기준	(비웃음을 띠며) 너는 들어와선 안 된다.
이도	무엄하다!!
기준	(입꼬리 한쪽을 올려 슬쩍 웃으며) 복색을 보아하니 대군이구나. 주상의 아들인 게지.
이도	이놈이! 글만큼이나 행동도 무례하기가 짝이 없구나!! 네놈은 누구냐?
태종	(E) 무엇이냐는데두?

#13. 성균관 내 채점실(낮)
경악하는 시관들. 무슨 일인지 궁금해하는 태종.
시관들, 차마 시험지를 태종에게 건네지 못하고 떨고 있는데….
태종, 답답한 듯 그냥 시험지를 낚아채 읽는다.
읽으면서 점점 분노로 일그러지는 태종의 모습.
옆에서 떨고 있는 시관들. 긴장하고 있는 조말생.

태종	(시험지에 적힌 이름을 보며 부들부들) 정… 기준? 이자가 누구냐?
조말생	(긴장한 채) 정도전의 아우인… 정도광의… 아들입니다.
태종	(경악) !!
모두들	(긴장하여 태종보며) …….
태종	(분노로 일그러지다가 시험지를 확 구기며) 당장 잡아들이거라! 정기준과 정도광을 당장 죽여!!!

#14. 공자 사당 내(낮)
이도와 기준 있는데….

기준	무례하다…? (하고는 이도를 똑바로 보며) 역에 이르기를, 성인의 큰 보배는 위요, 천지의 큰 덕은 생이다. 무엇으로써 그 위를 지킬 수 있는가? 말하자면 인이다.

이도	(보는데)
기준	현능한 자들은 지혜를 바치고, 호걸들은 힘을 바치며, 백성들은 분주히 맡은 바에 복무하되, 오직, 오로지,
이도	…….
기준	인군의 명령에만 따를 뿐이다.
이도	무엇 하는 짓이냐?
	내가! 조선의 대군인 내가 조선의 이념을 담은 조선경국전 정보위도 모를까봐 읊어대는 것이냐?
기준	(더욱 생긋 웃으며) 허면 다음을 읊어보거라.
이도	…….
기준	(안 하려나보다 하고는) 아래에 있는,
이도	(받아) 아래에 있는 뭇 백성은 약해 보이지만, 힘으로 겁줄 수 없는 것이요, 지극히 어리석어 보이지만 지혜로써 속일 수 없는 것이며…
기준	(끊으며) 주상은 그리하는 분인가?
이도	(놀라) !
기준	힘으로 겁주지 않는 분인가 말이야?
이도	(놀라) !
기준	아! 겁을 주지 않고 죽음을 주지.
	자기의 아우… 자기의 형제… 자기의 동지들….
이도	(분하여) 이놈이 정녕!!
기준	아아…, 그래… 주상도 인간이니… 그럴 수 있지.
	하여 삼봉께서는 왕의 유학 교육을 위해 경연을 두셨어.
이도	…….
기준	왕을 제약하는 사관도 두셨고….
이도	…….
기준	6조와 그 우두머리 재상총재인 영의정도 두셨지. 인군을 만들어야 하니까.
이도	…….
기준	허나… 주상께선 경연을 1년에 한두 번 하신다지?
이도	…….
기준	사관들은 겁박하고….
이도	…….

기준	이번엔 영의정도 허수아비로 만들고 6조를 임금이 직접 챙긴다지?
이도	…….
기준	허나 말이다… 내가 이번 과장에 나타난 이유는 그것이 아니야.
이도	…….
기준	네 아비가 나의 백부님(큰아버지 : 정도전)을 죽이고,
이도	(놀라는데)
기준	백부님이 세워놓은 것들을 깨부숴서가 아니란 말이다!
이도	……?
기준	깨부쉈다면… 백부님께서 조선의 첫머리에 세워두신 옳은 뜻과 글은 거두는 것이 마땅한 것이다.
	조선을 세운 유학자들과 사대부들을 현혹하려, 그들이 떠날까 두려워, 나라 앞머리에 그런 현판을 걸어두는 짓 같은 건 하지 않아야 하는 게야!
이도	…….
기준	그것이 예다! 그것이 유학을 눈곱만큼이라도 섬기는 자라면 응당 해야 할 예라는 것이다!
이도	(노려보지만 달리 변명을 못한 채 끓기만 하는데)

기준, 천천히 사당에 예를 취하고는 뒤로 걸어 나가다가는….

기준	네 아비는….
이도	(끓고)
기준	(나지막이) 삼봉 선생의 조선을 훔쳤어. 도적이고, 살인자다….

하자, 참던 이도, 결국 기준에게 주먹을 날린다.
쓰러진 기준, 일어나 입술에 피가 흐르나 슬핏 웃음을 날리며

기준	어찌 한 치도 다른 구석이 없누.
이도	…….
기준	겨우 폭력이라니…….

하고는 나가는 기준. 분함과 알 수 없는 열패감에 휩싸인 이도.

#15. 의금부 앞길 일각(낮)

달려나오는 의금부 병사 백 명.

뒤이어 달려나오는 의금부 병사 백 명.

마지막으로 조말생이 말을 타고 달려나온다.

#16. 산속 민가 마루 + 앞길(낮)

훈장으로 앉아 있는 정도광. (9년 전의 젊은 정도광. 자막, 정도전의 아우)

정도광 맹자 왈, 민위귀하며 사직이 차지하고 군위경이라.

학동들 (20여 명쯤 되는 백성 아이들이 앞에 앉아) 맹자 왈, 민위귀하며….

하는데 이때 뛰어들어오는 노비.

노비 (숨이 턱에 차오른 채) 나으리! 나으리! 큰일 났습니다!!

정도광 (놀라) 무슨 일이냐?

노비 (이미 마루까지 뛰어올라와 정도광을 잡아끌고 나가며)

얼른 도망하셔야 하옵니다.

(학동들에게) 너희들도 얼른 피해!

학동들 (웅성대는데)

정도광 (노비에게 이끌려가며) 무슨 일이냐는데두?

노비 (끌고 뒤쪽으로 가며) 기준 도련님께서… 과장엘 가셨는데….

정도광 무어라?

노비 암튼!! 지금 병사들이 코앞까지 왔습니다!!

하고는 노비는 무작정, 정도광을 끌고는 뒤로 사라진다.

학동들, 어찌할 바를 몰라 웅성대는데….

이때, 들이닥치는 병사들.

들어오자마자, 학동들을 잡고, 때리고

방 안과 부엌 등으로 들어가 수색하고 난리를 치며 아수라장이 된다.

#17. 산길(낮)

당당하게 가고 있는 정기준.

몇 걸음 뒤에 화난 듯 씩씩거리며 기준을 따라가고 있는 이도.

기준, 잠시 멈춘다. 그러고는 돌아 뭐라고 얘기할까 하다가는

다시 그냥 간다. 이도도 그냥 따르는데….

이때 가던 기준이 멈춰 선다. 경악하는 표정의 기준.

이도, 뭔가 하고는 기준이 보는 곳을 보다가는

놀란 듯 얼른 기준을 끌어다 같이 바위 뒤에 숨는다.

#18. 정도광의 집 마당 + 집 앞(낮)

집 앞엔 조말생과 병사들이 경계하며 서 있고,

살려달라는 아이. 그냥 울기만 하는 아이, 어른 등 20여 명은

집 앞에 무릎 꿇려 앉아 있다.

일부 병사들은 집 안을 아직도 이 잡듯이 수색하고 있다.

얼떨결에 부엌에 숨은 사람, 헛간에 숨은 아이 등등

모두 찾아내 집 앞으로 끌고 오는 병사도 있고,

옆집에서 사람을 끌고 오는 병사 등등 어수선한데….

그들을 총지휘하고 있던 조말생.

조말생　(꿇려 앉아 있는 맨 앞의 백성에게) 정도광이 이 마을 아이들에게 글을 가르
　　　　쳤다지?

백성　　… 예…, 그렇긴 합니다만….

조말생　어디 있느냐?

백성　　글쎄요…, 저는 모릅니다.

하자, 옆에 있던 조말생의 부하가 백성의 목에 칼을 들이댄다.

백성, 놀라고… 주위 사람들 모두 놀라서 본다.

#19. 정도광의 집 앞 숲 속(낮)

바위 뒤에 숨은 채 그 광경을 보고 경악, 분노하는 기준과 경악하는 이도.

기준	(이를 갈며 이도에게) 봐라.
이도	…….
기준	한 어린 유생의 비판조차도 죽음으로 되갚는 자가 이 나라의 주상이다.
이도	… 그럴 리가 없어…. 그런 이유로 백성을 죽일 리가 없어. 오해일 거야.
기준	… 오해…?

ins – 집 앞.

조말생	(목에 칼을 댄 백성에게) 두 번 묻지 않을 것이다. 정도광과 그의 자식 정기준은 어딨느냔 말이다!!
백성	(겁에 질려) 정말 모릅니다…….
이도	(다급히) 내가 해결할 것이다. (하고 일어나는데)

ins – 집 앞.
백성의 목을 칼로 베는 조말생의 부하.
그 광경에 경악하며 움츠려 앉는 이도. 무섭다.
기준, 이도를 비웃듯 한 번 본다.
그러고는 일어나 기준이 나가려 하는데, 잡는 이도.

기준	날 잡는 걸 보니 니 아비가 하는 짓을 너도 아는 게지. 또 넌 아무도 살릴 수 없고, 아무것도 할 수 없다는 것도.

이도, 그런 기준을 보는데….
ins – 집 앞. 다시 병사가 아이를 죽이려 칼을 빼들자

기준	(그런 병사들 향해 나가며 당당하게) 나다! 내가 정기준이다!

조말생과 병사들, 모두 돌아본다.
당당하게 걸어 나가는 기준. 놀라 보는 이도.
이도는 한 발짝도 움직이지 못한 채 숨어 있는데….
걸어 나오는 기준에게로 달려오는 병사들 서넛.

기준을 보자마자, 육모방망이로 때린다.

맞는 기준을 놀라며 보는 이도.

피 흘리면서 병사들에게 끌려가는 기준. 숨어 있는 이도를 본다.

차갑게 비웃으며… 숨어서 열패감에 떨며 보는 이도.

#20. 정도광의 집 앞(낮)

조말생과 모두들 보고 있는데…

병사들이 기준을 끌고 조말생의 앞으로 오고 있다.

기준은 그 와중에도 병사들을 뿌리치며 '내 발로 갈 것이다! 놓아라!' 하며
당당하게 간다.

기다리던 조말생. 그 앞에 당도한 기준, 조말생을 노려보자,

조말생, 바로 기준을 칼집으로 내려쳐 무릎 꿇리려는 순간!

느닷없이 날아오는 화살이 조말생의 칼집을 날린다.

놀라 보는 조말생. 우왕좌왕하는 병사들.

이때 병사들 몇몇에게 화살이 날아들고

그들 사이로 말을 타고 달려오는 정도광과 열 명의 사람들.

열 명의 말을 탄 자들이 병사들을 뚫고 나와 아이들 사이를 가르며
지나가자, 잡혀 있던 아이들은 흩어져 모두 도망가고,

정도광은 재빨리 말을 달려 기준을 채서는 도망간다.

#21. 정도광의 집 앞 숲 속(낮)

바위 뒤에 숨어 멍하니 보는 이도.

이때 그런 이도의 앞을 달려가는 정도광과 기준이 탄 말.

말 위의 기준, 이도를 스쳐 지나가며 차갑고 건조한 눈빛으로
(이 장면이 앞에서부터 나왔던 이도의 플래시컷)

정기준   넌… 아무것도 할 수 없어….

#22. 비서고 내 방진방(밤)

회상에서 돌아온 이도.

함을 본다. 큰숨을 내쉰다.

이도	… 그래…. 정기준…. 정… 기… 준…….

#23. 태종의 방(밤)
태종, 심각한 표정으로 깊은 생각에 잠겨 있다.

태종	정기준…. 정… 도광…….

#24. 정도광의 집 마당(회상, 밤)
18~21씬들의 상황이 한바탕 휘몰아친 뒤의 정도광의 집 마당.
카메라 팬하면, 태종이 조말생 등을 거느리고 어딘가를 보고 있다.
태종이 보고 있는 것은 장독대.
빈집의 물건들만 마당에 어질러져 있다.
이제 막 당도한 듯 말에서 내리는 누군가. 태종이다.
뒤로 무사들 도열해 있다.
태종, 앞마당부터 천천히 빈집을 둘러보며 걷는다.
뒷마당으로 들어서는데….
이때 급히 뒷마당으로 들어서며 태종 앞에 부복하는 조말생.

태종	(나지막히) 어찌 되었느냐.
조말생	송구하옵니다. 놓쳤사옵니다!

태종, 인상을 확 찌푸리지만, 참고는 서서히 돌던 방향대로
장독대 쪽으로 걸어간다.
그러고는 별것이 없자, 그냥 돌아나가려는 순간, 장독대를 노려본다.
조말생과 무사들, 왜 그러나 싶어 모두 장독대를 보는데….
태종, 순간, 칼로 장독 하나를 느닷없이 깨부숴버린다.
놀라는 모두들.
장독에서 흘러나오는 간장.
태종, 장독 쪽으로 다가가는데….
보면, 간장이 일정한 곳으로 흘러들어가는 것이 보인다.
모두들, 그 장면에 더 놀라는데….

| 태종 | (나지막이) 장독을 모두 치우거라. |
| 조말생 | (의아해서) … 예? |

cut. to -

장독을 받치고 있던 거대한 나무판자를 들어올리는 병사들.
보는 태종과 놀라는 조말생.
보면, 지하 석실로 이어지는 돌계단이 보인다.
굳은 표정의 태종, 천천히 계단을 따라 내려간다.
조말생과 무사들 따라들어간다.

#25. 지하 석실 안(회상, 밤)
횃불을 비추며 계단을 따라 내려오는 태종과 조말생.
넓은 석실이 나온다.

| 조말생 | (놀랍게 보며) 집 안에 이런 곳을 만들어두었다니…. |

태종, 더욱 굳어진 표정으로 석실을 살피기 시작한다.
무엇인가를 발견한 조말생.

| 조말생 | 저, 전하…! 여기…. |

하면 횃불을 든 무사, 벽을 비춘다.
글씨가 빼곡히 적혀 있다.

| 태종 | (조말생에게) 읽어보아라. |

조말생, 천천히 한자로 된 글귀를 읽어나가기 시작한다.

조말생	군주가… 꽃이라면 그 뿌리는 재상이다. (하고 태종의 눈치를 보면)
태종	…….
조말생	꽃이 부실하다 하여 나무가 죽는 것은 아니지만,

태종	…….
조말생	(눈치 보다가) 뿌리가 부실하면 나무가 죽는다. 부실한 꽃은…,
태종	… 뭘 하는 게야. 어서 읽지 않고.
조말생	꺾으면… 그만이다.
	(바로 부복하며) 전하, 이자가 미친 자이옵니다! 그만 돌아가시지요!
태종	(나지막이, 차갑게) 읽어라, 계속.
조말생	(OL) 전하…!! 읽을 가치가 없는 글이옵니다!
태종	(OL) 읽으라지 않았느냐!!
조말생	(OL) 전하!!
태종	비켜라, 이놈! (조말생을 밀치며, 횃불을 빼앗아 벽을 비추고는 읽는다)
	왕은 오로지, 재상을 선택하고 재상과 협의하는 자리이며,
	조선이라는 나무의 화려한 상징일 뿐이다.
	허면 꽃을 피우는 뿌리는 누구인가?
	백성을 교화[교민敎民] 하고, 군주를 옳게 인도[정군正君]해야 하는 자!
	조선의 뿌리는 재상인 것이다!
조말생	(벽을 막아서며) 전하, 반드시 이자의 목을 바치겠사옵니다!
	제발 그만하시옵소서!
태종	(나지막이) 비키지 않으면 넌 죽는다.
조말생	전하…! (태종의 눈빛을 보고 어쩔 수 없다는 듯 비켜선다)
태종	허면 재상의 뿌리는 무엇인가.
	과거로 선발된 관료이다.
	허면 관료의 뿌리는 무엇인가.
	조선의 선비이다.
	이 뿌리의 체계! 이 관료의 체계가 재상총재제다.
조말생	전하….
태종	조선의 사대부들이여, 뿌리가 되어라.
	조선을 떠받치는 선비가 되어, 뛰어난 관료를 키워내고,
	현능한 재상을 세워라.
	하여 조선이라는 나무가 만만세가 될 수 있도록,
	뿌리 중의 뿌리가 되어라!
	이것이 나 정도전이, (에서 멈추고는 분노를 삭인다)

조말생   (그런 태종을 본다)

태종   (죽을힘을 다해 분노를 삭이며) 이것이 나 정도전이,
        뿌리 중의 뿌리, 숨겨진 뿌리,
        밀본. (다시 멈추고는 분노를 삭인다)

조말생   (조마조마해서 미칠 듯한)

태종   밀… 본… 을 만든 이유이다.
        밀본이 정군하고 격군한다.
        (정군正君, 격군格君 : 왕의 잘못을 바로잡아 바른길로 인도한다)
        밀본이 재상을 옹립한다.
        밀본이… 조선을 움직인다.
        (다시 멈추는데 이젠 입술과 이, 눈썹까지도 부르르 떨린다)

조말생   …….

태종   사대부들이여, 이 조선의 뿌리가 되어라. 밀본이 되어라.
        조선을 지켜라. 밀본 1대 본원 정도전.

        모두 읽은 태종, 계속 온몸을 사시나무 떨듯 떨며 서 있다.
        옆에 선 조말생, 어찌할 바를 모르며

조말생   전하…, 이미 죽은 자이옵니다!
        권력을 탐한 자의 지나가버린 헛된 망상일 뿐이옵니다!

태종   …….

조말생   전하….

태종   (아주 착 가라앉은 톤으로) 이거였다…. 이거였어.

조말생   … 무슨 말씀이시옵니까?

태종   정도전이 죽어가면서 내게 했던 말의 의미….

조말생   ……?

태종   … (읊조리듯) 꽃은 꽃일 뿐… 뿌리가 되지도… 뿌리를 없애지도… 못하오.

조말생   …….

태종   … 밀본이다!
        정도전은 비밀결사를 만들었던 게야!!

하며 충격과 분노로 몸을 떠는 태종.
이때 밖에서 들려오는 부엉이 소리.
태종, 놀라는데….

조말생   부엉이 소리가 아닌가…?
태종   (공포로 떠는 듯한 모습에서)

#26. 태종의 방(밤)
회상에서 돌아오는 태종. 주먹 쥐고 있는 손이 부르르 떨린다.

태종   (밖에다 대고) 조말생 밖에 있는가!!

하면 급히 들어오는 박은.

태종   어찌… 경이 들어오는가?
박은   (다급하게) 전하…. 지금 조말생이… 정기준 부자의 움직임을
    포착한 듯하옵니다!
태종   (놀라) 무어라?
이도   (E) 무휼 있느냐?

#27. 방진방(밤)
이도 있는데…. 급히 들어오는 이신적과 무휼.

이신적   (다급히) 전하… 조말생이 수상한 움직임을 보이옵니다.
무휼   (이신적 보며) 수상한 움직임이라면?
이도   (놀라면서도 정확히 짚는) 왕명 없이, 의금부 정예병을 움직이더냐?
이신적   예.
무휼   (놀라 보고)
이신적   … 하온데… 전하께서는 어찌 아신 것이옵니까?
이도   조말생이 상왕 전하의 밀명을 받아 움직이고 있습니다.
이신적   밀명이라면…?

이도	정기준 부자를 은밀히 찾고 있어요.
이신적	(놀라) 예?
이도	허니… 동부대언은 지금 당장 조말생의 병력이 어디로 움직였는지를 파악하여, 내게 바로 연통하세요!
무휼	(이도의 대응에 너무 놀라고) ……!!
이신적	(말리며) 전하!! 어찌….
이도	무얼 하고 있는 겝니까? 한시가 급한 일입니다! 한시가요!!

하면, 이신적은 급히 나가고….

무휼	(걱정스레) 전하!! 대체 무얼 하시려는 것이옵니까?
이도	이제… 무휼 네가 나서야겠다.
무휼	(걱정과 불안으로) ……?!

#28. 태종의 방(밤)
태종과 박은 앉아 있는데….

태종	이번엔 확실한 것이냐?
박은	예, 전하. 그동안 곳곳에 심어놓은 자들의 연통이니 확실할 것이옵니다.
이도	하여 조말생이 움직였느냐?
박은	예, 전하.
태종	(드디어… 하는 얼굴인데)

#29. 기방 마당 + 기방 안(밤)
기방의 담을 넘어 숨어드는 병사들 수십 명.
숨어들자마자, 지체 없이 바로 마루로 올라간다.
그러고는 두 명이 기방 문을 열어젖히자,
모두 칼을 빼 들고는 기방 안으로 난입하는데….

#30. 기방 안(밤)
상을 차려놓고 기녀를 낀 채 술을 마시던 양반 두 명.

들어온 병사들, 바로 두 명의 양반에게 칼을 겨눈다.
경악하는 양반 두 명과 경악하는 기녀들.
이때, 조말생이 기방 안으로 들어온다.
빠르게, 양반 1을 본다. 정도광이 아니다.
양반 2를 본다. 정도광이 아니다.

조말생   (낭패구나 싶은 느낌으로) 이런… 또….

하는데, 밖에서 들려오는 소리.

병사   (밖에서 E) 여깁니다! 도주하고 있습니다!!
조말생   (날카롭게 보는 데서)

#31. 길 일각(밤)
각각 말달리는 정도광(나이 든 정도광)과 윤평부(윤평의 아버지).
백 여 미터를 사이에 두고 쫓고 있는 의금부 병사들.
'잡아라!' 소리 난무하며 쫓기는 정도광과 쫓는 조말생의 추격전 몽타주.

#32. 길 일각(밤)
조말생 있는데, 의금부 영사 다섯이 말달려와 급히 내린다.

영사 1   (목례 하곤) 북촌(北村 : 북악산 기슭), 남촌(南村 : 남산 기슭), 상대(上臺 : 인왕산
         기슭), 하대(下臺 : 청계천 주변), 모두 수색하였으나, 없었습니다!
조말생   없어? 말을 타고 도주했다면, 분명 소리가 났을 것이다.
         못 찾았을 리 없어….
영사 1   허면….
조말생   말에서 내려 숨어든 것이다.

하며, 지도 펴는 조말생. 지도를 짚으며

조말생   북촌, 남촌, 상대, 하대. 모두 없었다면, 남은 곳은… 하나다.

하며, 지도의 어딘가를 짚는 조말생.
영사들, 조말생이 짚은 곳 보고는 놀라는데.
보면, '반촌'이다.

조말생   반촌이다.

영사1   (놀라) !!! 반촌이라면…. (하고서 조말생을 본다)

조말생   (미치겠는 표정)

영사2   무장한 병사들은 들어갈 수 없는 곳입니다! 어찌합니까?

영사3   성균관 유생들이 알게 된다면, 성균관이 발칵 뒤집힐 것입니다!

영사1   어명이 있지 않고서야….

조말생   (고민하다, 영사 1에게) 넌 즉시 상왕전에 보고하고, 명을 받아오거라.
           (영사 2에게) 넌, 은밀히 반촌의 움직임을 살펴 정도광의 동태를 파악하거라.
           나머지는 반촌 외곽을 포위한다.
           밤늦도록 공부하는 성균관 유생이 있을 수도 있으니,
           절대로 눈에 띄지 않게, 행하거라!

영사들   예!

#33. 숲 일각(밤)
급히 말달려가는 영사 1.

태종   (E) 반촌?!

#34. 태종의 방(밤)
태종과 박은 놀란 얼굴.
영사 1, 보고하고 있다.

태종   그놈들이 반촌으로 숨어들었단 말이냐!

영사1   예. 하여, 반촌 외곽은 포위하고 있사오나,
           어명 없이는 들어갈 수 없는지라, 급히 명을 받자오라 하였습니다.

박은   하오나… 공자와 문성공의 사당이 있는 곳이 아닙니까.
           반촌에 병사들을 난입시킬 수는 없습니다.

태종	(흥분하며 버럭) 그것은 사대부들이 만들어낸 관습이 아니더냐!
박은	(찔끔하고)
태종	(분노로 들끓는 얼굴로 고민하는데)

#35. 방진방(밤)
이도, 무휼 있고.
무휼, 이도 앞에 부복해 있다.

무휼	정기준을 지키라는 것은… 그 자체로 상왕 전하와의 쟁투이옵니다!
이도	쟁투…. 쟁투라…?
무휼	전하….
이도	그래…. 쟁투라면 쟁투지….
	아바마마의 조선엔 그자가 없어야 하고,
	나의 조선엔… 나의 집현전엔…
	그자가! 정기준이! 반드시 있어야 한다!!
무휼	(이도의 강한 의지에 더 이상 말하지 못하는데)
이도	허니 너는 연통이 오는 즉시, 출동하여…
	정기준을 과인에게 데려와야 하느니라!!
무휼	(이를 어찌하나 싶은 얼굴인데) …….

#36. 태종의 방(밤)
태종, 박은, 영사 1 있는데.

태종	잡아오너라….
박은	하오나… 전하…. 반촌에 병사들이 난입한 것이 알려지면…
	유생들과 지방의 유림들이 가만있지 않을 것이옵니다.
태종	잡아야 한다…….
박은	(눈치 보며) … 더구나 그 이유가 정도전의 아우 때문이라면….
태종	…….
박은	정도전과 그의 식솔들에 대한 유림들의 마음을 아시지 않사옵니까?
태종	(불쾌함에 버럭) 알지! 알기에! (냉정하게) 정도광과 정기준도

은밀히 제거하려는 것이 아니냐….

박은   …….

태종   정도광은 몰라도… 정기준 그놈은 큰일을 벌일 놈이야.

박은   …….

태종   수단, 방법을 가리지 말고… 이번엔 반드시 그 정가 놈들을 잡아야 한다.

박은   … 하오나….

태종   (자르며, 빠르게 영사 1에게) 넌 즉시 조말생에게 이를 전하거라, 단!

영사 1   (보면)

태종   나는 반촌 진입을 윤허한 적이 없느니라!

박은   !

영사 1   … 예…. 알겠사옵니다!

하고는 영사 1, 나가면

태종   (바로 박은에게) 대감은 일군을 이끌고 반촌 외곽에 대기하시오.

박은   … 예…. 분부대로 거행하겠사옵니다.

태종   …….

#37. 반촌 전경(밤)
고요하다.
(자막, 반촌)

#38. 반촌굴 내 도살장 옆 창고 밖 일각(밤)
양철통에 불이 지펴지고 있고… 남자노비, 한가롭게 불을 때고 있다.
저만치 창고 앞을 지키는 노비들 보이고….
이때, 여자노비 하나가 조용히 남자노비에게 다가온다.

#39. 반촌굴 내 도살장 옆 창고(밤)
똘복, 묶인 채 물구나무서서 횃불에 발을 대려 하고 있다.
얼굴은 시뻘게져 있고, 입으로는 연신 '젠장… 우라질' 등등 욕을 해대지만,
최대한 집중을 하면서 발로 횃불을 쓰러뜨리려 하고 있다.

물구나무를 선 관계로, 담이에게 받은 복주머니도 달랑달랑 보인다.

#40. 반촌 일각(밤)
횃불 하나를 든 채 어디론가 조용히 가고 있는 도담댁.

#41. 장승숲길(밤)
20여 개의 장승과 방상시탈 및 여러 개의 탈이 나무대롱 위에 걸려 있는
장승과 탈의 숲이다.
을씨년스럽고 귀신이 나올 것 같은 곳인데….
여전히 횃불을 든 채 이곳을 지나 사당으로 가는 도담댁.
그 탈 숲에서 도담댁을 보는 말의 눈동자.

#42. 사당문 앞(밤)
사당문에 이르렀으나, 가운데 문으로 들어가지 않고
옆으로 간다. 카메라 따라가면, 옆에도 문이 있다.
그 문으로 들어가는 도담댁.
풀샷으로 사당 마당을 가로질러 사당 안으로 들어가는 도담댁이 보인다.

#43. 사당 내 문성전 안(밤)
들어오는 도담댁, 조신한 모습으로 들어와
향을 피우려 향을 집으나, 이미 향로엔 새 향이 피워져 있다.

도담댁   (고개 숙여 위패에 인사하면서) … 오셨습니까?
윤평부   (병풍 뒤 E) 이상한 움직임은 없었습니까?
도담댁   예.

하면, 병풍이 걷히고 윤평부와 정도광이 나온다.

도담댁   (걱정스런 눈빛으로) 어찌 그러십니까? 무슨 일이 있었습니까?
정도광   주상의 주구들이… 긴장을 놓지 않고 있구나.
          연통을 취하려던 과정에서… 일을 당할 뻔하였다.

윤평부	따돌린 듯하나… 걱정이 되어서요.
도담댁	허나… 이곳은 문성공의 사당입니다. 조선에서 제일 안전한 곳 아닙니까?
정도광	그렇기는 하다만… 이방원 그자의 성정이… 그런 것을 따질 위인이냐?
도담댁	아무리 그렇다 해도… 유림을 버리지 않는 한, 여길 침탈할 수는 없습니다.
	심려 마십시오.

정도광, 그럼에도 안심이 되지 않는 얼굴인데.
도담댁, 제단에 놓인 위패를 치우고는 다른 위패들을 올려놓는다.
보면, 위패에 써 있는 이름 '鄭道傳(정도전)', '정도존', '정유', '정영', '정담'.
정도광, 위패를 바라보다, 예를 다해 절을 올린다.
도담댁과 윤평부, 뒤에 서서 엄숙하게 이를 바라보는데….
절을 다 마친 정도광, 통탄스럽게 위패를 보며,

정도광	언제까지 이리 제사를 지내야 한단 말인가….
	이 원한은… 반드시 갚을 것입니다, 형님…….
도담댁	(그런 정도광을 안타깝게 보다가) 그날이… 멀지 않은 듯싶습니다.
정도광	(무슨 말이냐는 듯 보면)
도담댁	드디어 찾아냈습니다.
정도광	… 찾아내다니…? (하다가는 도담댁 보며) 설마… 설마…!!
도담댁	예…

도담댁, 품에서 비단 띠를 꺼내 정도광에게 바친다.
믿기지 않는 듯 손을 떨며 받아 드는 정도광.
비단 띠를 보면, 양 끝에 '元'이라 쓰인 나무패가 달려 있다.
정도광, 떨리는 손으로 나무패를 잡아당기면,
비단 띠 안에서 정도전의 격문이 쓰인 서찰이 나온다. 핏자국 보이고….
(내용은 정도광의 집에서 찾아낸 내용과 비슷하며 거기에 강령이 더 쓰여져
있는 정도)

정도광	(감격해하며) 형님…!!
윤평부	(역시 드디어 찾았구나! 하는 얼굴로 보면)

정도광 형님…. 드디어… 드디어… 밀본지서를 찾았습니다…!

도담댁 (역시 감격으로 보는데)

정도광 형님이 친히 쓰신… 밀본지서를 드디어 찾았습니다!!

하며 친필 글씨를 마치 형님을 대하듯 붙들고는 눈물을 흘리는 정도광.
보는 도담댁.

도담댁 … 고정하십시오. 어르신….

정도광 (그제서야 수습하며) 형님께서 돌아가실 때…
       같이 있던 무사가 성균관 어딘가에 숨겨놓았다고만 했었다….
       대체 어디에 있었단 말이냐….

도담댁 대성전 바닥에 있었다 합니다.
       유생 한 명이 찾아낸 서책이 이 밀본지서에 싸여 있었습니다.

정도광 그랬구나! 차마 그곳까지는 뒤지지 못했는데… 대성전이었어!

도담댁 예.

정도광 (다시 감격에 젖어 보자기에 쓰여진 격문을 보며) 되었다….
       그간… 이 밀본지서가 없어, 밀본의 재건에 큰 힘이 들었다!

도담댁 …….

정도광 허나, 이젠… 나의 뒤에 형님이 계신다….
       다시… 밀본을… 재건할 수 있어….

도담댁 예! 이제 드디어 밀본의 제2대 본원이 되실 수 있는 것입니다.
       삼봉 선생께서 함께하시는 것입니다!
       모든 유생들이 따를 것입니다!

도담댁·윤평부 (보고)

정도광 (흥분과 감격으로 밀본지서를 보는데)

#44. 반촌 외곽 길 일각(밤)
놀란 조말생의 얼굴.
앞을 보면 영사 1이 태종의 말을 전한 듯하다.

조말생 정녕 상왕 전하께서 그리 하명하셨느냐?

영사 1	… 예….
조말생	알았다.

이때, 급히 오는 영사 2.

조말생	어찌 되었느냐.
영사 2	문성공의 사당으로 숨어든 듯합니다.
조말생	(놀라) 문성공의 사당?

조말생, 고민하다, 고갯짓하면.
영사 3, 4, 5와 병사들 20여 명이 소리 없이 빠르게 튀어나와 모인다.

조말생	문성공의 사당으로 진입한다.
모두	(놀라) ……!
조말생	또한 우린 이제부터 관군이 아니다. 알겠느냐?
모두	(소리 없이 동시에 고개를 숙여 알겠다는 표시를 한다)
조말생	알다시피, 문성공의 사당에 진입했다가 잘못된다면
	우리는 물론이고, 상왕 전하까지 곤경에 처하실 수 있다.
모두	(긴장하여 보는데)
조말생	최대한 빠르고! 은밀하게 행해야 한다.
	만약, 잡히는 자가 있더라도 의금부는 모든 관계를 부인할 것이다.
	아무것도 책임지지 못하고, 역적이 되어 죽을 것이다!
	최대한 빠르고 은밀하게! 한 명의 낙오자도 없이, 성공해야 한다. 알겠느냐?
모두	예!
조말생	(비장하게 보며) 모두 관복을 벗고, 검은 복장에 복면을 쓴다.
상궁	(E) 전하… 동부대언 들었사옵니다!

#45. 방진방(밤)
이도, 무휼, 있는데…. 이신적 들어온다.

이도	어딥니까?

이신적	반촌이옵니다!
이도	반촌이요? 설마… 아바마마께오서… 반촌 진입을 허하셨단 말이옵니까?
무휼	(놀라 보는데)
이신적	직접 윤허를 하셨는지는 알 수 없사오나…
	조말생의 수하들은 반촌 주변에 있사옵고…
	박은 대감도 직접 반촌 외곽으로 병력을 이끌고 가고 있습니다.
이도	이미… 한발 늦었구나!
이신적	…….
이도	(무휼 보며) 이젠 너밖에 없다!
무휼	(보면)
이도	어서 가거라! 어서!
무휼	… 전하…. 진정….
이도	(의지로 보며) 네가! 정도광과… 정기준을 구해야 한다.
	무조건! 살려서 데려와야 한다. 알겠느냐?
무휼	(그런 이도 보다가 부복하며) 명… 받잡겠습니다!

하고, 무휼 결연하게 나가면.
걱정스러운 이신적과 이도의 표정에서….

#46. 반촌굴 내 도살장 옆 창고(밤)
똘복의 발가락 클로즈업.
횃불 끝 부분에 막 닿으려는 발가락.
드디어 발가락이 횃불에 닿더니 횃불이 떨어진다.

똘복	(기쁘지만) … 젠장…, 휴우….

하고는 똘복, 묶인 손을 뒤로 돌아서 횃불에 갖다 댄다.
횃불은 똘복을 묶은 밧줄을 태우고… 주변에 불이 번지기 시작한다.
똘복은 횃불의 뜨거움에 얼굴이 일그러지지만 참는다.
고통은 더욱 커지나 소리를 안 내려
이를 악물고 참는 똘복. cut.

#47. 반촌 담 밖(밤)
싸리 나뭇가지로 엮은 담을 넘는 조말생과 병사들.
모두 은밀히 진입해 들어간다.

#48. 창고 앞(밤)
앞에 지키는 노비는 없고….
조금 떨어진 곳에 여자노비와 남자노비가 불을 때고 있다.

남노　　아니…. 느이 엄니는 내가 왜 싫다시는?
여노　　몰라…. 오라버이가 우리 엄니 좀 구워삶어봐.
남노　　구워삶긴 어찌 구워삶어…. 그냥 확 아를 배버리자.

하며 여자노비를 덮치려하자, 여자노비, '안 돼이' 하며 오히려 안기려는데…
남자노비, 그런 여자노비를 비켜 어딘가를 본다.
여자노비, 넘어지고….

여노　　뭐야?
남노　　저기… 저기….

하며 창고 쪽으로 가면, 창고 안에서 불이 난 것처럼 연기 난다.
놀란 남자노비, 창고 쪽으로 달려가는데….
창고 안에서 '살려주세요! 살려주세요!' 하는 똘복의 비명 소리.
급히 문을 여는 남자노비, 돌로 내려찍는 똘복.
재투성이가 된 똘복, 눈을 희번덕거리며 뛰쳐나온다.
여자노비 경악하여 보다가 얼른 남자노비에게 달려간다.
그사이 똘복은 도망가고 창고 안에서 나오는 남자노비,
주변의 쇠그릇을 잡아 두드리며

남노　　저놈 잡아라! 저놈!!

하며 쇠그릇을 두드려 친다.

#49. 반촌 일각(밤)

도망가는 똘복.

그릇을 치며 시끄럽게 하며 쫓는 남노.

이 소리에 깨어나는 듯 하나둘씩 나오는 반촌 노비들.

그중 끝수도 놀라 튀어나오는데….

그런 끝수와 부딪쳐 끝수를 쓰러뜨리고는 도망가는 똘복.

끝수도 놀라 얼른 일어나 쫓고….

똘복을 쫓는 노비들. 점점 수가 많아지는데….

쇠그릇 치는 소리 소란스럽게 들리며….

#50. 문성공 사당 밖(밤)

작게 들려오는 쇠그릇 소리.

은밀히 오고 있던 조말생과 병사들, 그 소리를 듣는다.

영사 1   무슨 일이 났나봅니다.

영사 2   발각된 것 아닐까요?

조말생   (소리 유심히 듣고는) 아니다. 소리가 나는 곳은 남쪽이다.

　　　　　우린… 예정대로 돌입한다.

모두   (작게) 예!

#51. 장승숲(밤)

을씨년스런 장승숲. 저쪽 어딘가에선 '저놈 잡아라!'

'장승숲 쪽이다!' 등등 시끄러운 소리가 들려오는 가운데….

장승숲길로 돌아 뛰어오는 똘복.

시끄러운 소리는 계속 들리고.

#52. 반촌 내 장승숲이 보이는 길 일각(밤)

우르르 달려오는 반촌 노비들.

막 장승숲을 통과해가는 똘복을 보고는

끝수   이쪽이다! 장승숲이야!!

남노	저 미친늄!! 저놈 사당으로 들어가는 거 아냐?
끝수	막아라! 막아!!

하며 노비들 필사적으로 달려 똘복을 쫓는데.

#53. 문성공 사당의 담 밖(밤)
조용히 열리는 사당의 한쪽 문.
이내 은밀히 문으로 침투해 들어오는 검은 복면들의 모습.
정예훈련병인 듯 사사삭 소리도 없이 침투하는 느낌이다.

#54. 사당 왼쪽 담 안(밤)
조용히 침투해 들어오는 복면들.
20명 전원이 들어올 때까지 왼쪽 담 안쪽 벽에 붙어 서 있다.
20명이 모두 서자, 마지막으로 한 명이 들어온다. 조말생인 듯하다.
조말생, 들어와 맨 앞에 서서는 사당을 본다.
사당의 불빛이 보이고, 도담댁의 뒷모습만이 문에 실루엣으로 비치는데….
조말생, 쳐야 하는 곳을 손으로 가리킨다.

#55. 사당 내 문성전 안(밤)
밖의 정황은 모른 채, 정도광, 비단 띠를 자신의 짐 보따리에 넣고 있다.

정도광	기준이와 평이는 잘 있느냐.
윤평부	(그 말에 도담댁 보면)
도담댁	예…, 아무도 모르는 곳에 은거해 계십니다.
정도광	(알았다는 듯 고개 끄덕이면)

#56. 사당 담 안(밤)
조말생과 복면들, 한 발짝씩 움직여서 사당 쪽으로 가까이 가고 있다.
그렇게 점점 사당과의 거리를 좁혀서,
조말생이 막 주먹을 올려 '진입' 지시를 내리려는 순간!
사당의 가운데 문이 확 열어젖혀지더니 뛰어들어오는 똘복.

(사당 들어오는 문이 세 개 있습니다. 가운데 문은 혼령만이 드나든다는
신문, 양옆의 문은 인간이 다니는 문. 똘복은 신문을 열어젖힌 것.)
뛰어들어온 똘복, 들어오자마자 조말생, 복면들과 눈이 딱 마주친다.
조말생 쪽도 놀라긴 마찬가지.
양쪽 다 놀라 스톱모션 상태다.
이때, 먼저 똘복이 혼자인 것을 확인한 조말생이,

조말생   아이 하나잖느냐.

하고는 영사 1에게 처리하라는 듯 턱짓한다.
영사 1이 칼 뽑고 똘복에게 다가가려는데
이번엔 사당의 오른쪽 문이 '꽝!!' 열리며 들어오는 반촌민들.
영사 1, 놀라서 뒤로 물러난다.

영사 1   (조말생에게) 한 놈이 아닙니다!

경악하는 복면들과 조말생.
노비들은 아직 복면들을 보지 못한 듯 가운데 어정쩡히 서 있는 똘복을 향해
'이놈!' 하며 달려가다가, 복면들 발견하고 깜짝 놀라 그 자리서 얼어붙는다.

노비 1   (끝수에게) 저놈과 한패가 있습니다!
끝수   뭐냐? 네놈들 누구냐!!

똘복을 가운데 놓고 노비들과 복면들이 대치한 상황이다.
모두 얼음처럼 서 있다. 당황한 양쪽의 모습.
조말생은 완전히 당황한 모습.

#57. 문성전 안(밤)
역시 당황한 도담댁과 정도광, 윤평부.
문틈으로 바깥 상황을 살피고 있다.

도담댁	피하십시오! 자객들입니다!
정도광	이런!
도담댁	(윤평부에게) 밑의 바닥을 열어보십시오.

윤평부는 어느새, 사당 마루 중 하나를 뜯어 연다.

| 도담댁 | (정도광에게) 저리로 가시면, 장승숲과 연결돼 있습니다. |

바삐 움직이는 정도광.

#58. 사당 담 안(밤)
의아한 채 양쪽을 번갈아 보고 있는 뚤복.
노비들 쪽의 모습.
조말생 쪽의 모습.

| 끝수 | 웬 놈이냐고 묻질 않느냐? |
| 조말생 | (당황) |

이때 사당 문을 활짝 열고는 나오는 도담댁.
놀라는 조말생과 복면들.

도담댁	웬 소란들이야!
	(하고는 복면들 보며) 네놈들은 누구냐!
조말생	…….
도담댁	여기가 어딘 줄 모르느냐?
	이곳은 이 땅에 성리학을 들여오신 문성공의 사당이다!
	이곳 때문에 관군들도 반촌에 들어오지 못하거늘….
조말생	…….
도담댁	감히 사당 앞에서 칼을 휘두르는 자들은 대체 누구란 말이냐?
조말생	(어찌해야 하나 고민하다가는 결국) 쳐라!!

하면, 복면들, 일제히 칼을 뽑아들기 시작하고,

그러자, 수적으로 더 많은 반촌 노비들,

들고 온 몽둥이, 곡괭이, 도끼 등을 일제히 싸우려는 자세로 곧추세우며,

조금의 두려움도 없이 복면들에게 맞서 싸우기 시작한다.

아수라장이 되는 사당 마당.

그러나 우리의 똘복은 정신을 바짝 차린 듯

아수라장이 된 마당을 낮은 포복으로 살금살금 기어

가운데 문 쪽으로 기어가고 있다.

그런 똘복을 아랑곳 않고 싸우는 양쪽.

그 상황을 지켜보고 있던 도담댁이 그런 똘복을 발견한다.

도담댁   (큰 소리로) 끝수야!!

끝수, 얼른 도담댁을 보다가 도담댁이 보는 곳을 보니,

똘복이 문을 나가고 있다. 보는 끝수.

#59. 장승숲(밤)

숲 사이로 나오는 윤평부와 정도광. 숲 사이에 말 두 마리가 숨겨져 있다.

윤평부가 급히 정도광의 짐 보따리를 말 위에 걸치고

정도광을 급히 말 위에 태워준다. 그러고는 자신도 말에 타는데….

이때, 멀리서 '저놈 잡아라!' 소리가 들리고

보면, 똘복이 뛰어오고 있다.

이건 또 뭔가 싶은 정도광과 윤평부.

이때 정도광에게로 달려온 똘복, 앞뒤 잴 것도 없이

말에 탄 정도광을 끌어내린다.

갑작스런 상황에 말에서 굴러떨어지며 나뒹구는 정도광.

놀란 윤평부, 재빨리 말에서 내려 정도광을 부축하는데,

이미 똘복은 말에 올라타 얼굴을 말 목에 파묻은 채

'제기랄, 빨리 가! 빨리!' 하며 발을 박찬다.

윤평부, 정도광을 일으키고는 재빨리 똘복을 끌어내리려

똘복의 바지춤을 잡으나 이미 똘복의 말은 출발한 상태.

윤평부의 손에는 똘복의 복주머니만 들려 있다.
어이없고 당황스러워, 자신의 손을 보는 윤평부.
똘복의 복주머니 클로즈업.
이때 뒤에서 끝수와 십수 명의 노비들이 나타나 '거기 서!!' 하며 쫓아오자,
윤평부, 얼른 정도광을 이끌고 자신의 말로 가 태우며,

윤평부   일단 피하셔야 합니다!

하며 자신도 말에 오르고 길이 난 쪽이 아닌,
장승숲 사이로 달려가는 윤평부와 정도광의 말.

#60. 반촌 외곽 일각(밤)
박은과 군사들 대기해 있는데,
급히 오는 병사 1.

병사 1   반촌 북쪽으로 말 두 필이 급히 나가고 있습니다!
박은   (군사들에게) 즉시 출동한다!!

#61. 길 일각 1(밤)
말 목을 꼭 잡고는 달리고 있는 똘복.

#62. 사당 담 안(밤)
우르르 나가떨어지는 노비들.
조말생과 복면들, 노비들을 단칼에 쓰러뜨리는데,
이때, 더 많은 노비들이 사당으로 몰려오는 것이 보인다.

조말생   (짜증스럽게 보다가는 영사 1에게) 네가 이곳을 맡거라!
         난 정도광을 쫓을 것이다! (하며 복면들에게 휘파람을 불어 신호하면)

조말생을 따라 급히 사당 뒤로 빠져나가는 복면들.

#63. 숲 속 일각(밤)
박은이 관군들을 배치하고 있다.
전면에 배치되는 화살부대.
그리고 넓게 퍼져서 배치되는 부대들 각각.

#64. 길 일각 2(밤)
말을 달려가던 윤평부와 정도광.

정도광   (놀란 듯) 멈추어라! 멈춰!!

말을 멈추는 윤평부.

윤평부   어찌 그러십니까?
정도광   … 밀본지서…!!
윤평부   ……?
정도광   그 아이가 몰고 간 말에 밀본지서가 실려 있다!!
윤평부   (역시 놀라) ……!!

#65. 길 일각 3(밤)
말 목을 꽉 붙들고 가던 똘복.
그러다, 허리춤에 복주머니의 끈만 뜯겨져 달려 있는 것을 발견한다.

똘복   (놀라) 복주머니!! 아버지 유서!!

#66. 길 일각 2(밤)
멈춘 말 위에 있는 정도광과 윤평부.

정도광   20년을 찾아 헤맨 것이다! 그것을 놓고 갈 순 없다!

윤평부가 급히 내린다.

윤평부	제가 찾아보겠습니다! 어르신은 얼른 여기를 벗어나십시오!!

하는데 이때, 숲 어딘가에서 날아오는 화살.
말의 엉덩이를 맞춘다.
놀라 뛰어오르는 말. 떨어지는 정도광.
윤평부, 놀라 보면, 멀리 조말생과 그의 수하들이 이쪽으로 오는 것이 보인다.
윤평부, 정도광을 추슬러 이끌고는 뛰기 시작하는데….

정도광	(끌려가면서) 찾아야 한다…. 밀본지서….
윤평부	(억지로 끌고 가며) 일단은 벗어나야 합니다!

#67. 길 일각 3(밤)
계속 달리는 말 위의 똘복.

똘복	(말을 멈추려하며) 멈춰! 찾아야 해! 아버지 유서!!

하는데 말은 계속 달리고, 똘복은 안간힘을 쓰며 말을 돌려세우려 한다.

똘복	돌아가야 해!! 서!! 서라구!!

하며 똘복, 고삐를 있는 대로 잡아채, 간신히 말을 세운다.
그러고는 말을 돌리려는 듯, 고비를 잡아당기며

똘복	돌라구! 돌아! 돌아가야 한다니까!!

꼼짝도 하지 않는 말.

똘복	이런 젠장!!

하고는 말에서 내리는 똘복.
가려다가 말에 실려 있는 봇짐 사이의 칼을 본다.

날카로운 눈빛으로 칼집에서 칼만 뽑아 드는 똘복.
칼을 들고, 왔던 길로 맹렬히 뛰기 시작한다.

#68. 길 일각 4(밤)
완전 복면을 한 무휼이 있는데…
역시 완전 복면을 한 수하 1, 2이 각각 급히 온 듯,

수하 1   남쪽… 숲에 의금부 병력이 집중 배치돼 있습니다!
수하 2   동쪽과 북쪽은 최소 병력만 있습니다!

하는데… 급히 오는 수하 3.

수하 3   (어딘가를 가리키며) 저쪽입니다!!
무휼   무슨 소리냐?
수하 3   저쪽에서 조말생 영감이 누군가를 쫓고 있습니다!!
무휼   알았다!! 가자!!

하고는 뛰는 무휼과 수하들.

#69. 길 일각들 몽타주(밤)
뛰어 도망가는 정도광과 윤평부. 그 위로

정도광   (E) 밀본지서를 찾아야 한다!!

맹렬히 뛰는 조말생과 수하들. 그 위로

태종   (E) 반드시 잡아야 하느니라!!

맹렬히 뛰는 똘복. 그 위로

똘복   (E) 아버지 유서! 찾아야 해!

맹렬히 뛰는 무휼과 수하들. 그 위로

이도   (E) 반드시 살려 오너라!

어지러이 울려 퍼지는 이도와 태종, 똘복과 정도광의 목소리들과
함께 맹렬하게 뛰는 네 명의 모습에서 엔딩.

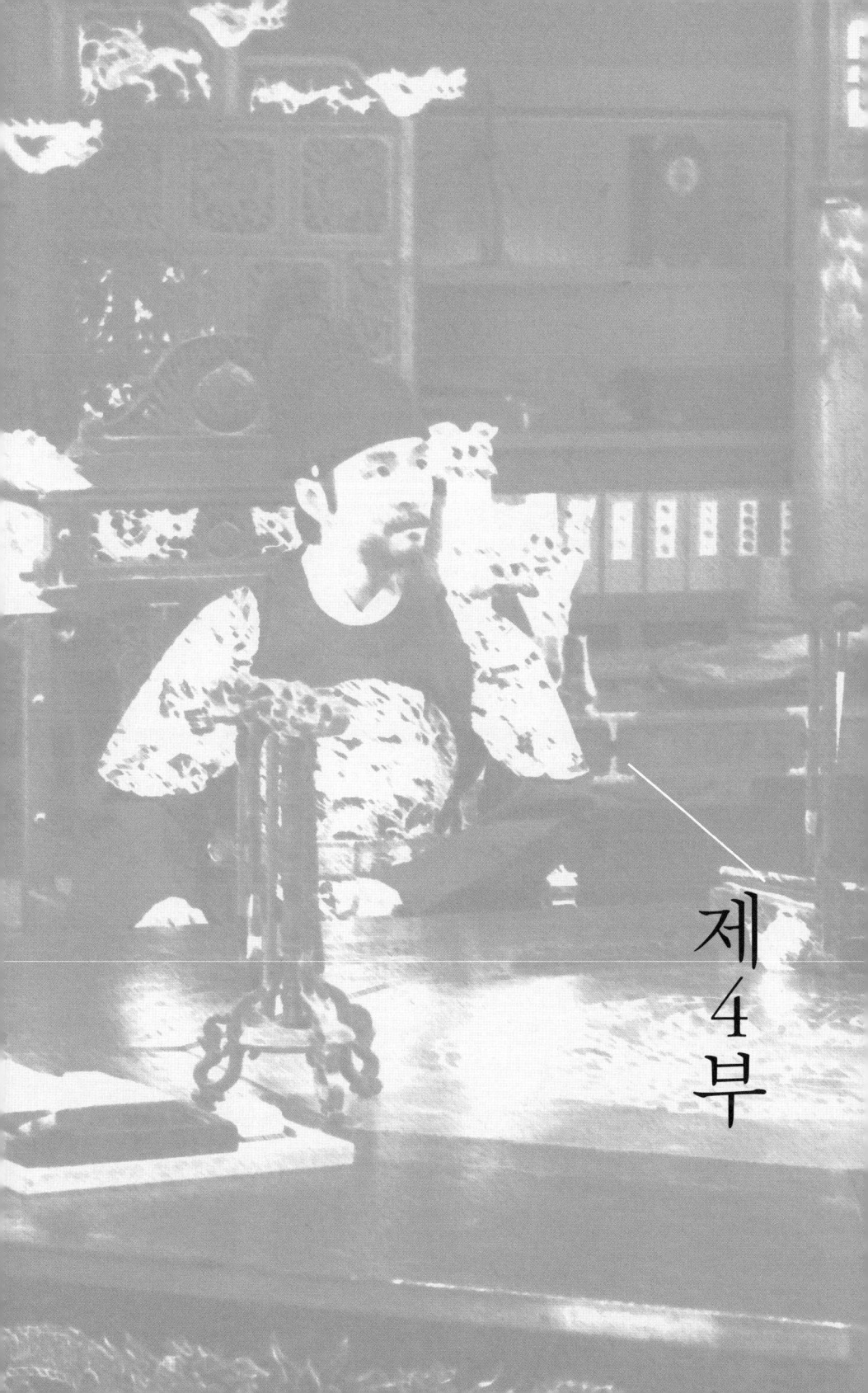

제
4
부

世宗御製訓民正音

國之語音이

異乎中國ᄒᆞ야

與文字로不相流通ᄒᆞᆯᄊᆡ

故로愚民이有所欲

나랏말ᄊᆞ미

中國에달아

文字와로서르ᄉᆞᄆᆞᆺ디아니ᄒᆞᆯᄊᆡ

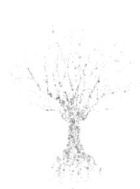

#1. 길 일각들 몽타주(밤)
뛰어 도망가는 정도광과 윤평부. 그 위로

정도광   (E) 밀본지서를 찾아야 한다!!

맹렬히 뛰는 조말생과 수하들. 그 위로

태종   (E) 반드시 잡아야 하느니라!!

맹렬히 뛰는 똘복. 그 위로

똘복   (E) 아버지 유서! 찾아야 해!

맹렬히 뛰는 무휼과 수하들. 그 위로

이도   (E) 반드시 살려 오너라!

어지러이 울려 퍼지는 이도와 태종, 똘복과 정도광의 목소리들과 함께 맹렬하게 뛰는 네 명의 모습. (3부 엔딩 지점)

#2. 숲 일각(밤)

맹렬히 뛰고 있는 무휼.

순간, 뭔가를 느낀 듯 급히 멈춰 서는 무휼.

바람 소리를 내며 맹렬한 기세로 달려오는 소리. (E)

머리털이 곤두선 듯 얼어붙은 무휼.

다시 바람 소리를 내며 맹렬한 기세로 달려오는 소리. (E)

무휼, 바짝 긴장한 채로, 순식간에 뒤를 돌며 칼을 휘두르는데!

챙강! 하는 소리와 함께 '악!' 하는 비명 소리.

똘복이 팔을 부여잡고 쓰러져 있다.

똘복 옆으로 칼날이 두 동강 난 정도광의 칼이 떨어져 있다.

똘복을 알아보고 더욱 기함하는 무휼. (완전 복면 상태)

무휼   네놈이… 어찌…. (하고는 노려보는 눈)
똘복   (팔 붙든 채 신음하며 노려보는데)
무휼   (마음의 소리 E) 어린놈이 어찌 저런 살기를 띤단 말인가!

신음하는 똘복.

이 기회에 제거할까 갈등하는 무휼의 눈.

피가 흐르는 팔을 붙든 채 그런 무휼을 노려보는 똘복.

무휼   (갈등하다가는 정도광을 찾는 듯 주위를 둘러보곤)
       목숨을 건지고 싶거든 어서 이곳을 벗어나거라! 어서!!

하곤, 다시 급히 달려간다.

칼에 베인 팔을 부여잡고 신음하는 똘복, 가는 무휼을 보는데….

#3. 숲 속 길 일각 6(밤)

박은이 관군들을 배치하고 있다.

전면에 배치되는 화살부대.

그리고 넓게 퍼져서 배치되는 부대들 각각.

#4. 길 일각 7(밤)
미친 듯이 뛰어오는 무휼.

#5. 숲 속(밤)
맹렬히 말을 몰아가는 윤평부와 정도광이 드디어
박은 일당이 매복하고 있는 특정한 숲 속으로 진입하는데….
그 순간, 정도광의 어깨에 박히는 화살.
낙마하는 정도광. 놀라는 윤평부.

윤평부   (급히 내리며) 어르신!! (하는데)

정도광, 어깨를 부여잡고 화살을 뽑아내자 피가 솟구친다.
신음하는 정도광. 화살이 날아온 쪽을 보며 재빨리 둘러업는 윤평부, 달린다.
cut. to - 숲 속 일각.
윤평부, 숨을 헉헉거리며 정도광을 내려놓는다.

윤평부   (어깨를 살피며) 상처가 깊습니다. (하는데)
박은   (E) 역적 정도광은 순순히 투항하라!! 네놈은 결코 숲을 빠져나갈 수 없다!

정도광과 윤평부, 낭패다 싶은 얼굴인데….

정도광   (비장하게) 서진아….
윤평부   (그런 정도광을 본다) …….
정도광   (비장하게 윤평부의 손에 복주머니 쥐어준다)
윤평부   (무슨 의미인지 알겠다. 놀라) 어르신!!
정도광   (결연하게) 목숨을 걸고… 기준이에게… 이 모든 것을 전하거라.
윤평부   (복주머니 쥔 채 눈물이 차오르는데)
정도광   가거라! 어서!!
윤평부   (눈물이 흐르며) 목숨을 걸고… 명을 지킬 것입니다.

하고는 전력으로 한쪽으로 뛰어가는 윤평부.

정도광   (이를 악물고 일어서며) 정도전의 아우, 정도광이 여기 있느니라!!!

#6. 몽타주(각각 다른 숲 속 일각들, 밤)
손에 복주머니를 쥔 채 뛰는 윤평부의 모습.
어깨를 부여잡고 사력을 다해 걸음을 옮기고 있는 정도광의 모습.
뛰는 무휼.
팔을 잡은 채 뛰는 똘복. 칼날이 부러진 칼을 들고 있다.
사력을 다해 뛰던 윤평부, 갑자기 '윽' 하며 멈칫한다.
등에 화살이 꽂혀 있다.
하지만 아랑곳 않고 뛰는 윤평부. 뒤로는 화살 수십 개가 날아오고.
이번엔 누군가의 허벅지에 박히는 화살.
보면, 뛰던 정도광이, '윽!' 하며, 무릎을 꿇는다.
하지만 애써 고통을 참으며 일어서 가는데….
그 순간, 등에 꽂히는 화살. 두 발, 세 발, 네 발… 십수 개가 꽂히는 데서….
카메라, 멀어지며 풀샷으로 그 장면이 보이고….
카메라 빠진 곳의 누군가의 시점샷.
숨을 헐떡이며 서 있는 무휼.
'안 돼!!' 하듯 안타까움으로 입술을 깨무는데,
이때, 무휼 쪽으로 일군의 병사들이 몰려오는 오는 것이 보이자,
어쩔 수 없이 급히 자리를 피한다.

이도   (다급히 E) 어찌 되었느냐!

#7. 이도의 방(밤)
초조한 얼굴의 이도.
무휼, 그 앞에 있다. 대답하지 못하는데….

무휼   정도광이… 죽었습니다….
이도   (이럴 수가… 탄식하며) … 결국….
무휼   (면목이 없는데)
이도   (다급히) 정기준은? 정기준도 죽었느냐?

무휼	거기… 없었습니다.
이도	(그나마 안도하며) … 정기준은 살아… 있다는 것이구나…. (하며 생각하는데)

#8. 산골 오두막 마당(밤)
피투성이가 되어 비틀거리며 들어오는 윤평부.

윤평부	(온 힘을 다해) 도련님… 도련님…!

하면, 방문이 열리며 뛰어나오는 15~16세 정도의 윤평.

윤평	(놀라) 아버지!! (윤평부 얼른 부축하는데)

이때, 방에서 스윽 나오는 22세의 남자. 정기준이다.
정기준이 나오는 것을 보자, 그에게로 기어가는 윤평부.

윤평부	… 정기준 도련님….
정기준	… 어찌 된… 것이냐…?
윤평부	어르신께서…
정기준	(불길한 듯) …….
윤평부	… 돌아… 가셨습니다…. (눈물 흘리면)
윤평	(경악하고)
정기준	… (충격으로 온몸의 힘이 빠지는데) ……!!
윤평부	(그런 정기준에게 마지막 힘을 다해 복주머니를 든 손을 내민다) …….
정기준	… (의아한 채로 받아든다) …….
윤평부	… (숨을 헐떡이며) 이… 복주머니의… 주인인 아이가….
정기준	……?
윤평부	… 밀본지서를 가지고 있습니다….
정기준	… (놀라 본다) … 밀본지서…?
윤평부	… 반드시… 되찾으셔서…. (숨을 헐떡거리면)
윤평	아버지!
윤평부	(마지막 힘을 다해) … 밀본을… 밀본을….

하고는 말을 다하지 못한 채 숨을 거두는 윤평부.

윤평　　(부여잡으며) 아버지!!

정기준, 숨을 거둔 윤평부와 눈물을 흘리는 윤평을 보다가
손에 쥔 복주머니를 본다.
그리고 이내 표정이 무서우리만큼 차가워지는데….

#9. 숲 속 일각(밤)
숲이 보이는 화면에 부엉이 소리 이펙트 되는데….
보면, 화살 십수 발 꽂힌 정도광의 시신이 있다.
열댓 명의 병사들, 정도광의 시신을 들것에 신고는 빠져나간다.
이들이 빠져나가는 숲 속에서 보이는 눈동자 두 개.
보면 눈빛만 빛내고 있는 똘복이다.

똘복　　(병사들이 멀어지자) 아버지 유서 가지고 간 사람은… 저자가 아닌데….

하며 그들을 몰래 따라가려 숲길로 나오는데….
이때, 숲에서 부스럭하는 소리가 들린다.
똘복, 놀라 돌아본다. 말이다.

똘복　　에이씨…. 놀랐잖아, 인마!!

하고 보면, 말 목에 정도광의 봇짐이 들려 있다.
똘복, 그걸 보더니 봇짐을 풀어본다.
붓과 비단 띠(밀본지서) 등이 있자, 펴본다. 뭔지 모르겠다.
그냥 접어 봇짐에 넣는 똘복. 부러진 칼도 넣고는
봇짐을 자신의 어깨와 허리에 두른다.

#10. 저잣거리(새벽)
백성들, 모여 수군거리고 있다.

백성 1   (쉬쉬하는 분위기로) 간밤에 반촌 근처서 또 난리가 있었어!

백성 2   (놀라) 또?

이때, 똘복이 거지꼴로 봇짐은 둘러메고 팔은 움켜진 채,
패잔병처럼 이들 곁을 지나쳐 간다.

백성 1   (한숨 쉬며) 어휴…, 왜 이리 흉흉한지…. 얼마 전 파옥도 그렇구….

똘복   (파옥? 번뜩해 백성들을 본다)

백성 2   그 심온 대감 댁 노비들… 말이지? 어찌 됐어?

똘복   (주시하는데)

백성 1   어찌 되긴! 다 죽었지!

똘복   (그 말에) …! 뭐요? 어찌 됐다구요?

백성 1   뭐야 이놈?

똘복   심온 대감 댁 노비들이 어찌 됐다구요?

백성 1   아, 다 죽었다니까! 한 놈도 남김없이 싹 다!

똘복   (충격으로 보다가) 다 죽었다구요? 심온 대감 댁 노비들이 (큰 소리로) 다요?

백성 1   (그런 똘복을 잡아끌어 얼른 조용히 시키며) 입 닥쳐, 이놈아.

똘복   (그래도 보는데)

백성 1   (작은 소리로) 아는 사람 있어?

똘복   (긍정하듯 보면)

백성 1   시신이라도 찾고 싶으면 구사당으로 가봐. 알아볼 수나 있을지는 모르겠지만.

똘복   (구사당? 보면)

백성 2   그건 왜 가르쳐줘. 괜히 역적으로 몰리기나 할 텐데.

똘복   … 구사당….

#11. 다른 산 일각(새벽)

안개가 자욱하게 낀 산 일각.

그 안에서 '담이야! 담이야!' 하는 똘복의 소리만 들린다.

카메라 가까이 가면 노비 시체들이 웅덩이 속에 가득 있다.

남녀 어린아이도 있고, 어른 시체도 있는….

냄새가 너무 지독한 듯 코를 틀어막은 똘복.

그럼에도 시체들을 뒤집으며 담이를 찾고 있다. 그 위로
ins. cut – 장터 일각.

똘복   심온 대감 댁 노비들이 어찌 됐다구요?
백성 1 아, 다 죽었다니까! 한 놈도 남김없이 싹 다!

아닐 거라는 듯 도리질을 치며 시신을 찾는 똘복.
그러다가는 순간, 돌아본다.
보면, 그곳에 담이의 연지도장이 있다.
똘복, 믿고 싶지 않은 심정으로 연지도장 귀퉁이를 본다.
귀퉁이가 깨져 있다.
ins. cut – 1부 16씬.

똘복   (조심스레) 근데 여기 끝에가 조금 부서졌어….
담이   (부서진 연지도장 보다가는… 활짝 웃으며) 담에 또 훔쳐주라!!

회상에서 돌아온 똘복.
굵은 눈물이 뚝뚝 떨어지는 똘복. 드디어 모든 것이 터지듯 엉엉 우는 똘복.

#12. 삼각산 일각(낮, 해 저무는 느낌)
정도광의 봇짐을 둘러멘 채 한양을 내려다보는 똘복.

똘복   (마음의 소리 E) 반드시… 반드시 돌아온다….

하며 떠나는 똘복. 멀어져가는 모습에서 dis.

#13. 북방 전경(낮)
막사들 있고… (자막, 북방 6진 국경지대)

#14. 막사 안(낮)
북방 특수부대 병사들 있다. 외모에서부터 살벌함이 묻어나는데….

병사 1   (가슴팍의 상처를 살피다간) 그 똘복이란 놈은 돌아갔어?
          받아달라고 그 지랄을 하더니만… 갔나부네.
병사 2   지도 지쳤겠지. 어린놈이 으찌나 집요한지….

          하는데 갑자기 막사 안으로 뭔가가 데굴데굴 굴러들어온다.
          병사들, '뭐야 저거?' 하는 얼굴로 보다간 경악!
          보면, 변발한 여진족의 머리다.
          보면, 너덜너덜한 옷에, 새까만 팔뚝의 번개 모양 상처.
          역시 새까만 얼굴에 눈만 희번덕거리는 중간 아역의 똘복이 서 있다.
          다들 놀라서 보는데….

똘복   (무릎을 꿇으며 간절하게) 여진족 목을 베어왔어요…. 받아주세요….
병사들   (저놈 뭐야! 기겁해 보며) 너 이 새끼 뭐야???
똘복   똘복이라고 합니다. 한짓골… 똘복이.

          벌러덩 누워 있다가 몸을 일으키는 한 사람.
          북방군복을 입은 이방지다. 흥미롭게 그 광경을 본다.

          #15. 궁 전경(낮)

          #16. 궁 일각(낮)
          다급히 어딘가로 가고 있는 이도. (세월의 흐름이 보이는 얼굴이다)

          #17. 상왕전(낮)
          누워 있는 태종. 기력이 다한 듯 겨우 숨을 몰아쉬며….

태종   (겨우 눈을 뜨고 보며) … 아직도… 그 생각에… 변함이… 없는 것이… 냐…?

          보면 앞에 이도가 있다.

태종   아무도… 죽이지 않고… 칼이 아닌… 말로 설득하고…

모두를… 품고… 오직… 인내하고 기다리겠다는…
그 어리석은… 생각… 말이다….

이도   … 예…, 그리할 것이옵니다….

태종   … (힘겹게 바라보다가 피식 비웃으며) 한심한 놈….

이도   ……

태종   … 권력의 독은 안으로 감추고… 오직 인내하고 참는다…?
(힘겹게 웃으며) 그게… 사람의 길일 줄 아느냐….

이도   ……

태종   내가 갔던 길보다… 훨씬 더… 참혹할 게야….

이도   그럴지도 모르지요.

태종   훗날… 넌 반드시… 내 무덤 앞에… 무릎 꿇고…
니가… 얼마나 어리석었는지… 고백하며 울게… 될… 것이다….

이도   아마도… 그럴 일… 없을 것입니다….

태종   (보면)

이도   (다가가 태종의 귀에 대고 작은 소리로 또박또박)
조선의. 임금은. 그리. 한가한. 자리가. 아니니까요.

태종, 갑자기 그 말을 듣더니 힘을 내는 듯, 이도의 멱살을 잡아끈다.
이도, 놀라서 보는데.

태종   (힘겹게 숨을 몰아쉬며 멱살 잡은 손에 더욱 힘을 주며) 이놈….
… 해… 내거라….

이도   ……!

태종   해… 내…. 그래야 네놈을… 왕으로 세운 것이…
나의 제일 큰 업적이… 될 것이니….
(하고는 끝까지 팽팽하게 비웃음을 띠는데)

이도   (그런 태종을 보며 역시 팽팽히) … 그리… 될 것이옵니다….

하는데, 미소를 띠는 태종. 멱살을 잡은 손에 힘이 툭 풀어지더니,
고개를 떨군다. 태종 이방원 절명.
보는 이도. 장중한 음악과 함께 서서히 일어선다.

#18. 교차 몽타주(낮)

#상왕전 앞 복도

문이 열리고 이도가 걸어나온다.

모든 대소 신료들이 부복하여 통곡하고,

그 광경을 보다가 무심한 표정으로 걸어나오는 이도.

#북방 전쟁터

(5부에 채윤 회상이 상세히 나오니, 그중 일부를 쓰면 됩니다. 그리고 여긴
아역만 썼으면 합니다.)

공격 대기하고 서 있는 북방 특수부대 병사들.

맨 끝에, 병사들보다 한 뼘은 작은 어린 똘복이,

두 눈을 희번덕거리며 공격 명령을 기다리고 있다.

#궁 마당

모든 대소 신료들, 마당에 엎드려 통곡하고 있는데….

그들을 뒤로하고 무심히 걸어가는 이도.

#경회루 앞

주변에 엎드려 통곡하는 병사들 있는 가운데

걸어온 이도. 음악이 멈추고. 고요. 새가 지저귀고 평화로운 풍경.

경회루의 물을 보며 선다. 하늘을 본다. 유난히도 푸르다.

이도   (보며 마음의 소리 E) 이방원이 없는 천하……. (뚝 떨어지는 눈물)

똘복   (E) 지켜봐…. 아부지….

#북방 전쟁터(낮)

공격 대기하고 있는 똘복의 희번덕거리는 차가운 눈빛.

'돌격하라!' 하는 외침이 들리자,

악을 지르며 뛰어나가는 똘복의 격렬한 모습 그 위로,

똘복   (E) 지켜봐, 담아…. 임금인지… 지랄인지… 가만 안 둬….

#19. 경회루 앞(낮)

수면 위에 눈물을 흘리는 이도의 얼굴이 비친다.

수면에 비친 자신의 얼굴을 바라보고 있는 이도의 모습.
카메라, 다시 수면 위를 비추면…
수면에 비친 이도의 모습이 중년 이도의 얼굴로 바뀌어 있다.
다시 물 밖으로 카메라 팬하면,
그런 물속의 자신을 바라보고 있는 중년의 이도다.
온화한 미소를 띠며 경회루 물을 바라보고 있는 이도. 이때,

상궁   (옆에서 눈치 보다 끼어들며) 전하…. 이제 곧 하례가 시작되옵니다.
이도   (천천히 돌아서 미소 띤 채) 하례는… 지랄….
상궁   (놀라고 당황하여 주변을 살피고)
정인지   (또 이런다 싶어 당황) 전하…! 듣는 귀가 많사옵니다. 부디 언사를….
이도   (말 자르며 빠르게) 하례, 대례, 조례, 가례!
         대체 왕은 뭔 누무 의식이 이리도 많은지….
         그런 것을 모두 세자한테 이관했건만, 어찌 자꾸 하라는 겐가, 젠장!
상궁   아이구… 전하…, 제발….
이도   그렇지 않느냐? 서책을 보고, 정사를 보는 데도 시각이 모자라는데,
         우라질… (하다가는 궁녀에게는 부드럽게) 맞느냐? 우라질….

보면, 근지, 목야, 덕금 있고.
근지와 덕금, 상궁의 눈치를 한 번 보곤 목야를 본다.

목야   (역시 상궁의 눈치를 보다가) 예, 우라질이 맞사옵니다.
상궁   (목야를 얼른 노려보고는 이도에게) 전하…, 제발 말씀을 가려서….
이도   가려 쓴 것이다.
상궁   전하….
이도   과하게 많다…. (고개 절레절레 젓고는) 우라지게 많다.
         얼마나 내 정서를 잘 표현하느냐? 궁궐의 말에는 이런 것이 없어.

하고 가려는데, 상선이 오며…

상선   (예를 취하고) 전하…. 대신들이 하례 후 오늘 낮 경연은

파하는 것이 어떠하신지 여쭤라 하옵니다.

이도 　(그럴 줄 알았다는 듯) 틈만 나면 파하자 하는구나.

상선 　연일 행사를 치르시어… 옥체가 상할까 저어된다며….

이도 　(말 자르며) 어찌 그리들 내 옥체에 저어가 많으신지, 원….

상선 　하오면… 전하…. (하는데)

이도 　꼭! 한다 전하거라!

상선 　예. (하고는 가는)

　　(E) 오늘 낮 경연도 일정대로 진행합니다.

#20. 궁내 집무실(낮)
좌절하는 표정의 황희, 조말생, 이신적, 장은성, 대신 1, 2.
앞엔 상선이 전하고는 돌아나간다.

조말생 　경연, 경연, 경연! 대체 이 경연은 연기된 적도, 취소된 적도 없소!

대신 1 　전하께서 등극하신 후, 지금까지 경연 횟수가 자그마치 1,800회를 넘습니다!

조말생 　주상께서 처음 집현전을 지으시며, 뭐라 하셨습니까?
　　　　그저 서책이나 읽으신다 하셨습니다.

황희 　(뭔가 아는 표정)

이신적 　(뭔가 아는 표정)

조말생 　학자들을 궁에서 기숙하게 하신다기에, 그러시라 하였고,
　　　　경연청서 하던 경연도 집현전에서 하신다기에, 그러시라 하였습니다.
　　　　헌데, 지금 어찌 되었습니까?

신하들 　(보면)

조말생 　공부나 하는 줄 알았던 학사들은 전하의 손발이 되어 궤변을 일삼고,
　　　　사사건건 우리 대신들을 공격하고 있지 않습니까.

이신적 　어찌 궤변이라고만 하겠습니까.
　　　　학사들이 내세우는 논리에, 우리가 지고 있는걸요.

조말생 　그것이 아니라는데두요!

대신 1 　허면… 혹… 전하께서 처음부터 이걸 염두에… 두셨단 말입니까?

신하들 　(보고)

대신 1 　전하의 학사들로 신하들을… 제압하겠다?

조말생	예. 집현전은… 계획된… 전하의 친위댑니다!
모두	…….
장은성	(황희 보며) 영상께서는 어찌 생각하십니까?
황희	(자막, 황희黃喜)(달관한 분위기로) 허허…, 글쎄요…. 지금 내가 확실하게 답할 수 있는 것은…,
일동	(보면)
황희	오늘 주제 또한 만만치 않다는 것이지요.
조말생	제 말이 그 말입니다! 선왕께서 이미 정하신 부민고소금지법(部民告訴禁止法 : 백성들이 수령을 고소하는 것을 금지하던 법)을 왜 자꾸 경연에 올리시는지 모르겠습니다!
장은성	(준비해온 자료들 나눠주며) 허나 오늘은 만반의 준비를 하였습니다. 이번엔 제가 성삼문을 맡겠습니다.
조말생	지난번에 보기 좋게 졌지 않는가! 차라리 박팽년을 맡게.
장은성	… (민망하여) 예….
조말생	오늘 안건은… 결단코 물러서서는 아니 됩니다! 아시겠습니까?

하는 순간, 빠른 행진곡풍의 음악이 흐르기 시작하고,

#21. 경회루 외경(낮)
계속 음악이 흐르는 가운데…,
비장하게 걸어오는 조말생.
비장하게 걸어오는 이신적.
비장하게 걸어오는 장은성.
비장하게 걸어오는 대신 1, 2.
마지막으로 느릿느릿 걸어오나 음악에 맞춰지는 황희.
음악에 맞춰, 모두들 나름 비장하게 걸어,
경회루 전각 앞에 당도하여 한 명씩 경회루 계단을 오른다.
경회루 계단을 오르는 조말생, 이신적, 장은성, 대신 1, 2.
그리고 황희.

#22. 경회루 전각 안(낮)
앉아 있는 조말생, 이신적, 장은성, 대신 1, 2, 황희.
카메라, 그들이 보는 앞을 보여준다.
보면, 온화한 표정의 정인지(鄭麟趾).
약간 예민하고 날카로운 표정의 최만리(崔萬理).
역시 온화한 표정의 이순지(李純之).
무표정한 듯하나 예를 다하는 표정의 박팽년(朴彭年).
마지막으로 생글생글 웃는 성삼문(成三問). 모두 앉아 있다.
불편하고 긴장된 표정으로 이들을 보는 신하파!
대조적으로 아주 온화한 표정의 집현전파!
각각의 자리 앞에는 개인의 책상이 있고, 그 위엔 지필묵 있고,
그 옆엔 서책이나 자료들이 있다.
앉아 있는 대신들과 학사들 앞에 방석이 하나씩 놓여 있다.
방석을 보며 불편한 표정을 짓는 신하파들.
그런 신하파들을 보며 장난스럽게 웃음기를 띠는 성삼문. 이때,

내관   (E) 주상 전하 납시오!!

일동, 일어서면… 들어오는 이도.

#23. 궁문 앞(낮)
세월이 흘러 수염 난 무휼이 궁으로 들어선다.
정득룡, 인사하며 달려온다.

정득룡   다녀오셨습니까, 내금위장 영감.
무휼   김종서 장군에게서 연통이 왔느냐?
정득룡   예, 북방에서 사람이 왔습니다. 서찰을 보내셨습니다.
무휼   그러냐? 안으로 들자.

하면, 무휼과 정득룡, 안으로 들어간다.

#24. 경회루 전각 안(낮)
대신들과 학사들은 모두 각각의 자리에 앉아 있는 채…

황희   전하…. 부민고소금지법은, (여기서부터 대사 E) 선왕이신 태종께서 의정부와
        상의하신 후에 법제화한 것이옵니다.

        하고는 카메라는 이도의 자리를 비추나, 이도는 자리에 없다.
        보면, 이도는 신하파의 뒤쪽 공간을 계속 천천히 걸으며
        신하들의 말을 듣고 있다.
        뒤에서 움직이는 이도의 움직임에 따라, 곁눈질하듯
        눈이 왼쪽에서 오른쪽으로, 오른쪽에서 왼쪽으로 돌아가는 신하파들.
        뒤에서 왔다 갔다 하는 이도가 무척 신경 쓰이는 표정이다.

이신적   (E) 또한 전하께오서도 이미 즉위 1년에 수결을 하신 사안이옵니다.
        어찌하여 이것을 다시 논하신다 하시는지요?
이도   (계속 천천히 걸으며 심각하게) 어찌하여 다시 논하느냐…?
        (하며 대신들을 보고는) 아, 경들은 내 움직임은 염두에 두지 마시오.
        어의의 말이, 과인이 고기는 과하게 먹고 운신은 게을리하여,
        내 옥체가 손상될까 (일부러 강조) 하도 저어하길래…
        이렇게라도 움직이려는 것이오. (하며 계속 걷는데)

        그러나 불안하고 불편한 소말생, 이신석, 장은성 등의 표정.

이도   (그러나 개의치 않고 뒤에서 천천히 걸으며) 어찌하여… 다시 논하느냐…?

        하다가는 조말생의 바로 뒤에 멈춰서는 이도.
        뒤돌아 왕을 보지는 못하고 완전히 일그러지는 조말생의 표정.
        다른 대신들은 안도하는 표정.
        이를 보는 성삼문, 킥킥댄다. 그러다 갑자기 울상.
        카메라, 책상 밑을 보면 박팽년이 이미 꼬집고 있다.

이도	(조말생 뒤에 서서) 당시… 노비와 백성들이 자기 주인과 수령을….
조말생	(불편해 죽겠는 표정이 이도가 말하는 사이 한 화면에 잡히고)
이도	발고하면 안 된다 한 근거가 무엇이었소?
조말생	(뒤에 이도가 서 있으니 불편해 죽겠는 표정으로) … 당 태종이 이르기를…
	상전이 반역한 것을 고한 종은, 받지도 말고 베라 하였사옵니다.
	하여, 우리 조선 또한 종이 상전을 발고하는 것은!
성삼문	(혼자 입 모양으로만) 잠깐!
이도	(거의 동시에) 잠깐!

긴장하는 표정의 이신적, 황희, 장은성, 대신 1, 2 등등 빠르게 컷컷.
그리고 보면, 조말생의 바로 코앞에 바짝 앉아 있는 이도.
(앞에 미리 가져다놓은 방석의 용도가 이것이다)
얼굴을 바짝 대고 눈높이를 맞추며 여기부터는 말도 아주 빠르게.

이도	(조말생의 바로 앞에 앉아) 당 태종이 베라 한 자들이, 정확히
	상전을 발고한 자들이오? 혹시… 상전의 (강조) 반역을 고한 자들 아니오?
이순지	(책 보며) 반역을 고한 자들이 맞사옵니다, 전하. (하면)
이도	(다시 조말생의 앞에서) 반역을 빼고, 일반화시킨 근거가 있소?
조말생	… 그것은… 전조인 고려의 풍습이 그러하였고,
이도	(OL 빠르고 얄밉게) 고려는 망한 나라잖아요.
조말생	(붉으락푸르락하며) …….
이도	지금은… 성리학의 시댑니다.
조말생	(긴장했으나 준비했다는 듯 역시 바로) 주. 자. 께. 서. 효종께 아뢰기를,
이도	(뚫어져라 보고)
조말생	'만일 아랫사람이 웃어른에게 대항하거나, 낮은 자리에 있는 사람이
	높은 자리에 있는 사람을 능멸히 여기는 것이라면,
	비록 옳다 하여도 그 옳은 것을 인정치 말라' 하셨습니다.
이순지·성삼문·박팽년	(이도를 보는데)
이도	(이 말은 고민인 듯 버릇처럼 모자를 벗어 요리 돌려보고 조리 돌려본다)
조말생	(그런 이도의 행동을 불쾌한 듯 한숨을 쉬며 본다)
황희	(그런 이도를 보며) 주자의 말씀은 나라 기강에 관한 것입니다.

아랫사람이 윗사람을 무고한다면 중상이나 투서들로 기강이
문란해질 테니까요.

이도   (모자를 벗어 요리조리 돌리며 고개를 *끄덕끄덕*)

장은성   예…. 더구나 지방에선 수많은 하극상의 사건들이 일어나고 있는 것도 사실
         이옵니다.

이도   (돌리며 고개 *끄덕끄덕*)

이신적   아직도 고려의 토호들이 지방에 많사옵니다….
         중앙에서 내려간 수령들에 대한 고소를 허한다면
         토호들의 수령, 음해가 판을 칠 것입니다.

이도   (고개 *끄덕끄덕*하며) 들어보니 경들의 말이 옳소.
         이래서 경연이 필요한가보오.

학사들   (저게 다가 아닐 텐데 하는 느낌으로 침을 꼴깍하며 보는)

이때 천천히 일어나는 이도. 일어나서는 아니나 다를까, 쥐고 있던
관모를 다시 바르게 쓴다. 그러고는 다시 천천히 걷기 시작한다.

신하들   (그것이 무슨 의미인지 아는 듯 긴장한다)

학사들   (그럼 그렇지 싶은 표정)

성삼문   (역시 무슨 의미인지 아는 듯 작은 소리로) 허니… 가르친다 생각하고,

박팽년   (성삼문을 나무라듯 힐끗 보면)

성삼문   (작은 소리로) 지금부터 세 가지 질문에,

이도   (동시에) 나음 두 질문에 답을 해주시오.

성삼문   (놀라… 어? 하는 느낌으로 보며 작은 소리로) 어? 세 가지여야 하는데….

박팽년   (낮은 소리로) 맞히지도 못할 것을… 제발 좀 그만하게.

성삼문   (심각하게 갸우뚱하는데)

#25. 내금위 집무실(낮)
서찰을 읽으며 놀라는 무휼.

정득룡   어찌 그러십니까? 무슨 내용입니까?

무휼   (경악한 채로 서찰 보다가) … 무관 고인설이… 죽었다.

정득룡	(경악하며) 예?! 어찌 그런 일이…!
무휼	(충격적으로) 살해당했다는 것이다….
정득룡	(놀라는데) !
무휼	(정신 차리고 서찰 챙겨 일어나며) 전하를 봬야겠다.
	(하고 나가려다가) 이 서찰을 가지고 북방에서 온 자는 돌아갔느냐?
정득룡	아닙니다. 김종서 장군의 추천으로 겸사복에 배치되었습니다.
무휼	그자가 이 사건에 대해 아는 것이 있을 것이다. 수소문해두거라.

하고 급히 나가는 무휼.

#26. 집현전 경연장(낮)
카메라를 정면으로 바라보는 이도의 얼굴이 화면 가득 보이며….

이도	(빠르게) 첫째! 조선은 아랫사람인 간관(諫官 : 국왕의 옳지 못한 처사나 과오에
	대하여 간언하는 관리)들이 왕의 명에 반하여 입직을 거부합니다.
성삼문	(계속 진지한 표정으로 의아)
이도	허면 주자의 말씀에 어긋나는… 것이 아니오? (하면)

이도, 장은성의 앞에 놓인 방석에 앉아 가까이 얼굴 마주 대고 있다.
대답도 못하고 얼굴도 못 돌리고 죽을 맛인 장은성.

이도	(확 일어나 중앙에 있는 자신의 자리로 가며) 아! 감히 성리학의 나라에서 주
	자의 말씀을 어기다니…. 모두 파직을 해야겠소!! (하면)
박팽년	(바로) 전하의 하교를 승정원에 전하겠사옵니다.
신하들	(저놈이…!)
성삼문	(계속 갸우뚱한 채 혼잣말로 구시렁) 세 가지여야 하는데….
조말생	전하…, 그것이 아니오라…. (하면)
이도	(바로 카리스마 있는 목소리로 빠르게) 경전의 행간을 읽으세요.
	주자께선 한시도, 한 치도 백성을 생각지 않으신 적이 없소.
	허니 내 물음도 문구로 때울 생각 말고, 이치를 담아 답해주어야지요. 둘째!
신하들	(경직)

이도	(말투 더욱 빠르게) 만약 백성들의 고소마저 금지한다면
	수령은 왕보다도 제약이 없어지오. 이들을 누가 통제할 것이오?
성삼문	(이게 다야? 라는 생각에 낮은 목소리로) 어…?
장은성	(빠르게 치고 들어가) 그것은 조정에서 간관들을 파견하여… 조사한다면….
이도	(더 빠르게) 고소를 금한 마당에!
	관리는 누구에게서 하소연을 듣는 것이오?
	수령에게 듣는다면 아전인수요, 백성에게 듣는다면 모순이오!
	허니, 대신들은 이 물음에 답을 해주시오! (하고 돌아서는데)
성삼문	(자리에서 일어서며, 앞과는 달리 진지한 톤으로)
	전하! 질문은 세 가지여야 하옵니다.
장은성	(나무라며) 어허…. 경연 자리일세. 앉게.
성삼문	(무시하고 계속) 전하! 가장 중한 물음이 빠졌사옵니다.
장은성	전하께서 두 가지라 말씀하셨거늘, 대체 이게 무슨 망동인가!
성삼문	전하께오서 잊으신 듯하니, 소인이… 아뢰겠습니다. (하는데)
조말생	수찬 성삼문! 그 연소하고 얄팍한 식견으로 어찌 전하의 생각을
	재단하려는가!
대신1	맞소이다! 성수찬은 말을 삼가시오!
장은성	경연관으로서의 자질이 부족한 자가 아니오.
	어찌 경연 자리에서…. (하는데)
성삼문	(상관치 않고) 전하께오서 가지셔야 하는 세 번째 물음은…. (하는데)
조말생	(버럭) 어허! 그래도! 그 입 닥치지 못할까!
이도	(낮은 목소리로) 이것이다.
모두	(보면)
이도	(성삼문을 보며) 연소하고, 식견이 얄팍하다는 이유로,
성삼문	(칫!) …….
박팽년	(쌤통이다) …….
이도	내게 하고 싶은 이야기를 막는다면…
	난 저자의 말을 들을 수가 없다.
대신들	…….
이도	신분이 미천하다는 이유로… 하극상이 벌어질 수 있다는 이유로…
	나라 기강이 문란해진다는 이유로!

대신들	…….
이도	(아주 중한 책임을 진 임금의 한 많은 톤이다) 백성들의 입을 막는다면,
	과인은 대체… 백성의 소리를… 어디서 들을 수 있는 것인가?
	이것이 성삼문이 중하다 한, 세 번째 물음이다.
성삼문	(역시… 싶은 흐뭇한 표정으로)
신하들	(당했다 싶은 표정으로) …….

이도, 그런 신하들을 바라보는데, 한쪽에 무휼이 와 있다.

이도	(그런 신하들을 바라보며) …….
	또한 이 세 개의 물음이 오늘 대신들이 내게 물은 것에 대한 답이오.
	부민고소금지법을 어찌하여… 다시 논하는가에 대한….

하자, 신하들 모두 답을 하지 못한 채 조용하다.
이때 무휼이 경회루에 올라와 이도를 본다. 심상치 않은 듯하다.

이도	(무휼 보고는 다시 대신들에게) 허니… 경들께서는 다음 경연에선 이 물음에
	답을 해주시오. 아시겠소?
대신들	예, 전하….
이도	또한, 집현전 학사들은 수령 고소에 대한 당나라의 법 말고,
	다른 법의 시례는 없는지 조사하거라!
집현전 학사들	예!! 전하, 어명, 받들겠사옵니다.

하며 이도는 무휼과 나가고, 학사들 또한 모두 나간다.
남은 신하들, 지치고 피곤한 표정들.
누군가는 탄식이 튀어나오고
누군가는 책상에 팔을 대고 자신의 머리를 집는데….

#27. 궁, 이도의 집무실(낮)
이도와 무휼이 들어온다. 앞 씬과 달리 심각한 표정의 이도.

무휼	김종서 장군께서 무관 고인설이 죽었다는 서찰을 보내왔습니다.
이도	내게도 보냈다···. 타살이라더구나.
무휼	누가 왜··· 그런 짓을 했단 말입니까···?
	만약··· 고인설이 그 물건 때문에 살해된 것이라면,
	이는 보통 일이 아니옵니다.
이도	(심각하게) ······ 다행히··· 물건은 잘 전해졌다.
무휼	사고사를 위장하기 위해 치밀한 방법을 썼다 하옵니다.
	계획적인 살인이며, 노린 것이 그 물건···.
	비바사론(毘婆沙論 : 범어로 된 경전)이라면···.
이도	누군가··· 우리의 계획을 알고 있다···?
무휼	(심각하게) ······.
이도	(심각하다가는) 서찰을 가져온 자는··· 만나보았느냐?
무휼	그리하려 하옵니다.

#28. 겸사복청 외경(낮)
채윤의 비명 소리 (E) '으아!!'

#29. 겸사복청 앞(낮)
태를 맞고 있는 채윤. 겸사복 조장으로 보이는 자가,
웃통을 벗은 채윤의 허벅지에 태를 치고 있다.
채윤, 몇 대를 맞다가 못 참겠다는 듯,
학생주임에게 맞는 날라리 고등학생처럼
엄살을 부리듯 비명을 질러댄다. 맞은 곳을 비비며,
우스꽝스럽게 깡충깡충 뛰고 뒹굴며 애원한다.

채윤	(우는소리 하며) 자··· 잠깐만요···. 잠깐만요.
조장	어허! 이놈이 어디서 엄살을 부리는 것이야!
	아직 열 대가 남았다! 똑바로 대지 못할까!
채윤	아···, 너무 아픕니다. 쬠만 쉬었다 마저 맞으면 안 될까요!
조장	(때리려는 시늉을 하며) 이놈이!
채윤	조··· 좋습니다! 저도 사냅니다! 맞으면 될 거 아닙니까!

하고는, 성큼성큼 걸어서 무릎을 꿇고 자세를 취한다.

조장   다섯 대를 맞았다. 정확히 세거라!
채윤   (비장하게) 어서 때리십쇼!

조장, 다시 한 대를 때린다. 채윤, 비장하던 표정이,
갑자기 다시 일그러지면서, 바로 비명을 지른다.
허벅지를 비비대려 하며 다시 우스꽝스럽게 땅을 뒹군다.

조장   아니, 이놈이!!!

이때 카메라 팬하면, 정득룡과 함께 채윤을 보고 있는 무휼.

무휼   (놀라) 무어라? 저놈이 김종서 장군이 천거한 자란 말이냐?
정득룡   (민망해하며) 예···. 오자마자 뇌물질을 하였다 하옵니다···.

아직도 땅바닥에 뒹굴며 촐싹촐싹 허벅지를 비비고 있는 채윤.

무휼   (이 한심한 놈이 북방에서 왔나 싶어 보는) !

#30. 내금위 집무실(낮)
무휼 있고, 그 앞에 무릎을 꿇고 머리를 조아리고 있는 채윤.

채윤   내금위장 무휼 어르신의 존명이,
북방에까지 이르러, 모르는 자가 없사옵니다. 이렇게 직접 뵙게 되니,
이 북방 촌놈에겐 참으로 일생의 영광이옵니다.
무휼   (황당하게 보다가) ······ 넉살이 좋은 놈이구나.
채윤   (웃으며) 그런 말 많이 듣습니다요.
무휼   네놈이 김종서 장군의 명으로 북방에서 온 강채윤이 맞느냐?
채윤   예, 이번에··· 장군의 추천으로 궁내 겸사복에 입직했습지요.
이렇게 만나 뵈오니, 만남이란 정인 것이옵고, 정이란 또, 오고 가는 것이니,

(하고 뭔가를 품에서 꺼내려 하며) 별거 아닙니다만….

무휼　네 이놈!!!

채윤　(꺼내려는 동작을 멈추며) 예?

무휼　네놈이 겸사복에 입직하자마자 뇌물질을 했다는 이야길 들었다.
　　　헌데, 뉘우치지 못하고, 감히 내금위장에게 뇌물을 바치려 한단 말이냐!
　　　네놈에게 궁이! 그리 만만해 보였단 말이냐!!

채윤　(당황하여) 아, 이게… 뇌물이 아니옵고… 바랑이옵니다.

무휼　… 바랑…?

채윤　(다시 순박 생글) 예, 북방 오랑캐 말로 누군가 간절히 필요로 하는 물건을
　　　바랑이라 합니다.

무휼　하여?

채윤　전 뇌물이 아니라, 바랑을 드린 것이옵죠.
　　　(가볍고 빠른 톤으로) 요즘 밤일이 시원찮아 고민하시는 분이 계시길래,
　　　북방에서 어렵게 구한 올눌제(해구신)을 좀 드렸사옵고,
　　　겸사복 어떤 자는 매향정의 기생 소화의 마음을 얻으려 전전긍긍한다기에,
　　　명나라 노리개 하나를 주었을 뿐이옵니다.

무휼　(노기를 띤 채 보며) …….

채윤　소인은 원래 밤일을 잘하옵고, 본디 대개 계집들은 저를 좋아하니, 필요 없는
　　　물건이옵니다. 허니, 필요한 자와 나누는 것이, 정이 아니겠습니까요?
　　　(하고 생글 웃는다)

무휼　(어이없다) …….

채윤　세가 지금 영감께 올리려는 것 또한…
　　　(다시 순박하게 생글 웃으며) 작은 바랑일 뿐이옵니다.

무휼　바랑이라…. 네놈 따위가, 내가 필요한 것이 무언지 안단 말이냐?

채윤　(다시 순박한 미소 띠며) 그건… 보고… 판단하시오면…. (하고 꺼내려 하는데)

무휼　네 이놈! 어디서 감히… 내금위장을 희롱하는 궤변을 늘어놓는 것이냐!
　　　어디 한번 꺼내보거라, 내 당장 목을 칠 것이니!
　　　배짱이 있다면 한번 꺼내보아라!

채윤　…… 사내대장부로서… 그만한 배짱이….

무휼　(노려보며) …….

채윤　(완전 비굴) 없사옵니다. 절대 없사옵니다….

	(완전 엎드리며) 살려주십시오. 소인이… 변방… 오랑캐들과… 지내다…
	궁에 오니… 의욕이… 과하게 터져나와서… 그만…. 용서해주십시오!
무휼	(노기를 띤 채 노려보며) ……
채윤	(머리 막 조아리며) 무조건 지도 편달해주십시오! 김종서 장군께서
	지도 편달받으라 하였습니다. 소인… 배우면 배우는 대로는 잘하는 놈입니다.
무휼	(조금 누그러져서) 장군께서는 언제쯤 입궁한다 하셨느냐?
채윤	아마 오늘내일 중으로 당도하실 것이옵니다. (하고 징그럽게 씩 웃으면)
무휼	(노려보다가는 밖에 대고) 밖에 있느냐?

하면 정득룡, 예! 하며 잽싸게 들어온다.

무휼	데리고 나가서, 장 다섯 대를 치거라.
채윤	(놀라) 예? 자, 장이라굽쇼?!
무휼	(냉엄하게) 지도 편달을 해달라지 않았느냐?
	또한! 겸사복 조장에게 데려가 태도 마저 맞게 하거라!
채윤	(놀라) !!

#31. 내금위 전각문 앞(낮)
허리 숙인 채, 엉덩이 잡고 '아이고아이고' 하며 엉거주춤 나오는 채윤.
그러다가 '아이고' 소리가 잦아들며, 점점 허리가 펴지는 듯하더니….
허리 쭉 펴고 자세 바꾸며 표정 싹 변하는 채윤.
날카롭게 내금위 전각을 돌아본다.

채윤	(마음의 소리 E) 저자가 조선 제일검 무휼. 이도의 최측근.

채윤, 머릿속에 입력되는 듯, 대사가 글씨로 쓰인다. (CG)
채윤, 주위를 살피더니, 품에서 작은 수첩 같은 것을 꺼낸다.
세필 목탄이 달려 있다. 크로키를 하듯 빠르게 그리는
내금위 내부 지도. 화면에 그려지기 시작한다. (CG)
내금위의 평면도, 내금위장실, 집무실, 군관들 숙소,
대문까지 거리, 측면 거리 등등. 자세하게 입력되는 느낌.

차가운 미소를 짓는 채윤의 표정에서.

#32. 궁 전경(밤)
부엉이 소리.

#33. 궁 일각(밤)
정별감, 박포가 순시 도는 느낌으로 걷고 있는데….

박포	그… 북방서 온 놈은 오자마자 올눌제로 뇌물질을 했다면서요?
정별감	(갑자기 놀라) 어? 누구? 걔? 왜?
박포	(그런 정별감을 의심하여 보면)
정별감	(오버해서) 왜 그렇게 봐?
박포	(그런 모습 보며) 꼭 올눌제 받았다 들킨 사람 같아서요.
정별감	(화내며) 뭐? (하는데 부엉이 소리가 들린다)
	(급히 말 돌리며) 어허! 저놈의 부엉이…. 기분 나쁘지 않느냐?
박포	선왕께서도 부엉이를 제일 싫어하셨다믄서요. 정도전이 환생한 거라고.
정별감	(주위 둘러보며 호들갑스럽게) 어허…, 큰일 날 소리! 어디서 감히….
	정… 도… 정… 도…. 아…. 유명한 역돈데 표현할 방법이 없네!
	(지레 호통) 암튼 그 이름을 입에 올리는 것만으로도 경을 칠 수 있어!
박포	(당황하며) 아이구, 이놈의 주둥이….

하는데, 이때, 나무 위쪽 숲 사이로 뭔가 휙 지나가는 느낌이다.

정별감	어? 뭐지? 부엉인가?
박포	뭔 놈의 부엉이가 저렇게 커요…?

#34. 근정전 조정(밤, 1부와 같은 상황)
근정전 중앙으로 걸어가는 누군가.
근정전 중앙 바로 앞, 답도 앞에 이르는 겸사복 사내.
강채윤이다. 비장하고 심각한 표정.

채윤 (E) 백일곱 보….

(1부 상황에서 중략)
근정문에서 왕의 옥좌까지 길게 뻗은 삼도가 보인다.

채윤 (E) 내 자리에서 임금까지… 최단거리는 역시… 이 삼도뿐.
하지만 전력으로 돌진해도 무리다. (CG씬 대신 새로 들어가는 대사)
별시위와 무휼의 시선을 동시에 돌릴 수 있어야, 성공률이 7할을 넘는다….

다시 한 번 근정전 주변이 강채윤의 시선으로 훑어진다.

채윤 (E) 7할 이하엔 움직이지 않는다.
때를 기다리자. 조급하게 움직여 기회를 날릴 순 없다.
진짜 실행은 처음이자 마지막, 단 한 번이어야 한다.

하고는 홱! 돌아서서 걸어나가는 채윤.
근정문에 이르러, 나가려다 다시 한 번 어둠 속의 옥좌를 본다.
비장한 표정이다.

채윤 (차갑고 무표정한 얼굴로) 이도….

#35. 이도의 방(밤)
이도, 어딘가 불안하고 초조한 느낌인데….

이도   김종서는… 언제쯤 당도한다 하더냐?
정인지 오늘 밤이나 내일 중에 도착한다 하였습니다.
이도   (불안한 느낌으로) …….
정인지 용안이 심히 어두우십니다…, 전하.
이도   (어두운 표정으로) …….
정인지 타살이라 해도… 비바사론을 노렸다 단정할 수는 없는 것이옵니다.
어쨌든 학사 허담에게 잘 전달되었으니, 심려 놓으십시오.

이도	(생각하다가) 허담은 어디 있느냐? 퇴청했는가?
정인지	아닙니다. 오늘 번입니다. 집현전에 있을 것입니다.
이도	… 집현전으로 가야겠다. (하고 일어서는데)

#36. 궁 일각 2(밤)

채윤, 심각한 얼굴로 걷는다. 궁간문을 지나,
골목의 모퉁이를 도는데, 약 50미터 앞에서 이도와,
호위무관 여섯 명이 오는 것이 보인다.
처음에 어둠이라 누군지 몰랐는데, 조금 가까워지자
단번에 누군지 알아보는 채윤.

채윤	(E) 이… 도???

쿵쾅거리는 채윤의 심장 소리. (E)
점점 가까워오는 이도와 호위무관들.
놀라서 멍하니 서 있는 채윤. 심장 소리. (E)
앞서 오던 정득룡이 뻣뻣이 서 있는 채윤을 보고 다가온다.

정득룡	(채윤을 보고 확 다가오며) 네 이놈! 예를 취하지 않느냐!!
채윤	(그제야 놀라 엎드리며) 저… 전하! 황… 황공하옵니다.
이도	(무표정하게 보며 무심하게 보며) …….
채윤	(E) 불과 10보의 거리! 더구나 호위무관은 고작 여섯 명! 무휼도 없다!
이도	겸사복인가…?
채윤	(E) 지금이라면 8할 이상!! (손을 허리춤으로 조심스럽게 옮기다가 당황하며 E) 칼이 없다…. (정득룡 허리춤의 칼을 보며 E) 저 칼을 빼앗을 수 있다면, 7할!!
정득룡	이런 무례한 놈을 보았나…. 전하께서 하문하시질 않느냐!!
채윤	예! 전하…. 이 무지한 놈이 전하의 용안을 뵙고 당황을 하여….
이도	(그런 채윤 보며) …….
채윤	(E) 7할!!

하는데, 멀리서 누군가 뛰어온다. 무휼이다.

무휼   (예를 취하며) 전하, 여기 계셨사옵니까….

채윤   (무휼을 보며 E) 무휼이 왔다…. 6할…. 6할….
        (쿵쾅거리는 심장 소리와 함께 E) 어쩔 것이냐, 강채윤!

무휼   (채윤을 보며, 아까 그놈이군 싶어) 여긴 웬일이냐?
        (하고 이도에게) 김종서 장군이 보낸 그자이옵니다.

이도   (채윤 바라보며) …….

채윤   (최대한 침착하게) 겸사복 근무를 서고 돌아가던 길입니다. 헌데 길을 잃어….

이도   (무휼 보며) 집현전으로 가자.

하니, 정득룡과 무휼이 길을 잡는다.
계속 부복하여, 고개를 숙인 채, 이도가 가는 것을 보며,
어찌할 바를 몰라 고민하는 강채윤. 쿵쾅거리는 심장.

채윤   (E) 어쩌지, 어쩌지…?

하는데, 지나쳐가던 이도가 돌아서 강채윤에게,

이도   겸사복… 누구인가…? 이름이 무엇이냐…?

채윤   (그대로 부복한 채로 미동도 않고) …….

대답이 없자, 정득룡이 나선다.

정득룡   어허! 이놈이!!! (하며 강채윤 앞으로 나서는데)

강채윤의 시선으로 다가오는 정득룡.
정득룡 허리춤에 찬 장검이 보이고, 쿵쾅거리는 심장.
그러다 심장 소리 갑자기 멈추고.

정득룡   전하께서 네놈의 이름을 하문하시질 않느냐!

채윤   (평온한 목소리로) 예, 전하…. 소신 강채윤이라 하옵니다.

           무심히 보다 돌아서서 가는 이도와 호위무관 일행.
           부복한 상태로 고개를 들어 그 뒷모습을 보는 채윤의 흥분된 표정.

           #37. 다른 궁 일각(밤)
           달려와서 벽에 기대는 채윤.
           너무 흥분한 탓인지 숨을 몰아쉰다.
           흥분을 가라앉히려는 듯 심호흡을 하는 채윤.
           애써 다시 안정을 한 다음, 이도가 지나쳐 간 길목을 돌아보는데….
           이때 뭔가 뒤에서 휙! 지나간 느낌.
           확 돌아보는 채윤. 뭐지? 하는 느낌에서 cut.

           #38. 집현전 전경(밤)
           부엉이 소리.

           #39. 집현전 밖(밤)
           부엉이 소리가 들려오는 쪽을 불길하게 보고 있는 이도, 정인지, 무휼.
           이때, 내시가 집현전에 대고 외친다.

내시   주상 전하 납시오!!

           그러나 불만 켜져 있을 뿐 인기척이 없는 집현전.

정인지   (부러 대수롭지 않은 듯) 허담…. 이자가 깜빡 잠이 들었나봅니다.

           이도, 뭔가 이상한 듯 심상치 않은 표정. 집현전 안으로 들어간다.

           #40. 집현전 복도(밤)
           들어오는 이도와 무휼, 내관.
           내관이 문을 열면 이도, 들어간다.

#41. 집현전 안(밤)

이도가 들어오면….
책상에 엎드려 자고 있는 듯한 허담의 모습이 보인다.
붓을 든 채고, 책과 종이들도 펼쳐져 있다.
정인지, 내관, 당황하는데….

내관	(당황하여 허담에게 다가가) 나으리, 전하께서 납시셨습니다.
허담	(엎드린 채 반응이 없는데)
정인지	아니, 이런 자를 보았나. 어서 일어나게!
내관	나으리…. 나으리, 일어나시옵소서…. (하며 흔드는데)

그 순간, 툭 떨어지는 팔. 의자에서 떨어져 쓰러진다.
놀라는 이도와 정인지, 내관.

정인지	(놀라 밖에 대고) 내금위장!!

무휼, 잽싸게 튀어 들어와 주위를 살피고는,
쓰러진 허담의 목을 짚어 맥을 잰다.
이도, 긴장하여 보는데….

무휼	(경악하였으나 낮은 목소리로) … 죽었습니다!
이도	(놀라며) !!

이때, 들려오는 부엉이 소리에서 dis.

#42. 궁 전경(아침)

#43. 궁 일각(낮)

다급히 뛰어오는 발들.
틸업하면… 박포와 채윤을 비롯한 여섯 명의 겸사복들. 급히 뛴다.

#44. 집현전 전각 마당으로 들어가는 궁간문 바깥쪽(낮)
채윤과 겸사복 여섯 명, 주르륵 집현전 앞에 서는데….
오는 정별감.

정별감 집현전 안으로 그 누구도 출입시키지 말라는, 겸사복장의 명이다.
　　　　알겠느냐!
일동　　예! (하고서 흩어진다)
박팽년 (E) 이게 무슨 일이오, 대체?

하는 소리에 돌아보면….
성삼문, 박팽년을 비롯한 젊은 학사들이 막 등청한 듯 와 있다.

정별감 내부에 서까래가 무너져, 손을 좀 봐야 한답니다.
　　　　2, 3일간 사가독서(賜暇讀書 : 휴가를 주어 집에서 학문에 힘쓰도록 한 제도)를
　　　　하거나 삼각산 진관사에서 글을 읽으라는 어명이십니다.
채윤　　(가다 말고 ‘2, 3일? 집현전이 빈단 말이지…’ 생각하며 날카롭게 보며) …….
성삼문 (근엄하게) 부제학께서도 아시는가?
정별감 예, 보고드렸습니다.
성삼문 (바로 신나 하며 나이스… 하듯 주먹 꽉 쥐는데)
박팽년 (진지) 허면, 이 길로 바로 진관사에 가세.
　　　　오늘 봐야 할 서책이 스무 권 가까이 되니 시간이 없네.
학사들 (너도나도) 그러세. 가세. (하고 바쁘게 발걸음 옮기면)
성삼문 (살랑살랑 손 흔들며) 그럼 다녀들 오게.
학사1　 자네는?
성삼문 (왠지 신나서) 난 사가독서를 하려구.
박팽년 (무슨 속셈인지 알고) 함께 가세! 안 그래도 춘부장(성삼문의 부친 성승)께
　　　　여쭐 것도 있네.
성삼문 (헉!) 자넨 대체 나한테 왜 그러나!
박팽년 자네가 연소하고 식견도 얄팍하여 그런 게지.
　　　　어서 가세. (하고 성삼문의 어깨를 두르고 끌고 가면)
성삼문 (끌려가며 인상. 어휴… 이게 아닌데)

#45. 궁 일각(낮)
이신적, 급히 오는데….

#46. 침전(낮)
이도, 심각한 표정으로 앉아 있고, 무휼과 정인지가 보고를 한다.

이도　　　은밀히 검안하였느냐?

무휼　　　예. 아직 구체적인 살해 방법은 모르오나, 타살의 가능성이 높다고 하옵니다.

정인지　　(놀라) 그게 사실인가?

이도　　　(심각하게) …….

정인지　　전하, 비바사론 또한 없어졌사옵니다. 누군가 노린 것이옵니다.

이도　　　허면…….

무휼　　　…….

정인지　　…….

이도　　　(차분하게) 북방에서의 고인설 죽음도… 이번 사건도…

　　　　　그 물건을 노린 동일범의 소행이다…? 그러한가…?

　　　　　(갑자기 일어서며) 누군가! 나의 계획을 알고!

　　　　　나의 사람들을 죽이고 있다??? 이런 빌어먹을!

정인지　　(놀라) 전… 전하….

무휼　　　(정인지랑 이도를 번갈아 보며) ……저….

　　　　　우선 이번 일이 궁내에 알려지지 않도록 단속을 해야 하지 않겠습니까?

이도　　　젠장…. 내가 이렇게 내 입도 못 막는데,

　　　　　다른 사람들의 입을 어찌 막겠어…. 곧 퍼져나가겠지….

#47. 집현전 궁간문 앞(낮)
채윤, 경비를 서고 있다. 주위에 아무도 없자,
문 안쪽을 빼꼼히 열고 안을 살핀다.

박포　　　(E) 니가 강채윤이지?

채윤, 깜짝 놀라 뒤돌아본다. 박포다. 뒤에 궁녀 따라오고….

한쪽 어깨에 힘든 기색도 없이 돌절구를 짊어지고 있다.
채윤, 놀라서 박포와 돌절구를 번갈아 본다.

박포   니가… 들어오자마자 뇌물질을 한 강채윤이냐고?

채윤   어… 엉. 내가 강채윤인데…. 근데… 그거 안 무거워…?

궁녀   (박포에게) 저 앞까지만 가져다주시면 됩니다.

박포   예. (채윤에게) 여기 가만있거라.

cut. to – 돌절구 가져다 놓고 나타난 박포.
채윤 옆에서 함께 경비를 서고 있다.

채윤   사실 뇌물이랄 것도 없고, 그냥 갖고 있는 거, 정으로 좀 나눈 건데….

박포   올눌제?

채윤   엉. 너 좀 주까?

박포   (반색하며) 있어?

채윤   이야…. 궁이란 데두 사람 사는 데는 맞구나!
            그래두 말 통하는 사람이 둘은 있네.

박포   둘? 또 하난 누군데?

채윤   응…. 있어. 이따가 끝나고, 내 좀 주께! 효과가 진짜 죽어!

박포   자식! (갑자기 어깨동무를 하며) 친하게 지내자! 응! 내가 앞으로 잘 봐줄게!

채윤   잘 좀 부탁한다? (하고 웃고)

박포   그으럼! (하고 웃는다) 으하하하!

채윤   (함께 웃으며) 근데… 집현전은 왜 못 들어가게 하구… 경비를 서는 거야?

박포   (조용하라는 듯) 몰래 들었는데…
            어제 집현전 안에서 번이었던 학사가 캑… 급사했대.

채윤   헥! 죽어? 궁에서 사람이 죽어? 어쩌다?

박포   공부하다 돌아가셨을 거야.
            몇날 며칠… 잠도 안 자고… 먹지도 않고… 안 죽는 게 이상하지.

채윤   어쩐지… 조용하더만….

박포   어디서 떠벌리지 마. 절대 비밀이니까.

채윤   (웃으며) 알았어, 알았어. 나 입 무거워. 그럼 집현전 비겠네?

박포	그치. 일단 사람이 죽었으니, 못 들어가게 해야지.
채윤	(마음의 소리 E, 결연하게) 집현전이 빈단 말이지…?

#48. 이도의 방(낮)
이도와 이신적이 있다.

이신적	(어두운 얼굴로) 전하…. 궁에서 어찌 이런 망극한 일이 생겼단 말이옵니까….
	더구나 전하께서 매일 납시는 집현전이 아니옵니까.
이도	(연기를 하는 듯 과하게 슬픈) 그러게 말이오… 허담 그자가… 아직 젊거늘…
	과로사라니…. 아무리 인명은 재천이라 하나… 참으로 안타까운 일이오.
이신적	예, 전하…. 하온데… 허담이… 살해되었다는 괴이한 소문이….
이도	(버럭) 누가 그런! 맹랑한 소리를 한단 말이오! 궁에서 살인이라니!
이신적	허나… 문제는 그 괴이한 소문이, 더 퍼지는 것이옵니다.
	허니, 의금부에서 이 사건을 명명백백히 밝히는 것이….
이도	궁 안에서 벌어진 불경스러운 일을 온 장안에 떠들자는 것이오?
이신적	황송하오나… 의금부 도제조로서의 소임을 다하고자 할 뿐이옵니다.
이도	아니 되오.
	대소 신료들이 집현전에 대해서 갖고 있는 반감을 과인이 모르지 않소.
	헌데… 집현전에서, 누군가 살해당했을지 모르니 조사를 한다고 하면…
	어찌 되겠소?
이신적	…….
이도	안 그래도… 집현전 학사들의 궁내 기숙을 반대하는 신료들이 이참에…
	집현전을 궁 밖으로 내보내려 할 것이오.
이신적	하옵시면….
이도	쓸데없는 말이 퍼져나가지 않도록 각별히 유념해주시오.
이신적	예…, 전하…. (하면서도 뭔가 이상한 표정)

#49. 집현전 궁간문 앞(낮)
박포. 채윤이 있는데, 갑자기 채윤이 미치겠다는 듯 주저앉는다.

박포	왜 그래?

채윤   아오…, 안 되겠다. 나 뒷간 좀 갔다 와야겠어.
        장 다섯 대 맞고 나니까, 변비가 싹 해결됐어. 근데 너무 자주 마렵네.
박포   아이…, 자식…. 빨리 갔다 와. 자리 비웠다 괜히 경치지 말고.
채윤   (힘겹게) 알았어….

채윤, 엉거주춤한 자세로 걸음을 옮긴다.

#50. 집현전 전각 담 앞(낮)
채윤, 엉거주춤한 자세로 걷다가 허리를 곧게 펴며 주위를 살핀다.
그러고는 아무도 없자, 날렵하게 몸을 날려,
담을 훌쩍 넘어 들어간다.

#51. 집현전 안 복도(낮)
집현전 안으로 살피며 들어오는 채윤.
손에는 작은 수첩과 세필 목탄을 들었다.
역시 크로키하듯, 장소를 그려넣는 채윤.
머릿속에 입력되듯 약도가 그려진다.

채윤   (마음의 소리 E) 이도는 하루가 멀다 하고 밤에 집현전에 들른다.
        그리고 집현전에 들어올 때, 무휼은 밖에 머무는 일이 많다….
        만약… 이 집현전 어딘가에 잠입하여 숨을 수 있다면….

하고, 걸음을 옮기다, 허담의 방에 걸음을 멈추고.

채윤   (걸음을 걸으며) 하나, 둘, 셋… 열 보가 안 되고….
        (수첩에 적어넣으며)

허담이 죽었던 방의 문을 연다.

#52. 집현전 내 방
허담이 죽은 그 방이다. 어젯밤 사건 현장이 그대로 남아 있다.

채윤의 시선으로 훑어진다.
의자가 넘어져 있고, 책상 위에 놓인 연적, 종이와 벼루가 흐트러져 있다.
연적의 위치를 본다.
ins. cut – 47씬 회상.

박포   어제 집현전 안에서 번이었던 학사가 캑… 급사했대.

채윤   (마음의 소리 E) 정말 과로사라면… 왜 현장을 보존하지…?

채윤, 의아한 표정으로 밖으로 나간다.

#53. 집현전 전각 밖(낮)
채윤 나오는데, 누군가에게 다짜고짜 잡혀 엎어치기 당한다.
나동그라지는 채윤. 이때, 소매가 찢어지며
팔뚝의 상처(어렸을 때 무휼이 베었던)가 보인다.
번개 모양의 상처. 채윤, 고개 들어 보면, 정득룡이 엎어친 것이다.
동시에, 목에 들이밀어지는 무휼의 칼.

정득룡   아니…, 너는….
무휼   네 이놈! 어찌하여 그 안에서 나오는 것이냐!
채윤   그게… 소인이… 뒷간을 찾다가… 어딘지를 몰라….
무휼   (뭔가 생각난 듯) !

ins. cut – 어젯밤 회상. 이도 앞에 부복하고 있던 채윤의 모습.

무휼   (나지막이) 이자를 추포하라.
정득룡   (놀라) !
채윤   (놀라) ! 예?

#54. 내금위 추국실(낮)
정식 추국실이 아니라 궁내 창고 같은 느낌.

채윤, 의자에 묶여 있고 무휼이 추궁 중이다.
정득룡과 군사 하나가 뒤에 있고….

무휼   집현전에 출입을 금했거늘, 어찌하여 들어갔느냐…?

채윤   (미치겠다는 듯) 똥 마려운 게 죕니까…? 지금도 마려워 죽겠습니다….
워낙 급해서… 이곳저곳 찾다가 들어갔습니다!

무휼   네 이놈! 집현전 전각 안에 뒷간이 있더냐!
세상 천지에 건물 안에 뒷간이 있는 곳이 있더냐!

채윤   (겁먹은 듯) …….

무휼   어찌하여 들어간 것이냐….

채윤   그게… 실은… 집현전이 어떤 덴가… 하고 호기심에….

무휼   똥 마려워 죽겠다는 놈이 갑자기 호기심이 생겼다…?

채윤   (당황하여) …….

무휼   바른 대로 말하지 못할까!

#55. 이도의 방(낮)
정인지, 이도에게 보고 중이다.

정인지   북방에서 새로 온 겸사복을 잡아 추국 중이라 합니다.
경비 중에, 집현전에 들어갔답니다.

이도   (놀라) 집현전에?

정인지   말로는 뒷간에 간 것이라는데….

이도   (이상한 표정인데) 뒷간이라…? 집현전에 똥을 싸러 갔단 말이냐?

정인지   (당황하며) 전하…. 제발…! (하는데)

내시   (밖에서 E) 전하…. 김종서 장군 들었사옵니다!

이도   (반가워하며) 어서 들라 하라.

문 열리고 들어오는 김종서.
김종서, 이도에게 예를 취하면…

이도   (반기며) 이 얼마 만이오, 장군…. 먼 길 오느라 참으로 노고가 크오.

| 김종서 | 황공하옵니다, 전하. 실로 오랜만에 용안을 뵈오나 |
| | 여전히 강건하시니 소신, 한결 마음이 놓입니다. |

하고는 껄껄껄 웃는 느낌에서 cut.

#56. 내금위 추국실(낮)
채윤 묶여 있고 무휼이 추궁 중인데….

무휼	네놈은 어젯밤 자시(子時 : 밤 11시~1시), 집현전 근처를 헤매다
	전하와 마주쳤다. 또한! 오늘은 출입이 금지된 집현전 안까지 들어갔다.
채윤	(미치겠다는 듯) 어젯밤은 길을 잃어 집현전에 이르렀고,
	오늘은 뒷간을 찾다가 호기심에….
무휼	네놈은 현장을 다시 보기 위해 들어간 것이다. 아니더냐?
채윤	예? 현장이라니요?
무휼	네놈이 어젯밤 집현전에서 학사 허담을 살해하고,
	오늘은 증거를 은닉하기 위해 다시 들어간 것이야!
채윤	(경악하여) !!!

F. B – 47씬.

| 박포 | 어제 집현전 안에서 번이었던 학사가 객… 급사했대. |

채윤	(마음의 소리 E) 급사가 아니라… 살인 사건….
	더구나 죽은 학사가 허담!!
무휼	(더욱 엄하게) 바른 대로 고하지 않으면, 살아서 나갈 수가 없다.
채윤	(보는데 머릿속은 복잡하게 돌아가며)
무휼	(버럭) 살고 싶으면 바른 대로 자복하거라! 어서!
채윤	(그런 무휼을 복잡한 표정으로 보며 마음의 소리 E) 허담….

F. B – 새로 찍는 씬.
채윤, 옥색 보자기로 싸인 꾸러미를 허담에게 건네는데….

채윤   김종서 장군께서 보내신 것입니다.
허담   (받으며) …먼 길에 수고 많았네.

꾸러미를 소중하게 안고 집현전으로 들어가는 허담.
채윤, 그런 허담의 뒷모습을 보는데…

채윤   (머릿속이 빠르게 돌아가며 E) 그 허담이 살해당했다…?
김종서 (E) 예?

#57. 이도의 방(낮)
김종서가 놀란 표정으로 이도와 정인지를 본다.

김종서 강채윤이 추국을 당하고 있다고요?
정인지 의심스런 정황이 있는 것이 사실입니다.
김종서 (정인지에게) 그럴 리가 없습니다. 북방에서 고인설이 죽었을 때,
        타살임을 밝혀낸 것도 그 아이입니다.
        고인설과도 막역한 사이였구요…. 헌데… 어찌…. (이도 보며) 전하….
이도   (뭔가 생각하는 듯하다가) …… 조사 중이니 밝혀질 것이오…….
김종서 (걱정스러운 얼굴인데) …….
정인지 하여간… 이는 보통 일이 아닙니다.
        반드시 잡아내야 할 것이나 의금부나 포청에서 수사를 한다면,
        그 과정에서 우리 일이 드러나지 않겠습니까? 아직은 아니 됩니다.
김종서 무휼이 직접 수사를 함이… 어떻겠습니까?
정인지 내금위장이 직접 수사를 한다면… 오히려 세간의 주목을 받게 될 것입니다….
이도   (뭔가 생각 중) …….
정인지 전하….
이도   (말 끊고 일어나며) 무휼한테 가자.
정인지 예?

일어나서 나서는 이도. 당황했지만 따르는 정인지, 김종서. 그 위로,

채윤	(E) 다 말씀드리겠습니다!

#58. 내금위 추국실(낮)
무휼이 채윤을 노려보고 있는데….
채윤, 머릿속을 다 정리한 듯 고개를 번쩍 든다.

무휼	(무섭게) 또 교언과 궤변을 늘어놓는다면,
	부득불, 네놈 몸에 손을 댈 것이다.
채윤	예… 허면 좌우를 물러주시지 않겠습니까?
무휼	또 무슨 수작을 하는 것이야! 당장 고하지 못할까.
채윤	(좋아, 그래 한번 들어봐라 하는 심정으로) 예! 소인…
	허담 학사를 죽인 놈과… 무관 고인설을 죽인 자가 같은 놈이라 생각합니다!
무휼	!!!
정득룡	!!!
병사 1	???
무휼	(당황하여) ……. (정득룡과 병사 1에게) 너희들 나가 있거라.
	(둘이 나가고 나면) 무슨 소리를 하는 것이냐?
채윤	제가 감히 내금위장께 여쭙겠습니다.
	옥색 보자기로 싼 꾸러미가… 사라지지 않았습니까?
무휼	(어찌 알았지 싶어) !!
채윤	그 옥색 꾸러미를 가진 자들이 다 죽었으니까요.
	학사 허담! 무관 고인설도! (하고 눈 빛내는데)
무휼	네놈이… 고인설이 맡았던 임무가 무엇인지 안단 말이냐?
채윤	모르지요…. 허나! 범인이 노린 것은 그놈의 옥색 꾸러미였습니다!
	그것 때문에 죽었다구요!
무휼	그것 때문인지 어찌 아느냐?
채윤	제 저고리 품을 뒤져보십시오.
무휼	… (보는데) …….

무휼, 의심스러운 눈으로 저고리 안에서 서찰 하나를 꺼낸다.
그리고 펴보는 무휼. 고인설의 검시 기록과,

사건 기록이 장황하게 써 있는 사건 보고서다.
놀라는 무휼.

채윤	… 그 고인설 사건 수사일지…. 그게 내금위장께 올리려던 바랑이었습니다요.
무휼	…….
채윤	제가… 고인설의 가장 친한 동무였습니다….
	고인설 사건을 수사했구요….
무휼	(놀라 채윤 보며) …….
채윤	하여… 허담 학사가 죽었다는 소문을 듣고 현장을 살피기 위해 집현전에
	들어간 것이었습니다.
무휼	(그런 채윤을 날카롭게 보는데) …….
채윤	(무휼을 보며 속나 안 속나 눈치 살피는 불안한 느낌) …….
내시	(밖에서 E) 주상 전하 납시오!!

이때, 문이 열리며,

이도	(싸늘하게 E) 그러하냐…?

놀라는 무휼과 채윤,
이도가 서 있다. 이도의 뒤로 빛이 비치고….
김종서와 정인지가 따라와 서 있다.
무휼, 재빨리 부복하며, 사선일시를 이도에 바진다.
이도, 받아서 힐끗 보고는 채윤을 본다.
긴장을 감추고 보는 채윤.

이도	(싸늘하게 보며) 두 사건에… 어떤 공통점이 있느냐?
채윤	(보고)
이도	(보는데)
채윤	… 첫째, 학사 허담과 무관 고인설 모두…
	옥색 보자기로 싸인 꾸러미를 갖고 있었습니다.
	범인은 그것을 노린 것입니다.

이도	(보고)
채윤	둘째, 두 사건 모두 살해 방법은 다르나, 사고사로 위장하려고 하였습니다.
이도	(보고)
채윤	셋째….
이도	(보고) …….
무휼	(보고) …….
채윤	북방에서의 그날 밤…. 그리고 어젯밤….
	모두 부엉이가 울었습니다….

하면… 보는 김종서, 보는 정인지,
보는 무휼, 보는 정득룡.

이도	(그런 채윤을 보다가) 학사 허담 사건의 수사 책임자로…
	겸사복 강채윤을 임명한다….
채윤	(놀라고) !!
무휼	(놀라고) !
김종서	(놀라고) !
정인지	(놀라는데) !
이도	네놈이… 겸사복 내에서 필요한 인원을 선발하도록 하라.
	(무휼에게) 겸사복장에게 은밀히 이야길 해두게.
무휼	아…, 예…. 전하.
이도	이번 사건을 해결하지 못하면…
	네놈이 의심을 받게 될 것이다. 목숨을 걸고 해야 한다…. 알겠느냐?
채윤	(얼떨결에) 이… 예…. 전하….

하고 돌아서 가는 이도. 모두 예를 취한다.
그 뒷모습을 보는 채윤. 그러다 용기를 낸 듯,

채윤	해결을 해낸다면!!
이도	(날카롭게 돌아본다)
무휼	(당황하여) 이놈이 감히….

채윤	이 비천한 놈…, 소원 하나 말씀 올려도 되겠사옵니까?
이도	(싸늘하게) 말해보거라.
채윤	소인이… 만약 이 사건을 해결하고, 범인을 잡아,
	조그만 공이라도 세운다면… 작은 소원이 있사옵니다.
이도	…….
채윤	전하께서 내려주시는 술 한 잔 받기를 청하옵니다.
무휼	무례하다! 이놈! 감히!
채윤	(바로 말 끊으며) 이 천한 놈이… 어사주를 받는다면!
	돌아가신 우리 아부지가 얼마나 기뻐하시겠습니까…?
이도	(차갑게 보며) …….
채윤	(제발… 제발… 하는 심정으로 보며) …….
이도	(무심하게) 해결하거라…. 과인이 친히…
	네 술잔에 술을 따라줄 것이다.

하고는 쌩! 하고 돌아서 가는 이도.
모두 서둘러 예를 취하며 따른다.

채윤	(묶인 채로 미소 띠며 마음의 소리 E) 그래…. 반드시 해결해주마….
	하여 내 술잔이 채워지기 전에 죽게 될 것이다…. (결연한 표정으로) 이도!!

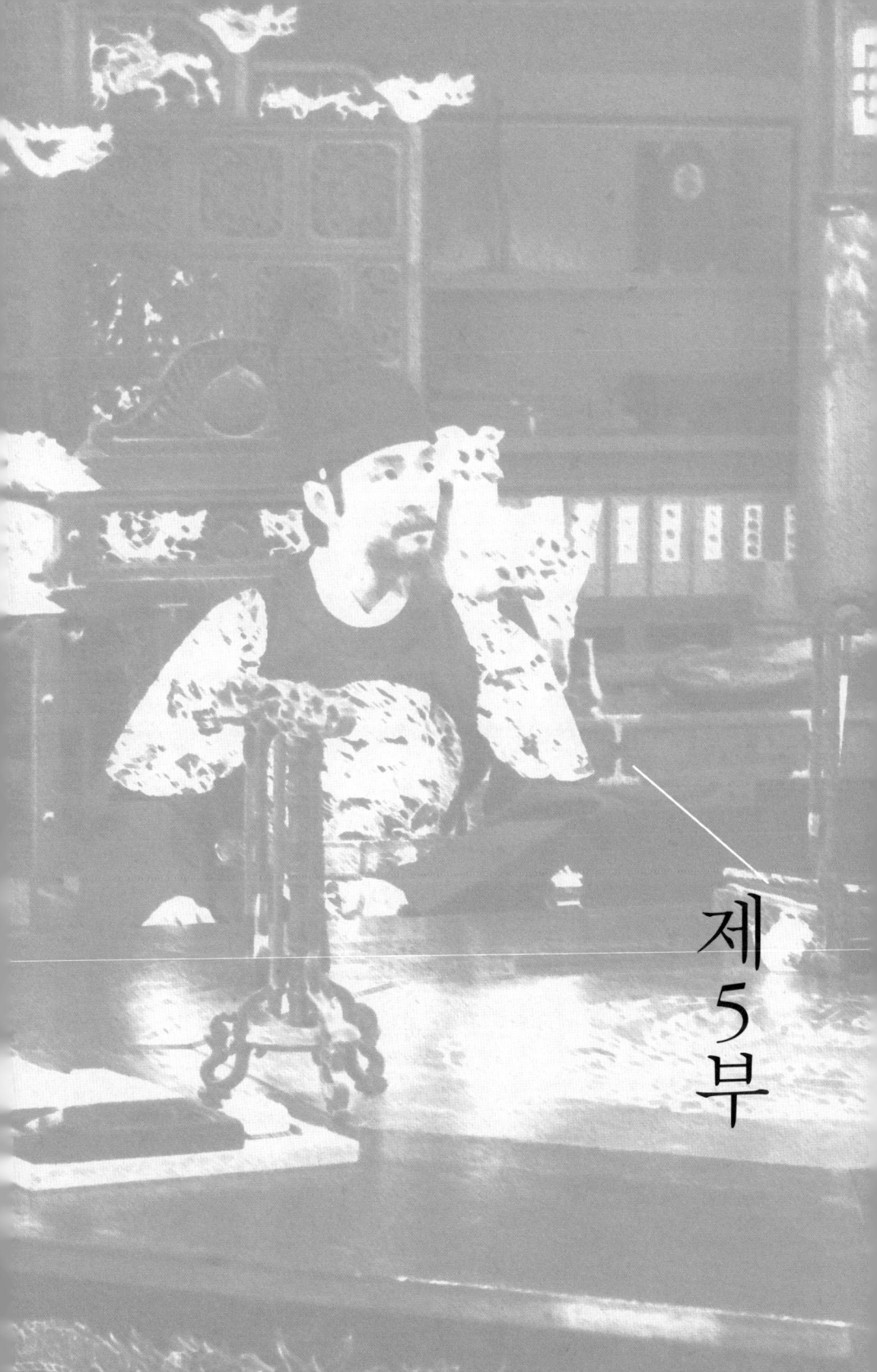

제 5 부

國·귁之징語:ᅌᅥᆼ音ᅙᆷ·이 나·랏:말ᄊᆞ·미

異·ᅌᅵᆼ乎ᅘᅩᆼ中듕國·귁ᄒᆞ·야 中듕國·귁·에 달·아

與:영文문字·ᄍᆞᆼ로 不·붏相샹流륳通통ᄒᆞᆯᄊᆡ 文문字·ᄍᆞᆼ·와·로 서르 ᄉᆞᄆᆞᆺ·디 아·니·ᄒᆞᆯᄊᆡ

故·공로 愚웅民민·이 有:ᅌᅮᆯ所:송欲·욕

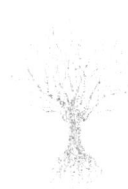

#1. 내금위 추국실(낮)

채윤   이 비천한 놈…, 소원 하나 말씀 올려도 되겠사옵니까?

이도   (싸늘하게) 말해보거라.

채윤   소인이… 만약 이 사건을 해결하고, 범인을 잡아,
        조그만 공이라도 세운다면… 작은 소원이 있사옵니다.

이도   …….

채윤   전하께서 내려주시는 술 한 잔 받기를 청하옵니다.

무휼   무례하다! 이놈! 감히!

채윤   (바로 말 끊으며) 이 천한 놈이… 어사주를 받는다면!
        돌아가신 우리 아부지가 얼마나 기뻐하시겠습니까…?

이도   (차갑게 보며) …….

채윤   (제발… 제발… 하는 심정으로 보며) …….

이도   (무심하게) 해결하거라…. 과인이 친히…
        네 술잔에 술을 따라줄 것이다.

        하고는 쌩! 하고 돌아서 가는 이도.
        모두 서둘러 예를 취하며 따른다.

채윤   (묶인 채로 미소 띠며 마음의 소리 E) 그래…. 반드시 해결해주마….

하여 내 술잔이 채워지기 전에 죽게 될 것이다…. (결연한 표정으로) 이도!!
(4부 엔딩 지점)

#2. 궁 일각(낮)
이도, 정인지 등이 걸어나오고 있는데, 급히 따라나오는 무휼.

무휼   (걸어가는 이도에게) 전하!! 이제 겸사복에 갓 들어온 잡니다!
       어찌!!

이도   (걷다가 돌아보며) 내금위장은 저자가 수사를 하는 데 필요한 것들을
       마련해주거라.

무휼   (옆의 정인지를 보는데) …….

정인지   (고개를 끄덕하고)

이도   겸사복장에게도 명을 내려두고.

무휼   … (아직 이도의 속뜻은 모르나) 예, 전하.

#3. 내금위 추국실(낮)
내금위 군관과 정득룡이 채윤의 포승줄을 풀어주고 있는데….
까불거리는 채윤.

채윤   **봤죠봤죠봤죠? 제가 그런 놈이라니까요….**

정득룡   (그런 채윤이 못마땅한데)

채윤   오죽하면… 북방 촌놈을 김종서 장군께서
       궁에다가 천거를, 그것도 친히… 친히 하셨겠냐, 이 말입니다…. (하는데)

이때, 무휼이 들어온다.
채윤, 무휼을 보는데… 무휼 표정에 못마땅함이 가득하자

채윤   어찌 그렇게 보십니까? (하다가는 헤 웃으며)
       저… 심문하신 것 때문에… 어색하여 그러시는 것이라면…
       저는 진짜 괜찮습니다. 사람이란 것이… 모르면 실수도 하는 것이고…

무휼   (딱 끊고는) 네놈이 성은을 입어 수사를 맡았으니…

추호의 소홀함이라도 있다면 목숨을 부지하기 힘들 것이다.

채윤   예… 뭐… 목숨 부지는 워낙에 힘든 것이라…

무휼   (버럭) 전하의 명이니라!

채윤   (움찔)

무휼   목숨을 걸고… 반드시 사건을 해결해야 한단 말이다!

채윤   (군기 든 듯) 예! 알겠습니다!

무휼   (그런 채윤 보다가는) 내일 아침 겸사복장과 정별감에게 따로 이를 것이니…
그리 알고 가보거라.

채윤   예. (하고는 정득룡에게) 제… 옷 주십쇼.

하면, 정득룡이 따로 두었던 채윤의 옷을 건네준다.
채윤, 한쪽으로 가 몸을 돌려 옷을 입으려는데…

무휼   (놀라 E) 잠깐!!!

채윤, 몸을 돌려 무휼을 보느라 어깨의 상처가 드러난다.
보는 무휼, 경악한 표정인데.

채윤   어찌 그러십니까?

무휼   … (무어라 말을 하지 못한 채 복잡한 표정인데) …….

채윤   ……?

무휼   … 아니다.

하면, 옷을 마저 입는 채윤. 의아하고 복잡한 표정의 무휼.

채윤   참…, 제 수사일지 주십쇼.

무휼   (멍한 채 수사일지 내주고) …….

채윤   (수사일지를 받으며) 그럼 물러가겠습니다.

하고는 가는 채윤.
가는 채윤의 뒷모습을 한참 보는 무휼. 심상치 않은 표정이다.

무휼   (정득룡에게) … 너도 보았느냐?

정득룡   무엇을 말씀입니까?

무휼   상처…. 저놈 팔뚝에 상처 말이다….

하는 무휼의 심상치 않은 표정 위로,

초탁   (신난 E) 으아아아, 채윤아!!

#4. 겸사복 사무실 앞(낮)

역시 '으아아아, 초탁아!!' 하며 우다다다 뛰어오는 채윤.
둘이 반가워 껴안을 듯하더니 초탁이 바로 채윤을 엎어치고,
채윤은 방어하고, 둘이 싸우는 걸로 기쁨을 표시하는 모습.
잠시 둘이 그렇게 툭탁이더니….

채윤   (그제야 깨달은 듯 옷 가리키며) 에! 너, 이 옷!

초탁   야, 네놈을 보내놓고 김종서 장군께서 맘이 편하시겠냐?
          해서 이몸이 왔다는 거 아니야….

채윤   그러면… 장군께서 너도 겸사복에 천거를 해주셨단 말야?

초탁   으하하하하!! 나도 겸사복이다!! (하는데)

박포   (어느새 다가와) 뭐야? 또 북방 떨거지야?

초탁   (눈에서 불이 나더니) 북방… 떨거지이…?
          궁밥 먹고 피둥피둥 살만 찐 돼지가 어디서….

박포   돼애지이이이!!! 이 콩알만 한 게 디질라고!

초탁   이 콩알이 북방 누비면서 목 딴 여진족 숫자가 몇인 줄 알어?

하고 서로 노려보며 대치하는 분위긴데….

박포   (노려보다가) 문답무용.

초탁   오, 닥치고 싸우자? 좋지!!

하고 바로 달려드는 초탁. 붙는 박포. 말리는 채윤.

#5. 내금위장 집무실(낮)
무휼, 정득룡 있는데….

무휼　　붓을 잡은 자는 자신만의 필흔(筆痕 : 글씨의 흔적)을 남기고
　　　　칼을 잡은 자는 도흔(刀痕 : 칼의 흔적)을 남긴다.
정득룡　예…. 특히 고강한 무예를 지닌 자일수록 독특한 도흔을 남기지요.
무휼　　…….
정득룡　어찌 그러십니까?
　　　　그자의 도흔이 아는 것이었습니까?
무휼　　…….
정득룡　……?
무휼　　… 내 것이다…!!!
정득룡　(경악) 예?? 그럴 리가 있습니까?
무휼　　내가 쓴 글씨를 내가 못 알아볼 리 없질 않느냐?
정득룡　상처로 보아… 10년은 훨씬 넘어 보였습니다.
　　　　그럴 리가 있겠습니까?
무휼　　그러니… 혼란스럽구나….
　　　　어찌 그자가….
정득룡　…….
무휼　　언제… 왜…?

심각하게 고민하는 무휼에서….

#6. 집현전 전각 마당으로 들어가는 궁간문 바깥쪽 일각(밤)
(4부 49씬과 비슷한 장소)
경비를 돌며 걷고 있는 채윤과 초탁.
채윤은 날카로운 눈빛으로 집현전 쪽을 주시하고 있다.

초탁　　누구냐? 이제 좀 알려주라.
채윤　　(그냥 씩 웃는다)
초탁　　그 죽여버리겠다는 놈, 궁에 있냐?

　　　　　　병사야? 내시?

채윤　　…….

초탁　　설마… 벼슬아치는 아니지?

채윤　　(의미심장하게) 벼슬아치? 아냐, 그런 거.

초탁　　(보는데)

채윤　　(살짝 흥분되는 듯) 암튼 말야… 일생을 기다리니까… 기회가 오긴 오드라.

초탁　　(놀라) 궁에서 봤어? 해치웠어?

채윤　　아직은. 근데, 금방 돼.
　　　　　나만 잘하면… (걷던 것 우뚝 멈춰서며) 일대일로 볼 수 있게 됐거든.

초탁　　(계속 놀라) 그래?

　　　　하는데… 이때 뒤쪽 어딘가에서 누가 지나가는 듯하다.
　　　　순간, 긴장한 채윤, 돌아보는데….
　　　　집현전 뒷문 쪽으로 들어가려는 학사 하나.

채윤　　(뒷문 쪽을 향해) 누구십니까?

　　　　하면, 나타나는 누군가. 집현전 학사의 복장을 하고 있다.

윤필　　나는 집현전 학사 윤필일세. 집현전 안에 놓고 온 것이 있어…
　　　　꼭 들어가야 하네만.

채윤　　못 들어가십니다. 전하의 병입니다.

윤필　　… 잠깐이면 되는데… 안 되겠나?

채윤　　안 됩니다. 돌아가십시오.

　　　　하면, 윤필 어쩔 수 없는 듯 돌아간다.
　　　　가는 윤필을 보는 채윤.

채윤　　(혼자 읊조리듯) 어떻게 잡은 기횐데…. 내… 수사를 망치면 안 되지.

　　　　하며 다시 집현전 쪽을 보는 채윤의 시선에서….

#7. 궁 전경(낮)

정별감   (버럭 E) 강채윤!!

#8. 검사복청 앞(낮)
정별감, 나오자마자 고개를 푹 떨군 채 한숨을 쉬더니

정별감   이런, 젠장맞을 놈….

하고는 급히 어딘가로 간다.

#9. 검사복 집무실(낮)
채윤을 향해 날아차기 하는 정별감.
보는 박포와 초탁.
채윤은 싹 피하고… 정별감 날아가다가 넘어진다.
'어구어구' 아파하는 정별감을 부축하여 일으키는 채윤.
그러자 채윤을 마구 패며,

정별감   니가 수사 맡겠다고 했다며? 제정신이야? 제정신!!
채윤   (싹싹 피해 돌아다니며) 그게 왜요?
정별감   그걸 니가 왜 나서? 의금부, 내금위, 우림위도 있는데 왜!! 왜!!?
채윤   재밌잖아요….
정별감   (어이없어) 재미이?
채윤   뭐… 중요한 거 같기도 하고….
정별감   (한숨 쉬며) 저 철딱서니 없는 것….
         (하다가는) 어쨌든 명은 떨어졌고… 니가 맡는데… 나는 건드리지 마.
박포   뭔데 그래요?
정별감   (무시하고) 그리고! 절대 무리하지 마.
         뭘 하든 간에… 조용히… 무리 없이…
         나한테 보고만 정확히 해. 알았어?
채윤   예, 심려 마세요.

정별감	(그런 채윤 보며 씩씩대고)
박포	(채윤에게) 뭔데? 뭔 일인데?
정별감	(그런 박포 한심하다는 듯 보며) 관심 있구나?
	그럼 너 박포! 그리고… 채윤이, 북방… 콩알!
	이거 이름이 뭐야? 니네… 셋이 한 조야. 알았어?
박포	(열받아) 예? 이놈이랑 한 조라구요?
정별감	(무시하고) 셋 다 따라와.
채윤	어딜요?
정별감	검안소.

#10. 궁 일각(낮)
정인지와 무휼 있는데… 광평대군 온다.

무휼	대군마마…, 전하께선… 어디 계시옵니까?
광평	(자막, 광평대군廣平大君 : 세종의 다섯째 아들) 안 그래도 아바마마께서
	두 분을 찾으시던데요. 상림원으로 가보세요.
정인지	… 그 일 때문입니까?
광평	(은밀히 고개 끄덕하고는) 밤새 침소에 들지 않으시고
	상념에 잠겨 계셨으니… 아마 명하실 것이 있을 듯합니다. 가보세요.
무휼	예, 마마.

하고는 가는 눌. 보는 광평.

#11. 궁내 상림원 앞(낮)
작은 전각 위에 상림원(上林園 : 궁의 나무와 꽃들을 관리하던 곳으로, 지금의 농업
시험장처럼 활용) 현판이 있다.
오는 무휼과 정인지.
가는데, 들려오는 개 짖는 소리.

#12. 궁내 상림원(낮)
(작물을 재배하는 논과 밭이니, 현재의 농업 시험장을 참고하여 세팅하시면

될 듯합니다. 보통 그리 크지 않은 실험용 논과 밭이 있고 그 앞엔 품종의 이름이 쓰여 있습니다. 쌀, 보리, 콩, 수수 등이 쓰여 있으면 될 듯합니다만 전체적으로는 아주 작은 논과 밭이 모여 있는 그림입니다.)

들어서는 정인지와 무휼.

논과 밭의 가장자리께에 궁녀들이 죽 둘러서 있고,

한쪽엔 개 한 마리도 보이며,

논과 밭 중간에 띄엄띄엄 흰옷을 입은 농부들이 일하고 있다.

이도를 찾느라 두리번거리며 걷는 무휼과 정인지.

똥지게를 진 채 밭에 인분을 뿌리고 있는 뒷모습의 농군에게 다가간다.

정인지   (냄새 때문인지 코를 막으며) 전하는 어디 계시느냐?

뒤돌아선 농군, 듣지 못한 듯 계속 인분을 뿌리며 앞으로 간다.

무휼   어허! 이놈이!

농군   (뒤돌며) 설마… 그 이놈이라는 게 나냐?

하고 보면 이도다. 황망하여 바로 조아리는 무휼과 정인지.

무휼   황공하옵니다, 전하….

정인지   (안타까워) 어찌… 전하께서 직접 똥지게까지 지시옵니까?

이도   어찌 지느냐…?

정인지   예…, 전하…. 백성을 아끼시는 전하의 마음을 모르는 바는 아니오나…
         이렇게까지… 하지 않으셔도… 충분히…

이도   (OL로) 이렇게까지 하지 않으면, 관리들이 움직이기나 하느냐?

정인지   …….

이도   (혼자 화나서) 인분이 밭작물을 얼마나 더 많이 자라게 하는지 알아 오라 한
       지가 언제냐? 매번, (신하들 흉내 내며) '하고 있사옵니다' '조금만 기다리시면
       되옵니다' '연구 중이옵니다' '옵니다' '하옵니다' '사옵니다' 이런 빌어먹을!

무휼   (그런 이도를 보며 웃음을 참고)

이도   (그런데도 더 빠르고 우스꽝스러운 톤으로) 보거라…. 내 어제부터 똥지게를 졌

으니… 수일 내로 각 지역 관아에서 갑자기 정리한 문서가 벌떼처럼 올라올 것이다. 나는 시각시각마다 피가 바짝바짝 마르는데….

정인지   (그런 이도를 보다가는 순간 풋 하고 웃음이 터진다)
이도   어허!! 내가 우스우냐? 나는 전하다!

정인지와 무휼, 그 말에 더 웃음이 터진다.
이번엔 이도도 같이 웃더니, 궁녀들 있는 쪽으로 걸어가는 이도.
셋이 궁녀들 가까이로 걸어오자
짖고 있는 개와 그 앞에서 개를 똑같이 따라 하고 있는 옥떨.
마치 개와 옥떨이 배틀을 하듯 짖고 있다.

이도   (옥떨에게) 그래… 이제 개의 소리를 똑같이 구희할 수 있겠느냐?
옥떨   (땅바닥에 완전 엎드려서는 조아리며) 예…, 전하….
이도   해보거라.

하면 옥떨이 개 짖는 소리를 흉내 낸다. 옥떨이 짖자, 개도 짖고.

이도   (유심히 듣다가 정인지에게) 무슨 소리로 들리는가?
정인지   (듣다가는 개 짖는 소리처럼) 월월. 달 월의 월 자 같사옵니다.
이도   (옥떨에게) 구희를 할 때의 입 모양이 월과 같으냐?
옥떨   (조용히 입으로 해보더니) 그건 아닌 듯하옵니다.
이도   다시 해보거라.

하면 옥떨 또 짖어 보이고….

이도   (무휼에게) 어찌 들리는가?
무휼   (유심히 신중하게 들으며) 악악? 악할 악 자 같사옵니다.
이도   악? (하다가는 궁녀 중 덕금에게) 덕금이 너는?
덕금   (약간 덜떨어진 순진한 표정으로) 제 귀에는 왕! 왕왕!으로 들리옵니다.
이도   (짐짓 버럭) 무어라! 왕왕!! 허면 온 팔도의 개새끼들이 과인을 부르며 다닌단 말이냐?

덕금	(완전 새파랗게 질려) 저저저전하… 저는 그것이 아아니오라….
	(하며 바들바들 떠는데)
이도	(우하하 웃으며) 어찌 백 번을 놀려도 백 번을 속는단 말이냐?
덕금	(긴장이 풀리며) 으으흐흐, 전하…. 그러니까… 왜 백 번을 놀리시옵니까?
이도	(웃다가 옥떨에게) 다음은 아기의 울음소리를 연구해 오너라.
옥떨	예…, 전하….
이도	(한쪽에 차려진 막사 쪽으로 가며 옆의 상궁에게 은밀히)
	90보 이내로는 아무도 들이지 말거라.
지밀상궁	예, 전하.

하고는 이도 가면, 무휼과 정인지 따라가는 데서.

#13. 반촌, 도담댁네 집 앞 거리(낮)
경악한 채윤의 얼굴 바스트샷. 앞에 보면 도담댁 있다.
채윤 쪽엔 정별감과 박포, 초탁도 있고
다시 놀란 채윤의 얼굴에서
F. B - 2부 50씬.

| 도담댁 | (말 자르며) 닥쳐라!!! 반촌은 옳고 그름을! 판단하지 않느니! |

다시 현실로 돌아온 채윤, 긴장하여 도담댁을 보는데.

도담댁	(정별감에게) 정별감 나으리께서 여긴 어인 일이십니까?
정별감	중요한 일로 가리온 만나러 왔네만,
	자넨 관심 두지 않아야 한다는 건 알지?
도담댁	여부가 있겠습니까?
채윤	(그런 도담댁이 자신을 알아보는지 완전 긴장)
정별감	(좀 얻어먹으려는 요량으로) 오늘 소 도축했지?
도담댁	예. (하며 슬쩍 채윤을 본다)
채윤	(긴장)
정별감	허면… 술상 좀 봐줘. 고기 한 귀퉁이하고. 내 곧 나올 테니.

도담댁   예. (하며 다시 채윤을 슬쩍 본다)

하면, 정별감이 걸어가고, 박포와 초탁 따르고, 긴장한 채윤도 안도하며 따라
간다. 가는 그들을 보는 도담댁의 묘한 눈빛.

채윤   (정별감을 따라 걸으며) 검안소는 의금부에 있는 거 아닙니까?
정별감   의금부가 수사를 안 하는데, 거길 쓸 수는 없지.
채윤   그렇다 해도… 어찌 반촌에…?
정별감   가보면 안다.

하면 긴장되고 의아한 채윤의 표정. 그 위로…

무휼   (놀라 E) 예? 그자를요?

#14. 상림원 내 막사 안(낮)
이도, 정인지, 무휼 있는데….
이도, 농군 옷차림 그대로… 짚으로 된 모자 같은 것으로 부치고 있다.

무휼   이미 정별감에게 명하여, 겸사복 강채윤이 그자를 만나러 갔을 것입니다.
       헌데 어찌 전하께서 그자를 친히 만나겠다 하시는지요?
정인지   강채윤에게 수사를 일임하신 것이 아니옵니까?
       김종서 장군은 그자가 수사 귀재라 하였사옵니다.
이도   (살짝 깔보며) 북방에선 그랬겠지. 하나 이 일과 같을 수가 있겠는가?
       그자는 우릴 감추기 위한 허수아비이고,
       적을 드러내게 하기 위한 미끼일 뿐이다.

놀라는 무휼과 정인지.

#15. 반촌 내 도축장(낮)
들어오는 채윤, 정별감, 박포, 초탁.
이때 들어가다 말고 순간 멈추는 채윤. 그리고 초탁.

서로 눈을 마주치더니 둘 다 칼자루로 손이 간다.

박포   왜 그래?
초탁   … 맹수가 있어.

하는 순간, 뭔가가 스윽 나오고
채윤, 칼집에서 칼을 뽑아 휘두르며 거의 베려다가, 멈춘다.
놀라 올려다보는데….
보면, 동물과도 같은 개파이다.
심상치 않은 얼굴로 서로 노려보는 개파이와 채윤. 이때,

가리온   (개파이의 뒤에서 E) 개파이!

하면 개파이, 바로 옆으로 비켜서서 무릎 꿇고….
나타나는 가리온. 해맑게 웃는 순박한 동네 아저씨 같은 느낌.

정별감   (웃으며) 허허, 가리온!

#16. 상림원 내 막사(낮)
무휼, 정인지, 이도….

정인지   하어… 가리온 그자를 전하께서 친히 만나시겠다는 것이옵니까?
이도   내가 매번 나가기는 어려우니 별수가 없질 않느냐?
정인지   하오나… 전하…, 그냥 강채윤의 보고를 들으심이….
이도   가리온의 전문적 소견을 강채윤이 다 알아들을지도 의문이다.
무휼   하오나… 그자는 반촌의 노비이옵니다. 백정이구요.
이도   무원록을 편찬할 당시!!
         검시에 관한 한 조선 제일이라 칭찬한 것이 무휼 자네야!
무휼   그렇사옵니다! 허나! 전하께서 반촌 노비까지 직접 만나,
         수사를 진두 지휘하실 필요는….
이도   진정 없는가?

무휼	…….
이도	나의 학사들이 죽어가고! 내가 백성에게 남기고 가려는 마지막 일이! 걸려 있는데…, 진정… 내가 그럴 필요가 없어?
무휼	(도저히 말리지 못하겠는) … 전하….
이도	허니… 수시로 들락거려도 아무도 의심치 않게… 데려오너라.
무휼	(보면)
이도	가리온 그자 말이다.

#17. 반촌 내 도축장(낮)
정별감이 가리온을 부르면서 아직 긴장한 채윤을 밀치고 나온다.

정별감	이게 얼마 만인가, 가리온!
가리온	(바로 굽실 인사하며) 아이고…, 정별감 나리…. 그간 무고하셨지요?
정별감	나야… 늘 그렇지 뭐.
채윤	(그런 가리온 보고)
초탁	(보는데)
박포	(그 둘을 보며) 이자가 조선 최고의 백정이자! 시신 검안에서도 조선 최고야!
가리온	(민망한 듯 아양 혹은 애교 떨며) 아이…, 왜 그러십니까? 소인 민망합니다요….
정별감	소를 때려잡는 주제에 교태로도… 조선 최골걸?
가리온	사내가 어찌 교태를 떤다 그러십니까? (하면서노 생긋 웃는네)
박포	어쨌든 성균관의 고기와 전하의 고기는 모두 이놈이 대고 있어.
채윤	(아직은 의심스런 눈빛으로 가리온 보며) 네놈이 고기 좀 써나보구나. 이젠… 검안 실력도 좀 보여다오.
가리온	(애교스런) 에이…, 그리 꼬나보시면… 소인 쫍니다요.

그런 가리온을 보는 채윤.

#18. 이도의 방 안(낮)
자리를 옮겨 왕의 옷을 입은 이도. 앞엔 정인지, 무휼 있다.

무휼   수사 방향을 잡는 데 있어 무엇보다 선행되어야 할 것은
            허담을 해친 자들이 전하의 일을 아느냐 모르느냐입니다.

정인지   예, 전하. 그들이 우리 일을 아는 것일까요?

이도   아니. 몰라.

무휼   (보면)

이도   (마치 경우의 수를 그리듯 손가락을 움직이며 빠르고 명석한 톤으로)
            안다면 두 가지의 목적이 있을 수 있다.
            이 일을 세상에 드러내기 위해! 아니면 방해하기 위해!

정인지   (보는)

이도   헌데 세상에 알리기 위해서라면… 비밀리에 사건을 저지르지 않는다.
            누가 왜 어째서 어떻게 저지르는지를 모두 공표한다.
            아니, 하다못해 자신들의 흔적이라도 남기지. 허니 그것은 아니다.

무휼   …….

이도   남은 것은 방해!
            그렇다면 방해하기 위해 허담을 죽이고 비바사론을 탈취했다?
            우리의 일을 위해 비바사론이 필요한 것이지, 비바사론 자체는 중요치 않다.
            비바사론이 구하기 힘든 책임은 분명하나,
            궁에서 사람을 죽여가면서까지 얻으려 할 이유가 없다.
            먼 길이지만 심양에 가서 구하면 돼.
            결론적으로 내가 무슨 일을 하고 있는지 알고 저지른 것은 아니다.
            아직 노출되지 않았어.
            오히려 알아내려는 것이 그들의 목적이라는 결론이 나온다.

정인지   …….

이도   즉, 그놈들은 비바사론인지도 모르고 탈취해간 것이다.
            탈취해간 다음은 더 궁금하겠지.
            대체 비바사론으로 무엇을 하고 있는지.
            허니 범행은 계속 될 거고, 더 깊어질 것이다.

무휼   허면… 강채윤이 미끼라 하신 뜻은…?

이도   우린 적들의 정체를 전혀 모르지 않느냐?
            허니… 강채윤을 움직여… 적의 시선을 그쪽으로 돌려야 하고…
            우린 그쪽을 주시해야 한다. 적의 움직임을 헤아려야 해.

무휼   (무슨 말인지는 아나 채윤이 의심스럽고 걱정되는데)
이도   (무휼의 표정을 보며) 왜 그러는가?
무휼   (채윤의 상처가 플래시백 된다. 얘기를 아직은 못하고) 그런 일을 맡기엔…
       그자의 성정이 좀….
이도   그래서 적임자다.
       아무것도 알아내지 못하고 바삐 움직이기만 할 것 아니냐?
무휼   (말은 하지 못한 채 걱정스러운데)

#19. 반촌 내 도축장(낮)
공개되는 허담의 시신. 보고 있는 채윤과 초탁, 박포.
설명하는 가리온.

가리온   (설명할 때도 상냥하고 애교스런 말투다) 보시니까 아시겠죠?
       둔기든 손발로든, 맞은 흔적이 전혀 없습니다요.
       칼에 찔린 흔적도 없고 독에 중독된 흔적도 없고, 미치겠습니다요.
초탁   뭐야? 그럼 돌연사라는 거야?

채윤은 그동안의 까불던 얼굴은 사라지고
가리온의 설명을 들으며 날카롭게 시신 이곳저곳을 살펴본다.
아무것도 없다. 다만 어깨 언저리에 점 같은 것이 하나 보일 뿐이다.

가리온   서도 그런가 했는데… 그러기에는 또 질식의 흔적이 보입니다요.
박포   목을 조른 흔적이 있어?
가리온   그건 또 아닙니다요.
채윤   (보는)
초탁   그럼 뭐야?
가리온   그니까… 끈으로 졸렸으면 목에 끈 자국이 있어야 하는데 그것도 온몸에 손
       상이 남아야 하는데 그것도 없굽쇼….
박포   장난해?
채윤   (점점 뭔가 이상한 느낌을 받고)
가리온   아니, 그러니까… 질식 중엔 말입쇼… (기도 가리키며) 요 부분 있잖습니까….

	요기… 요 부분이 기돈데… 음식을 먹다가 걸리거나 뭐 그랬을 때
	거기가 폐쇄되면 청색증이라고….
채윤	(더욱 심각해지는데)
가리온	피부하고 점막이 푸른색을 띠는데… 이분이 그렇습니다요.
채윤	(날카롭게) 허면 양쪽 손으로 목을 감싸 쥐고 돌아가셨느냐?
가리온	(놀라 보며) 어찌 아십니까요? 음식 같은 게 걸려 숨이 막히면
	양쪽 손으로 목을 감싸 쥐고 돌아가시지요.
	헌데… 또 그러질 않으셨습니다요.
채윤	… (놀라며 마음의 소리 E) … 아니다…!!?
초탁	디질래? 그럼 뭐야?
채윤	그 청색증이라는 것 말고는 다른 특이점은 전혀 없었느냐?
가리온	처음 왔을 때 허담 학사의 옷깃이 젖어 있었습니다요.
채윤	(속으로 헉!! 놀라며 마음의 소리 E) … 젖어…?
가리온	그래서… 혹… 독인가 알아보았으나…, 그것도 아니었습니다요.
	그냥 물이었습니다요.
채윤	(놀란 표정으로 마음의 소리 E) 건익사공이다…!

그런 채윤을 보는 초탁. 그 위로
으하하하 웃는 정별감의 소리 이펙트 되고.

#20. 반촌 내 연두네 주막(낮)
주막 평상에 정별감, 채윤, 초탁, 박포, 도담댁, 연두모(연두의 어머니) 있다.
채윤은 도담댁을 슬쩍 보고…
연두모는 채윤을 슬쩍 본다.

정별감	(막걸리 사발 들며) 자…, 한 잔씩들 해!
채윤	(도담댁이 신경 쓰여) 저는… 뒷간이…. (하며 허릴 잡고 가려는데)
정별감	앉어. 마셔. 공무 중 비리는 혼자 저지르는 게 아냐.
	다 같이 공범이 돼야 돼. 마셔.
연두모	정별감 나리는 원칙이 너무 확고하셔.
정별감	그렇지? (하며) 마셔 마셔….

하면, 박포, 채윤, 초탁 등 모두 술 마시는데…
채윤, 긴장한 채 도담댁을 슬쩍 본다.

연두모   (눈은 채윤에게 가 있으면서 초탁에게) 처음 뵙는데 두 분, 어디서 오셨어요?
박포   응. 북방 떨거지.
초탁   이 자식이 또! (하며 싸우려 드는데)

이때 '행수님!' 하며 끝수와 연두가 들어온다.
끝수를 보는 채윤. 어린 시절 자신을 협박했던 자다. 다시 긴장.

채윤   (바로 배 잡으며) 이제 도저히 못 참습니다.
         한 잔 했으니 이제 뒷간 가도 되죠?

하며 나가려는데… 그제야 채윤을 본 끝수.

끝수   낯이 익은데….
채윤   (긴장) 내 얼굴이 그리 흔해 보여?
끝수   그게 아니오라…. (하고 조아리면)

채윤은 나가는데… 그 뒤로.

도담댁   (초탁에게 푸근한 분위기로) 밀리서 오셨는데 기숙할 곳은 있으십니까?
초탁   아직은 그냥 겸사복 숙소에 있다.
도담댁   원래도 양반들께서 과거 보러 오실 때면 여기서 기숙하십니다.
         큰돈 들지 않으니…, 여기서 기숙하시지요?

그 소리를 뒤로 하며 가는 채윤.

#21. 궁 일각(낮)
채윤이 심각한 얼굴로 걸어가고 있는데 뒤에서 달려오는 초탁.

초탁	봤지? 그 여자 나만 쳐다보는 거.
채윤	(생각에 잠긴 채로 안 들리는 듯 걸으면) …….
초탁	(그런 채윤을 보고) 야!
채윤	(그제야 보며) 어…?
초탁	(이상하다는 듯) 너 아까… 분명히 뭔가 알아챘지. 그치?
채윤	(잡아떼며) 뭘?
초탁	귀신을 속여라. 너 검안소에서 분명히 뭔가 알아냈어.

하는데도, 그런 초탁은 무시하고 생각에 빠져든 듯 가는 채윤.

#22. 궁 일각(낮)
은밀한 일각에 심각한 표정으로 혼자 있는 채윤.

채윤	(마음의 소리 E) 건익사공은 스승님의 암살비기다.
	헌데 누가… 어찌….

하며 회상에 잠기는 채윤.

#23. 북방 막사 안(채윤의 회상, 4부 14씬과 같은 씬)
갑자기 막사 안으로 뭔가가 데굴데굴 굴러들어온다.
병사들, '뭐야 저거?' 하는 얼굴로 보다간 경악!
보면, 변발한 여진족의 머리다.
보면, 너덜너덜한 옷에, 새까만 팔뚝의 번개 모양 상처.
역시 새까만 얼굴에 눈만 희번덕거리는 중간 아역의 똘복이 서 있다.
다들 놀라서 보는데….

똘복	(무릎을 꿇으며 간절하게) 여진족 목을 베어왔어요… 받아주세요….
병사들	(저놈 뭐야! 기겁해 보며) 너 이 새끼 뭐야???
똘복	똘복이라고 합니다. 한짓골… 똘복이.

벌러덩 누워 있다가 몸을 일으키는 한 사람.

북방군복을 입은 이방지다. 흥미롭게 그 광경을 본다.

#24. 북방 전쟁터(채윤의 회상)
번개 모양의 상처가 먼저 보이면,
중간 아역의 채윤, 눈을 희번덕거리며 싸우고 있다.
죽기 살기로 칼을 휘두르는 채윤(아직 무술 테크닉은 전혀 없음).
한 명씩 죽여나가다가, 거구의 적군과 마주 선다.
으아악!! 기합 내지르며 거구에게 칼을 휘두르는 채윤.
칼을 맞은 거구의 적군 쓰러지면…
쓰러지는 모습 뒤로 드러나는 성인 채윤의 모습.
얼굴에 피 칠갑한 모습으로 거칠게 숨을 몰아쉰다.
고개 들면, 주위에 적군들 모두 쓰러져 있고…
채윤의 옆으로 역시 칼을 들고 숨을 몰아쉬고 있는 초탁.
이때, 말달려 오는 소리.
채윤, 초탁 보면… 김종서 장군이 병사들을 거느리고 온다.
재빨리 부복하는 채윤과 초탁.
말에서 내려, 막 전투가 끝난 현장을 둘러보는 김종서.

김종서 장하다. 너희들이 참으로 큰 공을 세웠구나!
채윤   (군기 바짝 들어) 무슨 일이든 분부만 해주십시오.
        (하며 고개 드는데 번뜩이는 눈빛에서)

#25. 북방 다른 전쟁터(채윤의 회상)
앞 씬의 번뜩이는 눈빛 이어지며, 거친 숨과 살기를 뿜어내는 채윤.
그런 채윤 주위로 원을 만들어 둘러싸고 있는 20여 명의 여진족.
그 주위로, 모두 죽어 쓰러진 채윤의 동료들 보인다.
혼자만 남아 꼼짝없이 포위된 채윤인데…
그런 채윤을 잡아먹을 듯 노려보며 점점 포위를 좁혀오는 여진족.
채윤, 칼을 두 손으로 바짝 잡은 채 절망적인 상황인데…
이때, 수풀에서 바스락하는 소리 들리며
누군가 수풀 뒤에서 나오는데…, 이방지다.

채윤과 눈이 마주치는 이방지(세월 지나 나이 든 모습).

채윤 　(악을 쓰듯) 도망쳐요, 어르신!!

그러나 아무 표정 없이 채윤 쪽으로 슥슥 걸어오는 이방지.
채윤, 더욱 칼을 바짝 잡아 쥔다.

채윤 　(이방지 향해 악쓰며) 오지 말라니까! 도망쳐요!!!

하는 순간, 이방지가 출상술을 쓰기 시작,
여진족의 머리 위로 붕 날아오르더니
순식간에 여진족이 추풍낙엽처럼 쓰러지기 시작한다.
경악하는 채윤.
이방지가 엄청난 무술과 출상술을 쓰며 여진족을 쓸어버린다.
채윤, 순간 자기도 모르게 넋을 놓고 그 모습을 보는데…
날듯이 여진족을 휩쓸어버린 이방지가 착지하는 순간,
마지막 남아 있던 여진족 한 명마저 쓰러진다.
모두가 죽었다. 채윤, 눈앞에서 벌어진 광경을 믿기 힘든 표정인데….

이방지 　(칼 넣으며 채윤에게 동네 삼촌처럼 아무렇지 않게) 괜찮냐?
채윤 　(대체 내가 본 게 뭐야? 하는 느낌으로 말을 잃고 이방지를 보는데)
이방지 　그렇게 매번 앞장섰다간… 디져… 알어…?
　　　　(하고 쯧쯧쯧 하며 돌아서 가는데)
채윤 　(멍하니 그 뒷모습 보다가 번뜩하며 정신 차리고는) 어, 어르신…!!!
이방지 　(돌아보면)
채윤 　(얼른 와 이방지 앞에 무릎을 꿇는다)
이방지 　(보고)
채윤 　(들끓는 눈빛으로 올려다보며) 가르쳐주십쇼.
이방지 　(뚱하게 보며) 뭘…?
채윤 　지금 제가 봤던… 모든 것… 말입니다.
이방지 　… 왜?

채윤	(결연하게) 원수를… 갚아야 합니다….
이방지	(보다가) 원수? 누구 죽일라고?
채윤	예. (결연하고 간절한 눈빛인데)
이방지	(냉소로 비웃듯) 그래서 그렇게 잠도 안 자고 칼만 갈구 그런 게냐?
채윤	(보며) ……!
이방지	사람을 살리기 위해 칼을 든다 해도 말릴 판인데,
	죽이기 위해서 든다? 됐다…. (하고 냉정하게 돌아서려 하면)
채윤	(다급하게 다리 붙잡으며) 알려주십쇼! 무엇이든 다 하겠습니다.
	그러니 제발! 제발!!
이방지	(매몰차게 뿌리치며) 놓거라!

이방지의 발길질에 나뒹구는 채윤.
이방지, 뒤도 안 돌아보고 가버리는데…
채윤, 어쩔 줄 몰라 두리번거리다 떨어뜨린 칼을 다시 든다.

채윤	(두 눈 번뜩이며 이방지의 뒷모습을 노려보고) 그럼 죽어….
이방지	(멈칫)
채윤	안 가르쳐줄 거면… 죽이고 가라구, 개새끼야!!
이방지	(돌아보면)
채윤	(눈에 독기 어리며) 어차피 아까도 죽을 뻔했어. 아니!
	나 매번 죽으려고 달려들어!! 왜?
이방지	(진지하게) 무슨 사연인지 모르겠는데… 잊고 살어.
채윤	(오히려 핏발 선 눈으로 노려보며) 잠도 안 자고 칼을 가냐고?
	왜 그러겠어?
이방지	(보는데)
채윤	안 자는 게 아니라 못 자서 그런 거야….
	눈을 감으면… 눈만 감으면… 우리 아부지…. (말을 못 잇고는)
이방지	(보는데)
채윤	내가 잠만 왔어도… 잊었을 거야. 그까짓 일… 잊었을 거라구!!!
이방지	…….
채윤	그래서 칼만 갈았어! 그렇게 살았어! 그래야 내가 살았어!! (눈물 흐르고)

이방지   (한심하다는 듯 보다가 그냥 돌아서서 가는데)
채윤   (절규하듯) 덤벼, 이방지! 날 살렸으면 어떻게든 하라고!!!

          하며 이방지를 향해 달려드는 채윤.
          순간 이방지가 뒤돌며, 칼집에서 뽑지도 않은 검을 한 손으로 든 채
          툭툭 치면, 채윤이 그대로 쓰러진다.

이방지   (앞에서와는 다르게 싸늘하고 진지하게) 죽기 살기로 했어도,
          네놈은 고작 그 정도일 뿐이다.
채윤   (쓰러진 채 헉헉 숨 몰아쉬며 노려보고)
이방지   난 무사가 아닌 자와는 싸우지 않는다…. (갑자기 버럭) 썩! 꺼지거라!!

          그러나 다시 기합 지르며 덤벼드는 채윤.
          이방지, 다시 몇 합 안에 채윤을 쓰러뜨린다.

이방지   무사가 아닌 자와는 싸우지 않는다 했다!! (하고 돌아서는데)
채윤   (버럭 E) 무사처럼 싸울 순 없어도!!
이방지   (멈칫하고 돌아보면)
채윤   (두 손으로 제대로 칼을 잡고 검기를 내뿜으며) 무사처럼… 죽을 순 있다.
          덤벼라, 이방지.

          두 눈을 희번덕거리는 채윤을 약간 놀라며 보는 이방지에서.

          #26. 궁 일각(낮)
          회상에서 돌아온 채윤.

채윤   (마음의 소리 E) 스승님….

          #27. 연무장(낮)
          여러 개의 짚단이 단번에 후드득 조각나며 떨어진다.
          무휼, 화려한 검술을 펼치며 수련하고 있는데….

F. B - 3씬.
채윤의 팔뚝에 보이던 흉터.

무휼   (수련 계속하며 마음의 소리 E) 어찌… 내 도흔이 그자에게 있단 말인가.
         그자를 벤 적이 있단 말인가.

         이때, 인기척을 느낀 듯 갑자기 빠르게 휙 돌아서는 무휼.
         보면, 정인지다.
         긴장 풀고서 칼을 넣으며 예를 취하는 무휼.

정인지   (웃으며) 허허…, 역시 조선 제일검일세.
무휼   (씁쓸하게 웃으며) … 조선 제일은 아니지요.
정인지   (보면) 한 번 패한 적이 있다…, 또 그 말씀인가?
무휼   어렸을 때라 해도… 패한 것은 패한 것이니까요.
정인지   20년도 지난 일이네. 그때보다 훨씬 고강해지지 않았는가.
무휼   세월은 누구에게나 공평한 법…. 그자에게도 마찬가지였겠지요.
정인지   허허….
무휼   (혼자 읊조리듯) 이방지…. (생각에 잠기듯) …….

#28. 산 일각(낮, 무휼의 회상)
피투성이가 되어 바닥에 쓰러지는 무휼. 20년 전의 젊은 모습이다.
숨을 헉헉거리는 무휼의 목에 겨눠지는 칼.
카메라 틸업하면, 역시 젊은 시절의 이방지가 칼을 겨누고 있다.

무휼   (졌으나 치욕스럽지 않은 느낌으로 결연하게) 내가 졌다. 베어라.
이방지   (칼을 겨눈 상태에서 무휼을 보고)
무휼   (보는데)
이방지   (갑자기 칼을 거둔다. 그러고는 말없이 돌아서 가면)
무휼   (그런 이방지의 뒷모습에 대고) 베라! 베고 가라, 이방지!
이방지   (돌아보지 않은 채 멀어져가고)
무휼   어찌 이런 모욕을 주는가! 죽이고 가라! 이방지!!!

무휼, 외치는데 돌아보지 않고 가는 이방지의 뒷모습.

#29. 궁, 소주방(낮)
지밀상궁과 목야, 덕금, 가리온 있는데…
근지가 들어오며….

근지   확인 마쳤습니다.
지밀상궁   (흡족한 듯) 그래, 지난번에도 고기 질이 좋더구나. 수고가 많았다.
가리온   (깍듯이) 예…. 허면 소인은 이만…. (하는데)

지밀상궁, 가리온에게 말없이 눈짓을 한다.
가리온, 무슨 뜻인지 알아채고 바로 무릎을 꿇으면…
소주방에 있던 궁녀들을 모두 데리고 나가는 지밀상궁.
그러자 소주방 벽에 있는 미닫이문이 차례로 열린다.
첫 번째 문이 열리면 내금위 군관들 서 있고…
그 뒤에 있는 문이 열리면 운검들 서 있고…
그 다음 방문이 다시 열리면… 발이 하나 쳐져 있고,
그 뒤로 이도가 앉아 있다. 가리온의 시선으로는 보이지 않을 위치.
가리온, 고개 들지 않고 부복한 채 있는데….

이도   네가 허담 학사의 죽음을 타살일 것이라 확신했다지?
가리온   (떨며) 예… 예…. 전하.
이도   (다시 날카롭게) 사인은 알아냈느냐?
가리온   예….
이도   누구에게 얘기했느냐?
가리온   분부대로… 아무에게도 얘기하지 않았습니다.
이도   무엇이냐?
가리온   (침 한 번 꿀꺽 삼키고) 예, 전하. 그것이….
이도   (보고)
가리온   건익사공이라는… 암살비기이옵니다.
이도   (눈 빛나며) 건익… 사공이라?

이방지   (E) 이것은 건익사공이라 하는 살법이다.

#30. 숲 일각(낮, 채윤의 회상)
이방지, 대나무 대롱을 들고 채윤에게 가르치고 있다.

이방지   고작 한 홉의 물로 사람을 익사시키는 것이다.
채윤   그것이, 가능합니까?
이방지   이 암살비기를 알고 있는 자가 아니라면…
         그 누구도 사인을 밝혀낼 수 없다.
채윤   (눈 빛내는데)

#31. 소주방(낮)
이도, 흥미로운 얼굴로 가리온의 말을 듣고 있다.

이도   비강에 한 홉의 물을 채워… 익사시킨다?
         고작 그 정도의 물로, 어찌 가능하단 말이냐?
가리온   우선, 약 세 치 정도의 대롱이 필요하옵니다.

#32. 집현전 복도(허담 암살 장면 + 채윤 훈련 장면 + 가리온 내레
    이션 몽타주)
대나무 하나를 들고 집현전 복도를 걸어들어오는 윤평.
입 쪽은 열린 반가면을 쓰고 있다. 그 위로

가리온   (E) 대롱에 소량의 물을 넣어….

윤평, 방문 앞에 멈춰서더니 입구에 놓인 화병에 대롱을 꽂는다.
물을 빨아올리는 대나무 CG.

#33. 숲 일각(낮, 채윤의 훈련 장면 회상)
물을 잡은 대나무 대롱 이어지며…
채윤, 입으로 쏘아서 또 다른 대나무 구멍에 넣는 연습을 하고 있다.

그러나 물이 잘 들어가지 않는다. 그 위로

가리온   (E) 입으로 훅 쏘아 목표물에 명중시키는 것이옵니다.

#34. 집현전 내 방(밤, 암살 장면)
집현전 내, 방으로 은밀히 들어가는 윤평.
공부하고 있던 허담, 뭔가 인기척을 느끼고 고개를 든다.

허담   (어둠 속을 바라보며) 거 누구요…? (하며 일어서는데)

윤평, 대나무를 휙 불면 물이 발사되어 허담의 코에 정확히 들어간다.
헉, 하며 고개를 뒤로 젖히는 허담. 그 위로.

가리온   (E) 이때, 코에 들어간 물이 밖으로 흐르지 못하도록 막으면….

재빨리 허담의 턱을 잡아 고개를 숙이지 못하게 막는 윤평.
허담, '윽…!' 단발마의 비명을 지르는데….

#35. 숲 속 일각(낮, 채윤의 훈련 장면)
대나무 구멍에 물을 쏘는 채윤.
드디어 정확하게 구멍 속으로 물이 들어간다.

가리온   (E) 그 상태로 비강이 막혀 익사하는 것이옵니다.

#36. 궁 일각(낮)
현재, 채윤. 회상에서 돌아와 생각에 잠겨 있다.

채윤   (E) 스승님의 암살비기가… 어찌 쓰였단 말인가…?

#37. 소주방(낮)
역시 심각한 표정의 이도, 생각에 잠겨 있다가는…

이도	너는 그것을 어찌 알았느냐?
가리온	아이구…, 전하…. 소인은 아니옵니다.
이도	네가 범인이라 하는 것이 아니니… 말해보거라.
가리온	이런 수법들은 원래, 북방의 오랑캐들이… 말을 고통 없이 죽이기 위해 개발한 것이라 하옵니다요…. 근데… 아마도… 그게 황실로 전해지면서… 암살 비법이 된 거라 하옵구요…. 소인의 아비가 오랑캐 지역을 유랑한 적이 있어… 전해 들었습니다요.
이도	앞으로도 수사에 핵심이 될 만한 일은 나와 무휼… 우리 둘에게만 보고해야 한다.
가리온	아이구…, 어명 받잡겠습니다요.
이도	…….

#38. 궁 일각(낮)

가리온, 아직도 떨리는 듯 가슴을 쓸어내리며 걸어나오고 있다.

이때… 누가 불쑥 앞을 가로막는다.

놀라서 보면… 조말생이다.

가리온, 얼른 예를 취하는데…

조말생	(의심 가득한 표정으로) 넌 반촌의 노비가 아니냐?
가리온	예예예…, 그러하옵니다요.
조말생	반촌 노비가 여긴 어인 일이냐?
가리온	소를 도축하여… 고기를 들이러… 왔습니다요….
조말생	사옹원(司饔院 : 왕과 궁궐의 음식물을 공급하는 궐내 기관)은 이쪽이 아니질 않느냐?
가리온	… 아, 예…. 전하의 고기는 수라간 상궁마마께… 직접 전하고 있습니다요.
조말생	어찌하여?
가리온	예…. 전하께서… 워낙 고기를 좋아하시니… 검사를 맡느라굽쇼….
조말생	(의심으로) … 그렇다고… 반촌의 백정을 궁 내밀한 곳으로 들인다…? 알았다. 가보거라.
가리온	예…, 소인 이만… 물러갑니다요…. (하고 급히 빠져나가는데)
조말생	(그런 가리온을 의심 가득한 표정으로 보는 데서)

#39. 이도의 방(낮)
책 읽는 이도. 앞에 앉아 은밀히 얘기하는 정인지.

정인지   전하…, 우리 계원들은… 어찌할까요?
이도   (책 읽으며 낮고 빠르게) 어찌하다니?
정인지   아직 전하와 소인들이 하고 있는 일의 전체를 모른 채,
         임무를 수행하고 있는 자들이 있사옵니다.
이도   해서?
정인지   알려야 하는 것이 어떤는지요?
이도   (빠르게 OL) 아는 것이 더 위험하다.
정인지   (보면)
이도   허담이 죽은 사인을 들으니 더 확신이 드는구나.
         사인도 밝혀내기 어려운 방법으로 은밀히 살해한 것은,
         이 일을 계기로, 우릴 움직여, 알아내려는 것이다.
정인지   해서 계원들의 행동에 제약과 변화가 생기면
         적들이 바로 알아챌 것이란 말씀이시옵니까?
이도   (끄덕하는데)
정인지   하오나 이미 고인설과 허담이 죽은 상황이니…
         일의 정체를 알고 있는 계원들이라도 회합하여, 조심하라… (하는데)
이도   (말 끊으며 빠르게) 회합. 그것 또한 적들이 바라는 일.
정인지   (보면)
이도   은밀히 연통하여… 각 계원들에게 개별적으로 알려라.
         다음 명이 내려질 때까지 절대 움직이지 말라고.
정인지   예…, 전하.

#40. 이신적의 집무실(낮)
이신적, 장은성, 정별감 있고….

정별감   강채윤이란 자가…
         굳이 지가 맡겠다고, 나서는 바람에… 그리됐습지요.
이신적   전하께서 아끼시는 집현전에서 일어난 일이네.

의금부에서 수사를 맡으면, 모두가 알게 될 것이니,

그것을 저어하신 것이겠지. 그런 성상의 뜻을 모르겠는가?

장은성   (어? 하는 느낌으로 이신적 보고) ?

정별감   (잠시 눈치 보다가) …… 지당하신 말씀입니다!

이신적   하루빨리 사건을 명명백백히 밝혀,

전하의 심기를 편안케 해드려야 할 것이야. 단…

정별감   ……?

이신적   수사 보고는 나에게 했으면 좋겠는데….

내 앞으로… 자네를 도울 일이 많을 것이야….

정별감   아…, 그… 그럴 생각이었습니다.

#41. 사찰 마당(낮)

박팽년, 이순지, 장성수가 있다. 박팽년 짜증 난 표정이다.

성삼문이 휘적휘적 온다.

박팽년   (버럭) 대체 뭐 하다가 이제야 오는 것인가!

이순지   (한숨) 어찌 자넨 늘상, 도착하기로 한 시각에 출발을 하는 겐가?

성삼문   (진지하게) 어찌 늘상 도착하기로 한 시각에 도착을 하는 겁니까?

박팽년   뭐라? 이자가 뭐라는 것이야!

성삼문   (씩 웃으며) 내 늘상! 늦게 오거늘,

늘상! 일찍 와서 날 기다린단 말인가? 늘상.

장성수   (썰썰 웃는나)

박팽년   (어이없어) 장교리께선 어찌 웃으십니까?

장성수   (웃으며) 자네들은 어찌… 매번 성수찬에게 당하기만 하는 겐가?

박팽년   (진지하게 정색하며) 제가요? 제가 뭘 당했습니까?

이순지   (역시 어이없는데, 어딘가를 보고 얼른 예를 취한다) 오셨습니까.

박팽년, 성삼문도 돌아보면… 최만리가 오고 있다.

예를 취하는 두 사람.

#42. 사찰 안(낮)
최만리, 성삼문, 박팽년, 이순지, 장성수 등 학사들 모여 앉아 있고….

박팽년   (최만리에게) 허담 교리의 죽음에 관해서, 항간에 이상한 소문이
          떠돌고 있습니다. 혹시 아시는 것이 있으신지요?
장성수   (어두운 표정이었다가 일부러 밝게 모르는 척) 이상한 소문이라니?
성삼문   장교리께선 듣지 못하셨습니까? 허담 교리가… 살해되었다는….
최만리   (버럭) 살해라니! 어찌 선비된 자가, 세간의 풍설을 입에 담아,
          도리를 어지럽히려 하는 겐가!
성삼문   아니…, 제가 그런 것이 아니라… 소문이….
장성수   아니, 그런 소문이 있단 말인가? 어찌 나만 모르지?
이순지   전하께서 집현전을 지으신 뒤 하루도 문을 닫은 적이 없는 곳입니다.
          헌데 어찌 3일씩이나…. 이상한 일이 아닙니까….
최만리   학사들은 내일부터 등청하라는 전갈이 내려왔다.
          집현전은 내일부터 다시 열 것이야.
성삼문   (혼자 놀라) 내일부터요??
최만리   왜? 무슨 문제가 있나?
성삼문   아… 아니옵니다. (에이씨…)
최만리   (학사들을 둘러보며) 헌데, 어찌 윤필이 보이지 않는가?
학사들   (서로 보며 모르겠다) …….
최만리   설마 윤필, 이자가, 집현전을 열지 않는다고,
          어디서 게으름을 피우고 있는 것인가?
          윤필을 보거든 당장 내게 오라 이르거라!

#43. 안향 사당(낮)
도담댁, 종이 한 장을 보며….

도담댁   이자는….

어둠 속에 부채를 든 사내. (얼굴은 보이지 않는다)

사내	집현전… 학사다.

도담댁, 종이를 촛불에 태우면, 타들어가는 이름. 尹必(윤필).

도담댁	말씀하신 대로 되고 있습니다.
사내	…… .
도담댁	허담의 급사 사건을 수사하라는 명이 내려졌고,
	겸사복이 그 일을 맡았습니다.
사내	겸사복은 의외로구나. 무휼이 나설 줄 알았는데….
도담댁	오히려 잘된 것이 아닙니까…?
	반촌의 도축소에 은밀히 검안소가 차려졌고,
	이제 겸사복들이 수시로 드나들 테니….
사내	그들의 움직임을 면밀히 살펴야 할 것이다.
	학사 윤필의 일 또한, 한 치의 실수도 있어선 아니 된다.
도담댁	여부가 있겠습니까? 평이가 오는 대로,
	단단히 일러두겠습니다. 윤필은 언제…?
사내	(부채를 들며) 오늘 밤!
도담댁	!

#44. 궁 일각(밤)
다급한 얼굴로 달려오는 정인지.
오고 있는 무휼과 마주친다. 무휼 뒤에 정득봉 있고….

무휼	어딜 그리 급히 가십니까?
정인지	전하… 전하께선 어디 계시는가!
무휼	(이상해서) 이 시각이면 늘 그곳에….
정인지	(급히 가려는데)
무휼	(막으며) 가시면 안 됩니다…. 아시지 않습니까?
정인지	급한 일이네! (밀치고 가면)
무휼	(심상치 않게 보는데)

#45. 비서고 내 비밀의 방 앞(밤)
급히 달려오는 정인지.
문 앞을 지키고 서 있는 지밀상궁, 정인지를 보고 놀란다.

지밀상궁   어인 일이십니까? 지금은 들어가실 수 없습니다!
정인지   고해주시게! 전하를 봬야 하네!
지밀상궁   아니 됩니다.
정인지   한시가 급하네!

하는데, 안에서 들려오는 '아…' 하는 신음 같은 근지의 목소리.
정인지, 멈칫해 보면,

이도   (E) 다시 해보거라….
근지   (E) 아….
이도   (E, 고민하는 듯) 바람 소리를 조금 더 넣어보거라.
근지   (E, 숨 내뱉듯) 하….
이도   (E) 너무 넣었다. 소리를 조금만 높여보거라.
근지   (E) 아….
지밀상궁   (정인지를 밀어내며) 돌아가십시오.
정인지   급하다 하지 않았는가! 어서 고하시게!

하는데, 문 열리는 소리 들리며,
광평대군이 살짝 열린 문틈으로 고개만 빼꼼 내민다.
(방 안의 모습은 전혀 보이지 않는다)

광평   무슨 일이오?
정인지   마마…, 학사 윤필이… 보이지 않습니다!
이도   (E) 뭐라?

하면, 광평이 뒤로 물러나고 고개를 내미는 이도. 긴장한 표정이다.

이도   (나지막이 비장하게) 찾아라. 윤필을 최대한 빨리, 은밀히 찾아야 한다.

#46. 궁 일각(밤)
오고 있는 채윤과 초탁.

채윤   그날 밤 허담 학사가 번이었다구?
초탁   서리 하나가 해시경에 뒷간에 갔다 오는 걸 봤다니까, 그때까진
         살아 있었던 게 분명해.
채윤   그럼… 그 서리가 마지막 목격자겠네.
초탁   안 그래도 물어봤는데, 서리보다도 늦게까지 남아 있던 학사가 한 명
         있었다더라구. 근데 그 사람이…
채윤   누군데?
초탁   학사 윤필.
채윤   윤필?

F. B - 6씬.

윤필   나는 집현전 학사 윤필일세.

초탁   근데… 오늘 모임에 그 학사가 안 나왔대.
채윤   (생각하며) ……
이도   (E) 윤필이… 언제부터 보이지 않았단 말이냐.

#47. 이도의 방(밤)
이도, 정인지, 광평 있다.

정인지   어제 이후로 보이질 않았답니다.
         등청하지도 않았고, 집에도 없었습니다.
광평   (이도 보며) 안 그래도 오늘 주자소(鑄字所 : 활자를 만들어 책을 찍던 부서)에
         나오지 않았기에… 걱정은 하였습니다만….
이도   (고민하듯) ……

정인지	허담을 죽인 자들과 관련이 있는 것 아니겠습니까?
이도	두 가지 경우다.
	하나…, 그들이 윤필을 어찌했다.
	둘…, 윤필이… 자신의 의지로 뭔가를 하려고 하고 있다….
정인지	예? 자신의 의지라니요?
이도	허담을 마지막으로 만난 것이 윤필이다.
	회합을 금지했으니, 보고하지 못한 다른 일이 있을 수도 있지….
	더구나 가장 절친한 사이가 아니었나….
광평	(놀라 보다간) 두 번째 경우라면… 그나마 다행입니다.
이도	(자르며) 아니. 그게 더 위험해.
정인지	(위기감으로 보면)
이도	(심각) 최대한 빨리… 은밀히… 윤필을 찾아야 한다….

#48. 집현전 내 방(밤)
불이 켜져 있지 않아 어두운 실내.
누가 은밀히 들어온다. 윤필이다.
허담이 앉았던 책상으로 다가와 더듬거리며 뭔가를 찾기 시작한다.
그러다간 책상 밑에서 찾은 듯 꺼낸다.
작은 나무통인데… 뚜껑을 열면 나오는 돌돌 말린 비단 띠.
뭔가가 적혀 있지만 어두워 보이지 않는다.
비단 띠를 보다간 서둘러 다시 통에 넣는데.

#49. 집현전 앞(밤)
오는 채윤과 초탁.

초탁	근데… 집현전엔 왜 또 가? 다 봤잖아?
채윤	내일부터 다시 연다잖아. 혹시 놓친 게 있나 다시 봐놔야지.
	옛말에 그런 말이 있지. 현장은 모든 걸 알고 있다! (하고 앞서간다)
초탁	(가는 채윤 보며 혼잣말 구시렁) 그런 말이 어딨어? (하고 따라간다)

#50. 집현전 내 방(밤)
들어오는 채윤과 초탁.
초탁, 촛불을 켜려는데, 갑자기 멈칫하는 채윤. 손을 들어 초탁을 막는다.

초탁   (긴장) 왜?
채윤   (긴장된 눈으로 방 안을 훑으며) 뭔가 있어….

채윤의 시선으로 보이는 어둠에 싸인 방.
긴장되는 음악이 흐르고….
초탁, 주머니에서 천천히 쇠구슬을 꺼낸다.
채윤, 역시 천천히 자세를 잡는다.
그렇게, 숨죽이고 방 안을 주시하는데….
순간, 쿵!! 하는 빠른 음악과 함께,
몸을 날려 마당 쪽과 연결된 창호지 문을 부수고 도주하는 누군가!

채윤   (놀라) 잡아!!!

#51. 집현전 앞(밤)
튀어나온 윤필, 뛴다.
뒤늦게 튀어나온 채윤과 초탁.

채윤   (다급히 초탁에게 오른쪽 길을 가리키며) 넌 지쪽!

채윤과 초탁 갈라져서 뛴다.

#52. 궁 일각(몽타주, 밤)
미친 듯이 뛰는 초탁.
이 악물고 날듯이 뛰는 채윤.
겁에 질린 얼굴로 다급히 뛰는 윤필.

#53. 궁 외진 일각(밤)

뛰어오는 채윤. 그러다 멈춘다.

어디로 갔는지 모르겠는 듯 다급한 표정으로 주위를 두리번거린다.

그러다가는 모퉁이를 도는데, 저만치 뛰어가는 윤필의 뒷모습이 보인다.

다급히 뛰다간 품에서 비단 띠를 꺼내 펼치는 윤필.

그 띠를 그대로, 세워져 있는 화톳불을 향해 던진다!

채윤과 윤필의 거리, 약 백 보!!!

채윤, 놀라 뛰는데, 이때, 저쪽 반대편에서 나타나는 초탁.

윤필, 뛰다간 앞쪽에 나타난 초탁을 보고 놀라 방향 바꾸는데,

채윤   (다급히 초탁에게) 잡아!!

초탁, 쇠구슬을 꺼내 발등에 떨어뜨리고는 날린다.

윤필, 가슴 부위에 명중. 나가떨어진다.

화톳불 속의 비단 띠는 계속 타들어가는 모습.

채윤, 잽싸게 주위를 살핀다.

주위에 아무도 없자, 눈빛을 빛내는 채윤. 자세를 잡더니,

출상술을 써, 엄청난 속도로 바람처럼 날아오는 채윤!

화톳불 속에 손을 집어넣어 비단 띠를 집어올린다.

서둘러 기절한 윤필의 목을 짚어보는 초탁.

초탁   괜찮아. 그냥 기절한 거야. (하다가 얼굴 보더니 놀라)
         이 사람… 윤필 학사 아냐…?
채윤   (놀라 얼굴 확인하며) 윤필?

윤필의 얼굴을 확인하는 채윤.

초탁   어쨌든 정별감한테 보고하고, 겸사복청으로 데려가자.
채윤   (윤필 보고, 타다 만 비단 띠를 보며) 윤필이 왜…?
초탁   (윤필 업으려며) 헌데, 여전하다, 너….
채윤   (보면) 뭐?

초탁   그… 출상술.

채윤   본 사람은 없겠지?

초탁   (기절한 윤필 보고는) 응, 아무도. 그래도 궁에선 조심해.

초탁, 기절한 윤필을 일으켜 세우려는데, 이때, 들리는 부엉이 소리.
채윤과 초탁, 순간 멈칫한다.

초탁   부엉이… 소리 아냐?

채윤   쉿!!

주위를 살피는 채윤.
고요한 궁 안에 부엉이 소리만 울리는데,
그 순간, 어둠 속에서 날아오는 표창!
연속해서 몇 개가 날아온다.
놀란 채윤과 초탁, 화려한 무공으로 날렵하게 피한다.
채윤, 표창을 모두 피한 후 자세를 가다듬고 보는데,
이내 경악하는 얼굴.
보면, 나무 위에서 엄청난 속도로 내려오는 반가면을 쓴 누군가.
기절한 윤필을 잡아채 다시 바람처럼 날아오른다.
도약력에 의해 파이는 땅 클로즈업.
채윤, 점점 경악해 보는데!

초탁   (역시 경악해) 추… 출상술이다!

채윤, 날아오른 윤평을 쫓아 자세를 잡고 출상술을 시전하려는데,
이때, 뒤에서 들려오는 호각 소리.
초탁, 돌아보면, 군사들이 횃불을 들고 달려오고 있다.
군사들을 보고는 출상술을 포기하는 채윤.
이를 악물며 윤평이 사라진 쪽을 노려보는데.

#54. 궁 다른 일각(밤)
다급히 뛰는 군사들의 발 클로즈업.
궁 곳곳에 군사들이 배치된다.

군관   (E) 궁 안에 침입자가 있다! 경계를 철저히 하라!!

#55. 이도의 방 안(밤)
책을 읽고 있던 이도와 광평. 놀란 얼굴.

이도   (책을 덮고 올려다보며) 침입이라니?

        이도의 앞에 무휼, 겸사복장, 우림위장이 서서 보고하고 있다.
        광평은 조용히 얼른 옆쪽으로 빠져 앉는다.

겸사복장 집현전에 침입자가 있어 겸사복 강채윤이 쫓았사온데.
이도   (자르며) 집현전에 침입자가 있었다? 누구냐!
무휼   … 학사 윤필입니다.
이도   윤필…….
겸사복장 바로 추포를 하였으나,
        또 다른 침입자가 나타나 학사 윤필을 데려갔다 하옵니다.
우림위장 허나, 바로 궁 안팎에 2중, 3중으로 경계를 강화했으니, 궁을 빠져나가진
        못했을 것이옵니다.
이도   (더욱 경악하는데… 하지만 이내 감정을 추스르며 표정 감추곤)
        어찌 이런 해괴한 일이 있단 말이냐….
        (지엄하게) 반드시 찾아내어, 그 목적과 배후를 밝히도록 하라.
모두   예!!

        하고는 겸사복장, 우림위장 나가면.
        바로 표정이 변하는 이도. 옆에서 그런 이도를 보는 광평의 표정.

이도   (분노해) 이런 젠장할! (하다가 감정을 다스리며)

(생각을 정리하듯 빠르게) 윤필이 집현전에 몰래 들어갔고, 해서
강채윤이 추포를 하였는데, 또 다른 침입자가 윤필을 빼내갔다?

무휼   (보는데) 예…, 강채윤의 보고를 그대로 믿는다면요….

이도   …! 강채윤에게 수상한 것이 있더냐?

무휼   아니… 없사옵니다. 허나….

이도   (보며) …….

무휼   이 모든 일들이 궁에 강채윤이 오고 나서 벌어진 것입니다.

이도   강채윤은 차후의 일이다. 지금은 침입자를 잡는 것과 윤필을 찾는 것,
두 가지만 생각하거라.

무휼   예.

하고 무휼 나가면….

이도   윤필… 윤필이 납치를 당했다면… 주자소….
넌 어찌 생각하느냐?

하는데, 아무 소리도 들리지 않는다.
옆에 앉아 있던 광평, 옆방에 대고 작은 소리로 말한다.

광평   전하께서 하문하시지 않느냐!

그러자, 다른 쪽 문이 살짝 열리며
어둠 속에 소이의 모습이 문틈으로 살짝 보인다.
작은 종이 한 장을 내미는 소이.

이도   (종이를 보곤) … 뜻이 통했구나.
소이…, 주자소로 가거라. 그리고… 네 뜻대로 하거라.

하곤 바로 종이를 촛불에 태우면….

#56. 궁 일각(밤)

군사들 바쁘게 오가고.

정별감, 정렬해 있는 겸사복들에게 지시를 내리고 있다.

정별감 옆에 박포 있고.

정별감   모두 지시가 있을 때까지, 각자 맡은 구역을 절~대! 벗어나면 안 된다는
        내금위장의 명이시다! 알았으면 빨리빨리들 움직여!!

겸사복들 (일제히 흩어지면)

정별감   (짜증스럽게) 내가 말년에 대체 이게 뭔 꼴이야! 잠도 못 자고.
        이게 다 저놈 때문에…. (하며 어딘가를 보면)

한쪽에 쪼그려 앉아 있는 채윤. 멍하다. 옆에 초탁 있다.

정별감   야, 강채윤. 너 진짜 똑바로 얘기한 거 맞지?!
        니가 말한 대로 보고 다 올렸다구.

박포   진짜 윤필 학사였어?
        윤필 학사가 몰래 집현전에 들어갔단 말이야?

정별감   아니, 두고 온 게 있어 잠깐! 아주 잠깐 들어갔을 수도 있는 거지,
        그걸 그냥 덜컹 때려잡아? 학사 나리를?

채윤   (멍하니 대답 없다) …….

정별감   너 만약에 문제 생기면, 모든 책임은 니가 지는 거다.
        (강조하며) 나는 모르게! 너 혼자 벌인 일이니까! 알았어?

채윤   (여전히 멍하기만 한데) …….

박포   헌데, 아까부터 왜 이리 멍해. 못 볼 거 본 사람마냥.

이때, 누가 '정별감!!' 부르면,

'예예!!' 굽신굽신하며 박포를 데리고 얼른 달려가는 정별감.

초탁   (정별감이 멀어지자 채윤에게, 작게) 아까… 그놈 봤지…?

채윤   어….

초탁   출상술이야. 그것도 아주… 엄청난 수준의… 출상술….

채윤   (진지하게) 거의 내 수준이었어….

초탁   내 보기엔… 너보다 더 나은 거 같…

채윤   (순간 확 째리면) !

초탁   (얼른) 뭐 비등비등한 거 같더라! 그 정도면.
        근데… 누굴까? 어떤 놈이… 출상술을 쓰는 거야?

채윤, 고민하다가 품에서, 타다 만 비단 띠(53씬)를 꺼내 펼친다.
비단 띠에 쓰인 글자 '君那彌欲(군나미욕)'이 보이는데….

채윤   군… 나… 미… 욕…. 맞나? 이게 뭔 말이야.

초탁   근데 너… 이건 왜 보고 안 해?

채윤   (심각하게 보는데) …….

#57. 궁 다른 일각(밤)
군사들 삼삼오오 왔다 갔다 하는 가운데…
은밀히 어딘가로 가는 궁녀(소이)의 모습이 보이는데.

채윤   (E) 여기지?

#58. 궁 외진 일각(밤, 53씬과 같은 곳)
윤평이 윤필을 데리고 사라진 자리에 와 있는 채윤과 초탁.

초탁   응. (어딘가를 가리키며) 분명 저쪽으로 날아갔어.

채윤, 날카로운 눈빛으로 윤평이 날아간 쪽을 살핀다.
그러다간 뭔가를 발견한 듯 달려가는 채윤.
나무 밑에 다다라 올려다보면, 나무의 굵은 가지가 한 방향으로 꺾여 있다.

채윤   저거다….

초탁   뭐야 저거?

채윤   출상술은 첫 도약을 할 때, 엄청난 힘이 실리지.

땅이라면 패이고, 나뭇가지라면 꺾이고, 기와라면 깨지지.
(꺾인 나뭇가지 가리키며) 저게 바로 그놈의 첫 도약 지점이야.

초탁 (나뭇가지 보면)

채윤 (계산하며) 출상술 한 보로 갈 수 있는 최대 거리는 20보야….
나뭇가지가 꺾여 있는 방향으로 봐선…. (하는데)

초탁 넌 20보지만… 아까 그놈은 더 될 거 같던데….

채윤 (확 째리고는) 아니라니까!

초탁 알았어…, 알았어….

채윤 자식이…. 하여간… 뒤쪽으로는 군사들이 있었고….
동쪽이랑 북쪽엔 지지할 도약물이 없어.
그렇다면… 놈이 도주한 방향은 서남쪽이야! (가리키며) 저쪽으로 20보! 저기!

하고 잽싸게 뛰어가는 채윤. 초탁 따라가면.

#59. 궁 어느 전각 지붕 위(밤)
깨져 있는 기와.
채윤과 초탁, 지붕 위에 서서 기와를 보고 있다.

채윤 내 예상이 맞았어!
(하다간 초탁에게) 봤지? 이놈도 20보밖에 안 돼.

초탁 뒤끝 있네. 알았어. 20보. 에이…. (하고 주위 두리번거리며)
그래. 그다음은 어딜까…

채윤 분명히… 아직 궁을 빠져나가진 못했어.

보면, 기와가 일정한 규칙 없이 조각이 나 있다.
채윤, 주위를 둘러보는데….

#60. 궁간문 앞(밤)
경비를 서고 있는 경비병들에게 다가가는 소이의 뒷모습.
경비병들, 소이를 발견한다.

경비병   항아님…, 이 시각에 돌아다니시면 안 됩니다.
        소식 못 들으셨습니까?

        하는데, 품에서 패를 꺼내 보이는 소이.
        경비병들, 패를 보고는 얼른 길을 터주면.
        문으로 들어가는 소이의 뒷모습.
        저만치 주자소가 보인다.
        그리로 향해 가는 소이의 뒷모습.

        #61. 주자소 안(밤)
        불이 켜져 있지 않아 어둡다.
        안으로 들어오는 소이, 활자들이 죽 진열되어 있는 큰 장 앞에 선다.
        그러고는 진열된 활자들을 잠시 뚫어지게 보더니
        활자 몇 개를 이리저리 바꾸기 시작하는데, 이때!!

윤평   (음산하고 나지막이 E) 누구냐….

        어둠 속에서 들려오는 목소리에 경악하는 소이.

        #62. 주자소 근처 일각(밤)
        바삐 가는 채윤과 초탁. 멈춘다.

초탁   아이…, 여기서부터는 알 수가 없네….
채윤   (심각하게 생각하며) …….
정별감   (E) 야! 니들!!

        보면, 정별감과 박포가 오고 있다.

박포   여서 뭐 하는 거야! 맡은 자리 이탈하지 말란 말 못 들었어?
채윤   이쪽에서 뭔가 수상한 움직임이 있는 거 같아서….
박포   (자르며) 수상한 움직임은 무슨! 코빼기도 안 보이더구만!

또 여기저기 쑤시고 다니면서 일 만들지 말고, 따라와!

하고는 채윤과 초탁을 끌고 가는데, 순간, 놀라 멈칫하는 초탁.

초탁	채윤아… (킁킁 하더니)
채윤	왜.
초탁	이 냄새….
박포	냄새라니? (하고 킁킁거린다)
채윤	(그 순간 느낀 듯 눈이 커지면)
초탁	이거….
채윤	유황?
정별감	유우~황? 네깟 놈들이 그걸 어찌 알아?
채윤	확실합니다. 북방에선… 일 년 내내 이 냄새가 진동을 했어요. 이거 유황입니다.

하고는, 손가락에 침을 발라 바람의 방향을 확인하는 채윤.

채윤	저쪽이야…. (하고 주자소 쪽을 가리킨다)
정별감	(믿지 않으며) 궁에 어찌 유황이 있단 소리야?

채윤의 시선이 어딘가로 향하면, 모두 따라서 보는데….
그 순간, 쾅!! 하는 소리!
놀라서 돌아보는 채윤의 얼굴로 불빛이 확 번진다.
초탁과 정별감, 박포의 얼굴에도 불빛이 번지는데!

#63. 궁 일각(밤)
다급히 달려오는 금화군들. 물통을 지게로 짊어지고 온다.

#64. 주자소 앞(밤)
'불이야!! 주자소에 불이 났다!!' 여기저기서 소리 들리고,
달려오는 군사들과 궁녀들.

채윤과 정별감, 초탁, 박포도 달려온다.
정별감과 박포, 불을 끄기 위해 이리저리 뛰는데.
주자소 앞에 병사 하나가 쓰러져 있는 것을 발견하는 채윤.
다가가는 채윤. 목에 칼에 베인 상처가 있다.

채윤   (초탁에게) 놈이 저 안에 있다. 저리로 들어갔어! (하고 들어가려는데)
초탁   (채윤 잡으며) 미쳤어? 안 돼! (하는데 안에서 유황이 다시 폭발)

사람들, 놀라며 뒤로 확 물러나는데
채윤, 다급히 이리저리 보다간
정별감이 들고 오는 물 양동이를 뺏어서 자기 몸에 들이붓는다.
그러고는, 그대로 불길로 뛰어드는 채윤!
정별감, 초탁, 박포, 경악하는데.

초탁   채윤아!!!

따라들어가려는 초탁을 부여잡는 정별감과 박포.

#65. 궁 일각(밤)
급히 달려오는 무휼과 정득룡. 멀리서 소란스러운 소리가 들린다.

#66. 주자소 앞(밤)
금화군들이 불을 끄고 있고, 소란스러운 상황.
이때, 무휼과 정득룡이 달려온다.

무휼   어찌 된 것이냐!
정별감   (얼른) 그것이 갑자기 쾅 하는 소리가 나더니, 주자소에 불이….
무휼   !!
초탁   채윤이가 안으로 들어갔습니다! 채윤이가요!
무휼   (놀라) 뭐라? 강채윤이?

무휼, 다급히 불타고 있는 주자소를 돌아보는데,

이때, '나온다!!' 소리가 들리며, 불길 속에서 나오는 누군가의 모습.

점점 가까워져오면… 누군가를 업고 나오는 채윤이다!

'채윤아!!' 외치며 달려가는 초탁.

채윤, 기침을 하며, 업고 있던 사람을 내려놓는다.

무휼, 놀라서 그 모습을 보는데. 이내 뭔가를 보고는 더욱 기함한다.

보면, 채윤이 내려놓는 누군가. 소이다.

소이, 쓰러진 채 기침을 하며 정신을 차리지 못하는데….

초탁　　(채윤에게) 야, 너 괜찮아? 괜찮은 거야?

하는데, 그런 초탁을 밀치며 소이의 멱살을 잡는 채윤.

채윤　　(살벌한 눈빛으로) 누구야….
초탁　　(소이가 범인인가 싶어 놀라 보는데)
무휼　　(E) 무슨 짓이냐!

달려온 무휼, 채윤의 손을 쳐내려는데,

소이밖에 보이지 않는 채윤. 오히려 무휼을 밀쳐내며,

소이의 멱살을 더욱 거세게 잡아올린다.

채윤　　누구야. 그놈 누구야!

화난 얼굴로 채윤에게 다가오다, 순간, 경악하는 무휼.

소이의 멱살을 잡고 있는 채윤의 희번덕거리는 눈빛을 경악해 본다.

그 위로, 2부 23씬 상황이 이펙트로 들린다.

똘복　　(E) 누구냐고!!

F. B - 2부 23씬.

똘복	(특유의 말투로) 나… 한짓골 똘복이야.
	누구야? 누가 시킨 거야!!

소이의 멱살을 잡은 채윤의 살기 어린 눈빛.

채윤	(눈빛 희번덕거리며) 그놈 누구냐구!!!
무휼	(마음의 소리 E, 경악하며) 그 아이다…. 그 한짓골… 똘복!

경악한 무휼의 얼굴과 눈을 희번덕거리는 채윤, 사경을 헤매는 소이에서
3분할 엔딩.

제 6 부

世宗_{솅종}御_엉製_졩訓_훈民_민正_졍音_흠

나랏말ᄊᆞ미

中_듕國_귁에달아

文_문字_{ᄍᆞ}와로서르ᄉᆞᄆᆞᆺ디아니ᄒᆞᆯᄊᆡ

故_공로愚_우民_민이有_{ᅌᅮᇢ}所_송欲_욕言_언

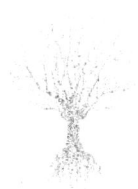

#1. 주자소 앞(밤)
소이의 멱살을 잡은 채윤의 살기 어린 눈빛.

채윤   (눈빛 희번덕거리며) 그놈 누구냐구!!!

F. B - 2부 23씬.

똘복   (E) 누구냐고!!

무휼   (마음의 소리 E, 경악하며) 그 아이다…. 그 한짓골… 똘복!

경악한 무휼의 얼굴과 눈을 희번덕거리는 채윤,
사경을 헤매는 소이. (5부 엔딩 지점)
소이의 멱살을 잡은 채윤에 놀란 정별감과 박포, 급히 달려와 말린다.

박포   왜 이래! 무슨 짓이야 너!
초탁   (주위 살피곤) 야! 정신 차려!

하고 보면, 소이는 정신을 잃어가고 있다.
얼른 채윤의 손에서 소이를 떼어내는 초탁과 박포, 정별감.

정별감   (와 있는 근지, 목야, 덕금에게) 어서 데리고 가시오!

근지, 목야, 덕금, 소이를 부축해 가면.
채윤, 여전히 살벌하고 날카로운 눈빛으로 가는 소이를 보는데…
그런 채윤을 보고 있는 무휼. 경악해 얼어붙은 얼굴에서 dis.

어린 똘복   (E) 너 때문이야! 너 때문에 죽는 거라구! 너 때문이야!

#2. 소이의 방(낮)
헉 하며 깨어나는 소이. 식은땀 흘리며 괴로워하다가,
속옷에 매달려 있는 '복' 자 주머니(똘복이 것처럼 패치워크 형식에,
복 자가 잘못 새겨져 있는 복주머니)를 꺼내 본다.
복주머니를 꽉 움켜쥐며, 호흡을 고르는 느낌.

덕금   (E) 또, 그 꿈이야?

보면, 덕금이 소이를 간호한 듯, 물수건을 들고 있다.

덕금   (복주머니 밉지 않게 째려보며) 그건 또 왜 다시 만들어서, 차고 잔대…?
        그러니까 꿈자리가 편할 리가 없지….
소이   (반응하지 않고) …….
덕금   근데… 주자소엔 왜 간 거야? 윤필 학사께서 계신 걸 일고 간 거야?
소이   (윤필? 하는 느낌으로 보면)
덕금   몰랐구나? 주자소에서 윤필 학사의 시신이 나왔어….
소이   (놀라 눈이 커지며) !!!
근지   (E) 글쎄 안 된다지 않소!

#3. 소이의 방 앞(낮)
불쾌한 얼굴의 근지와 근엄한 얼굴의 목야, 방 앞을 막고 서 있다.
보면, 채윤이 있다.

근지	아직 몸이 성치 않다니까요.
채윤	몸이 성치 않다 해도 말은 할 수 있을 것 아니오.
목야	(전혀 어울리지 않는 근엄한 목소리로) 말을 못하오.
채윤	(놀라) 그게 무슨 소리요? 얼마나 아프길래 말을.
근지	(말 끊으며) 아파서가 아니라 원래 말을 못한다고.
채윤	……!
목야	(근엄하게) 허니 추후에 다시 오시오.
근지	아이구…, 목소리만 들으면 대비마마만 줄 알겠네.
채윤	허면… 확인시켜주시오.
근지	(짜증 난다는 듯) 어우 정말! (목야에게) 야, 소이 그냥 나오라 그래!
	대체 밤마다 뭘 하고 다니길래 이 난리야?
목야	(근엄하게) 경박하구나….
근지	(따라 하며) 경박하구나?

이때, 방문이 열리며, 수척한 얼굴의 소이가 나온다.
채윤, 소이를 보고. 소이, 채윤을 보는데….

#4. 이도의 서재(낮)
어둡다. 어디선가 들어오는 한 줄기 햇살이 보인다.
의자에 앉아 침잠해 있는 이도. 정인지가 들어온다.

정인지	전하…. 어젯밤 일로 편전이….
이도	(말 끊으며, 힘없이) 또… 사람이 죽었다…. 또….
정인지	전하….
이도	(멍하니, 슬프게) …….
정인지	(눈치 보며) 송구하오나… 편전으로… 납시셔야… 하옵니다.
이도	(힘겹게 몸을 일으키며) … 가야지…. 가야지.

#5. 편전(낮)
이신적, 조말생, 황희, 장은성 등등 대신들 모여 있다. 소란스러운데….

조말생	대체 이 무슨 해괴한 일이란 말입니까?
	주자소가 불타고… 궐에서 사람이 죽다니!

이신적은 심각한 표정으로 말이 없고, 다른 대신들 웅성거린다.

#6. 편전 밖 마당(낮)
전 씬과는 달리 결연한 얼굴의 이도.

내관	(이도를 보고 놀라 예를 취하며, 편전 안에다 아뢰려) 주상 전… (하는데)

이도, 그런 내관을 밀치고 문을 벌컥 열고 들어간다.

#7. 편전 안(낮)
소란스럽게 떠들다, 갑자기 들어온 이도를 보고 놀라는
이신적, 조말생, 장은성, 황희 등 대신들.
순식간에 홍해가 갈라지듯 좌우로 갈라지며, 머리를 조아린다.
이도, 좌우의 대신들을 보며, 가운데로 걸어들어가다 중간에 서는데….

이신적	전하…, 간밤에 변고가 있어… (하는데)
이도	(말 끊으며, 카리스마 있게) 어젯밤, 궐 안의 두 가지 문제점이 드러났소.
대신들	(뭔가 싶은데)
이도	하나. 주자소 화재의 초동 대처가 속히 이루어지시 않았소.
	일각이 지나서야 불길을 잡다니! (황희를 확 보며) 의정부는!
황희	(보며) 예, 전하.
이도	(빠르게) 금화도감(禁火都監 : 조선시대 방화 업무를 맡은 관청) 편제에 문제가
	없는지 점검하고, 관원의 수를 늘리도록 하시오.
황희	명 받잡겠사옵니다.
이도	(OL) 둘. 궐 안에 침입자가 발생하다니! 있을 수 없는 일이오!
	이 책임은 반드시 물을 터! (이신적을 확 보며) 우상은 겸사복장에게,
	어젯밤 일을 책임질 각오로, 과인에게 직접 보고를 올리라 하시오.
대신들	(모두 이도의 기세에 눌려 머리만 조아리고 있는데)

조말생	(나서며) 하오나 전하…. 이 일은 겸사복에게만 맡길 수 없는 일이옵니다.
이도	(보면)
조말생	집현전 학사가 궐 안에서 변고를 당했사옵니다! 이제 의금부에서 사건을 맡아.
이도	(자르며) 바로 그것이오!
조말생	(보고)
대신들	(보면)
이도	우리가 지금 논해야 할 것이 그것이오! 윤필의… 죽음…!
조말생	…….
대신들	…….
이도	(빠르게) 주자소? 다시 지으면 되지. 침입자? (조말생 보며) 경의 말대로
	잡아내고, 다시는 이런 일이 없도록 하면 될 일!
	허나, 윤필의 죽음만은!!! 되돌릴 수 없소…….
대신들	…….
이도	(다시 냉정해진 얼굴로) 하여, 과인은! 반드시 범인을 잡아,
	윤필의 넋을 위로하고, 국법의 지엄함을 보일 것이오!
대신들	…….
이도	(장은성을 보며) 또한… 윤필의 장례에 한 치의 소홀함도 없어야 할 것이오.
	알겠소?
장은성	예, 전… 하….

하는데 듣지도 않고 그대로 확 나가는 이도.
이신적, 조말생 등 대신들, 말없이 이도가 나간 문만 보는데….

#8. 겸사복청 취조실(낮)
종이와 세필 붓이 놓여 있고, 소이 앞에 채윤이 있다.

채윤	말을 못한다 들었습니다…. 어젯밤 일에 대해서 몇 가지 물을 것이니…
	협조를 잘해주시면 빨리 모셔다드리겠소.
소이	(고개를 끄덕한다)
채윤	그 시각 주자소에 어찌 갔습니까?
소이	……! (뭔가를 쓰기 시작한다, 그러고 건네면)

	(N) 내게 어찌 그런 것을 묻는 것이오? 겸사복이 내게 물어야 할 것은… 사건을 해결할, 정황과 단초일 터!
채윤	(종이를 보고) 광평대군 방의 나인이 주자소에 갈 일이 뭐란 말이오!
소이	(쓰고, N) 날 의심하는 게요!
채윤	이유를 말하시오!
소이	(다시 쓰며, N) 주자소에 간 것은 광평대군의 심부름이었소! 그리고 그 일이 무엇인지는 겸사복 따위가 감히 물을 바가 아니오!
채윤	(읽고는 그런 소이를 보곤) 좋습니다. 그럼 다시 묻겠습니다. 내가 어제 주자소에서 본 것은, 나인과 그놈이 함께 있는 것이었소.
소이	(보고)
채윤	어찌하여 그 괴한은 지근에서 자신을 목격한 나인을… 살려둔 것일까… 궁금합니다. 어찌 생각하시오?
소이	(더욱 분노해 노려보다 빠르게 쓰며, N) 그 또한 내게 물을 것이 아니라, 겸사복이 직접 밝혀내야 할 일! 지금 겸사복이 내게 물어야 할 것은, 범인을 잡아낼 정황과 단초가 아니겠습니까?
채윤	(읽고는, 한번 해보자는 듯) 허면 묻겠습니다. 나인께서 제게 말씀해주실 단초가 있습니까?
소이	(거침없이 쓰며, N) 그 범인은 8척 정도의 장신에, 얼굴을 반쯤 가리는 가면을 썼고…
채윤	(쓰는 걸 보다가) 나도 함께 본 것들이 아니오.

멈추고 듣다가 갑자기 뭔가를 그리기 시작하는 소이.
채윤, 보면, 엄청 복잡한 문양이다.

채윤	(그림 보며) 이게 무엇이오?
소이	(쓰며, N) 그자는 쇠팔찌를 차고 있었고 이건 그 문양이오.
채윤	……! (하다가 바로 황당하다는 듯) 그 짧은 순간에 이 복잡한 그림을 외웠단 말이오?
소이	(쓰며, N) 난 한 번 본 것은 모두 외울 수 있소.
채윤	(어이없다) 뭐라…. 그걸 믿으라는 겁니까?

빠르게 뭔가를 다시 써서 채윤에게 내미는 소이.
채윤, 이번엔 또 뭐야? 확 빼앗아 보다간 놀란다.
놀라서 보다간 그대로 서책을 들고 뛰어나가면.

#9. 취조실 앞 복도(낮)
달려나오는 채윤. 벽에 붙어 있는 이번 달 겸사복 번 순서표 앞에 선다.
그리고 소이가 쓴 것을 보면, 번 순서표와 정확히 일치한다.
채윤, 믿기지 않는 얼굴인데….

#10. 취조실(낮)
들어오는 채윤.
소이, 내 말이 맞지? 하듯 채윤을 보고 있다.

채윤   진정… 한 번 본 것을 모두 외울 수 있단 말이오…?
광평   (E) 그렇네.

들어오는 광평. 채윤과 소이, 얼른 예를 취하면.

광평   소이는 한 번 본 것은 그림이든 글자든 모두 기억해내는 재능이 있네.
채윤   …….
광평   그리고… 어젯밤 주자소에 간 것은 내가 윤필에게 빌린 책을
       갖다주라는 심부름 때문이었네.
채윤   심부름… 이요? (하고 슬쩍 소이 보면)
소이   (무표정한 얼굴로 있고)
광평   소이에게 물을 것이 더 남았는가.
채윤   …….
광평   (소이에게) 더 고할 것이 있는가?
소이   (고개를 젓는다) …….
광평   허면 그만 가보아도 되겠지. (하곤 소이를 데리고 나가면)

소이가 그린 문양을 보는 채윤. 정리되지 않는 복잡한 얼굴인데….

#11. 주자소(낮)
불에 탄 주자소 앞에 겸사복들이 경비를 서고 있다.
생각에 잠겨 오는 채윤. 불에 탄 주자소를 한 번 보고는 들어간다.

#12. 주자소 안(낮)
불에 그을린 자국들 남아 있고.
초탁, 박포 있다. 들어오는 채윤.
가리온이 불에 탄 윤필의 시신에 거적을 덮어놓았다.

채윤   (다가와 가리온에게) 어때?
가리온   (고개 조아리며) 자상이나, 다른 외상은 없습니다….
채윤   그럼…?
가리온   들어가서 폐장을 살펴보겠습니다요….
         폐장에서 이물질이 발견되면 화연에 의한 질식일 것입니다….
채윤   화연이라…. (뭔가 심각하게 생각하고) 이번엔 불이란 말인가….
         흙… 물… 그리고 불…….
가리온   (수습하다 그 말을 듣고 멈칫)! 예? 어인 말씀이십니까?
채윤   아… 아닐세….

하고, 다른 곳을 살피는 채윤, 초탁.
그것을 보는 가리온의 심상치 않은 얼굴.

가리온   (채윤을 보며, E) 분명, 흙, 물… 불이라 했어….
         허담이 물인 것을 안단 말야…?

이때, 채윤과 슬쩍 눈이 마주치자, 얼른 시선을 피하는 가리온.
복잡한 얼굴로 시신 수습에만 몰두하는 척을 하는데….
그 순간, 문이 쾅 열리며,
잔뜩 졸아든 얼굴의 정별감이 달려들어온다.

정별감   야야야야, 강채윤! 너 빨리빨리… 아이구, 힘들어…. 편전으로 가봐!

채윤	편전이요?
정별감	(사뭇 비장하게) 전하께서… 널… 찾으신다….
초탁	(놀라) 예? 전하요?!
채윤	(전하? 긴장하는데) ……!! 무… 무슨 일로…?
정별감	아마… 어젯밤 일이겠지…? 니가 그놈을 쫓았으니… 아마도 포상을!!
채윤	(긴장한 채로) …….

#13. 연무장 내 방(낮)
무기 몇 가지가 진열되어 있고…
홀로 앉아 있는 무휼. 깊은 생각에 잠겨 있다.

| 무휼 | (마음의 소리 E) 그 아이가 정녕… 똘복이란 말인가…. |

ins. cut – 2부 24씬.

| 똘복 | (눈알을 희번덕거리며 차가운 미소로) 임금 배때지엔 철갑 둘렀어? |

ins. cut – 2부 26씬.

| 이도 | (약간은 흥분이 된 듯) 내가… 살린… |
| 이도 | (기절한 똘복의 얼굴을 보며) 첫 번째… 백성이다! |

ins. cut – 4부 58씬.

| 채윤 | 전하께서 내려주시는 술 한 잔 받기를 청하옵니다. |

생각에서 깨어나는 무휼. 결심을 굳힌 듯 표정이 매서워진다.

무휼	(밖에 대고) 득룡이 밖에 있느냐.
정득룡	(들어온다) 예, 영감.
무휼	겸사복 강채윤을 신무문(경복궁 북문) 밖으로 데리고 오거라.

정득룡   예! (하고 나가려는데)
무휼   은밀히… 데려와야 할 것이다.
정득룡   (놀란 듯 보다가는) 예…! (하고 나가면)

무휼, 어두운 얼굴로 장 하나를 연다.
천에 싸인 칼이 하나 나오고… 천천히 천을 푸는 무휼.

무휼   (마음의 소리 E) 어쩔 수 없다…. 채윤…, 아니… 똘복!

천을 모두 풀고 칼을 보는 무휼. 비장하고도 매서운데….

#14. 궁 일각(낮)
채윤, 긴장한 얼굴로 오다간 멈춰선다.
품에 숨겨뒀던 작은 단도를 꺼내 보는 채윤. 발목에 숨긴다.
그렇게 다시 가다간 멈추는 채윤. 발목의 단도를 다시 꺼낸다.
단도를 보며, 어찌해야 하나… 안절부절 긴장돼 미치겠는 데서 cut.

#15. 편전 밖(낮)
오는 채윤. 애써 침착한 얼굴인데.
내금위 군관들, 채윤을 멈춰 세운다.

채윤   겸사복 강채윤입니다….

군관들, 기다리고 있었던 듯 채윤의 몸을 수색하는데…
긴장감 있는 음악이 흐르며.
점점 긴장되는 얼굴의 채윤.
군관들, 채윤의 온몸을 확인하고는 내관에게 눈짓하면….

내관   (안에 대고) 전하! 겸사복 강채윤 들었사옵니다.

짧게 심호흡을 하는 채윤. 눈빛을 빛내며 들어간다.

#16. 편전 안(낮)
부복하는 채윤.

채윤   (긴장된 목소리로) 전하···, 찾아 계시옵니까···.

보면, 저 멀리 왕좌에 앉아 있는 이도. 채윤과의 거리 약 30미터.
이도의 주위로 내금위 군관들이 배치되어 있다.
부복한 채윤의 긴장된 얼굴.
이도, 그런 채윤을 보는 데서.

#17. 은밀한 일각(낮)
무휼, 어두운 얼굴로 나무 밑에 서 있는데.
정득룡이 급히 달려온다.

무휼   (정득룡 혼자 오자 의아해) 어찌 혼자 오는 것이야.
정득룡   (급히) 전하께서 강채윤을 부르시어, 편전으로 갔답니다!
무휼   (경악) 뭐라?! (다급히 뛰면)

#18. 편전(낮)
집중한 얼굴의 이도.

이도   해서, 주자소에서 그놈을 보았단 말이냐?
채윤   (부복한 채로) 예···, 전하···.
이도   (몸을 앞으로 조금 빼며) 소상히 말해보거라.
채윤   그것이··· 소인이··· 물을 뒤집어쓰고··· 주자소로 들어갔는데 말입니다···.

#19. 주자소 안(회상, 밤)
물에 흠뻑 젖은 채로 가마니를 쓰고 들어오는 채윤.
여기저기서 불길이 치솟고, 서까래가 떨어지자 피하는 채윤.
사람을 찾기 위해 안을 두리번거리는데,
불길과 연기 속 너머로 서 있는 사람의 모습.

놀란 표정의 소이다. 놀라는 채윤, 그 뒤로 가면을 쓴 윤평이 보인다.
소이와 윤평을 번갈아 보는 채윤!
윤평과 채윤을 번갈아 보는 소이의 놀란 표정!
채윤, 가마니를 벗으며, 천천히 칼을 뽑는다.
채윤과 윤평이 시선을 교환한다.
그러다 윤평, 채윤을 보며 가면 밑으로 나온 입이 씨익 웃는다.
그러고는 뒤의 연기와 불길 속으로 유유히 사라진다.
쫓으려는데, 그때 놀란 채 서 있던 소이가 픽 하고 기절한다.
쫓으려다 멈추고 쓰러진 소이를 보며 당황하는 채윤.

#20. 편전 안(낮)
이도와 채윤이 있다.

채윤   하여… 그자를 쫓지 못하고…
       그 나인만 안고 불 속에서 나왔사옵니다….

이도   화재가 나기 전에… 이미,
       주자소 앞에 가 있었다던데… 맞느냐?

채윤   예…, 전하…. 그놈의 행적을 쫓다가….

이도   어찌 주자소인 것을 알았느냐?

채윤   …… 그게….

이도   말해보아라.

채윤, 고개를 들어 이도를 보며, 눈빛을 빛낸다.

#21. 궁 일각(낮)
급히 궁 일각을 뛰어오는 무휼. 정득룡이 따르고 있다.

#22. 편전 안(낮)
(앞 씬 연결)

채윤   그 괴한이… 윤필 학사를 납치할 때 말이옵니다….

이도   (보며) ……

채윤   소인이… 설명을 하기 위해, 좀 일어나도 되겠사옵니까….

이도   그러거라.

천천히 얼굴을 들고 일어나는 채윤. 뭔가 긴장한 표정이다.

채윤   (일어서서) 그렇게 날랜 자는 처음… 보았사옵니다….
          아니…, 날래다기보다는 하늘을 날았다고 할까요?

이도   (보며) …….

채윤   나무 위에서 펄럭이듯 내려와서는…
          (시늉을 하며) 이렇게 윤필 학사를 잡고…
          (마치 본인이 뛸 듯이 도약 자세를 잡으며) 이런 자세로….

하는데, 문이 벌컥 열리고 무휼이 들어오며,

무휼   (E) 멈춰라!

채윤   (놀라 자세 멈추며) !!

이도   (놀라 한 번 보고는) 무슨… 일이냐?

무휼   송구하옵니다, 전하…. 하오나… 편전이옵니다….

이도   (뭔가 이상한 듯 보며) …….

무휼   (채윤에게 근엄하게) 이곳은 그리 몸을 마음대로 가눌 수 있는 곳이 아니니라!
          무릎을 꿇어, 부복하고 예를 다해 아뢰거라.

채윤   예에…, 영감…. (하고는 무릎을 꿇는다)
          (하고는 무휼의 눈치를 한 번 보고, 다시 이도에게) 다시 아뢰겠사옵니다….
          그 괴한이 윤필 학사를 잡고, 나무 위로 날아올라갔사온데…
          그 자리에 땅이 패여 있었사옵니다.

이도   땅이 패였다…?

채윤   예… 그자가 어떤 고강한 무예로 그리한 것이라면…
          도약할 때마다 아마도… 그런 흔적을 남기는 것이 아닐까 생각하였사옵니다.
          하여, 그 흔적을 쫓아… 주자소에 이르게 되었사옵니다….

이도   그래…? 허나… 그렇게 신출귀몰한 자가 사라진 방향을,

단번에 유추하긴 어려울 텐데….

채윤 나무 위에 올라가보니, 그자가 뛴 가지가 꺾여 있었습니다.
     나무 높이가, 5장 정도 되니, 아마, 뛰는 것은 최대 20보 내외….
     하여, 20보가 반지름인 원에 내접하는… 공간을 훑어보았사옵니다.

이도 (감탄하여 미소 지으며) 그래서?

채윤 예…. 남쪽은 내금위 군사들이 달려오고 있었고,
     동쪽은 별다른 도약의 지지물이 없었사옵니다.
     하여 서남쪽으로 길을 잡아보니, 기와가 깨진 흔적이 있었사옵니다.
     그렇게 하나씩 쫓다보니… 주자소에 이르게 된 것이옵니다.

이도 (웃는다) 이자의 재기가 실로 감탄스럽지 아니한가?

무휼 (무표정) …….

이도 그래, 그래! 이름이 뭐라 했던가?

채윤 신, 겸사복… 강… 채윤이라 하옵니다.

이도 그래! 잘하였느니라! (하고 웃는다)

웃는 이도와 머리를 조아린 채윤, 무표정한 무휼의 모습.

#23. 편전 밖(낮)
채윤, 긴장된 표정으로 나온다.
날카로운 눈빛으로 한 번 편전 쪽을 뒤돌아본다.
긴장이 풀리는 듯, 심호흡을 하며 가다듬는 모습이다.

채윤 (마음의 소리 E) 이도….

이도 (웃음소리 E)

#24. 편전 안(낮)
이도와 무휼이 있다.
인재를 발견하고 기분 좋은 듯 너털웃음을 짓는 이도.
하지만 여전히 무휼은 어두운 얼굴이다.

이도 (미소 지으며) 저자가… 예상과는 달리 참으로 총명하지 않으냐?

무휼	…….
이도	(웃으며) 북방 전장에 있던 자가,
	어찌 저리, 생각하는 것이 치밀하단 말이냐….
	역시 사람을 신분이나 복색, 지위로 알아볼 수는 없는 것이다….
무휼	(낮고 무겁고) 전하…
이도	그래…, 말하거라…. 아깐 어찌 그런 것이야?

#25. 궁 일각(낮)

16씬과 같은 궁 일각.

오는 채윤, 멈춰선다.

주위를 살피고는, 상투에 숨겨 꽂아두었던

작은(약 8센티미터) 은침을 꺼낸다.

그러고는 옆에 있는 낮은 담 기왓장 밑에서 자신의 단도를 꺼내고,

단도의 손잡이 부분에 은침을 숨기는 채윤.

채윤	(마음의 소리 E) 잘했어…. 잘한 거야….
	(스스로를 달래듯) 기껏해야 성공률 5할 정도의 상황….
	(심호흡을 하며) 잘 참은 거야….

채윤, 자신의 단도를 다시 품에 숨기고, 상투를 매만진다.

채윤	(마음의 소리 E) 어사주…. 7할도 아닌 9할의 빛나는 기회….
	기다린다…. (결연한 표정으로 미소로) 난… 한짓골 똘복이니까!

#26. 편전 안(낮)

이도와 무휼이 있다.

무휼	똘복입니다.
이도	(아직도 미소를 띤 채로 보다가 의아하게) 누… 구? 똘… 복?
무휼	무술년… 심온 대감을 비롯한 심씨 일가와 노비들이 도륙되던…
	그날 밤의 생존자…. 한짓골… 똘복이옵니다.

이도   (미소가 멈추며 놀라) !!
무휼   …… 전하…….

놀라 명한 표정의 이도.
ins. cut - 회상, 2부 24씬.

똘복   지랄하지 마시라 그래!!

무휼   그 똘복이가 겸사복 강채윤으로 궁에 온 것이옵니다, 전하.
       북방 전장에서 궁으로 가길 그토록 원했다고 하옵니다.
       그 아이가, 입신하고 출세하기 위해 궁을 원했겠사옵니까?
이도   (무휼 말을 듣지 않는 듯 충격을 받은 표정으로) …….

ins. cut - 회상, 2부 24씬.

똘복   죽여버릴 거야! 우리 아부지 죽인 원수 죽일 거라구!!

무휼   승진이나, 재물을 원하지 않고
       어사주를 내려달라 간청하였사옵니다.
       왜겠사옵니까?

ins. cut - 회상, 2부 24씬.

똘복   죽여버리겠어!

이도   (무휼의 말을 듣지 않는 듯 명하게 차갑게) 그 긴… 세월을 넘어….
무휼   전하….
이도   결국 예까지… 왔단 말인가….
무휼   암살자입니다. 암살자로 온 것입니다.
이도   나 때문에 죽었지.
무휼   전하!

이도	나 때문에… 그 아비가 죽었지…. 그의 식솔들이 모두 죽었지…. (피식)
무휼	전하….
이도	(힘이 빠지는 듯 자리에 가 앉는다) …….
무휼	소신 내금위장 무휼…, 궁과 전하의 안위를 책임지고 있는 이상,
	묵과할 수는 없는 일이옵니다.
이도	(괴로운 듯) …… 똘복… 채윤….
무휼	아무런… 하교도… 하지 마시옵소서.
	그저… 잠시… 모른 척하시옵소서….
	허면… 소신이… 없던 일로 만들겠사옵니다.
이도	(멍하게) …….
무휼	물러가겠사옵니다. 전하.

하고 무휼, 뒷걸음을 치며 나가는데,

이도	잠시만….
무휼	!
이도	잠시만… 생각을 해야겠다….
무휼	전하, 전하의 계획을 실행하고 있는 나인 소이!
	그 소이가 그토록 그리워하는 인물이옵니다!
이도	소이는 똘복이 죽은 줄 알고 있다.
무휼	허니 소이가 이것을 알게 된다면…
	앞일을 헤아릴 수 없사옵니다.
이도	소이가 결코 이 일을 알아선 안 될 것이다.
무휼	전하!
이도	(버럭) 잠시만! 잠시만이라고 하질 않았느냐.
	(근엄하게) 명을 기다리거라, 무휼! 아무것도 하지 말고…….

그런 이도를 보는 무휼의 당혹스러운 표정.

#27. 궁 일각(낮)
이도, 내관과 궁 일각을 걷고 있다. 복잡한 심경이다.

회상에 잠기는 이도.

#28. 궁 일각(회상, 낮)
걷는 이도의 뒷모습이 보이다가,
어디선가 날아온 작은 돌멩이가 용포에 맞는다.
카메라 틸업하며 놀란 이도의 모습을 보여주는데, 젊은 이도다.
놀라서 앞을 보면, 생각시 복색을 한 소녀가 자신에게 돌을 던진 것.
소이, 아니 어린 담이다.
주변 내금위 군관들도 놀라서, 달려가 소녀에게 칼을 겨눈다.

군관   네 이년! 이 무슨 짓이란 말이냐!!

이도   (놀라서 보다가) …… 칼을 거두거라….

군관   하오나….

이도   어서….

군관, 칼을 거두고 이도, 담이에게 가까이 간다.
돌멩이를 던져놓고도, 무서운 듯 발발 떨지만,
뭔가 분에 못 이기는 듯 숨을 씩씩거리고 있는 담이.

이도   어찌… 그랬느냐…?

담이   (공포와 분노로 씩씩대며) …….

이도   내가… 누구인지… 아느냐…?

담이   (공포와 분노로 씩씩대며) …….

군관   전하께서 하문하시질 않느냐!!

담이   …….

소헌왕후   (E) 말을 하지 못합니다.

보면, 소헌왕후가 궁녀들을 대동하고 서 있다.
예를 취하는 군관, 보는 이도. cut.

#29. 경회루 앞(회상, 낮)
젊은 이도와 소헌왕후가 경회루를 바라보며 서 있고,
조금 떨어진 한쪽 구석에 어린 담이가 웅크리고 앉아 있다.

이도   (놀라) 심온 대감 댁… 노비란 말이오?
소헌왕후   예…. 의금부 파옥이 있던 날 밤… 가족을 모두 잃은 아이입니다.
           그 와중에 탈출하던 것을 제가 구했사옵니다. 탓하시겠습니까?
이도   (웅크리고 있는 담이를 보며) …….
이도   …… 원래… 말을 못합니까…?
소헌왕후   …… 그날… 말을 잃었습니다.

이도, 다시 웅크리고 있는 담이를 본다. 담이, 멍한 표정이다.
다가가는 이도. 담이 앞에 선다. 담이 넋 나간 듯 물끄러미 본다.

이도   (떨리는 목소리로) 들을 수는… 있는 게냐….
담이   (조심스럽게 고개 끄덕끄덕) …….
이도   (복받치는 느낌으로 보다가) …….
           미…… 안하다…. (하고 눈물이 흐른다) …….

원망하지만, 그런 이도가 불쌍한 듯… 역시 입술을 깨물며,
눈물이 흐르는 소헌왕후.

#30. 광평대군의 방 앞(낮)
이도가 있다. 급히 나오는 소이와 덕금.

덕금   전하, 납시셨사옵니까…?
           헌데 대군은 지금 아니 계시옵니다.
소이   …….
이도   알고 있다…. 소이를 만나러 왔느니라.
소이   …….

들어가는 이도와 소이.

#31. 광평대군의 방 안(낮)
소이, 두툼한 봉투 두 개를 이도에게 내민다.
그러고는 바로 필담을 하기 위해, 글을 쓰기 시작한다.
초서체로 아주 빠른 글씨다.

소이   (N) 윤필 학사께서 돌아가시기 전 하시던 일을 외워 적은 것이옵니다.
         7할 이상의 분류를 마치셨고, 분류되지 않은 것은 따로 모아
         보관하셨습니다.

이도   (어두운 표정으로) …….

소이   (이도의 표정을 보고 또 쓰기 시작하며, N)
         용안이 심히 어둡사옵니다.
         어찌 그러시옵니까…?

이도   윤필이 죽었다….

소이   (즉시 쓰며, N) 예…. 참으로 안타까운….

이도   (말 끊듯이) 허담이 죽었다….

소이   (쓰다가 멈추고 보며) …….

이도   고인설이 죽었다…. 장인 어르신도 죽었고…
         외숙들… 도 죽었고… 중전의 친인척들… 모두… 죽었다….
         소이, 너의 가족들도, 너의 동무들도 모두… 죽었지….

소이   (마음의 소리 E) 전하….

이도   무술년… 그날 밤 이후로… 단 하루도….
         맹세하지 않은 적이 없다….

소이   (보며) …….

이도   이제는 나 때문에… 죽는 사람이 없게 하겠다고….
         헌데… 또… 죽었다, 또….
         내가 아끼는… 내 사람들이다…. 나의 일을 하다… 죽었다….

소이   (안타깝게 보며) …….

이도   또… (슬프게 피식) 죽였, 다…. 내가….

소이   (급히 뭔가 쓰고는 이도에게 내민다) …….

이도   (소이가 건넨 것을 본다) …….

소이   (차분하고 담백하게, N) 전하의 책임이 아니옵니다.

이도   (보고는 놀라) ! (그러고는 노려본다)
       (벌떡 일어나며 버럭) 뭐라 하는 것이야!

소이   (놀라 올려다보며) !!

이도   내 책임이다! 내가 죽인 것이다! (종이를 박박 찢어 던지며)
       이 조선에서 일어난 모든 일은 내 책임이다!
       꽃이 지고, 홍수가 나고, 벼락이 떨어져도 내 책임이다!
       그게 임금이다! 모든 책임을 지고! 어떤 변명도 할 수 없는 자리!
       그것이 조선의 임금이란 자리다!

소이   (E) 전하….

이도   네까짓 게 무엇이길래, 감히 내 책임이 아니라 하는 것이냐!
       내 사람들이 나의 일을 하다가 죽었다!
       내가 죽인 것이야!!

소이   (이도를 보다가 결심한 듯 결연한 표정으로 급히 쓰기 시작한다) …….

이도   (씩씩대며 소이를 노려본다)

소이   (쓴 것을 다시 건넨다) …….

이도   (받지 않고 소이가 쓴 글을 본다) …….

소이   (역시 차분하고 담백하게, N) 전하의 책임이 아니옵니다.

이도   !!

소이, 이도가 받지 않자, 그대로 바닥에 두고는,
또 쓰기 시작한다. 필사적인 모습이다.
계속 쓴다. '전하의 책임이 아니옵니다' (자막으로),
'전하의 책임이 아니옵니다', '전하의 책임이 아니옵니다'
마치 울듯한 표정으로 계속 쓴다.
그 광경을 처연하게 보다가 울컥하는 이도.
계속 쓰는 소이의 손을 잡는다. 비뚤어지는 글씨.
멈춘 채, 이도를 보는 소이. 이도의 눈에서 눈물이 떨어진다.
그런 이도를 슬프게 바라보는 소이.
소이의 손을 잡은 채, 고개를 떨구고 우는 이도.

처연하게 보다가 눈물이 그렁해지는 소이.
이도의 눈물을 닦아주려는 듯 손을 뻗친다. 그때!
그런 손을 잡는 이도. 이도의 흐느낌이 멈춘다.
그러고는 자신의 손으로 눈물을 닦는 이도.

이도   (눈물 그렁해진 소이를 보며, 다시 차가운 목소리로) 울지 마라.
소이   (흐느끼는 목소리로, E) 전하….
이도   어명이다. 울지 마라.
소이   (가까스로 눈물을 참으며) …….
이도   날 위해, 단. 한 방울의 눈물도 흘려선 아니 된다….

하고는 휙 일어나고, 소이도 일어난다. 이도, 문을 열고 나가려다,
다시 소이를 돌아본다.

이도   (마음의 소리 E) 나를 죽이러, 니가 그리 그리워하는 똘복이가 왔다….
소이   (이도를 보며) …….
이도   (뭔가 말하려는 듯하다가) … 니가… 흔들리면… 나도 무너진다.
       (차갑게) 흔들리지 마라. 또한… 어명이다.

하고는, 휙 하니, 돌아가버리는 이도.
이도가 나가자, 이제야 흐르는 소이의 눈물.

#32. 궁 일각(낮)
상념에 잠겨 오는 이도. 그 위로….

정별감   (E) 이게 대체 뭔가?

#33. 검안소(낮)
윤필의 시신이 있고, 윤필의 목 부분을 십자로 갈랐다.
그 안에서 집게로 뭔가를 끄집어내는 가리온.
개파이가 옆에서 거들고 있다.

그것을 주의 깊게 보고 있는 정별감, 채윤, 박포, 초탁.
꺼낸 것은 끈적한 피가 뭉쳐, 무엇인지 알아볼 수 없다.
물에 헹구는 가리온. 그리고 나타나는 활자의 모습.

박포   이거… 활자잖아.
초탁   (상처 부위를 보며) 더… 있는 거 같은데….

가리온이, 계속 꺼낸다. 모두 네 가지의 활자가 나온다.
놀라서 서로 보는 모두들.

가리온   (놀라) 이건…
          사자전언(死者傳言 : 죽음을 맞이하며 남기는 메시지)… 인 듯합니다!!
채윤   (놀라) 사자전언!!!

#34. 대신 집무실(낮)
황희와 이신적, 장은성 있는데….

황희   (약간 놀란 듯) 윤필의 입에서 뭐가 나왔다는 겐가?
이신적   (역시 긴장하여 묻는) 뭐가 나왔다는 게야?
장은성   아마 윤필이 죽기 직전, 주변에 있는 활자를 삼킨 듯합니다.
황희   활자라면…?
장은성   무언가… 알리고 싶었던 것 같습니다.
이신적   무얼? 무얼 말인가?

#35. 검안소(낮)
가리온은 없고, 채윤과 초탁이 활자를 보고 있다.
(아직 활자의 글자는 보이지 않는다)

초탁   이게 무슨 뜻인 거 같냐?
채윤   … (유심히 보며) 글쎄…?
가리온   (E) 이것이옵니다….

#36. 궁, 소주방(낮)
(5부 29씬과 같은 구조의 방에 같은 인물들로 세팅되어 있다)
가리온이 고개도 들지 않은 채 종이 넉 장에 나누어 쓴 글자를 올리고 있다.
이를 보는 이도. 이도의 옆엔 무휼과 정인지도 서 있다.
지밀상궁은 가리온이 올린 것을 받들어
죽 열려진 문을 지나 이도에게 가져간다.

이도   (지밀상궁에게) 펼쳐보아라.

하면 지밀상궁, 종이 하나를 방바닥에 내려놓는다. 'ㅣ(곤)'이다.
보는 이도. 다음을 내려놓는다. 'ㅁ(구)'다. 보는 이도.
다음, 'ㄷ(망)', 다음은 'ㄹ(기)'이다.
보는 이도. 아직까지는 의아한 표정.
다시 한 글자씩 보인다. 'ㅣㅁㄷㄹ(곤구망기)'
이를 보는 무휼과 정인지. 둘은 모르겠는 듯 서로 쳐다보며
알겠느냐는 표정을 짓는다.
반면 뚫어지게 보던 이도. 순간!!
무엇인지 깨달은 듯 경악하는 데서….

한가놈   (E) 뚫을 곤… 입 구… 망할 망… 몸 기….

#37. 검안소(낮)
한가놈이 활자를 앞에 놓고 아주 가벼운 톤으로 주절대고 있고,
채윤은 주의 깊게 듣고 있다.

한가놈   (곤구망기 순서로 놓은 채) 입을 뚫고 몸을 없앤다.
           (기곤구망 순서로 획 바꾸며) 몸을 뚫어 입을 없앤다.
           (구망기곤 순서로 또 획 바꾸며) 입을 없애 몸을 뚫는다.
           (기망구곤 순서로 바꾸며) 몸을 없애 입을 뚫는다.
           (망곤기구 순서로 바꾸며) 몸과 입을 뚫고 없앤다.

하며 아주 경망스럽게 혼자 떠들어대고 있자,

채윤   그래서 뭘 뜻하는 거요?
한가놈   그야…, 나도 모르지. 순서도 알 수가 없고….
채윤   하늘 아래 모르는 것이 없다더니, 허풍이었소?
한가놈   허풍이라니…. 분명 내가 한 해석 중에 하나일 테니 두고 봐.

하는데, 들어오는 초탁, 놀라며

초탁   이 사람 누구야? 누군데… 여기 사람을 함부로 들여?
    (하고는 한가놈을 아래위로 훑어보자)
한가놈   나랏밥 먹는다고 위세들은….
    지네가 불러놓고 왜 무시야!! (하고는 나간다)
초탁   (나가는 한가놈을 보고는) 누구야?
채윤   뭐라더라… 한가놈? 과거 열두어 번쯤 떨어지고 반촌에 빌붙어 사는 양반.
    한량이래.

하고는 덮여 있는 시신을 열어보는 채윤.

초탁   근데? 근데 왜 들여?
채윤   입이 제일 싸서. (하고는 시신에서 뭔가 발견한 듯 유심히 본다)
초탁   미쳤어? 안 그래도 흉흉한데…. 다 퍼뜨릴라고?
채윤   응, 그러라고. (하고는 초탁의 머리를 시신 쪽으로 끌어오며)
    이것 좀 봐봐.

윤필 시신의 천지문신 클로즈업.
유심히 보는 채윤과 초탁.

초탁   이게 뭔데?

윤필 시신의 천지문신 클로즈업.

#38. 소주방(낮)
(앞 씬 연결)

이도　(가리온에게) 이… 곤구망기를 누가 알고 있느냐?
가리온　아이구…, 저는 철저히 비밀리에 하려고 했으나….
이도　(보는)
가리온　곧 모두 알게 될 겁니다.
이도　어찌하여?
가리온　겸사복 강채윤이 사방팔방 알리고 있을 겁니다요.
이도　(놀라며) 무어라…?

놀라며 심각한 무휼. 의아하여 놀라는 정인지. 그 위로

한가놈　(거의 랩 수준으로 빨리 E) 입을 뚫어 몸을 없앤다.
　　　몸을 뚫어 입을 없앤다.

#39. 반촌 내 주막(낮)

한가놈　입을 없애 몸을 뚫는다. 몸을 없애 입을 뚫는다.
　　　몸과 입을 뚫고 없앤다.
연두　(E) 그게 뭔데요?

하고 보면, 한가놈의 앞에 앉아 있는 연두, 연두모, 옥떨, 끝수.
다들 뭔 소린가 하며 듣고 있다.

연두모　제 말이 그 말이네요. 그분은 왜 그런 걸 자시고 돌아가셨대요?
옥떨　자시긴…. 누군가 입에 쑤셔넣은 거겠지.
끝수　쑤셔넣긴…. 불길에 당황한 나머지 입으로 들어갔겠지.
한가놈　이러니… 천것들은 생각이 짧다고 하는 게지.
연두모　그럼요?
한가놈　이런 걸… 사자전언이라고 하는 거야.

옥떨	그게 뭔데요?
한가놈	죽어가면서… 뭔가를 알리려고 한 거다, 이 말일세.

하면, 한쪽에서 일하던 도담댁. 의아하고 심각한 표정이다. 그 위로

성삼문	(다급한 소리로 F.) 모두 들으셨습니까?

#40. 집현전 내 방(낮)
집현전 자신의 자리에서 책을 보고 있던 이순지, 장성수,
그 외의 학사들. 급히 들어오는 성삼문을 본다.

박팽년	(자신의 자리에 앉아 책 보며 근엄하게) 윤교리의 상중일세.
	어찌 말과 행동이 그리 경망스러운 겐가!!
성삼문	그럼 자넨 듣지 말게.
	(하고는 바로 다른 학사들에게) 돌아가신… 윤교리가 말입니다….

하면, 모두 관심 있는 표정으로 성삼문에게 몰려들며

이순지	윤교리가 왜?
장성수	어서… 얘길 해보게.
성삼문	(일부러 가까이 온 사람들에게만 작은 소리로)
	윤교리가 사자전언을 남겼답니다.
이순지	무어라? 사자전언….
장성수	(다급하고 심각하게) 무언가 그게?

하면, 성삼문, 책상 위 종이에 일필휘지로 쓰고…
모두 모여 그걸 보고 있는데….
이때, 그들 뒤로 슬그머니 와서는 글자를 보려고 하는 박팽년.
성삼문, 일부러 박팽년은 못 보게 몸으로 가리며 심각하게 학사들에게

성삼문	무슨 뜻인지 아시겠습니까?

심각한 표정으로 곤구망기를 보고 있는 집현전 학사들의 모습. 그 위로

채윤   (E) 난 내가 잘하는 거랑 못하는 걸 알아.

#41. 저잣거리(낮)
채윤, 초탁, 걸어가고 있다.

채윤   난 이걸 풀려는 손톱만큼의 노력도 안 할 거야.
       왜? 난 이걸 못 푸니까.
       더구나 윤필은 똑똑한 자야. 쉽게 풀 수 있는 것일 리가 없어.
초탁   (채윤의 뜻을 아는 듯) 아아…, 그래서 퍼뜨리자.
       그럼 사대부들이 풀어낼 거다?
채윤   아니. 아무나 풀 수 있는 걸 남겼을 리가 없어. 절대.
초탁   그럼?
채윤   아는 사람만 아는 암어(暗語 : 암호)일 거야.
       누군가 아는 놈이 움직이겠지. 참을성 없는 놈.
       우린 그때까지 들쑤시고 다니면 돼.
초탁   들쑤셔? 어딜?
채윤   우선은 집현전부터!
초탁   왜?
채윤   아까 그 자문(刺文 : 문신) 봤잖아….
초탁   아, 그러니까. 그 자문이 뭐?
채윤   작아서 제대로 잘 안 보이지만 둥근 원에 네모가 새겨져 있었어.
       허담 학사의 어깨에도 있었다구.
초탁   아, 그러니까 그 자문이 뭐어??
채윤   똑같은 자문을 새겼다. 무슨 뜻이겠어?
초탁   음…, 같은 왈짜패? 아님… (하고는 혼자 생각하다가는 경악하며) 연인?
채윤   (으이그 하며 뒤통수 치고는) 분명 같은 조직원일 거야.

하는데, 한쪽에서 시끄러운 중국어 욕설 소리와 비명 소리 들린다.
채윤 보면서, cut.

#42. 이도의 방 앞 복도(낮)
내시들 작은 소리로 떠들고 있다.

내시 1 곤구기망인가… 그렇다는 거 같아.
내시 2 그게 뭐야? 범인을 의미하는 거야?

하며 수군대는데…. 자신의 방으로 오던 이도, 그들의 소리를 듣는다.
그 위로

가리온 (E) 온 장안에 퍼뜨린다고 했습니다.
아마… 사대부들한테 알려서 답을 찾으려는 게 아닌가 싶습니다요.

하며 가리온의 말을 떠올리고 있는 이도 옆의 무휼.

무휼 (작은 소리로) 시급히 결정하셔야 하옵니다. 채윤은 위험한 자이옵니다.

이도, 생각에 빠지며 회상으로
ins. cut – 소주방. (새로 찍는 회상)

가리온 (어렵게) … 채윤…. 그자가… 건익사공을 알고 있는 듯하옵니다.
북방에서 죽은 고인설과 허담 학사, 윤필의 죽음을
흙… 물… 불… 오행으로 파악하는 듯했습니다.

#43. 이도의 방(낮)
이도, 생각에 잠긴 표정으로 앉아 있다.

이도 (마음의 소리 E) … 대체… 어린 똘복이는… 과인을 죽이기 위해 얼마나
준비를 한 것인가…? 대단하구나…, 강채윤….

이때, 열린 옆방 문틈으로 내밀어져 오는 소이의 질문지.
받아 보는 이도.

소이	(문틈으로 보이는 소이의 질문, N) 곤구망기가 무엇입니까?
이도	(질문지를 보다가는 소이를 보며) 어찌 내가 안다고 생각하느냐?
소이	(종이에 쓰면서, N) 전하께서 모르신다면 지금 풀고 계시겠지요.
	허나 아무것도 하지 않으십니다.
이도	(보며) 그래, 안다.
소이	(N) 아시면서 어찌 아무 말씀이 없으십니까?
이도	…….
소이	…….
이도	믿을 수가 없어서다…. 믿기지가 않아서….

하며 혼잣말처럼 하는 이도의 괴롭고 복잡한 표정.
남긴 전언도… 채윤의 일도… 모두 괴로운데…
그런 이도를 보는 소이.
(소이의 모든 말을 다 쓸 수는 없으니 적당한 부분은 그냥 컷으로 넘어가서
마음의 소리로 대화하게 해야 할 듯. 소이의 마음의 소리는 E로 표기하고
필담은 N으로 표기합니다.)

#44. 저잣거리(낮)
맞아 날아가는 상인들 서넛.
보면 명나라인으로 보이는 무사들이 행패를 부리고 있다.
상인들 비명 지르며 나뒹구는데….
일각에서 보고 있는 채윤, 초탁.

초탁	저 새끼들이…. (하고는 나서려는데)
채윤	(잡으며) 가만있어.
초탁	왜애?
채윤	(비아냥기 있는 말투로) 보아하니… 태평관에 온 명나라 것들 같은데…,
	나서봐야 일만 커져. (하는데)
심종수	(E) 이게 무슨 짓들이오!!

보면, 사냥복 차림의 심종수와 막수다. 보는 채윤과 초탁.

이때 기분 나쁜 표정으로 나서는 명나라 무사 1.

무사 1   (중국말로) 넌 뭐 하는 놈이야?
심종수   보아하니 태평관에 있는 분들 같은데,
         어찌 이런 불의를 저지른단 말이오.

         하는데… 말이 다 끝나기도 전에 무사 1이 '(중국말로) 이 자식이!'
         하며 치려는데… 이때 막수, 나서며 무사 1을 쓰러뜨린다.
         그러자 뒤쪽에 있던 명나라인 예닐곱이 칼을 뽑으며 나선다.
         막수도 칼을 뽑는데, 이때 심종수, 막수의 칼을 막아서며

심종수   (막수에게) 어찌 함부로 칼을 쓰느냐.
막수   하오나, 저놈들이…. (하는데)
심종수   (품 안의 호패를 꺼내 무사 2에게 보이며 중국말로)
         나는 북촌에 사는 심종수라는 사람이오.
무사 2   (중국말로) 그래서 뭐?
심종수   (중국말로) 군자의 나라에서 예를 가르치려 한다.

         하며 심종수, 끈 달린 호패를 가지고는
         순식간에 예닐곱 명 되는 중국 무사들을 제압한다.
         보는 초탁, 채윤.

초탁   우와…, 죽는다!

         하는데 쓰러진 명나라 무사 2, 다시 칼을 뽑고 덤비려는데

견적희   (중국말로 E) 멈춰라!

         보면 견적희다. 명나라 복장을 한 여인이다.

견적희   (우리말로) 아이들이 철이 없어 무례를 범한 듯합니다.

하고는 정중히 인사하는 견적희. 보는 심종수.
서로의 무공을 알아보는 듯 의미심장하게 눈빛을 주고받는 둘.
서로 인사를 나눈 뒤, 떠나는 심종수.

채윤   (그렇게 가는 심종수를 보며) 한양에도 저런 무사가 있었네….
        빠른데? (하고 초탁을 보면)
초탁   (견적희의 몸매를 보며) 우와…, 죽는다!!

하면, 한심하다는 듯 그런 초탁을 질질 끌고 가는 채윤.

#45. 집현전 안(낮)
아직도 삼삼오오 모여 곤구망기 얘기하고 있는 집현전 학사들.
이때 채윤, 초탁이 들어온다. 곤구망기 얘기하는 학사들 보고 있는데….

이순지   무슨 일인가?
채윤   겸사복 강채윤이라 하옵니다. 부제학 영감을 뵈러 왔습니다.
박팽년   부제학께서는 잠시 출타 중이시네만….
채윤   허면 누구와 상의를 해야 하는지요? 윤필 학사의 일입니다만….
학사들   (윤필이라는 말에 모두 눈빛이 빛난다)
장성수   (특히 긴장한 표정. 남에게 들키지는 않고)
성삼문   (톡 끼어들며) 직제학께 여쭙게.

하는데… 이때 집현전 내 집무실에서 나오는 직제학.
관복 차림의 심종수다. 놀라는 채윤과 초탁.

심종수   무슨 일인가?
초탁   (놀라) 어!! 혹시… 좀 전에 저자에서….
심종수   (약간 미소 지으며) 보았는가. 부끄러운 일이니 말하지 말게.
초탁   아니, 직제학께서 어찌 그런 고강한 무예를….
성삼문   무공으로는 내금위장 무휼 다음이고,
        문장으로 말할 것 같으면… 명나라 대문장가가 울고 간,

심종수   성수찬!

성삼문   (바로 말 끊으며) 들어가시지요.

         (채윤에게도) 들어가게.

하면, 심종수와 채윤, 초탁 들어간다.
그런 채윤을 날카로운 눈빛으로 보는 성삼문.

#46. 집현전 내 집무실(낮)

심종수, 채윤, 초탁 들어오는데…

채윤   (바로) 단도직입적으로 말씀드리겠습니다.

심종수   (보는데) ……?

채윤   집현전 학사들의 기신검열(신체검사)을 허해주십시오.

초탁   (자기가 더 놀라) 뭐?

심종수   뭐라? 기신검열?

최만리   (문을 벌컥 열고 들어오며) 이게 무슨 소리인가?

         기신검열이라니??

심종수   (얼른 일어나 예를 취하며 채윤에게) 부제학 영감이시네.

채윤   (예를 취하는데)

최만리   (화가 난 채 채윤에게) 감히 누가 학사들의 몸을 검열한다는 게야?

채윤   윤필 학사의 몸에 묘한 징표가 있었습니다.

최만리   하여… 그것이 이번 변고와 무슨 관련이 있다는 것이야?

채윤   (일부러 더 열받) 관련 여부는 수사의 비밀에 속하는지라

         말씀드릴 수 없습니다. 허나, 기신검열을 허해주신다면,

         혹여 있을지 모를 이후의 변고를 막을 수 있습니다.

심종수   (보는)

최만리   (버럭) 지금 나를 겁박하는 것이냐?

채윤   겁박이라니요?

최만리   연유는 얘기할 수 없다. 그러나 허락해주지 않으면 이후의 변고를

         막을 수 없을 거다? 이것이 겁박이 아니고 무엇이냐?

채윤   …….

#47. 집현전 안(낮)
자신의 자리에 앉아 듣고 있는 성삼문, 박팽년, 이순지, 장성수 등등.
뭔가 심상치 않은 기운이 감도는데… 그 위로

최만리   (화난 E) 나는 절대 허할 수 없다!
아니…, 내가 허한다 해도, 조선의 사대부인 학사들이
연유도 모른 채 따를 리가 없어!

성삼문, 박팽년, 이순지, 장성수의 시선이 서로 교차하고….

최만리   (E) 당장 나가거라! 당장!

하면, 채윤, 초탁 나온다.
뭔가 알 수 없는 긴장감과 어색함이 흐르는 집현전 학사들.
그런 그들을 보며 묘한 미소를 짓고는 나가는 채윤.
나가는 채윤과 초탁을 심상치 않은 느낌으로 보는 성삼문, 박팽년.
그냥 서책에 열중하는 듯한 장성수도 나가는 채윤을 의식하는 느낌….
이때 심종수, 최만리, 집무실 안에서 나온다.
그러자 성삼문, 박팽년, 장성수 등의 학사들,
모두 최만리와 심종수를 보고, 최만리도 학사들을 보는데…
서로가 묘한 긴장감을 느낀다.

#48. 집현전 전경(밤)
채윤, 우거진 나무 사이 뒤에 서서 집현전을 바라보고 있는데…
오는 박포.

박포   콩알이랑 내내 붙어다니더만 나는 왜 불렀어?
채윤   (얼른 박포의 어깨를 잡아 몸을 은폐시키며) 걔야… 놀 때 필요한 거고…
중요한 건 너랑 해야지. 걔가 뭐 알아?
박포   (금방 좋아 웃으며) 그렇지. 콩알 걔가 뭐 알아?

#49. 겸사복청 전경(밤)

#50. 겸사복청(밤)
기겁하며 질리는 얼굴의 정별감, 초탁.
조말생이 칼집째로 두 사람에게 들이대고 있다.

조말생   (단호하게) 검안소로 안내하거라.
정별감   (놀랐으나 시침 떼며) 검안소… 라뇨? 그게 뭡니까?
조말생   (버럭) 윤필의 시신이 있는 검안소 말이다!!
초탁   모, 모릅니다…. 시신은 이미 장례를, (하는데)
조말생   (칼을 뽑으며 근엄하게) 안내하거라. 지금 당장!

기겁하는 정별감과 초탁, 목에 들이밀어진 칼 보며 벌벌 떠는데….

#50. 집현전 내 집무실(밤)
ㄷㄹㄴ을 차례로 쓰는 손. 심종수다. 보고 있는 정인지와 최만리.

최만리   중기망… 이라….
정인지   입 구에 뚫을 곤을 합쳐, '중'이다…?
심종수   예, 어린아이 장난 같기는 합니다만….
정인지   … 무슨 뜻인가?
심종수   '중국의 기씨가 없었다.'
최만리   (놀라며) 중국의 기씨라면!
심종수   (낮게) 이번에 들어온 명나라 사신단 정사의 이름이… 기제연 아니옵니까.
정인지   (놀란 채 작게) 명나라 태평관이 움직였다…?
심종수   그냥 추측일 뿐이옵니다.
최만리   …….

#52. 집현전 내 다른 방(밤)
이쪽에선 박팽년이 진지하게,
제일 먼저 크게 ㅁ를 쓰고 그 안에 ㄹ를 쓰면 ㅌ 자가 되고 다시 그 위에 길게 l을 쓰니, 申 자가 된다.

고개 끄덕이며 보고 있는 학사들.

이순지   (심각하게 보며) 신…? 원숭이…? 남서방…? 혹은 신시…?

          등등 모두 심각한데…

성삼문   (톡 튀어들어) 그런 식으로 하면 (위의 획을 손으로 가리면 甲이 되자)
          갑도 되고, (아래 획까지 가리면 田이 되자) 전 자도 되네.
          그리고 이 남은 망(亡) 자는 어찌할 건가?
박팽년   (이자가! 노려보며) 그럼 자넨 다른 해석이라도 있는가?
성삼문   (씩 웃으며) 내 보기엔 획수야.
          (곤자 가리키며) 곤 1획, (구기망 가리키며) 구, 기, 망. 모두 3획.
이순지   해서?
성삼문   (빠르게) 1획은 전하를 뜻합니다. 또한 구의 3획은 3정승.
          허면 나머지 기와 망의 3획을 합친 6은 무엇이겠는가?
장성수   … 설마 6조? 6조 아닌가?
성삼문   (신나서) 그렇죠!
박팽년   (의아한 채) 전하와 3정승, 6조가 어떻다는 것이야?
성삼문   그야 나도 모르지. 그리고 내가 못 푼다는 건,
장성수   왜? 자네가 못 풀면 아무도 못 푼다 그 얘길 하고 싶은 겐가?
성삼문   역시 장교리께선, 현명하십니다.
박팽년   (쯧쯧 혀를 차며) 자네 얘길 귀담아들은 내가 바볼세.
          (하며 다시 종이를 보며 풀려고 하는데)
성삼문   어허… 시간 낭비라니까…. (하며 박팽년에게)
          퇴청하여 술이나 한잔하세, 팽년이.

          하는데 무시하고는 박팽년, 다른 학사들과 머리를 맞대고 푼다.

성삼문   (박팽년 보며 진지하게 마음의 소리 E) 지금… 그걸 풀 때가 아니란 말일세.

#53. 집현전 전경(밤)
은밀히 오는 장은성. 집현전 오른쪽 문으로 들어가는데…
나무 뒤에 숨어 그런 모습을 보고 있는 채윤과 박포.

박포   (조용히) 의금부 도사 장은성이야.
채윤   (매의 눈으로 집현전을 주시하고)
박포   우상 대감인 이신적 영감과 긴밀하지.

        하는데 이때, 궁녀 목야가 또 은밀히 온다.

채윤   (보고) 어디 궁녀야?
박포   대전 나인.

        하는데 집현전 왼쪽 문으로 들어가는 목야.
        채윤, 매의 눈으로 지켜보는데
        이때 집현전 오른쪽 문에서 나오는 장은성. 뒤따라 최만리가 나온다.
        장은성과 함께 어디론가 가는 최만리.

채윤   (날카롭게 보며) 우상 대감은 부제학 최만리를 불렀다.
박포   야, 또 나온다.

        채윤 보면, 이번에는 목야와 정인지가 집현전 왼쪽에서 나온다.
        그 모습 또한 심상치 않은 눈길로 지켜보며.

채윤   전하께선… 정인지 대감을 부르고…. (하는데 이때!)
박팽년   (E) 어허! 대체 왜 자꾸 술을 하자는 게야!

        보면, 성삼문이 박팽년을 억지로 데리고 나오고 있다.
        박팽년은 화내고, 성삼문은 박팽년에게 뭐라고 계속 설득하는 모습.

박포   (성삼문 보며) 흐흐, 또 술타령 하실라나보네.

채윤	누군데?
박포	성승 대감 자제인 성삼문 학사. 집현전에서 젤로 사람 같은 분.
채윤	왜?
박포	생각이 없으시거든. (하고 킥킥 웃는데)

채윤은 순간, 날카로운 눈빛을 빛내며 본다.
보면, 심종수가 혼자 나오고 있다.
보는 채윤, 뭔가 본능이 움직이는 표정인데….

초탁	(E) 채윤아! 채윤아!
박포	(보며) 으휴…, 콩알이 뛰면 얼마나 뛴다고….
초탁	(헉헉거리며 달려온다)
채윤	무슨 일이야?
초탁	(숨 몰아쉬며) 시, 시신이… 시신이 없어졌어!
채윤	(경악) !!
박포	(놀라는데) !!

#54. 검안소(밤)
얼굴 하얗게 질려 있는 정별감, 가리온, 검사복 1, 2 있고…
그 앞에 무섭게 서 있는 조말생.

조말생	(예리한 눈빛으로 가리온 보며) 어찌 된 게냐?
가리온	그, 그것이… 분명 문을 잠가뒀는데, (하는데)

문 쾅! 열리며 뛰어들어오는 채윤.
검안대가 비어 있다! 경악하는 채윤.

도담댁	(E) 그래…, 시신을 탈취해가더냐?

#55. 안향 사당 안(밤)
도담댁 있고.

바닥에 'ㅣ', 'ㅁ', 'ㄷ', 'ㄹ'가 한 글자씩 쓰인 종이가 놓여 있고.

윤평   예.

보면, 사당 뒤쪽 문이 살짝 열려 있고,
그 틈으로 가면을 쓴 윤평이 보인다. (윤평의 얼굴은 7부에서 공개)
19씬과 같은 복색. 이어 손목에 보이는 복잡한 문양의 팔찌.

도담댁   어떤 자들이더냐?
윤평   아직 알 수 없으나, 솜씨가 매우 서툴렀습니다.
도담댁   분명… 허담, 윤필과 관련이 있는 자들일 것이다.

#56. 성삼문네 헛간 안(밤)
급히 문을 닫는 성삼문과 박팽년, 뒤돌아보면…
관노인(관 짜는 노인으로 7부에 연결되어 나옴)이 있고,
거적에 싼 시신 두 구가 놓여 있다.
성삼문과 박팽년도 시신 옮기는 일에 가담한 듯, 사냥복 차림이다.

관노인   (울상 지으며) 정인지 대감께서 아시면 전 죽습니다요. 대체 어쩌시려고….
성삼문   (낮은 소리로) 자넨 그냥 입 다물고 있으면 되네. 나가보게.
관노인   예에…. (하고 나가면)
박팽년   (우려와 심각) 대체 뭣을 확인하자는 것인가!
성삼문   (의미심장한 표정으로 허담의 시신을 보는데)

#57. 안향 사당 안(밤)
도담댁 있고, 뒤쪽의 열린 문틈으로 윤평 보인다.

도담댁   그자들이 누군지 파악하여… 다음 명을 기다리거라.
윤평   예.

하고는 윤평, 사라지는데….

열리는 사당문(입구). 들어오는 발의 모습.
틸업하면 5부에서 보였던 부채다.
얼른 일어나는 도담댁.

도담댁   오셨습니까?

하면 도담댁 쪽으로 걸어가는 사내의 발과 함께
바닥의 'ㅣ', 'ㅁ', 'ㄴ', 'ㄹ'낱낱의 글자들이 보인다.

#58. 이도의 방(밤)
'ㅣ', 'ㅁ', 'ㄴ', 'ㄹ'가 한 글자씩 쓰인 종이가 한 장씩 놓여 있고…
이도, 정인지 있는데….

정인지   대부분의 학사들은 글자를 이리저리 합쳐 써서, 누구를 가리키는 말인지
         추측하는 경우가 많았습니다.
이도   (들으며) …….
정인지   갑, 신, 전 자를 만들기도 하고, 중국의 기씨, 즉 사신단의 정사 기제연을
         가리킨다는 말도 있고. (하는데)
이도   (자르며) 너도 모르겠느냐?
정인지   (보면)
이도   곤구망기가 뜻하는 것을….
정인지   (놀라) 전하께선… 아십니까?
이도   (참담한 표정으로 보기만 하는데) …….

글자들 클로즈업.

#59. 안향 사당 안(밤)
종이 하나에 한 글자씩 쓴 곤구망기가 놓여 있다.
아직 얼굴은 보이지 않는 부채를 든 사내.

사내   (부채로 손바닥을 툭툭 치며) 이 사자전언이 정녕…

우리를 뜻하는 것인가?

카메라 틸업하면, 보이는 얼굴. 심종수다. 도담댁만 있다.

도담댁   펼이가 윤필이 죽기 전 심문하는 과정에서 우릴 노출했답니다.
　　　　허니 곤구망기는 우릴 뜻하는 것일 겁니다.
심종수   …….
도담댁   헌데 이것이 어찌 우리를 뜻하는지는 알 수가 없습니다.

하고 바닥에 놓인 'ㅣ', 'ㅁ', 'ㄴ', 'ㄹ'가 한 글자씩 쓰인 종이를 본다.

#60. 이도의 방(밤)
(58씬 연결) 이도와 정인지 있는데….

정인지   (긴장) 전하…, 곤구망기가 의미하는 것이 대체 무엇이옵니까?
이도   　(의미심장한 표정으로 한 글자씩 적혀 있는 종이를 보는데)

#61. 성삼문네 헛간 안(밤)
허담의 팔 안쪽을 젖히는 성삼문.
허담의 다리를 들춰보는 성삼문.
긴장한 채 보는 박팽년.
드디어 허담의 어깨를 젖히는 성삼문.
드디어 드러나는 허담 어깨의 천지문신!!
놀란 성삼문과 박팽년.
서로 눈을 마주치는 성삼문과 박팽년,
둘이 똑같이 윤필의 시신을 바라보는 데서 cut.
윤필의 발목을 확 젖히는 성삼문. 드러나는 천지문신.
이젠 완전히 경악한 박팽년, 성삼문. cut.
자신의 오른팔을 걷어 올리는 성삼문. 천지문신이 있다. cut.
자신의 왼팔을 걷어 올리는 박팽년. 천지문신이 있다. cut.

성삼문 (경악하여) 천지계원은… 우리만이 아니었어!

#62. 이도의 방(밤)
이도와 정인지 있고….

이도 곤구망기를 풀 수 있는 건 천하에 여덟 명밖에 없다.
천지계원들도 모두가 아는 것은 아니다.

#63. 성삼문네 헛간 안(밤)
경악한 성삼문과 박팽년.

성삼문 (의미심장하게) 성상께선… 우리가 모르는 일을 하고 계신 것이야!

#64. 이도의 방 + 안향 사당 몽타주(밤)
#이도의 방
이도, 'ㅁ' 자를 든다. 내려놓는다. 보는 정인지.
#안향 사당 안
네 개의 글자를 다시 이리저리 맞춰보는 심종수.
#이도의 방
이도, 'ㅣ' 자를 든다. 내려놓는다. 보는 정인지.
(어디에 내려놓는지는 아직 보이면 안 됩니다.)
#안향 사당 안
이리저리 맞춰보는 심종수.
#이도의 방
이도, 'ㄹ' 자를 든다. 내려놓는다. 보는 정인지.
#안향 사당 안
이리저리 맞춰보던 심종수, 풀리지 않는 듯
종이를 바닥에 던져버리는 데서 cut.
#이도의 방
놀란 정인지의 표정.
카메라, 드디어 이도가 맞춰놓은 글자를 비춘다.

처음으로 보이는 한글 '밀' 이다.

정인지   ··· 밀!! 밀!!!
이도   (의미심장하게) 윤필은 우리만이 아는 글자로 뜻을 전한 것이다.
정인지   (놀라) !!

#65. 길 일각(밤)
다급히 뛰어오는 채윤.

채윤   (마음의 소리 E) 누구야···. 누가 가져간 거야···.

채윤, 위기감 어린 얼굴로, 흔적을 찾으려는 듯 주위를 두리번거리며.

#66. 이도의 방(밤)
이도의 책상 위에 '밀'로 맞춰진 글자와 'ㄷ' 있고···.

정인지   (약간 흥분해서) 전하, 허면 망 자는 무엇이옵니까?

하면 붓을 들고 'ㄷ' 자 위에 뭔가를 쓰는 이도.

#67. 안향 사당 안(밤)
일어나는 심종수 뒤로 아무렇게나 흩어져 있는 'ㅁ', 'ㅣ', 'ㄹ'가
우연히 '밀' 자로 배치되어 있는데···

심종수   (돌아보며, '밀' 자를 내려다보며) 대체 이게···
         어찌 우리를 의미하는 것이야···.

#68. 이도의 방(밤)
이도, 붓으로 가필을 한 뒤 손을 떼면
부감으로 보이는 종이. 'ㄷ' 위에 'ㅂ'이 쓰여져, '밀본'이 완성됐다.

이도   (보며 비장하게) 밀… 본…!

이도의 비장한 표정에서 엔딩.

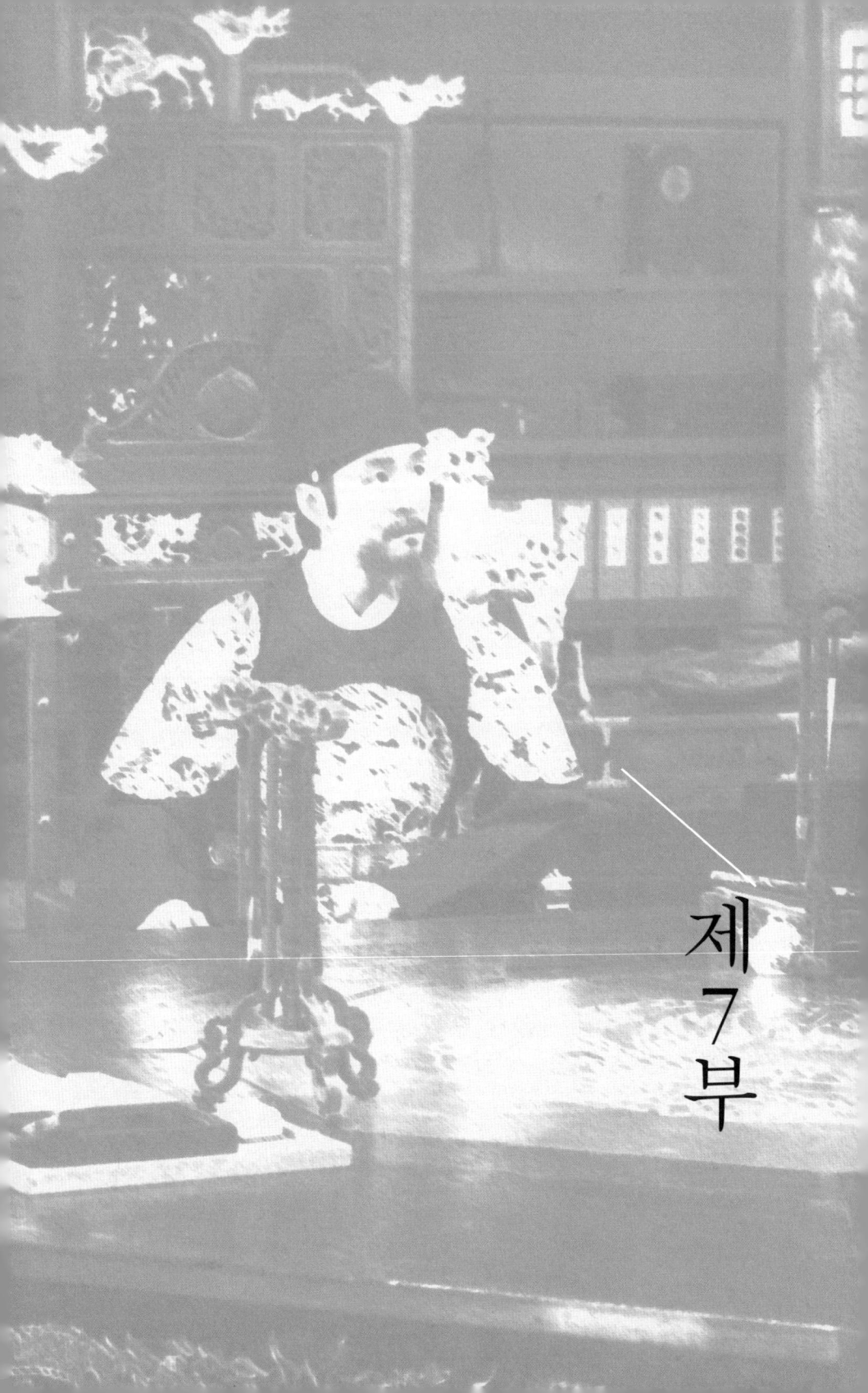

제
7
부

世宗御製訓民正音

國귁之징語ᅌᅥᆼ音ᅙᆷ이 國귁ᄋᆞᆫ나라히라 之징ᄂᆞᆫ입겨지라 語ᅌᅥᆼᄂᆞᆫ 말ᄊᆞ미라

나랏말ᄊᆞ미

異ᅵᆼ乎ᅘᅩ中듕國귁ᄒᆞ야 異ᅵᆼᄂᆞᆫ다ᄅᆞᆯ씨라 乎ᅘᅩᄂᆞᆫ아모그ᅌᅦᄒᆞ논 겨체ᄡᅳ는 字ᄍᆞᆼ | 라

中듕國귁에 달아

與영文문字ᄍᆞᆼ로 不ᄫᅮᇙ相샹流률通통ᄒᆞᆯᄊᆡ 與영ᄂᆞᆫ이와뎌와 ᄒᆞ는 겨체ᄡᅳ는 字ᄍᆞᆼ | 라 文문ᄋᆞᆫ글와리라 不ᄫᅮᇙ은아니ᄒᆞ논 ᄠᅳ디라 相샹ᄋᆞᆫ서르ᄒᆞ논 ᄠᅳ디라 流률通통ᄋᆞᆫ흘러ᄉᆞᄆᆞᆺ 출씨라

文문字ᄍᆞᆼ와로 서르 ᄉᆞᄆᆞᆺ디 아니ᄒᆞᆯᄊᆡ

故공로 愚ᅌᅮ民민이 有ᅌᅮᇢ所송欲욕言언

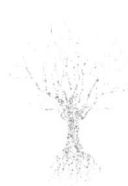

#1. 이도의 방(밤)
놀란 정인지의 표정.
카메라, 드디어 이도가 맞춰놓은 글자를 비춘다.
처음으로 보여지는 한글 '밀'이다.

정인지   ··· 밀!! 밀!!!
이도   (의미심장하게) 윤필은 우리만이 아는 글자로 뜻을 전한 것이다.
정인지   (놀라) !!

이도의 책상 위에 '밀'로 맞춰진 글자와 'ㄴ' 있고···.

정인지   (약간 흥분해서) 전하, 허면 망 자는 무엇이옵니까?

하면 붓을 들고 'ㄴ' 자 위에 뭔가를 쓰는 이도.

#2. 안향 사당 안(밤)
일어나는 심종수 뒤로 아무렇게나 흩어져 있는 'ㅁ', 'ㅣ', 'ㄹ'가
우연히 '밀' 자로 배치되어 있는데···

심종수   (돌아보며, '밀' 자를 내려다보며) 대체 이게···

어찌 우리를 의미하는 것이야….

#3. 이도의 방(밤)
이도, 붓으로 가필을 한 뒤 손을 떼면
부감으로 보이는 종이. 'ᄂ' 위에 'ㅂ'이 쓰여져, '밀본'이 완성됐다.

이도   (보며 비장하게) 밀… 본…!

이도의 비장한 표정. (6부 엔딩 지점)
경악한 정인지. 충격으로 잠시 말이 없다가는….

정인지   그럴 리가요…. 그럴 리는 없사옵니다, 전하….
          밀본이라니요?
이도   나의 학사 윤필이… 죽어가며… 내게 전하려 한 것은…
          (글자 '밀본' 클로즈업)
          분명 밀본 아니냐?
정인지   (글자 '밀본'을 보며 더욱 충격에 빠지는 표정인데)
무휼   (밖에서 E) 전하, 무휼이옵니다. 들겠사옵니다.

하고는 들어오는 무휼.

이도   (불길한 느낌으로) 무슨 일이냐?
무휼   … 반촌 검안소에서 시신이 사라졌습니다.
이도   (놀라) !!

#4. 성삼문네 헛간 안(밤)
성삼문, 박팽년 있는데….

박팽년   우리가 모르는 일이라니?
성삼문   천지계원 각각은 따로 명 받아 하는 일이 있는 게고,
          그 전체의 일은 모른다는 게지!

| 박팽년 | 전체의 일… 대체 그게…. (하는데) |
| 성삼문 | (막으며 나지막이) 잠깐…! |

성삼문, 밖에 이상한 느낌이 있는 듯 주시하다가,
갑자기 문을 확 열고 나간다.

#5. 헛간 밖(밤)
성삼문 나온다. 아무도 없다.
주위를 살피다가 다시 들어가는 삼문.
이때 카메라 빠지면 지켜보고 있는 일각의 윤평. 반가면 쓴 채 있다.

#6. 안향 사당 전경(밤)

#7. 안향 사당(밤)
곤구망기를 해결하지 못한 심종수, 서서 서성이고 있는데
도담댁은 앞에 앉아 있다.

심종수	(도저히 알아내지 못할 듯 다시 자리에 앉으며) 만약 이것이 정말로 우리를 뜻하는 것이라면… 아직은 아니 되지….
도담댁	…….
심종수	본원께서 아직… 권토중래(捲土重來 : 어떤 일에 실패한 뒤 힘을 가다듬어 다시 그 일에 착수함)의 첫걸음도 떼시지 못한 상태 아닌가.
도담댁	아닙니다. 이미 시작하셨습니다.
심종수	(놀라) 뭐라?
도담댁	(서찰 하나를 주며) 본원의 명입니다.
심종수	(받아 펼쳐보며) …… (놀라) 혜강 선생!!
도담댁	예, 혜강 선생께서 우리와 함께만 해주신다면….
심종수	조선 선비의 반은 그분을 따를 것이네. 내 이 길로 바로 혜강 선생을 뵈러 가겠네.

결연한 표정의 심종수.

#8. 사당 밖(밤)
가면을 쓴 윤평이 숨이 찬 채 급히 온다.
가면 벗으며… 문 앞으로 가는 윤평.

윤평   (아직 얼굴 보이지 않은 채) 저 평입니다.
도담댁   (안에서 E) 들어오너라.

들어가는 윤평의 팔찌가 보인다.

#9. 사당 안(밤)
들어오는 윤평. 처음으로 얼굴이 보인다.

도담댁   시신을 가져간 자들이 누구였느냐?
윤평   성삼문과 박팽년이었습니다. 그들도 자문이 있었습니다.
심종수   (놀라며) 성삼문…, 박팽년이…?
윤평   시신을 가져가… 자신들의 자문과 비교하는 듯했습니다.
심종수   그렇다면… 계원들조차도… 서로는 모른다는 것이구나!
도담댁   허면 점조직입니다!
심종수   (생각하는 듯하다가) 성삼문과 박팽년도… 그 일의 정체는 모를 가능성이
           크다는 얘긴데….
윤평   예, 그런 것 같았습니다.
심종수   그럼 무조건 성삼문을 주시하거라.
윤평   (보면)
심종수   (의미심장한 미소로) 성수찬은 그런 호기심을 놔두고 있을 사람이 아니다.

#10. 일각(밤)
채윤 있는데 초탁 달려온다.

채윤   시신은?
초탁   (고개 젓고) 뭔 놈의 사건이 이렇게 이상한 일들이 많이 생겨?
           그… 군나미욕인지 뭔지도 그렇고….

하는데, 뒤에서 불쑥 채윤과 초탁의 뒷덜미를 양손으로 잡는 박포.

박포   군나미욕은 또 뭐야?

          니네 북방 아새끼들…, 뭐야? 뭔데 맨날 니네끼리만 쑥덕거리는 거야?

초탁   한양 돼지새끼래… 안 놓가서?

채윤   알았어, 알았어.

          놓구…, 일단 밥이나 먹고 시작하자.

          시신 찾느라구 한양을 얼마나 돌았는지 눈알이 다 돌아간다.

박포   (밥이라는 말에 얼른 손 놓으며) 그건 그래. 죽을 거 같어.

초탁   (채윤 보며) 내가 괜히 돼지새끼래니?

박포   뭐?

채윤, 앞장서서 가는데… 표정은 심각하다.

#11. 궁 전경(낮)

#12. 겸사복청(낮)
'君那彌欲' 쓰인 걸 책상에 꽝 놓는 채윤. 앞엔 초탁과 박포 있다.

박포   뭐야? 이걸 윤필 학사가 없애려고 했다고?

채윤   응. 그것도 죽은 허담 학사 책상에서 빼돌려서.

박포   뭔데? (하며 읽는) 군… 나… (모르는 듯) 아유, 눈이 침침하네….

초탁   미, 미… 미륵 할 때… '미' 자…. 아새끼야….

채윤   (무시하고 자기 생각에 빠져서는) 우선 봐.

하고는 카메라 빠지면, 요소들을 써놓은 종이들이 책상에 가득하다.
'玉色物件(옥색물건 : 옥색 꾸러미)'이라고 쓴 종이.
'許曇(허담)'이라고 쓴 종이.
'許曇殺害(허담살해)', '君那彌欲(군나미욕)', '尹必(윤필)',
'尹必拉致火災殺害(윤필납치방화살해)', '君那彌欲盜賊(군나미욕도적)',
'內人唉梨(나인소이)', '釧紋樣(천문양 : 팔찌 문양)',

'ㅣㅁ亡근(곤구망기)', '屍身盜賊(시신도적)'
등등이 쓰여진 종이들이 아무렇게나 있다.

박포	그니까… 아까부터 머리 시끄럽게 이게 다 뭐야?
채윤	이번 사건들과 관련된 요소들. 문제는 이것들이 다 한쪽서 벌인 일이 아니라는 거지.
박포	아니…, 시신부터 찾아야 한다니까 그게 다 뭔 말이야?
채윤	그니까 봐봐…. 맨 처음이 이 옥색 꾸러미부터잖아. ('옥색물건'이라고 쓴 종이 집으며) 전하께서 북방에서부터 구했고, 내가 허담 학사한테 전했어. 근데 그걸 그놈이 훔쳐갔지?
박포	응.
채윤	그럼 이 옥색 꾸러미는 누구 거겠어?
박포	전하 거.
채윤	자, 그럼 이건 (오른쪽으로 놓으며) 오른쪽! 다음 (집으며) 허담 학사! 당연히 전하 쪽이겠지! 오른쪽! (하며 놓고) 그럼 당연히 (집어 왼쪽으로 옮기며) 허담 학사 살해는 그놈의 짓, 왼쪽이겠지!
박포	아, 글쎄 이걸 왜 하는데?
채윤	(짜증내며) 아…, 그놈 참…. (참으며 '군나미욕'과 '군나미욕도적' 두 개를 양손으로 집으며) 근데 군나미욕이 나왔고, 군나미욕도적이 나왔지?
박포	(멍하니) 근데…?
채윤	(점점 흥분하며) 상식적으로 생각하면 군나미욕도적이 범인일 것 같은데! 그게 윤필 학사였단 말야! 그니까! 군나미욕, 군나미욕도적, 윤필 학사, 윤필 학사가 남긴 곤구망기는 몽땅 오른쪽이라는 거지! 전하의 편! (하고는 세 개를 모두 오른쪽으로 놓는다) 윤필 학사 살해는 왼쪽이구!
박포	(멍하니) 그래서?
채윤	(더욱 흥분하여) 그러니까 어제 발생한 시신 도적은 어느 쪽이겠냐, 이 말이야?
박포	… 글쎄?

채윤	(아무 생각 없는 박포를 노려보다가는 초탁은 알겠지 하고는 보는데)
초탁	(박포와 똑같은 표정으로) 나도 모르갔어.
채윤	(후, 한숨을 내쉬고는 침착하게) 생각을 해봐.
	살해를 했는데 그 시신을 다시 훔쳐갈 이유가 있겠어?
박포·초탁	없지.
채윤	그리고, 내가 집현전 가서 학사들 신체검열하겠다고 엄포 놓은 다음에
	발생한 사건이야.
	그러니까 시신 도적은, 윤필의 도적질과 비슷한 종류의 사건이라는 거지.
박포	그게 뭔데?
채윤	그러니까, 전하 편의 사람이 같은 편 사람의 일을 숨기거나
	알아내기 위해서 일을 저질렀다 이거야!
	결국 시신 도적은 집현전 학사일 거라구!
박포	그래? 그럼 가자! (하고는 나가면서) 짜식, 처음부터 그렇게 얘기하지.
	뭘 그렇게 어렵게 얘기해. (하고는 나가면)
초탁	포야! 같이 가자! (라며 함께 나간다)
채윤	(혼자 남아 둘을 보다가는) 내가 저것들을 동료라고···.

하고는 따라나간다.
책상 위에 남아 있는, 분류되지 않은
'內人咲梨(나인소이)', '釧紋樣(천문양)' 클로즈업. (자막)

#13. 궁 일각(낮)
채윤, 초탁, 박포 가는데···.

초탁	근데···, 아까 책상에 남아 있던 소이하고 팔찌 문양은 어느 쪽인데?
채윤	글쎄···, 광평대군이 데려갔으니··· 전하 쪽이라고 해야 하는데···.
초탁	그래도··· 그놈이 봤는데도 안 죽었잖아?
	더구나 팔찌 문양도 한 번 보고 외웠다고 하고.
채윤	응, 그래서 아직은 가운데야. 그 나인은···.

하는데, 박포가 길을 집현전 쪽으로 가려고 하자

채윤	그쪽 아냐.
박포	집현전 학사라며? 집현전 가는 거 아냐?
채윤	(포기한 듯) 가서 시신 도적 나오라고 할라고?
초탁	그럼?
채윤	같은 집현전 학사야… 알아볼 거 다 알아본 시신을 어떻게 하겠니?
박포	글쎄…. (귀엽게) 다시 검안소로?
채윤	위험하잖아.
초탁	그럼… 매장?
채윤	유학자들이잖아. 신체발부는 수지부모라구!
초탁·박포	(둘이 동시에 안 듯) 아! 집! 집! 집! (하며 둘이 뛸 듯이 기뻐하는데)
채윤	좋기두 하겠다.
	(하고는 바로) 그러니까 각각 윤필 학사, 허담 학사 집 맡아서 지키자구.
	분명… 밤에 옮길 거야!
	시신은 크니까… 수레나 뭐 이런 거 이용해서.

하는데, 급히 뛰어오는 정별감.

정별감	야! 큰일 났어!!
채윤	왜요? 또?
정별감	원래 두 분 학사분들… 시신을 넘겨주기로 한 게 오늘이었는데…
	어제 사라졌잖아.
채윤	그래서요?
정별감	그래서요는? 유족들이 난리가 나셨지.
	가서… 잘 설명하고 설득할 책임이 생겼다 이 말이지.
채윤	예에…, 안 그래도 시신 찾으러 그 집으로 가던 길입니다요.

하고 채윤 앞장서면

정별감	(초탁, 박포에게) 저게 뭔 말이냐?
박포	들어도 모르세요.
초탁	그냥 따라가세요. (하고는 가는 둘)

정별감	저놈들이! (하다가는 들리는 세피리 소리) 또 전하신가?
	참… 속도 편하시네….
이도	(E) 향피리….

#14. 경회루 혹은 부용지(낮)
긴장한 표정의 옥떨. 내던 세피리 소리를 멈춘다.

옥떨	(긴장하여 이도 보며) 햐, 향피리 말씀이옵니까…?

이도, 대답 없이 눈을 감고 있다.
보던 옥떨, 긴장한 채 향피리 소리를 내기 시작한다.
긴장한 채, 평소와 다른 이도의 눈치를 보고 있는
무휼, 정인지, 정득룡, 근지, 목야, 덕금.
이도, 눈을 감은 채 듣기만 한다.
살얼음판 같은 분위기인데…
갑자기 벌떡 일어나는 이도, 걸어서 가려다가는,
옆의 정인지와 무휼에게 조용히

이도	조말생을 불러라.
정인지	(갑자기 조말생은 왜?)
무휼	(역시 같은 생각인데)
이도	듣지 못했는가? 조말생을 부르라.

이때 급히 오는 상궁. 보는 이도.

상궁	(급히 와서는) 전하…, 조말생 대감이 홀로이 알현키를 청하옵니다.

'알현? 혼자? 조말생이?' 놀라는 이도, 정인지, 무휼.

#15. 이도의 방(낮)
놀란 이도의 표정.

이도   (경악했으나 일부러 가벼운 톤으로) 밀본이라니?
          갑자기 그게 무슨 소리요? (하는데)

          조말생, 낡은 두루마리를 올린다.

이도   (표정 변하지만 펴 보지는 않고) 이게 무엇이오?
조말생   선대왕께오서 승하하실 때… 소신에게 내리신 명이옵니다….
이도   ……?
조말생   궐에 괴이한 일이 있을 때를 대비하고, 전하를 도우라 하셨사옵니다.
          바로 지금이… 그때라 사료되옵니다.
이도   ……!!
조말생   조선 개국 이래, 이보다 더 괴이한 일이 일어난 적이 있었사옵니까?
이도   … (무표정) …….
조말생   (힘주어) 전하, 밀본은… 있사옵니다.
이도   … (무표정) …….
조말생   믿기지 않으시옵니까?
이도   (보면)
조말생   허면… 잠행을 허해주소서. 보여드릴 것이 있나이다.
이도   (의미심장하게 보는데) …….

          #16. 정도광의 집 앞(낮)
          3부에 나왔던 정도광의 집이 폐가로 변해 있다.
          정도광의 집 전경에서 카메라 팬하면,
          선비 변복 차림의 이도와 무휼, 서책을 든 조말생이 와 있다.
          이도, 3부 22씬의 아수라장이 플래시컷 된다.

조말생   이곳은 역적 정도광의 집이옵니다. 따르시지요.
이도   …….

          #17. 밀본 석실 안(낮)
          횃불을 들고 들어오는 조말생.

그 뒤로 의아한 표정의 이도 들어오고, 무휼이 뒤따라 들어온다.
조말생, 횃불로 벽에 있는 등에 불을 밝히면…
드러나는 석실의 모습.
이도, 믿기지 않는 듯 놀라운 표정인데….
조말생이 횃불을 비춰 밀본의 서가 써 있는 벽을 비추면…
불빛이 비쳐 일렁이는 이도의 얼굴. 점점 놀라움이 번지는데….

이도   (빠르게 눈으로 읽다가는 떨리는 목소리로) 밀본이… 정군하고 격군한다.
          밀본이 재상을 옹립한다. 밀본이… 조선을 움직인다.
          밀본 1대 본원 정… 도… 전…….

무휼, 경악한 채로 이도를 보고… 조말생은 담담한 표정인데….

이도   (무표정하게 있다가는 낮게) 이는… 정도전과 정도광 때의 일이 아니오….
조말생   (보고)
이도   수십 년 전의 일이고… 또한 둘 다 죽었소!
          헌데 밀본이 존재한다?
          지금 일어나고 있는 일이 밀본과 관련돼 있다?
조말생   …….
이도   어찌 확신하시오…?

#18. 정자(낮)
혜강, 차를 마시다가 놀란 얼굴로 앞을 보고 있다.
앞에 심종수가 마주 앉아 있다.
정자 아래로는 심종수 뒤쪽에 막수가 서 있고,
혜강 뒤쪽으로는 무사 몇 명이 대치하듯 서 있는데….

혜강   지금… 뭐라 한 것이냐…?
심종수   45년 전, 삼봉 선생과 하신 맹약을 지키실 때가 이르렀다고 아뢰었습니다.
혜강   ……!
심종수   (고개를 조아리며) 밀본과 뜻을 함께해주시길 바라옵니다.

혜강	(황당하다는 듯) 밀… 본…? 밀본이라 했는가…?
심종수	예, 스승님!
혜강	(버럭 하며) 닥쳐라! 내가 어찌 너의 스승이란 말이냐!
심종수	유림의 스승이시니, 모두의 스승이시지요.
혜강	(노려보다가는) …… 무인년에 선사(先師 : 돌아가신 선생을 높여 부르는 말)이신 삼봉 선생께서 돌아가셨고, 20여 년 전 그 아우 정도광이 비명에 갔다.
심종수	…….
혜강	헌데 누가 있어 밀본을 이끈다는 것이냐.
	네놈이 밀본을 사칭하여 누구 앞에서 수작을 부리는 게냐!
심종수	(무표정하게 보는데)
혜강	(무사들을 향해) 여봐라!

하면, 정자로 뛰어올라와 심종수의 목에 칼을 들이대는 무사.
동시에 정자 아래에서는 막수를 둘러싼 무사들이
일제히 칼을 뽑아 겨눈다. 막수도 칼을 반쯤 발검하고 있다.

막수	(전혀 당황하지 않은 기색으로 심종수를 향해) 나으리…, 어찌할까요?
심종수	(역시 전혀 동요하지 않고) 괜찮다.
막수	(그대로 침착하게 칼을 도로 집어넣고)
심종수	(침착하게) 저를 여기서 베시는 것은, 아무런 의미가 없습니다.
	본원께 누가 될 뿐이지요.
혜강	(냉소 지으며) 본원이라? 누가 감히 본원을 사칭한다는 게야?
심종수	(보고)
혜강	삼봉 선생의 일족이 모두 죽었다! 선왕의 손에 몰살되었어!
	헌데 밀본을 이끌 수 있는 자가 어찌 있단 말이냐!
	누가! 대체 무슨 자격으로!!
심종수	(의미심장하게) 있습니다. 한 사람이… 살아남았으니까요.
혜강	(놀라며) ……!!
이도	(E) 묻지 않소.

#19. 밀본 석실(낮)
이도, 조말생, 무휼 있고….

이도   정도전과 정도광… 모두 죽었소.
         그 조직은… 지난 수십 년간 아무런 움직임이 없었어.
조말생   (보고)
이도   설사 밀본이 있었다 한들, 지금은 와해된 것이 아니오.
무휼   …….
이도   여기 쓰인 대로 본원… 본원이 없는데 누가 그 엄청난 조직을
         이끌 수 있으며, 누군가 이끈다 한들, 무슨 명분이 있단 것이오!
조말생   … 있사옵니다.
이도   (보고)
무휼   (보면)
조말생   (비장하게) 기… 축년….
이도   (설마…! 놀라며) ……!!
심종수   (E) 기축년… 초동요사.

#20. 정자(낮)
경악한 얼굴의 혜강.

심종수   삼봉의 생질… 정도광의 장자… 정. 기준 도련님이십니다.
혜강   (믿기지 않는 듯) … 그럴 리… 없다….
심종수   스승님께서도 받지 않으셨습니까.
혜강   … 무엇을?
심종수   (의미심장하게) 20여 년 전… 정기준 도련님께서 마지막으로 남긴 전언.
혜강   (놀라며) 허… 허면!
심종수   (비장하게 미소를 띠며) 얼마 전… 주자소에… 화재가 있었지요.
         때가… 임박했습니다.
혜강   (충격에 휩싸여 심종수를 보며)

#21. 밀본 석실(낮)
충격 받은 얼굴의 이도와 무휼 있고….

조말생 정기준이 죽지 않고 살아남았음을 전하께서도 아시지 않습니까.
       심지어… (무휼을 힐끗 보고) 살리려고도 하지 않으셨습니까.
이도   …….
무휼   …….
이도   … 정기준의 소재를… 아는가.
조말생 (들고 있던 낡은 수사서책을 올리며) 그간 정기준에 대해
       추적해온 것이옵니다.

무휼, 받아서 이도에게 올리면….
이도, 무표정하게 책장을 넘겨 보는데….
초동요사 시절의 어린 정기준의 모습이 그려져 있다.
한 장 더 넘기면… 조금 더 자란 모습. 행적들이 적혀 있고….
마지막으로 기록돼 있는 조금 자란 정기준의 얼굴을 보는 이도.
이것이 정기준이란 말인가, 복잡한 표정으로….

#22. 허담의 집 전경(낮)
그리 크지 않은 작은 민가 정도.

#23. 허담의 집 마루(낮)
채윤, 칼은 빼서 마루 한쪽에 세워두었다.
그 앞에는 상복 차림의 허담 부인이 있다.

채윤   (부인 앞에 다가앉으며) 송구합니다….
허담처 오늘… 장례를 치르기로 한 날입니다.
       전하께서 하사하신 관도 도착할 것인데…. (눈물 지으면)
채윤   시신은 곧 돌아올 것입니다. 너무 심려 마십시오.
허담처 (침울하게) …….
채윤   저… 제가 허담 학사께, 어떤 물건을 전해드렸습니다.

허담처	아…, 그 책을 가져오신 분이군요.
채윤	그것이 책이었습니까? 무슨 책이었습니까?
허담처	(말을 하지 않고 머뭇거리는데) ……..
채윤	(눈치채고는) 시신과 범인을 찾는 데 도움이 됩니다. 말씀해주십시오.
허담처	(보다가는) '비바사론'이라고 알고 있습니다.
채윤	……? 비바… 사론이요? 그것이 무엇입니까?
허담처	불경으로 알고 있습니다.
채윤	불경이요…. (하고는 마음의 소리 E) 불경 때문에 세 명이 죽었다…? (다시 허담처에게) 무슨 내용입니까?
허담처	어찌 알겠습니까. 범어로 된 책이라, 내용을 알 수가 없지요.
채윤	그 내용을 알려면 어찌해야 할까요? 고승들을 찾아가야 하는 것입니까?
허담처	아닙니다. 나리께서, 벽사재 주인과 그 책에 대해서 말씀을 나누시는 것을 본 적이 있습니다.
채윤	벽사재요?
허담처	반촌에 있는 책방입니다. 유생들이 주로 책을 구하는 곳이지요.
채윤	(되뇌듯) 예에…, 벽사재….

#24. 허담의 집 밖(낮)
채윤이 나오는데…
기다리고 있던 정별감, 초탁, 박포.

정별감	(호들갑스럽게) 야, 뭐래? 용서해주신대? 우리 다 용서해주실 분위기야?
채윤	(하면 무시하고 빠르게) 분명 시신은 오늘 밤! 이곳에 나타날 겁니다. 그걸 돌려놓는 놈을 잡아야 돼요! 그래야 용서를 받구요.
정별감	그렇지! 당연하지! (하다가) 근데 여기 나타날지 어찌 알아?
박포	(한심하다는 듯 근엄하게) 그야 당연히, 신체발부는 수지부모니까요.
정별감	얘 뭐래니? (하는데)
채윤	(정별감 똑바로 보며) 반드시 꼭! 여기 나타날 겁니다. 그리고 아시죠? 이번에 놓치면 영원히 좋이라는 거! 반드시 잡아야 돼요! 반드시!
정별감	(주먹 불끈) 그렇지! 잡아야지!
채윤	(지시 내리듯) 잘 지키세요! 꼭 잡으시구요! (하고 초탁, 박포에게 눈짓하면)

재빨리 어디론가 가버리는 셋.

정별감   (가는 셋 보며 멍하다가) 뭐야? 나보고 밤새 지키라는 거야?
　　　　　야…, 야! 이놈들아!!

#25. 벽사재 앞 반촌 거리(낮)
가는 채윤, 초탁, 박포.
앞쪽에 벽사재(碧思齋) 간판이 보이고….

채윤   (앞 보고) 나 잠깐 들어갔다 올게.

#26. 벽사재 안(낮)
양옆으로 책장 있는데, 가운데로 들어오는 채윤.

채윤   (두리번거리며) 주인장 있는가?

안에서 톤 높은 목소리로 '누구요?' 하며 누군가 나오는데…
윤평이다. 지금까지와는 다른 복장에 평범해 보이는 모습.
나오다가, 채윤을 보고 멈칫하는 윤평.
그러나 곧바로 아무렇지 않은 척 표정 바꾼다.

채윤   (전혀 모른 채로 보며) 주인장인가?
윤평   (긴장했으나 목소리 높은 톤으로) 잠깐 출타 중이신데….
채윤   (책 한 권 꺼내 대충 훑어보며) ……..
윤평   (긴장한 채로) 찾으시는 게… 있습니까?
채윤   그래… 혹시 여기…. (하며 보던 책을 덮어 윤평에게 건네는데)

그 책을 받는 윤평.
이때, 윤평의 팔에 보이는 팔찌!!
채윤, 순간 굳어버린다.
ins. cut - 6부 8씬. 소이가 그린 팔찌 그림.

쿵쾅거리기 시작하는 채윤의 심장.

슬그머니 허리춤에 칼을 찾는데 없다.

F. B - 23씬. 허담네 집에 두고 온 마루에 세워진 칼.

윤평의 시선.

다시 채윤이 입구 쪽을 돌아보는데….

ins. cut - 벽사재 앞. 초탁, 박포가 안 보인다.

낭패다 싶은 채윤의 표정. 윤평의 시선.

채윤   (당황했지만 최대한 아무렇지 않게) 이런! 내가 전대를 두고 왔네!
　　　　돈도 없이 무슨 서책을 사겠다고…. 갖고 올 테니 기다리게. (하고 나가려는데)

윤평   (뒤에서 미소로) 예, 그러시죠.

하고는 미소가 싹 사라지며 보는 윤평.

그런 윤평을 보지 못한 채 뒤에 두고 걸어가는 채윤, 긴장된다.

뭔가 싸한 느낌. 그러나 뒤돌아보지는 못하겠고….

채윤, 책장 가운데로 나가는데

이때, 책장 책 사이로 쑥 나오며 채윤의 목에 들어오는 칼!

채윤, 순간 긴장하는데….

윤평   (낮은 목소리로) 날… 어찌 안 것이냐.

채윤   (같은 목소리 톤으로) 어찌, 목소리는 그리 까는 것이냐.

윤평, '이놈이!' 하듯이 채윤의 목에 칼을 더 세게 들이대고

채윤의 목에서 피가 흐른다.

채윤   (걸렸구나. 긴장한 채 손목 안에 숨겨둔 단도를 꺼내려는 듯 움직이는데)

윤평   오른손에 있는 것을 그대로 땅에 떨어뜨려라.

채윤   (대단한데) !! (어떡할까? 칠까 말까 일촉즉발의 느낌인데)

이때! 창호지 문을 뚫고 총알처럼 날아오는 쇠구슬 두 개!

그 순간 쇠구슬을 피해 각각 양쪽으로 몸을 날리는 채윤과 윤평.

윤평, 지붕을 뚫고 날아오르고

채윤, 휙 돌아보는데!

#27. 벽사재 밖(낮)

윤평, 착지하는 순간,

'으아아아!!' 하는 괴성과 함께

윤평을 그대로 잡아올리는 박포, 괴력으로 집어 던지는데….

윤평, 그대로 하늘로 날아가다가 바로 출상술로 연결,

사람들 사이로 튀어버린다.

놀라는 박포, 초탁.

이때 뛰어나오는 채윤. 눈을 빛내며, 바로 출상술을 쓰려는데.

초탁   (나지막이 말리며) 안 돼. 사람들이 많아!

채윤   이런 제길…. 저 새끼 잡아!!!

박포   누군데?

채윤   윤필 죽인 그놈!! (하며 그대로 미친 듯이 달려나가면)

뛰기 시작하는 셋.

#28. 허담의 집 마당(낮)

허담네 노비 두 명, 수레에서 관을 내리려는데 멈칫한다.

보는 허담처. 보는 정별감.

정별감   왜 그러느냐?

노비 1   과… 관이… 너무 무겁습니다요.

정별감   (뭐지 싶어 이상하게 보는데)

#29. 길 일각(낮)

달려오는 채윤. 주위를 살피는데 아무도 없고…

열이 확 오르는 채윤, 거칠게 숨을 씩씩 몰아쉬는데….

이때, 역시 헉헉거리며 달려오는 초탁.

초탁	(고개 저으며) 없어, 아무 데도.
채윤	(열받고 약 올라 미치겠고)
초탁	니 스승… 그 노인네하고 관련 있는 거 아니네?
채윤	(보면)
초탁	너 맨날 자랑했잖아. 출상술…, 그 노인네만 할 수 있는 기술이라고.
채윤	너도 알잖아. 스승님…, 2년 전에 사라지신 거.
	백방으로 알아봤는데 찾을 수 없었다구….
초탁	암튼 간에 그놈도 노인네 제자 아니겠어?
채윤	스승님이 제자는 나 하나라셨어!
초탁	그럼 그놈이 출상술을 어찌 알아?

채윤, 설마 싶은 표정인데….

정별감	(E) 야야야야!! 강채윤!!

채윤, 초탁 보면… 정별감이 헉헉대며 달려오고 있다.

정별감	(숨 몰아쉬며) 시, 시신이… 시신이 나타났어!!
채윤	(놀라) 어떻게요?
초탁	!!
정별감	(헉헉) 전하께서 하사하신… 관 속에 들어 있었어!
채윤	(놀라고)
초탁	(놀라는데)
채윤	(다급히) 그 관 가져온 자를 수배해주십쇼. 저는 벽사재 주인을 찾겠습니다.
정별감	알았어.

하고 정별감, 초탁 급히 가면…
모두 가고 나면 혼자 남은 채윤. 목에 다시 피가 흐른다.
채윤, 피를 훔쳐서 신경질적으로 털어내며….

채윤	(윤평이 간 쪽을 노려보며 한숨 한 번 쉬고 낮게 씹어뱉듯)

너… 나 잘못 건드렸어. 나… 한짓골 똘복이야!

하고는 고개 돌리다가 분을 못 이긴 듯
바닥에 있는 짱돌을 거칠게 걷어차는 채윤.

채윤   (속에서부터 분노와 분통이 터지듯) 빌어먹을!!!

#30. 궁 전경(밤)

이도   (채윤의 것과는 조금 다른 정서로 낮게 E) 빌어먹을…!

#31. 궁, 편전(밤)
이도, 머리가 복잡한 듯, 무거운 발걸음으로
텅 빈 편전을 왔다 갔다 서성이고 있다.
F. B - 15씬.

조말생   (힘주어) 전하, 밀본은… 있사옵니다.

F. B - 17씬.

이도   밀본이… 조선을 움직인다.

F. B - 21씬.

조말생   정기준이 죽지 않고 살아남았음을 전하께서도 아시지 않습니까.

F. B - 6부 26씬.

무휼   한짓골… 똘복이옵니다.

조말생의 '정기준이 죽지 않고 살아남았음을 전하께서도

아시지 않습니까, 무휼의 '한짓골… 똘복이옵니다'가
어지럽게 섞여 들려오며… 미치겠는 이도, 우뚝 멈춰 서며.

이도   (점점 신경질적으로) 젠장할…! 우라질…! 개 엿 같은!!! (호흡이 가빠지는데)

한쪽 구석에서 그런 이도를 보고 있는 소이.
소이, 위태로워 보이는 이도가 걱정스러운데… dis.

#32. 궁 전경(낮)

지밀상궁   (E) 대군마마 들었사옵니다.

#33. 이도의 방(낮)
들어오는 광평과 소이. 앞을 보면,
이도, 보고 있던 책을 덮는다. 앞 씬과 달리 평온한 모습이다.
소이, 그런 이도를 보는데….

광평   부르셨습니까, 아바마마….
이도   (바라보다, 아무렇지 않게) 우리 하는 그 일을… 잠시… 중단했으면 한다….
광평   ……! (놀랐으나 짐작한 듯) 예, 아바마마. 그리하겠사옵니다.
이도   차후로… 나 또한…
        이 일에 관련된 사람은 누구도 만나지 않고 정사에 집중하려 한다.
        이젠… 집현전도 가지 않을 것이다. 허니, 다음 명을 기다리며
        모두 은인자중하라 이르거라.
광평   예…, 아바마마. 허나… 장교리가 진행 중인 일은….
이도   그것도 중지할 것이야. 자료는 받아놔야겠지.
        (소이에게) 장성수와의 회합은 언제냐.
소이   (쓰며, N) 오늘, 신시(申時 : 오후 3~5시)이옵니다.
이도   허면, 장교리에게 다른 것들은 모두 태우고,
        그 자료만 네가 취하도록 해라.
소이   (고개 숙여 '예'라는 대답을 표하고)

이도	어디서 만날 것이냐?
소이	(쓰며, N) 벽사재이옵니다.

#34. 벽사재 앞 전경(낮)

#35. 벽사재 앞(낮)
사람들, 뭔가를 보고 놀란 듯, '뭐야? 왜 저래?' 웅성거린다.
보면, 박포를 필두로, 학익진 대형으로 몰려오는
채윤, 초탁, 겸사복 열 명.

박포	비켜!! 비켜라, 이놈들!!

채윤과 박포, 초탁, 겸사복들, 거칠고 고압적인 자세로
벽사재 앞의 사람들을 밀치고 들어간다.

#36. 벽사재 안(낮)
우르르 들어오는 채윤, 초탁, 박포, 겸사복들.
겸사복들, 책들을 뒤엎으며 벽사재 곳곳을 뒤지기 시작하고….

초탁	주인 나와! 주인!!
주인	(놀라 달려나오며) 어찌 이러십니까요, 겸사복 나리!
채윤	그놈 어딨어?
주인	(쫄아) 예?
채윤	그 팔찌 찬 놈! 키 크고 얼굴 허여멀건하고 목소리 귀신 같은! 그놈 어딨냐구!!

#37. 반촌굴 안(낮)
여인네들이 채소 다듬고 있고, 끝수는 생선 대가리 치고 있고,
가리온과 개파이는 도축한 고기를 옮기고 있다.
그들 사이를 거닐며, 살피는 도담댁.

도담댁   오늘은 재회(齋會 : 유생들의 자치기구, 학생회)가 있는 날이니, 서둘러라!

반촌민들, 모두 '예!!' 하며 분주히 움직이는데,
이때, '행수 어르신!!' 소리 들리며, 달려오는 연두모.

연두모   (숨 헐떡이며) 행수 어르신! 큰일 났어요!
도담댁   왜 그러느냐?
연두모   겸사복들이… 벽사재에 들이닥쳐서는… 부수고 뒤엎고 아주 난리예요!
가리온   그게 무슨 소리야? 들이닥치다니?
끝수   (가게에서 튀어나오며) 행수!!
도담댁   (표정 싹 변해) 가자.

도담댁, 굳은 표정으로 가면,
끝수, 옥떨이, 가게에서 일하던 반촌민들,
절굿공이, 빗자루 등등 무기를 챙겨 나와 우르르 도담댁 뒤를 따른다.
가리온은 '대체 뭔 일이야…' 싶은 얼굴로 따르다가 보면,
개파이는 그냥 아무 상관없이 무표정하게 고기를 썰고 있는데,
이때, 개파이에게 오는 연두. 같이 가보자는 듯 팔을 잡아당긴다.
개파이, 그런 연두를 보며 순박하게 미소 지으면.

#38. 벽사재 안(낮)
눈빛을 희번덕거리며 주인을 위협적으로 보고 있는 채윤.
초탁과 박포는 여기저기 엎으며 뒤진다.

주인   (완전 쫄아) 전 정말 모릅니다요!
박포   (멱살 확 잡으며) 주인이 지가 쓰던 놈을 모른다는 게 말이 돼?
주인   정말입니다요! 명나라에서 책 대주는 왕대인의 심부름꾼이었는데…
        왕대인이 써보라 해서 데리고 있었습니다!
        책도 많이 알고, 분류도 잘해서 썼던 건데…
        그런 흉악한 놈일 줄은 누가 알았겠습니까요? 믿어주십쇼!
채윤   언제부터 썼는데?

주인	한 두어 달 됐습니다요. (하며 벌벌 떠는데)
도담댁	(E) 무슨 짓들입니까!!
채윤	(돌아보면)

#39. 벽사재 앞(낮)
도담댁을 중심으로 위압적으로 몰려와 있는 끝수, 옥떨이, 반촌민들.
가리온은 일 나겠다 싶어 안절부절못하는 얼굴이고…
연두모는 아낙들 사이에 섞여 구경하고 있다.
연두의 손을 잡고 오는 개파이도 사람들에 섞여
아무 생각 없이 구경하는데.

도담댁	예가 어디라고 이리 불경한 짓을 벌인단 말입니까!
	여기는 문성공의 사당이 있는 반촌입니다!
박포	(나오며 무기 든 반촌민들 한번 싹 훑고는) 여기서 일하던 놈이
	집현전 학사 죽인 범인이야.
	그리고 우리 겸사복을, 감히! 겸사복을 죽이려 했다구!
가리온	(범인? 놀라 보고)
도담댁	(흔들리지 않고) 허면 재가를 받으셨습니까?
	벽사재는 집현전 학사님께 책을 대드리는 곳입니다.
	누구의 명으로 (뒤엎어진 물건을 보며) 이리하셨습니까?
박포	뭐?!
도담댁	(물러서지 않고) 겸사복장입니까? 의금부 도제좁니까? 아님, 전하십니까?!
박포	없어 그딴 거!
도담댁	다들 들었지? 재가가 없으시단다….

그 말에, 각자의 무기들을 곧추세워 드는 끝수와 옥떨이, 반촌민들.
금방이라도 달려들듯 분위기 험악해지는데….

#40. 반촌 일각(낮)
오는 소이. 카메라, 소이를 따라가는데…
어디선가 소란스러운 소리가 들려온다.

소이, 보면,
벽사재 앞에 사람들이 모여 있고…
경계하는 소이. 장성수를 찾으려 두리번거리는데….

#41. 벽사재 앞(낮)
무기를 곧추세운 반촌민들과 대치하고 있는 박포.

박포   (주먹 쥐며) 그래, 오늘 여럿 초상 치러보자. 덤벼! 덤비라구!
가리온 (박포 막으며) 아이고 겸사복 나리….
        (도담댁에게) 행수 어른, 말로 하시지요. 말로. (하는데)
채윤   (E) 야야…, 그만해.

        나오는 채윤과 초탁.

박포   그냥 가자구?
채윤   (도담댁에게 허리춤 보이며) 우리 칼도 안 차고 들어왔잖아.
        행수는 알지? 여기서 일하던 놈이 누군지?
도담댁 (보고) …….
채윤   누구야?
도담댁 (보다가) 행수라 한들, 반촌 사람 하나하나… 어떤 사연을 가진 자인지…
        어디서 흘러들어왔는지까지 어찌 다 알겠습니까.

        그런 도담댁을 의심스럽게 보는 채윤.
        그만 가려던 채윤, 어딘가를 보고는 멈칫한다.
        보면, 소이가 사람들 속에서 누군가를 찾는 듯 두리번거리고 있다.

채윤   (놀라, 마음의 소리 E) ……! 저 나인이… 여긴 왜?

        채윤, 소이를 지켜보는데.
        채윤이 있는 줄 모른 채 두리번거리던 소이,
        군중 속에서 장성수를 발견한다.

장성수도 소이를 발견하곤 눈짓을 하는데…
소이와 시선을 주고받는 장성수를 보는 채윤.
채윤, 둘이 뭐지…? 싶어 주시하는데…
소이와 장성수, 어딘가로 함께 간다.
채윤, 얼른 따라가려는데,
'야!! 강채유우우우웅!!!!' 소리 들리며 벼락같이 달려오는 정별감.

정별감   (채윤에게 달려들어 패며) 너 미쳤냐? 돌았어?
채윤   (막는) 아, 아, 왜 이러세요!

채윤, 막으면서 어디 간 거야… 주위를 살피는데 없다.

#42. 헛간 안(낮)
작은 서찰을 내미는 소이.
장성수, 받아 보면.

소이   (N) 그간의 자료는 모두 정리하여 제게 주시고…
         집현전에 있는 책들은 불태운 후, 댁에서 은거하시라는 전하의 명입니다.
장성수   (읽고는 서찰을 태우며) 알았네. 내 오늘 밤 바로 떠날 것이니,
         해시에 진관사에서 만나세.
소이   (세필 붓으로 종이에 써서 내미는, N) 그 시각까지 정리는 다 되시겠습니까.
장성수   (읽고는) 어떻게든 해보겠네.
소이   (보다간, 다시 써서 내밀며, N) 전하께서… 부디 몸조심하라 이르셨습니다….
장성수   (서찰 보고는 비장해져) 내 걱정은 마시라… 전해드리게.
소이   (끄덕이면)
장성수   먼저 나갈 테니, 나인은 뒤에 따르시게.

하고는 문을 열어 밖을 살피고는 나가는 장성수.
소이, 깊은 숨을 내쉬고는… 잠시 뒤 나간다.

#43. 길 일각(낮)
서둘러 오다가는 멈칫하는 장성수.
집현전 서리들이 장성수를 둘러싼다.
장성수, 뭔가 심상치 않다 싶은데….

#44. 이도의 방(낮)
놀란 얼굴의 이도.

이도   그게 무슨 소리냐? 겸사복들이 벽사재를 덮쳤다니?
무휼   학사들을 죽인 범인이… 벽사재 일꾼으로 잠입해 있었다 합니다.
이도   (경악하다간 작은 소리로 버럭) 어찌 그곳에 잠입을 할 수 있어! (하는데)
         어찌 그곳을 알 수 있단 말이냐?
지밀상궁 (E) 전하…, 조말생 대감 입시이옵니다.
이도   (분노를 삭이며) 들라 하라.

         조말생, 들어오면, 무휼은 나가고….

조말생   (예를 갖춘 후) 전하…, 지난 살해 사건의 범인이
         반촌 벽사재 일꾼으로 위장해 있었다 들었사옵니다.
이도   (애써 침착하게) 과인도 좀 전에 보고받았소.
조말생   밀본이 곳곳에 암약하고 있음이옵니다.
         벽사재가 어떤 곳이옵니까…. 성균관 유생은 물론,
         전하께서 총애하시는 집현전 학사들이 수시로 드나드는 곳이옵니다.
이도   학사들을 의심하는 게요?
조말생   기축년 초동요사 이후, 정기준을 마음속으로 흠모하는
         유생들이 많다는 것을 아실 것이옵니다.
         그 괴한이… 내부의 도움 없이 어찌 궁에 침입할 수 있었겠사옵니까.
이도   ……!
조말생   성균관은 물론, 집현전도 안심할 수 없사옵니다.
         누가 그들에게 포섭되었을지, 알 수 없사옵니다!
         아니! 조정의 중신들도 그 누가 밀본일지 알 수 없는 일이옵니다!

이도	(보면)
조말생	군왕은… 가장 의심하기 어려운 자부터 의심해야 하는 법이옵니다.
이도	(어둡게 보며) …….
조말생	군왕이 그 의무를 게을리한다면…
	다시 한 번 궁에 피가 흐를 것이옵니다.
이도	해… 서…?
조말생	이는 겸사복 따위가 수사할 수 있는 일이 아니옵니다.
	전하께서 소신에게 수사를 일임하신다면, 목숨을 걸고 해결할 것이옵니다.
이도	누구도 믿을 수 없다면… 내 어찌 경은 믿을 수 있는 것이오?
조말생	(놀라) ……!
이도	과인이 사람을 믿는 것 같소? 그런 군왕이 있겠소이까?
	사람을 믿고서 어찌 정책을 세운단 말이오?
	사람을 믿을 수 있었다면 어찌 법과 율령을 만들었겠소?
	다들 알아서 잘하겠지!
조말생	(보며) …….
이도	모두… 사람을 믿지 못해… 만든 것들이 아니오?
	해서 조선경국전이 있고! 국가가 있고! 군왕이 있는 것이 아니오?
	이런 과인이 경은 어찌 믿겠소?
조말생	…… 그리 말씀하시니, 소신… 마음이 한결 놓이옵니다.
이도	(보며) …….
조말생	예…, 전하…. 그렇게 끊임없이 의심하셔야 하옵니다.
	가장 가까운 자일지라도, 가장 믿을 만한 자일지라도…
	의심하고, 헤아리고, 가늠하셔야 하옵니다…. (머리를 조아리며) 전하!
이도	(어두운 표정으로 보며) …….

#45. 궁 일각(낮)
조말생 심각한 얼굴로 가고 있는데, 이신적과 마주친다.
예를 취하는 조말생과 이신적.

이신적	전하를 뵙고 오시는 길입니까?
조말생	그렇소이다.

이신적	(미소로) 근래 강녕전에 자주 드나드십니다. 간밤에도 은밀히
	전하를 알현하고, 잠행까지 하셨다구요…?
조말생	(다 알고 있음에 흠칫 놀라다가) ……!
이신적	아닙니까…?
조말생	(헛기침을 하며) 우상께서 그리 자세히도 알고 계시는 일이,
	어찌 은밀한 알현이고 잠행이라 할 수 있겠소이까?
이신적	(허허 웃으며) 궁에는 벽에도 귀가 있다 하지 않습니까?
	거두는 사람이 많다보니, 들리는 말도 많을 뿐입니다.
	무슨 말씀들을 그리 재미나게 나누셨습니까?
조말생	(날카롭게 보며) …….
이신적	어찌… 그리 보십니까…?
조말생	우상께선… 밀본에 대해 어찌 생각하십니까?
이신적	예? 밀본… 밀본이요? (허허 웃으며) 거참… 오랜만에 듣는 말입니다….
	참으로 오래된 풍설이 아닙니까?
조말생	밀본이 있다고 생각하십니까?
이신적	대감께선… 용궁이 진정 있다고 생각하십니까?
	용궁 같은 거 아니겠습니까? 그저… 재밌는 이야기…, 허허허….
조말생	예에…, 그렇겠지요…. 이만 가보겠습니다.

하고 예를 취하고 가는 조말생, 역시 미소 지으며 예를 취하는 이신적.
가는 조말생의 모습을 미소 띠며 보다가 웃음이 멈추며,
심각한 표정이 되는 이신적.

#46. 상림원(낮)
'전하!! 전하!!' 하고 찾으며 오는 무휼.
이때, 나무에 걸려 있는 곤룡포를 발견하고 놀라는데….

| 무휼 | (더 다급히) 전하!! 전하!! 전하!!! |
| 이도 | (E) 그만 좀 부르거라. |

하고 보면, 나무 뒤에 벌러덩 누워 있는 이도.

무휼, 놀라서 다가간다.

무휼   (옆에 가 서며) 전하, 어찌….

이도가 내려다보이자, 당황하여 얼른 바닥에 납작 엎드려
몸을 전혀 일으키지 않고 이도와 눈높이를 맞추는 무휼.

이도   너는 사람을 믿느냐?
무휼   … 전하를 믿사옵니다….
이도   헌데 어찌… 똘복이를 죽이자 하느냐? 내 뜻을 알 터인데….
무휼   … 그놈 살기의 진정성도 믿기 때문이옵니다.
이도   (픽 웃으며) 너는 사람을 믿으니 죽이라 하는구나….
        누구는 사람을 믿을 수 없으니… 죽이라 하던데….
무휼   …….
이도   왕이란… 이래저래… 사람을 죽이는 자리였나보다.
        헌데 말이다 무휼아….
        내가 가장 사람을 죽이고 싶을 때가 언제인지 아느냐.
무휼   … 언제이옵니까….
이도   나를 믿을 수 없을 때다.
        지금이 그렇구나….

하고 자조적인 웃음을 흘린다.

#47. 안향 사당 안(낮)
도담댁 앞에 윤평이 있다.

도담댁   대체, 어찌… 그자가 널 알아본 것이야?
윤평   저도 도무지 알 수가 없습니다.
도담댁   (생각하며) 음…, 이젠 벽사재엔 다른 자를 들여보낼 것이다.
윤평   송구하옵니다.
도담댁   다음 임무엔 실수가 없어야 한다…. 성삼문이다.

윤평   (날카롭게 눈을 빛내며) …… 예.

#48. 집현전 뒷마당(낮)
팔사파어로 된 음란서적이 마당에 쏟아진다.
펼쳐진 페이지에 음란한 그림이 있고,
알 수 없는 팔사파 문자들. 당황한 표정의 장성수.
그 앞에 진노한 최만리가 있다.
뭔 일인가 싶어, 모여드는 집현전 학사들.

최만리   이게 다 무엇이냐!! 장교리! 네놈이 학사냐! 네놈이 선비냐!!

이 일을 어쩌나 싶은 당황한 표정이었다가,
잠시 생각하고는 결심한 듯 무릎을 꿇으며,

장성수   부제학 영감…, 요… 용서하십시오!
최만리   동료 학사들이 둘이나 비명에 가고, 궁 안팎이 흉흉하여,
           성상의 근심이 하루가 다르거늘!
           이런 시국에 네놈은 이런 걸 읽고 있단 말이냐!
장성수   소… 송구합니다….
최만리   네놈의 직분이 무엇이냐? 집현전에 들어오는 수많은 서책 중,
           옳지 않은 서책을 가려내어, 분서행(焚書行 : 책을 불살라버리는 행위)하고,
           양서를 분류하여, 학문의 도를 권하는 것이 아니더냐!
장성수   영감….
최만리   헌데 그런 직분을 맡은 자가, 이런 서책을 빼돌려, 음심을 채우다니!
           네놈이 부끄러움을 아는 놈이더냐!
장성수   소인이 수양이 부족하여, 이런 더러운 짓을 하고, 집현전을
           문란케 하였으니, 어찌 변명을 하오리까…. 원컨대 내쳐주십시오!
최만리   오냐! 내치기만 할 것 같으냐! 내 친히 장을 칠 것이다!

모여든 학사들이 웅성거리며 구경하고 있는데,
그중 성삼문과 박팽년이 있다.

성삼문은 진지한 표정으로 아무 말없이 보고 있다.
성삼문의 시선으로 훑어지는 팔사파 서책들.
음란한 그림 옆으로 보이는 팔사파 문자들.

#49. 관 짜는 집 마당(낮)
채윤과 초탁이 들어온다.
마당에 닭들이 보인다.
안에서 관노인이 손주 손을 잡고 나오다 검사복들을 보고 놀란다.
관노인, 6부 56씬의 성삼문네 헛간에 있던 노인이다.

관노인   어찌… 오셨습니까?

#50. 관 짜는 집 안(낮)
초탁과 채윤에게 관노인이 진술하고 있다.

초탁   시신이 들어 있는데, 가는 동안에 몰랐단 말이오?
관노인   예, 정말 몰랐습니다요. 좀 수레가 무겁다… 싶긴 했어도…
          어찌 그걸 짐작이나 할 수 있었겠습니까?
채윤   혹시… 요즘 객담이나… 기침이나… 뭐 이런… 증세가 있소?
관노인   예? 아닌뎁쇼….
채윤   허담 학사의 시신은 검안소에서 사라졌소.
          근데 검안이라는 게… 검안 중에 시신이 부패하는 걸 막기 위해서,
          축초를 쓰거든. 축초라는 게 연하게 쓰면 객담에 좋은 거구…
          세게 쓰면 독이거든.
관노인   예…, 그렇습죠… 근데 무슨… 말씀이신지….
채윤   (갑자기 관노인의 손을 잡으며) 이거…
          축초 독 때문에… 손톱이 죽은 거 아뇨?

          보면, 관노인의 손톱이 검게 물들어 있다.

관노인   (당황하며) 이… 이거… 멍든 건데요…. 대패질하다가….

채윤   (말 끊으며) 노인네… 시신을 만졌어.
        진술대로라면, 시신을 만질 일이 없잖아?
관노인   생사람 잡지 마십쇼!

채윤, 칼을 뽑아 관노인의 목에 겨눈다. 놀라는 관노인.
그러고는 채윤, 초탁에 뭔가 눈짓을 한다.
알겠다는 듯 나가는 초탁.
조금 있다가 손주를 데리고 들어온다.

관노인   (손주를 보고 놀라서) 왜… 왜… 이러십니까…

채윤, 칼을 거두고는 손주를 데리고, 옆방(혹은 마당으로 가는 문 앞)으로
간다. 그 사이, 초탁은 관노인에게 칼을 겨눈다.

초탁   누가 시켰네? 똑바로 말을 하라우!
관노인   진짜 아닙니다! 살려주시오!
초탁   (옆방에 대고) 진짜 아니란다 야.
채윤   (옆방에서 E) 그래? 할 수 없지.

하고는 칼 휘두르는 소리와 함께 문 앞에 피가 튄다.

관노인   (놀라서) 종금아!!!

채윤, 피 묻은 칼을 들고 나온다.

채윤   깊게 베진 않았으니까, 빨리 의원한테 데려가면 살 거야.
        빨리 말하쇼…. 누가… 시켰어…?
관노인   (미치겠는 심정으로 보며) …….
채윤   시간 없을 텐데….
관노인   (어쩔 수 없다는 듯 울상이 되면서) 성… 수찬…. 성삼문 학사가….
초탁   ……!

채윤   ……! 성삼문…?

하고는 '종금아' 부르며 부리나케 문을 여는 관노인.
이때, 손주가 방긋 웃으며 들어온다. 놀라는 관노인.
초탁과 채윤은 그런 관노인 옆을 급히 지나쳐 나가며,

초탁   (열린 문을 가리키며 죽은 닭 보이고) 많이 놀랐을 텐데,
          저거 백숙 해 드시라요.

#51. 집현전 기숙사 안(밤)
장성수, 장을 맞았는지, 다리를 절며 짐을 챙긴다.
그걸 측은하게, 혹은 한심하게 지켜보는 집현전 학사들.
그사이에 성삼문이 눈을 빛내며 보고 있다.

#52. 은밀한 숲 일각(밤)
장성수, 보따리 짐을 들고 다리를 절뚝이며 가고 있다.
그 앞에 나타나는 성삼문. 놀라는 장성수.

장성수   부끄럽네…. 배웅을 나오신 겐가?
성삼문   장교리께서… 뭔가 알고 계시죠?
장성수   뭘 말인가…?
성삼문   허담 학사는 범어를 연구하셨죠…. 윤필 학사는 활자를….
          그리고 장교리께서… 팔사파어….
장성수   (놀라) ……! (하지만 표정 수습하며 미소로) 그게 무슨 소린가?
성삼문   사라진 언어… 팔사파로 된 음란서적이라….
          팔사파를 연구하고 계셨죠?
장성수   무슨 소린지 도무지 모르겠네.
성삼문   장교리께서… 춘화나 보는 그런 분이 아니시질 않습니까?
장성수   허허…, 사실 말일세… (장난스런 표정을 일부러 지으며) 난 그런 사람이네.
          해가 지면, 음심이 발동하여, 음욕은 넘쳐나는데,
          선비로서 풀 길은 없으니, 그런 짓을 했네.

성삼문	장교리!
장성수	부끄러우니, 쓸데없는 말 말게. 가보겠네.

하는데, 갑자기 달려드는 성삼문. 넘어뜨리고는 실랑이를 한다.
'어허 이자가!' 하면서 반항하는 장성수.
결국 성삼문이 장성수의 윗옷자락을 벗겨 어깨가 드러난다.
'천지… 문신!'
맞구나! 하는 생각에 놀라는 성삼문.

성삼문	이 자문이 무엇입니까! 이래도 발뺌하시겠습니까!
장성수	(당황하여 성삼문 보다가) …… 아니…, 이건 점이네! 태어날 때부터 있던 점이야! 대체 어찌 이러는 겐가?
성삼문	(자신의 오른팔 문신을 거칠게 까보이며) 그럼 이건요!!
장성수	(놀라서 보며) !!
성삼문	천지… 계원이시죠? 지금 천지계원들이 죽어가고 있습니다! 전 알지 못하나, 그들 모두 전하께 은밀한 명을 받았습니다! 장교리께서도 받으셨습니다! 무엇입니까! 알아야겠습니다!
장성수	난! 도무지! 무슨 말인질 모른다질 않는가!

하고는 돌아서 급히 가는 장성수.
참지 못하고 뒤에서 달려드는 성삼문.
막고 주먹을 날리는 장성수. 주먹다짐을 하는 둘.

이순지	(E) 성삼문 학사는 왜?

#53. 집현전(밤)
채윤과 초탁이 와서 있고, 그 앞에 이순지가 있다.

채윤	예, 제가 여쭐 것이 있어서, 뵀으면 하고요. 아니 계십니까?
이순지	아마… 장성수 학사 배웅을 간 것 같은데….

채윤, 장성수라는 말에 놀라
ins. cut – 벽사재 앞에 소이와 있던 장성수.

초탁	배웅이요? 어디 떠나십니까?
이순지	…… 그건 집현전 일이니 자네들이 알 것은 없네….
초탁	아, 예….
채윤	어디로… 가셨는지… 알 수는 없겠습니까?
이순지	아마도… 진관사로 가지 않았겠나?
	사가독서할 때 두었던 짐들도 챙겨야 할 테니….
채윤	진관사…. 예, 잘 알겠습니다요.

하고는 급히 눈을 빛내며 나가는 채윤과 초탁.

#54. 은밀한 숲 일각(밤)
헝클어진 모습으로 헉헉거리며 나란히 앉아 있는 성삼문과 장성수.

성삼문	장교리…, 저는 이번 일을 꼭 알아야 하겠습니다….
	전하께서 은밀히 하시는 일….
	전하께서… 하시는 일과 관련된 사람을 죽이는 누군가….
	또… 우리 동료 학사들은 왜 죽었고… 이제 누가 죽을지… 모두….
장성수	(의미심장하게 성삼문을 보다가 일어나며) …….
성삼문	(간청하듯) 장교리….
장성수	(짐을 들며) 돌아가 기다리시게…. 내가 답을 할 것이네…. (하고 돌아간다)

그런 장성수의 뒷모습을 보는 성삼문.
그런 성삼문과 장성수를 번갈아 보는 듯한 멀리서의 누군가의 시선.
그러다 둘 중 장성수를 선택하듯 시선을 고정한다.

#55. 진관사 앞(밤)
장성수, 책 두 권을 보자기로 싼 듯한 꾸러미를 들고 나온다.
(집현전에서 가지고 나온 짐 보따리는 없고, 소이에게 줄 물건임)

장성수가 계속 홀로 걸어가는데, 그걸 쫓는 시선.
그리고, 장성수 앞에 나타나는 누군가. 보며 경악하는 장성수.

#56. 진관사로 가는 산길 일각(밤)
채윤과 초탁 간다.

초탁   아니, 성삼문 학사는 뭘 이런 산길까지 배웅을 나왔어? (하는데)

갑자기 초탁을 잡아채며 한쪽으로 숨는 채윤.
보면, 주위를 두리번거리며 긴장한 듯 걷고 있는 소이가 온다.

초탁   (나지막이) 저거… 그 나인 아니네?

의심스런 눈으로 보는 채윤, 뭔가 이상한 느낌.

#57. 진관사 앞 정자 근처(밤)
장성수 목에 겨눠진 칼. 가면을 쓴 윤평이다.
당황했으나, 애써 진정하려는 장성수.

윤평   내려놓아라.
장성수   (책 꾸러미를 내려놓는다) …….
윤평   조용히 가자. 물어야 할 것이 많다….
장성수   (차분히 미소로) 날 데려가도 아무것도 듣지 못할 것이네….
윤평   (피식) 과연 그리될까…?

장성수 역시 미소를 띠더니, 결심한 듯 목에 겨눠진
윤평의 칼을 향해 달려든다.
놀라는 윤평. 급히 칼을 피한다.
이때 장성수, 윤평을 밀치고 뛰기 시작한다.

장성수   (뛰며 다급히 외친다) 피하시오!! 오지 마시오!!

#58. 몽타주(밤)
멀리 들리는 장성수의 외침에 산길 일각, 놀라는 소이!
다른 산길 일각, 역시 소리를 듣고 놀라는 채윤.

장성수   (멀리서 들리는 E) 피하시오!!! 오지 맙!

하고 입이 닫히는 느낌의 장성수의 외침.
다른 산길 일각의 채윤, 방금의 소리에 놀란다.

채윤   (마음의 소리 E) 죽었… 다…!
초탁   (놀라며) !!
채윤   넌 저쪽!

하고 초탁 달려가면…
이때, 채윤 보면… 소이가 소리가 난 쪽을 향해 달려간다.
그 앞을 가로막으며 나타나는 채윤.
놀라는 소이.

채윤   (나지막이) 이미 죽었소!
소이   (경악하여) ……!
채윤   (나지막이) 어서 산을 빠져나가서 알리시오! 어서!

소이, 고개를 끄덕이며, 오던 길을 뒤돌아 달려 내려가고,
채윤, 소리가 난 쪽으로 급히 뛴다.

#59. 팔각정 앞(밤)
장성수의 모습, 장성수의 뒷머리 아래쪽에 철심이 박혀 있다.
바라보는 윤평의 차가운 얼굴.

윤평   누군가를 만나러 온 것이구나…!! (책 꾸러미를 보며)

장성수, 일그러진 얼굴로 노려보다가
그대로 눈을 감으며 절명.
윤평, 눈빛을 빛내며 휙 움직인다.

#60. 몽타주(밤)
숲 일각, 뛰는 채윤.
다른 숲 일각, 뛰는 초탁.
또 다른 숲 일각, 뛰어 내려가는 소이.
나무 사이를 나는 윤평.
교차로 보이다가, 초탁이 뛰다가 멈춘다. 이상한 느낌.
쇠구슬을 꺼내는데… 순간, 머리 위에서 내려오는 윤평과 1합!
어깨를 베인 듯 피가 흐르며 쓰러지는 초탁.
그런 초탁을 거들떠보지도 않은 채, 다시 날아 멀어지는 윤평.

#61. 길 일각(밤)
뛰는 소이.

#62. 숲 일각(밤)
쓰러져 신음하는 초탁을 발견하는 채윤.

채윤   초탁아!
초탁   (헉헉거리며) 내래… 괜티않아…. 빨리 그 종간나새끼… 잡으라.

채윤, '이런 젠장' 하는 느낌으로 옷을 북 찢어
초탁의 상처를 매는데, 손으로 그만하라며 말리는 초탁.

초탁   빨리 잡아! 여기라믄… 아무도 못 봐…. (이를 악물며) 출상술… 맘껏 쓰라우!
채윤   (불타는 눈빛으로 결심한 듯) 금방 올게!

하고 달리는 채윤.

#63. 몽타주 + 평활지(밤)
이를 악물고 결연한 눈빛으로 뛰는 채윤.
뛰는 윤평. 교차로 보이다가…
숲으로 둘러싸인 어느 평활지에서 만나는 채윤과 윤평.
채윤, 기쁨으로 눈이 빛난다. 둘의 거리 약 10미터!

채윤   (신나서) 어이! 드디어 만났네…, 반쪼가리.

윤평   (책 꾸러미를 내보이며) 이걸 찾고 있는가?

채윤   (그게 뭔가 의아해서) 그게 뭔데?

윤평   ……? 장성수를 만나러 온 것이 아니더냐?

채윤   장성수?

윤평   (실망하듯 피식하며) 하긴 네놈 따위가…….

채윤   (건들거리며) 뭔 소린지 모르겠고… 그 가면이나 벗지.
      어차피 니 얼굴 다 알아.

윤평   (피식 비웃으며) 운이 좋구나. 다음에 죽여주지.

채윤   (살벌한 미소로) 왜? 지금 죽이지그래?

#64. 침전 앞(밤)
급히 나오는 이도와 무휼.
소이가 헉헉거리며, 침전 앞에 무릎을 꿇는다.

이도   (다급히) 무슨 일인 게냐? 어찌 된 것이야?

소이가 가쁜 숨을 몰아쉬며 땅바닥에 뭔가를 쓴다.
주시하며 보는 이도. 보다가 경악하여!

이도   자… 장성수가… 죽었다…!!!????

경악하는 이도. 입술이 부르르 떨리며 광기 어린 눈빛으로 변하는데.

#65. 숲 속 평활지(밤)

윤평과 채윤이 대치하고 있다.
윤평, 자신의 목을 가리키고, 채윤의 목을 가리킨다.
채윤의 목 상처 클로즈업.

윤평   (채윤의 목 상처를 가리키며) 다신 내게 접근하지 마라.
        너 따위에겐 관심 없다.

        하고, 바로 뒤로 돌아 출상술을 시전하여 솟아오르는데,
        채윤, 피식하고는 눈이 빛나면서 함께 칼을 뽑고 출상술을 펼친다.
        날아오르는 윤평을 향해 함께 날아 따라잡아, 1합.
        땅에 착지하는 윤평. 반가면이 갈라져 있고, 얼굴에 피가 흐른다.
        얼굴이 드러나는 윤평. 충격과 경악의 표정이다.

윤평   추… 추… 출상술!!!!!!!
채윤   (살벌한 미소로 윤평 바라보며) …….
윤평   너… 너… 누… 누구냐…?
채윤   (건들건들 미소) 나 따위엔 관심 없다매? 궁금해?
        이젠… 좀… 관심이 생기냐? (표정 바뀌며 악을 쓰듯 버럭) 이 개새끼야!!!!!!!

        하고는 칼을 들어 자세를 잡는다.
        성인 역할로 바뀌고 4부 만에 드디어,
        내가 한짓골 똘복이가 맞다는 걸 보여주기라도 하듯
        잡아먹을 것처럼 제대로 희번덕거리는 살벌한 채윤의 눈빛과,
        ins. cut – 광기 어린 눈빛으로 변해가며, 괴로움에 못 이겨
        포효하는 듯한 이도의 얼굴에서 2분할 엔딩.

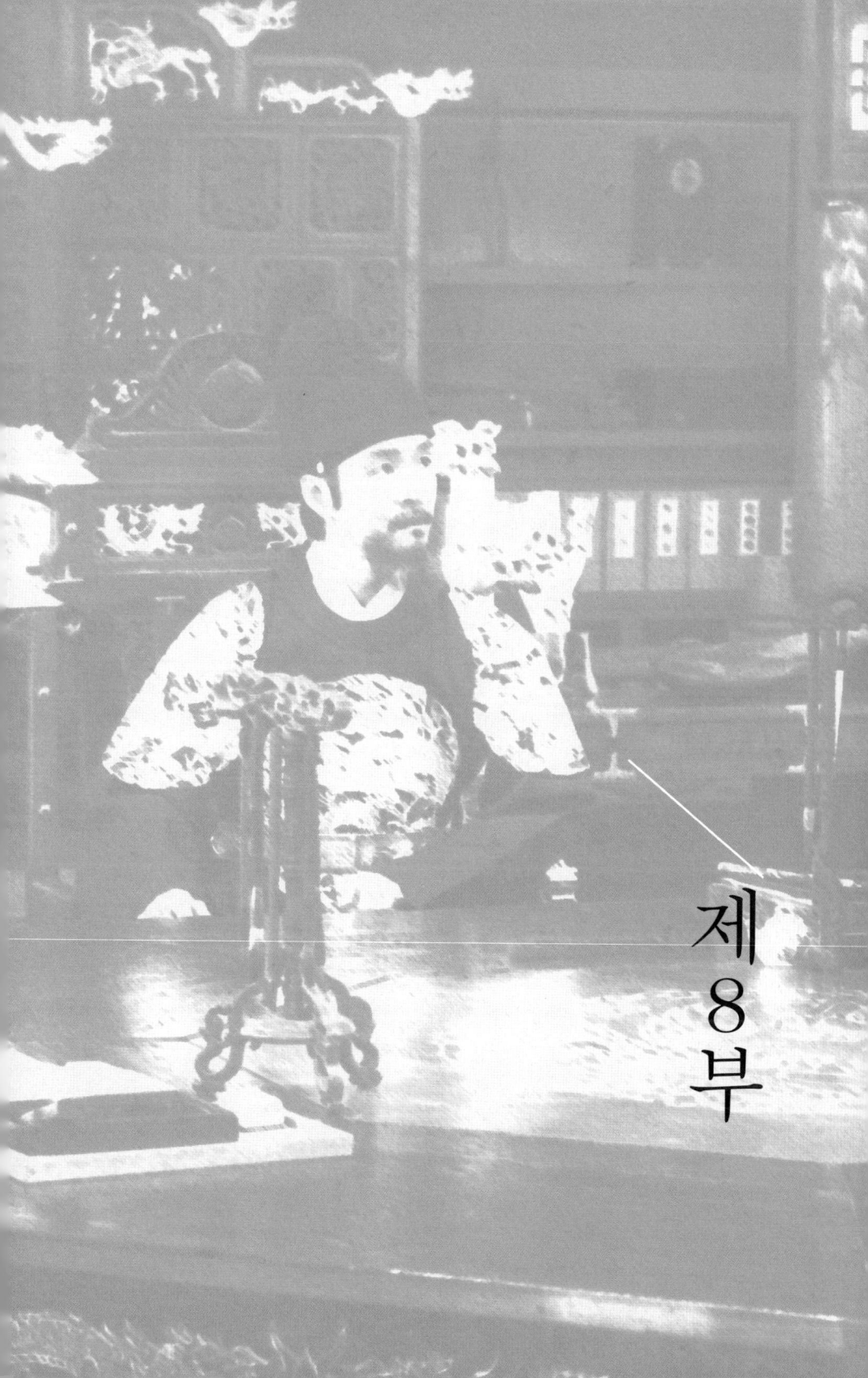

제
8
부

世·솅宗御·製·졩訓·훈民민正·졍音흠

國·귁之징語:어音흠이

나·랏:말ᄊᆞ·미

異·잉乎ᅘᅩᆼ中듕國·귁·ᄒᆞ·야

中듕國·귁·에달·아

與·영文문字·ᄍᆞ·로不·붏相샹流류通통ᄒᆞᆯ·ᄊᆡ

故·공·로愚웅民민·이有:ᅌᅮᆷ所:송欲·욕

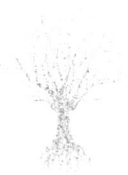

#1. 숲 속 평활지(밤)
윤평과 채윤이 대치하고 있다.
윤평, 자신의 목을 가리키고, 채윤의 목을 가리킨다.
채윤의 목 상처 클로즈업.

윤평　　(채윤의 목 상처를 가리키며) 다신 내게 접근하지 마라.
　　　　너 따위에겐 관심 없다.

하고, 바로 뒤로 돌아 출상술을 시전하여 솟아오르는데,
채윤, 피식하고는 눈이 빛나면서 함께 칼을 뽑고 출상술을 펼친다.
날아오르는 윤평을 향해 함께 날아 따라잡아, 1합.
땅에 착지하는 윤평. 반가면이 갈라져 있고, 얼굴에 피가 흐른다.
얼굴이 드러나는 윤평. 충격과 경악의 표정이다.

윤평　　추… 추… 출상술!!!!!!!
채윤　　(살벌한 미소로 윤평 바라보며) …….
윤평　　너… 너… 누… 누구냐…?
채윤　　(건들건들 미소) 나 따위엔 관심 없다매? 궁금해?
　　　　이젠… 좀… 관심이 생기냐? (표정 바뀌며 악을 쓰듯 버럭) 이 개새끼야!!!!!!!

하고는 칼을 들어 자세를 잡는다.
성인 역할로 바뀌고 4부 만에 드디어,
내가 한짓골 똘복이가 맞다는 걸 보여주기라도 하듯
잡아먹을 것처럼 제대로 희번덕거리는 살벌한 채윤의 눈빛. (7부 엔딩 지점)
윤평, 역시 정신을 수습하고, 몸을 일으켜 칼을 들고 자세를 잡는다.
채윤, 기합을 지르며 돌격! 맞서는 윤평.
몇 합을 겨루는데, 백중세로 싸운다.
상대방의 실력에 서로 놀라는 채윤과 윤평.
그러다 채윤이 일부러 허점을 보이고, 걸려든 윤평에게 반격.
윤평, 가슴팍을 발로 차이고 나가떨어진다.
당황하는 윤평, 결연한 미소를 띠는 채윤.

무휼   (E) 강채윤이?!!

#2. 침전 앞(밤)
이도, 충격에 휩싸여 어쩔 줄 모르고 차갑고 멍한 시선으로
소이만을 보고 있다.
소이, 입술을 떨며 눈물을 흘린다.

무휼   전하, 일단 군사를 보내 상황을 파악하고,
         장성수 교리를 찾아내겠사옵니다!
이도   (말없이, 미동도 없이 멍하게) …….
무휼   (이도가 말이 없자, 소이에게) 어디냐, 어디서 벌어진 일이냐?
소이   (바닥에 다시 쓴다) …….
무휼   (보며) 삼각산! (정득룡에게) 가자!
정득룡   예!

하고, 무휼과 정득룡이 간다.
남은 이도와 소이.
또 자신 때문에 사람이 죽었다는 자책감을 공유하듯,
서로 참담하게 바라본다. 떨리는 이도의 손.

#3. 숲 속 평활지(밤)
윤평, 가슴팍을 움켜쥐고 헉헉대며 힘겹게 일어난다.

채윤   (숨을 고르며) 실망인데. 것밖에 안 되냐?
       고작 그거 하고 헉헉대는 거야?
윤평   네놈 숨도 거칠구나.
채윤   그래서? 이길 것 같애?
윤평   누구냐…, 너….
채윤   나? 알잖아. 궁궐 겸사복 갑조 강채윤!
       넌 누구냐? 아…, 추포해서… 찬찬히 물어보면 되겠지.
윤평   (보며) …….
채윤   아직 싸울 수 있지? (칼로 까딱까딱하며) 붙자.

하는데, 멀리서 들리는 소리.

무휼   (E) 이 산 근처다! 샅샅이 수색하라.
윤평   (놀라) ……!
채윤   (마음의 소리 E) 무휼이다!

채윤, 군사들의 소리에 뒤를 돌아보는 사이,
윤평이 도주한다. 놀라는 채윤, 다시 쫓으려는데,
바닥에 떨어진 책 꾸러미. 채윤, 급히 가슴에 넣고는 쫓기 시작한다.

#4. 초탁이 있던 근처 일각(밤)
윤평, 도주하고 채윤은 쫓는데, 쫓다보니 초탁이 혼자 쓰러져 있던
그 자리다. 뭔가 심상치 않은 생각이 들어 불길해지는 채윤.
쓰러져 있는 초탁이 보인다. 도주하던 윤평이 초탁 옆으로 간다.
경악하는 채윤!

채윤   안 돼! (하고 달려가려는데)

윤평, 쓰러져 있는 초탁의 가슴에 칼을 들이댄다.
채윤, 달려들지 못하고 그 자리에 멈춰서 놀란 눈으로 바라본다.
신음하는 초탁.

채윤   (놀라 멈추고) 뭐야…? 어쩌려는 거야?
윤평   승부는 다음에 내자. (하고는)

칼을 초탁의 가슴에 대고 푹 찔러 누르는 윤평.
경악하는 채윤. 초탁에게로 달려가고,
동시에 윤평은, 초탁에게서 떨어져 20보쯤 거리에 선다.
피를 흘리는 초탁을 안는 채윤. 분노의 눈빛으로 윤평을 본다.

윤평   지금 의원에게 데려가면 산다.
       (차가운 미소로) 아니면 포기하고 날 쫓든지….

하고는, 출상술을 써 날아가는 윤평.

초탁   (신음하며) 으…. 상관 말고 쫓으라우! 어서!!

하고 기침을 하는데, 입에서 피가 터져나온다.
가슴에서도 피가 솟구친다. 미치겠는 채윤.

초탁   뭐 하네…! 빨랑 쫓지 않… 구서!!
채윤   웃기지 마! 조용히 좀 해! 젠장할!!!

하고는 급히 자신의 옷을 찢어 상처 부위를 누르고 동여맨다.
미치겠는 표정의 채윤.

#5. 장성수 죽은 자리(밤)
주위를 두리번거리며 윤평이 온다. 아직도 숨을 몰아쉰다.
장성수의 시신이 있다. 장성수의 시신을 보고 차가운 미소를 띠는 윤평.

#6. 산 일각(밤)
채윤, 초탁을 둘러업고 내려오고 있다.

채윤   새끼…, 살 좀 빼라니까…. 무거워 죽겠네.
초탁   (신음하며) 그러니까니 나 버리고… 그놈 쫓으라 했잖네!
채윤   그놈은 다음에 잡을 수 있지만, 넌 다음에 못 살려.
초탁   (신음하며) 아새끼래….

초탁, 기침하는데….
하는데, 무휼과 박포, 정득룡이 오다 마주친다. 뒤에 따르는 군사들.
놀라는 무휼과 박포.

무휼   (다급하게) 어찌 된 것이냐!
박포   (피투성이 된 초탁을 보고 놀라) 초탁아!!! (하고 달려간다)

초탁을 박포에게 인계하는 채윤.

채윤   (어두운 얼굴로) 그놈이었습니다….
무휼   놓친 것이냐? 빠져나간 것 같으냐?
채윤   아마도….
무휼   장교리는…?
채윤   장교리인지는 알 수 없으나, 그놈이 누군가를 죽였습니다.
        비명 소리로 보아, (소리 들린 쪽을 가리키며) 저쪽 어디에
        시신이 있을 것입니다.
무휼   (채윤에게) 어디냐, 앞장서거라.

#7. 정자 근처(밤)
채윤, 무휼, 정득룡과 군사 서넛이 온다.
두리번거리는 채윤. 아무것도 없다.

무휼   아무것도 없질 않느냐?

채윤	어…, 이상하다…. 이 근처일 텐데….
무휼	(의심스럽게 보며) 똑똑히 들은 것이 맞느냐?
채윤	예, 소인이… 분명….
정득룡	(E) 영감! 이리 와보십쇼!
무휼	……!

하고 정득룡이 있는 쪽으로 가면,
정득룡이 바닥에서 피 묻은 나뭇잎을 들어 보인다.
그리고 피 묻은 곳을 따라 시선을 이동하다가,
피 묻은 도포 끈을 발견하는 정득룡.

정득룡	그놈이 시신을 가져간 것이 아니겠습니까…?

놀라 망연자실하는 채윤과 무휼.

#8. 궁 전경(낮)

광평	(놀라 E) 그 무슨 소린가!

#9. 이도의 방(낮)
이도, 무휼, 정인지, 광평, 소이가 있다.

광평	(무휼과 정인지에게) 장교리가 살해되고 시신이 사라졌단 말인가?
무휼	…….
정인지	그 검사복 말대로라면, 괴한이 장성수를 살해하고, 시신을 탈취해간 것으로 보이옵니다. 허나 서책의 행방은….
광평	(기막힌 심정으로) 서책이라면 그 물건을… 말하는 것인가?
정인지	예…, 그 검사복이 격투 중 어떤 물건도 보지 못했다 했으니….
소이	(정인지의 말을 유심히 들으며) ……!
이도	(깊은 생각에 잠긴 듯 심각하게) …….
정인지	전하…, 장교리의 시신을 찾아야 하옵니다.

일이 이쯤 되었다면, 언제까지나 숨길 수는 없는 일이옵니다.
의금부와 한성부에 명하시어….

무휼　(말 끊으며) 모두….

정인지　(보면)

무휼　강채윤의 말일 뿐이옵니다.

광평　……!

정인지　……!

소이　……!

이도　(고개를 조금 돌려 무휼을 보며) ……!

정인지　그게 무슨 말인가…, 내금위장.

무휼　그렇지 않습니까. 간밤의 정황 중, 확실한 것은 단지, 장교리와 그 물건이
　　　사라졌다는 것일 뿐.

정인지　소이의 진술 또한….

무휼　(말 끊으며) 소이는 아무것도 본 것이 없사옵니다.
　　　(하고 소이를 한 번 보고는) 누군가의 비명을 들었을 뿐이옵니다.

광평　그 강모라는 겸사복이, 거짓을 고할 이유가 있는 것인가?

무휼, 대답치 않고 결연한 표정으로 이도를 본다.
이도, 역시 그런 무휼의 시선과 눈을 맞춘다.
무휼, 마치 채윤에 대한 문제를 빨리 결정하라는 듯, 재촉하는 눈빛이다.
이때, 밖에서 지밀상궁이 사색이 되어 들어온다.

지밀상궁　저… 전하…, 지금… 경회루에… 경회루에….

모두들 놀라, 불길한 표정으로 보는데.

#10. 겸사복 숙직방(낮)
붕대를 감은 초탁이 누워 있고, 가리온과 박포가 옆에서 쪼그려 자고 있다.
이때 채윤이 들어온다.

채윤　(가리온 보며) 뭐야? 이거? (발로 툭 차며) 야!

박포	(깨며) 왔어? 어제… 3경(밤 11시~새벽 1시 사이)도 지난 시각이라… 급한 맘에 불렀지 뭐.
가리온	(깨서 인사하며) 오셨습니까?
박포	(깬 초탁에게) 불행히도 죽지는 않는단다.
초탁	(신음하며) 저… 저… 돼지새끼래….
박포	이 자식이, 그 천한 목숨 간신히 붙여놨더니, 디질라구!

초탁, 갑자기 놀라며 채윤을 조심스럽게 본다.
채윤, '천한 목숨'이란 말에 갑자기 표정이 싸늘하게 변한다.
박포, 뭔가 이상한 분위기에 채윤을 본다.
가리온도, 심상치 않은 채윤의 눈치를 살핀다.

박포	(채윤 눈빛에 쫄아서) 왜… 왜 그러냐…?
채윤	(다가오더니 심호흡을 하고) 포야…, 미안한데 하나만 얘기할게….
	(나지막이) 천한 신분도 있고, 천한 사람도 있지만…
	(무섭게) 천한 목숨은 없어.
박포	아… 알았어….

그때 들어오는 정별감. 박포 분위기 돌리려는 듯,

박포	오셨습니까! 충성!

정별감 표정이 이상하다. 의아한데….

박포	(정별감 표정이 불길하여) 별감님은 왜 그러세요?
	귀신이라도 보셨어요?
가리온	……?
정별감	(덜덜 떨 듯, 풀썩 주저앉으며) 겨… 경회루… 경회루에….
채윤	……!
장은성	(E) 대감! 대감!

#11. 의정부 집무실(낮)
조말생, 황희, 이신적이 있는데 장은성이 뛰어들어온다.

황희 어허! 어찌 이리 경망스럽게!
장은성 (충격과 공포로) 난리… 난리가 났습니다….
모두들 ……?

#12. 궁 일각(낮)
뛰어가는 채윤, 가리온, 뒤에 뛰고 있는 박포.

#13. 경회루 앞(낮)
앞 씬 연결해서, 채윤 계속 뛰어온다.
그러다 점점 뛰는 속도를 줄이며 채윤의 시선으로 들어오는 광경.
경회루 호수를 바라보고 있는 이도, 광평, 소이의 뒷모습.
그들을 둘러싼 소란스러운 내금위 병사들의 모습과
병사들을 총지휘하는 무휼.
채윤, 놀란 얼굴로 점점 다가간다.
채윤의 시선으로 이도, 광평, 무휼, 소이의 얼굴이 보인다.
충격과 공포에 사로잡힌 모습들.
채윤, 시선을 돌려 경회루 호수를 보면, 작은 배가 떠 있다.
그리고 그 위에 사람이 누워 있는 듯하다.
그리고 무휼의 지시에 따라 정득룡이 난간에서 그 배의 뱃전에 올가미를
걸어 끌어당기려 하고 있다. 뒤늦게 온 박포가 채윤에게 묻는다.

박포 저… 저게… 뭐야.
채윤 (주시해서 보며) …….

배가 뭍으로 끌려나온다.
배 위에 하얀 천이 덮인 선비 복장의 누군가가 누워 있다.
떨리는 느낌으로 보는 이도, 소이, 광평, 정인지.
가리온이 역시 떨며 무휼 근처로 조심스럽게 다가가 눈인사를 하자,

무휼이 시신 근처로 가, 천을 치우라는 눈짓을 한다.
가리온, 이미 검안 절차를 시작한 듯 시체를 씌운 천을 유심히 보면서
천천히 하얀 천을 치우자, 장성수다! 경악하는 모두들.
소이가 혼절하듯 그 자리에 쓰러지려 하자,
덕금이 서둘러 소이를 부축한다. 역시 놀란 덕금.
분노와 슬픔과 황망함으로 그 광경을 보는 이도.
장성수의 시신 밑으로도 커다란 하얀 천이 보인다.

무휼   (가리온에게) 시신을 옮겨라. 배 바닥에 뭐가 있지 않느냐?

가리온과 정득룡이 장성수의 시신을 거적에 옮기자,
하얀 천에 드러나는 글씨!
花是花而已矣 不可以爲根
(화시화이이의 불가이위근 : 꽃은 꽃일 뿐, 뿌리가 될 수 없다).
어느새 달려온 황희, 조말생, 이신적, 장은성, 최만리 등도
이 광경을 놀랍게 보고 있다.
이도는, 그 문장을 보며 더욱 놀란다.
윗니와 아랫니가 미세하게 부딪히는 듯도 보인다.
분노와 슬픔과 당혹감!
그런 이도를 보는 채윤.
채윤의 시선으로 모두의 표정이 훑어진다.
뒤에서 풀썩 소리가 나서 돌아보면,
성삼문이 경악하여, 그 자리에 주저앉았다.
그런 모두를 보는 심각한 표정의 채윤.

#14. 궁 일각(낮)
이도 앞서 가고, 뒤에 정인지, 광평, 무휼이 따른다.
모두 참담한 모습이다. 이도의 얼굴 클로즈업, 그 위로

이도   (마음의 소리 E) 밀본…. 진정… 밀본인가…? 진정 정기준인가?

ins. cut – 3부 21씬.

정기준   넌… 아무것도 할 수 없어….

참담한 이도의 표정에서.

#15. 이도의 방(낮)
들어오는 이도, 따르는 정인지, 광평, 무휼.
이도, 자리에 앉고, 다들 앉는다. 말이 없다.
이도의 굳은 표정에 어떤 말도 하기가 어려운 분위기.
서로 눈치를 보는데,

광평   (위로하려는 듯) 아바마마…. 소자, 감히 아뢰옵니다….
        이는 비록… 흉사이나.
이도   (말 끊으며) 자야겠다….
모두들   ……?
무휼   뭐라… 하셨사옵니까…?
이도   졸리구나…. 오수를 청해야 할 듯하니… 나가거라.
정인지   (보며) …….

#16. 침전 앞(낮)
광평, 무휼, 정인지가 나온다. 한 번도 없었던 일이라,
적잖이 당황한 듯하다.

무휼   전하께선 밤에도 잠을 못 주무시는 분입니다.
        헌데 오수라니요…. 전하를 뫼신 이래 처음 있는 일입니다.
광평   (생각해보니 이상하다) …….
정인지   (둘의 심각한 표정을 보며) 이런 흉사 또한 처음이니, 그러실 수 있겠지.
        다시 털고 일어나서, 의연하게 대처하실 것이네.
무휼   그랬으면 좋겠습니다만…, 전… 뭔가 불길합니다….
광평   (역시 불안한 얼굴로 침전을 돌아본다) …….

#17. 이도의 방(낮)

이도, 곤룡포를 벗고 이불 속에 모로 누워 있다.

카메라 가까이 가서 얼굴 잡으면, 숨을 고르려는 듯,

가슴을 움켜잡고 숨을 헉헉거리며

이도   (마음의 소리 E) 진정… 밀본이… 밀본이…?

하는데 이어서 바로 들리는 소리. (E) 7부 44씬.

조말생   (E) 조정의 중신들도 그 누가 밀본일지 알 수 없는 일이옵니다!
조말생   (E) 그 괴한이… 내부의 도움 없이 어찌 궁에 침입할 수 있었겠사옵니까.
조말생   (E) 군왕은… 가장 의심하기 어려운 자부터 의심해야 하는 법이옵니다.
조말생   (E) 군왕이 그 의무를 게을리한다면…
           다시 한 번 궁에 피가 흐를 것이옵니다.

이도   (다시 숨이 가빠지는 듯 태종에게 묻듯) 군왕이란 그런 것입니까….

그 위로, 4부 17씬. ins.

태종   … 권력의 독은 안으로 감추고… 오직 인내하고 참는다…?
           (힘겹게 웃으며) 그게… 사람의 길일 줄 아느냐…
태종   내가 갔던 길보다… 훨씬 더… 참혹할 게야…

이도   (숨 몰아쉬며 혼잣말로) 참혹한 길…. 예… 예…, 참혹하지요….
           이토록… 참혹하지요…. (이미 생겨버린 의심을 일부러 지우려는 듯 오히려)
           허나 소자는 아버지완 다르옵니다….
           의심하여, 낚고… 베고… 죽이고… 않겠사옵니다…. 결코….
소이   (E, 헉헉거리는 숨소리)

#18. 궁 일각(낮)

소이가 누워 숨을 몰아쉬고 있고, 근지와 목야, 덕금이 몰려 있다.

근지   (이마를 짚더니) 불덩이 같애! 야, 빨리 찬물!

덕금   어… 어… 알았어. (하고 급히 나간다)

목야   (소이 손을 잡고) 소이야, 진정하거라. 숨을… 천천히… 깊게… 쉬거라….

덕금   (찬물 담은 대야와 수건을 가지고 들어오며) 여기.

근지   (수건 담그며) 진짜 얘 때문에 못살겠어. 너만 시신 봤어? 너만?

그런 소이, 숨을 헉헉거리며, 눈가에 눈물이 흐른다.

#19. 궁 일각(낮)

조말생, 망연자실하고도 위기감 가득한 얼굴로 허위허위 걷는다.

ins. cut – 13씬.

하얀 천에 드러나는 글씨! 花是花而已矣 不可以爲根.

조말생   (마음의 소리 E) 봉인이… 풀렸다…. 봉인이….

그것은… 세상에 결코! 나와선 아니 될 말이다…….

#20. 다른 궁 일각(낮)

심각한 표정으로 걷는 이신적.

이신적   (마음의 소리 E) 이럴 수가…. 이럴 수가……!!

심종수   (E) 화시화이이의 불가이위근….

#21. 집현전 안(낮)

최만리, 심종수, 박팽년, 이순지 있고, 학사들 몇몇은 공부 중인데….

심종수   꽃은 꽃일 뿐이다. 뿌리가 될 수 없다….

최만리   (보며) …….

심종수   (조심스레) 이 또한 풍문이긴 합니다만…, 기축년…. (하면)

그 순간 공부하던 학사들, 일제히 돌아보며 집중한다.

최만리   (긴장) 어허! 무슨 소릴 하려는 겐가!

심종수   (학사들 시선 의식하지만 낮게) 초동요사 정기준이 쓴 첫 구절이 아닙니까?

최만리   (OL) 그만하게! 직제학으로서 어찌 그리 경망스런 언행을 하는가!

심종수   …….

박팽년·이순지 (긴장) …….

최만리   (학사들 모두에게) 궐내에 불미스런 일이 있으나, 자네들은 이런 때일수록
        경거망동하지 말고 학문에 힘써야 하네! 알겠는가?

학사들   예…….

하는데, 이때 박팽년 시선으로, 문가 쪽에서 성삼문이 나오라는 듯 눈짓한다.

#22. 집현전 앞 일각(낮)
성삼문, 박팽년 있다. 박팽년의 손에 들려진 서찰 같은 것.

박팽년   (서찰을 잡고는) 이게 뭔가? 갑자기 휴직이라니!

성삼문   (심각) 어젯밤… 장교리를 만났었네.

박팽년   (놀라) ……! 삼각산에서 말인가?

성삼문   장교리 또한… 천지문신이 있었어.
        그리고 분명, 내게 뭔가 답을 주겠다고 했어.

박팽년   ……!! 헌데 그 밤에 저런 변을 당했다는 것인가…?

성삼문   (비장하게) 난 알아야겠네…. 무엇이든… 어떻게든…. (하고 눈빛을 빛낸다)

#23. 궁녀들 거처(낮)
근지, 목야, 덕금, 어딘가 갈 채비를 하고 있는 소이를 말리고 있다.

덕금   안 돼! 그 몸을 해가지고 어딜 간다는 거야?

근지   글쎄 가봐야 된다니까! (하다가 너무 큰 소리로 이야기한 것을 깨닫고 다시
       조용히) 장교리 시신은 가져가면서, 그 물건을 그냥 뒀겠어?

목야   (근엄) 근지 말이 맞구나. 그 물건을 노리고 장교리를 해쳤을 가능성이 크지.

소이   (심각한 얼굴로) …….

ins. cut – 10씬.

정인지   예…, 그 검사복이 격투 중 어떤 물건도 보지 못했다 했으니….

소이, 잠시 생각하다가 다시 결심한 듯, 행장을 들고 일어선다.

근지   (답답) 그래, 갈 테면 가! 헛고생하든지 말든지!
소이   (듣지 않고 나가버린다) …….
근지   어휴! 저거 병이야, 병!
덕금   (짠하게) 병이지…. (한숨 쉬며) 큰… 병이지…. (근지 보며) 너두, 알잖아….
근지   (알긴 아는 듯 짠하게 보다가) …… 알지! 아는데….
목야   (말 끊으며) 또 자기 때문이라고 생각할까… 그것이 걱정이구나….
        그 심정 오죽하겠는가…….

모두, 소이의 사정을 아는 듯 착잡한 분위기.

#24. 궁 일각(낮)
서둘러 가는 소이의 뒤를 쫓는 누군가의 시선. 박포다.

#25. 이신적의 집, 방(낮)
이신적과 장은성이 있다.

장은성   그것이… (조심스레) 기축년… 초동요사 답안 첫 구절이라며…
          소란스럽습니다. 아무도 대놓고 얘기하진 못하지만….
이신적   자네는 어찌 생각하는가?
장은성   우스운 이야기지요. 저도 젊은 시절, 그 구절에 대해서,
          들은 적은 있습니다. 기축년, 정도전의 생질인 정기준이
          과장에 나타나 두보와 소동파가 울고 갈 명문을 남겼다….
이신적   (장은성을 물끄러미 보며) …….
장은성   그 첫 구절이 바로 꽂은 꽃일 뿐, 뿌리가 될 수 없다….
          허나… 모두 소문만 돌았을 뿐, 직접 봤다는 사람은 없습니다.

	게다가 수십 년 전의 일이 아닙니까. 요사스런 장난임이 분명합니다.
이신적	요사스런 장난이라… (허허 웃다가는) 허면… 밀본에 대해서 어찌 생각하는가?
장은성	(황당하다는 듯 웃으며) 예? 대감께서 그런 걸 믿으신단 말입니까?
이신적	(허허 웃으며) 믿고 안 믿고의 문제가 아니네….
	(역시 미소로) 내가 밀본이었으니까… 하는 이야기네….
장은성	(쿵!) ……!

#26. 일각(회상)

젊은 이신적, 바짝 엎드려 있다. 앞에 청년 정기준(4부 등장)이다.

이신적	(비통) 정도광 본원께서 돌아가시다니….
정기준	조정에서 입신양명하여 입지를 굳히시고 다음 명을 기다리셔요.
이신적	도련님…, 하오나….
정기준	(단호하고 근엄하게) 본원의. 명. 입니다.
이신적	(결연하게 보며) ……!
정기준	저는 반드시 돌아올 것입니다.
	그때… 지신사께서 조정의 중핵에 계셔야 합니다. 아시겠습니까?
이신적	명… 받들겠습니다.
정기준	(보는데)
이신적	도련님…, 어디로 가시려는 겁니까?
정기준	대은은 어시은(大隱은 於市隱 : 깊게 은둔하는 것은 시끌벅적한 시장 속에서 세상 사람과 동고동락하는 것)이라 했습니다. 사람들 틈으로 숨을 것입니다.
	지신사 가까이 있겠습니다.
	(10부 인서트에 들어갈 대사입니다. 8부에는 '숨을 것입니다'까지만입니다.)
이신적	…….
정기준	(청록색 비단으로 싸인 서찰을 내밀며) 받으세요.

이신적, 결연한 표정으로 서찰을 받는다.

#27. 이신적의 방(현재, 낮)

경악한 장은성과 이신적 있고….

장은성	저… 저를 놀리시는 겁니까…? 지금 농을 하시는 겁니까…?
이신적	(미소 띠며 본다) …….
장은성	그렇죠? 농을 하시는 거죠? 대감께서… 밀본이라니…. (부러 웃으며)
이신적	(여유롭게) 자네에게 이런 얘길 하는 것은…
	자넨 내 사람이라는 일종의 선언이라고나 할까….
장은성	그야, 당연히… 저는 대감의 사람이지요…. 허나….
이신적	아니… 그 정도가 아닐세…. 이걸 알았으니…
	자넨… 혼자서는 죽지도… 살지도 못할 것이네….
	(무서운 미소로) 알겠는가…?
장은성	(긴장하여) …… 예… 대감. 헌데… 허면… 정말로….
이신적	허나 그것은 20여 년 전 이야기…
	(회한에 싸인 듯) 다음 명은 오지 않았고…
	조직은 와해되었다 생각했지…. 해서… 난 그저 나의 길을 갔네….
	그리고… 이 자리에… 올랐어. 명을 따르려 해서 그런 것이 아니었지.
	헌데…, (앞 씬에서 나왔던 낡은 청록색 서찰을 책상 아래서 꺼내 건네며)
	20여 년 만에… 명이… 떨어진 듯하네….
장은성	(서둘러 서찰을 펴서 보다가) ……! 이게 무엇입니까…?
	(읽으며) 활자가… 불타고… 궐이 피에 물들면…
	때가 임했음을 알아야 할 것이다….
이신적	(불안한 미소로) 주자소에 화재가 있었고… 오늘 경회루에 피가 흘렀네….
장은성	(경악하여) 허… 허면 장성수의 죽음이!

#28. 안향 사당(낮)

심종수, 도담댁, 윤평이 있다.

도담댁	어젯밤, 장성수는 어찌 삼각산에 간 것이냐?
윤평	누군가를 만나려 했습니다.
도담댁	혹… 성삼문이 아니겠느냐?
윤평	아닙니다. 성삼문은 이 일에 대해 모르고 있었습니다.
심종수	해서 휴직을 한 모양이로군. 본격적으로 움직이려는 것이야.
도담댁	(윤평의 얼굴에 난 상처를 보고) 그 상처는 무엇이냐?

심종수   (보고) 설마… 겸사복 강채윤이란 자에게…?
윤평   (대답 않고 잠시 고민하다가는) … 그럴 리가 있겠습니까.
         장성수를 처리하는 과정에서 실수가 있었을 뿐입니다.

#29. 반촌 일각(낮)
윤평, 복잡한 표정으로 나온다.

윤평   (혼잣말처럼 나직하게) … 강채윤…. (하는데)
수하   (다가오며) 부르셨습니까.
윤평   지금 즉시, 함길도로 가서 이방지 어르신을 수소문하거라. 알겠느냐.
수하   예. (하고 가면)

         윤평, 자리를 뜨려는데 저쪽에서 개파이와 손잡은 연두가 보고 있다.
         들었나 싶어 당황하는 윤평, 그러나 무표정해지며 개파이 쪽으로 간다.
         길을 비켜주지 않는 개파이. 마주 서는 윤평과 개파이.
         연두, 윤평이 무서운 듯 개파이 뒤에 살짝 숨는다.

윤평   (차가운 표정으로) 비켜라. 짐승.
개파이   (말없이 무표정) …….

         연두, 무섭다는 듯 개파이 손을 끌며 가자는 시늉을 한다.
         윤평을 보다가는 조용히 연두와 함께 가는 개파이.
         다시 한 번 개파이를 보는 윤평.

#30. 일각(낮)
사냥복 차림의 성삼문, 놀란 표정.

성삼문   뭐라? 해서 다 실토했단 말이냐?
관노인   예…. 면목이 없습니다요, 나으리….
성삼문   (알아냈다 이거지 싶은 표정으로) 겸사복 강채윤이라….

#31. 반촌 검안소(낮)
채윤이 보고 있는 가운데,
가리온, 장성수의 뒷머리에서 대침을 뽑아낸다.

가리온   (뽑아낸 침 보며) 아까 보자마자 이걸 거라 생각했습니다.
         (침 뽑아낸 곳을 가리키며) 뇌해혈(腦海穴)이란 곳인데,
         점혈당하면 머리가 진동되어 치명적이지요. 헌데 거기서 그치질 않굽쇼….
채윤   (보면)
가리온   고개가 앞쪽으로 쏠린 채 굳어져 있습니다요.

         채윤, 보면 장성수의 머리가 앞쪽으로 기울어진 채 굳어 있다.

가리온   마전자(馬錢子) 독입니다.
채윤   마전자? 그게 뭐야?
가리온   마전나무의 씨를 말린 것이지요.
         주로 천축국에서 자라는 나무인데… 맹독 중의 맹독입니다요.
채윤   천축국…?
가리온   이 독에 중독되면, 머리와 목의 근육에 심한 경련이 생겨,
         머리가 앞으로 수그러진 채 굳게 됩니다요.
채윤   (장성수의 목 근육을 유심히 보는데)
가리온   여하튼… 엄청난 무공의 소유자인 듯합니다.
         혈이란 것이, 누워 있는 환자의 환부를 시료할 때는 짚어낼 수 있지만….
채윤   (보면)
가리온   반항하고 움직이는 자의 혈을 이리 한 방에 정확하고 깊숙이 꽂는다는 건…
         (몸서리치며) 어휴…, 섬뜩합니다….
채윤   (장성수의 시신을 어둡게 보는데)

#32. 반촌 거리(낮)
채윤, 검안소에서 나와 걸어가는데…
누가 미행하는 듯한 느낌이 든다.
돌아보지 않고, 씩 웃는 채윤. 내가 궁금하다 이거지?

#33. 길 일각(낮)
채윤, 뒤에서 누가 따라오는 느낌 의식하며 가고 있다.
이때, 빠르게 달려오는 발소리가 들리는가 싶더니
뒤에서 갑자기 채윤 머리 위에 검은 것이 확 씌워지면…
채윤 시선과 함께 블랙아웃.
블랙 화면 속에서 억지로 끌고 가려는 투덕거리는 소리와 함께.

채윤   (마음의 소리 E) 뭐야? 뭐 이렇게 서툴러?

#34. 헛간 안(낮)
블랙아웃에서 채윤 시선 밝아지면…
앞에 복면하고 서 있는 성삼문. 채윤은 묶여 있다.

성삼문 (얼굴 반을 복면으로 가린 채 빠르게) 네놈이 수사하면서 알게 된
       모든 것을 이야기해야 할 것이다!
채윤   (보고)
성삼문 네놈은 어디까지 알고 있는 것이냐? (하는데)
채윤   (그런 성삼문 얼굴을 누구지 하면서 유심히 살피듯 보면)
성삼문 (내 얼굴이 보이나 싶어 당황, 얼른 복면을 바짝 올리고)
       장성수의 죽음에 대해 아는 것을 전부 얘기해라.
채윤   전 아는 게 하나도 없는뎁쇼. 범인도 모르고, 왜 죽였는지도 모르고.
성삼문 발뺌 마라! 이래도 모른다고 할 테냐?! (하며 서책 하나를 들이대면)
채윤   그게 뭡니까? (하며 두 손으로 받는데)
성삼문 (놀라) 어! 손이 풀렸!

       하는데 cut. 반대로 의자에 앉은 성삼문.
       맞았는지, 얼굴에 상처가 있어 비비고 있다.
       채윤, 성삼문이 준 서책으로 손바닥을 탁탁 치며 서 있다.

채윤   내 수사일지를 빼내셨다…? 하긴 뭐, 시신도 훔치신 분이니 이 정도야.
성삼문 (노려보며) …….

채윤	시신은 왜 가져갔습니까? 뭔가 확인하고 싶어서? 아니면, 숨기고 싶어서?
성삼문	네놈에게 밝힐 이유가 없다.
채윤	시신이 사라진 시점이 워낙 절묘해서 말입니다….
	제가 집현전 학사들의 기신검열을 하려던 그 직후에 벌어진 일이니….
	(하며 갑자기 성삼문의 목, 어깨, 발목을 들춰보면)
성삼문	(반항하며) 이놈이!! 뭐하는 게냐!! (하는데)
채윤	(씩 웃으며) 여기 있네….

보면, 채윤이 들춘 성삼문의 오른팔에 천지문신이 보인다.

채윤	허담, 윤필, 장성수. 죽은 학사들 몸에서도 나온 겁니다. 뭡니까.
성삼문	내가 말할 것 같으냐. 네놈이 날 죽인다 해도! (하는데)
채윤	(보다가는 품에서 뭔가 꺼내 툭 던져준다)
성삼문	(던진 것 보며) 뭐냐, 이게? (주워 읽으며) 군나미욕…?
채윤	그게 무슨 뜻입니까?
성삼문	어찌… 임금이 미륵이 되려 하는가… 정도로 볼 수 있겠는데….
채윤	그 정도는 저도 압니다.
성삼문	허나 문법에 맞지 않네. 군나욕위미(君那欲爲彌)라고 해야 할 것인데….
채윤	그게 무엇을 뜻하는지 알아내십쇼.
성삼문	……! 내가 왜 그걸 해야 하지?
채윤	세 가지 이유가 있지 않겠습니까? 첫 번째…
	그건 윤필 학사가 죽기 전에 남긴 단서니까!
성삼문	……!
채윤	두 번째! 그걸 알아내면 이걸 드릴 테니까…. (장성수의 서책을 내밀며)
	장성수 학사는 이 물건을 누군가에게 전하려던 중 돌아가셨습니다.
성삼문	……! 어찌 그런 중요한 증거물을 보고하지 않고 갖고 있단 말인가?
채윤	허면 학사께선 어찌, 보고하지 않고 이런 짓을 하셨습니까?
성삼문	(할 말 없다) …….
채윤	어떻습니까?
성삼문	해서 군나미욕의 비밀과 그 서책을 교환하자 그 말인가…?
	(하고는 바로) 그리하겠네. (하고 일어난다)

채윤	먼저 나가십쇼.
성삼문	(나가려다 말고) …… 근데 세 번째는…?
채윤	그 자문이 뭐든 간에, 어떤 명을 받으셨든 간에, 하나는 확실하니까요.
성삼문	…….
채윤	소인과 학사님은… 목적이 같습니다.
	(결연한 미소로) 우린 이 일의 비밀을 풀고 싶어하지요. 그렇지 않습니까?

성삼문, 보다가 나가고 채윤, 의미심장한 미소를 띤다.

#35. 궁 일각(낮)
채윤, 생각에 잠겨 오는데, '채윤아!' 부르며 박포가 급히 온다.

박포	(숨 헐떡이며) 그 나인 말야. 삼각산으로 가던데?
채윤	삼각산?
박포	뭔가 찾는 거 같았어.
채윤	… 뭘 찾는다고? (심각해지며)

#36. 길 일각(낮)
성삼문, 심각한 얼굴로 걸으며….

성삼문	(마음의 소리 E) 군나미욕… 군나미욕….

성삼문, 생각에 깊이 빠져가는데,
(E) 도자기 깨지는 소리.

#37. 이도의 방(낮)
바닥에 작은 도자기가 깨져 파편들이 흩어져 있다.
급히 들어오는 광평, 정인지, 무휼, 놀라 보면,
무표정으로 앉아 있는 이도.

광평	아바마마, 괜찮으시옵… (하는데)

이도   (벌떡 일어나며) 지금 당장, 편전 회의를 소집하라!
        당장!! (하고는 나가는데)

        광평, 정인지, 무휼, 뭔가 심상치 않다 싶은데….

        #38. 이도의 방 밖 복도(낮)
        굳은 얼굴로 나오는 이도.
        방 안 상황을 들은 듯 놀란 얼굴로 서 있던 조말생, 얼른 예를 취한다.
        그런 조말생을 그냥 지나쳐 가는 이도.
        광평과 정인지, 무휼도 이도를 따라가면…
        열린 문틈으로 방 안을 보는 조말생.

조말생   (혼잣말) 드디어… 전하께서… 시작이신가….

        #39. 편전(낮)
        무거운 침묵이 흐르고, 모든 대신들 이도의 입만 보고 있다.
        긴장한 표정의 이신적!
        긴장한 조말생!
        긴장한 최만리!
        긴장한 황희!
        긴장한 장은성!
        긴장한 정인지!
        역시 긴장한 박팽년!
        이순지!
        광평대군!

이도   (드디어 입을 열며, 평온한 목소리로) 오늘 편전회의의 안건은….
모두   (이도를 주시하는데)
이도   (평온한) 세법(세금제도)이오.
정인지   (의외의 말에 경악) ……!
조말생   (화나며 경악) ……!

이신적   (이상해서 경악) ……!

황희   (역시 경악) ……!

조말생   (뭐야 싶어) 전하! 세법이라니요? 궐에서 학사 세 명이 죽었습니다!

이도   (자르며) 궐내의 괴변은 많은 정사 중 하나일 뿐이오.
        맡은 자들이 처리하면 될 터. 나라의 중대사를 미룰 수는 없소!

조말생   (절로 탄식이 나오며… 이도의 뜻을 알 수 없어 미치겠는데)

황희   (강하게 반대) 하오나… 세법은 지방 아전들이 논밭을 답사하여,
        풍년 흉년에 따라 세액을 결정하는 것으로,
        선대왕께오서! 정하신 것이옵니다.

이도   그 지방 아전들이 말이오!
        풍년을 흉년으로, 흉년을 풍년으로 조작하여!!
        백성들의 이익을 가로채는 일이 끊이질 않소!!
        지방 토호에 심지어! (대신들 보며) 중앙 관리들과도 유착해서 말이오….

대신들   (다들 찔리는 듯하고)

장은성   하오나 전하!! 이미 그것은 13년 전에 결론이 난 것이 아니옵니까.

이신적   예, 이미 13년 전에 전하의 의지에 따라
        가부조사(可否調査 : 여론조사)까지 실시하였사옵니다!

황희   대신들의 반대에도 불구하고…
        18만 명이나 되는 농민이 참여하는 가부조사였사옵니다!!

이신적   허나! 토지가 척박한 지역 백성들의 반대가 많아,
        부결되었음을 잊으셨사옵니까?

이도   그 반대 말이오…. 그에 대해 조사를 좀 해보았소.
        (하고는 이순지, 박팽년에게) 알려드리거라.

이순지   예. (하며 한 걸음 앞으로 나와 보며 읽는다) 강원도 횡성현의 고을민 53명은
        ('不' 자 글자를 보이며) 이렇게 그리라 하여 그렸다고 진술하였습니다.
        고을민 중 누구도 공법은 들어본 적 없다 하였습니다.

모두   (열받고)

박팽년   (책 보며) 또한, 황해도 곡주(谷州 : 곡산)의 수령 서종천은
        7세 미만의 아이들에게 가부조사를 한 일이 적발되었사옵니다.

대신들   (저것들이… 하듯 보는데)

이도   (쉬지 않고 밀어붙이는) 하여! 이번 가부조사는!

이신적	(놀라) 예? 가부조사를 다시 하신다는 것이옵니까?
이도	(일부러 보며) 지방관아의 관리들이 아닌, 친히 가부조사원을 뽑아 시행할 것이오! 집현전이 이 모든 일을 맡을 것이며!
최만리	……!!
정인지	(놀라고)
모두	(집현전? 떨떠름한 얼굴인데)
이도	가부조사의 책임자는… 직제학 남사철이오!
남사철	(구석에 서 있다 놀라고)
대신들	(불만스런 얼굴들인데)

#40. 이도의 방(낮)
이도 (약간 흥분과 분노 상태), 정인지 있고.

정인지	(강하게) 전하! 지금 같은 상황에 어쩌자고 대신들을 들끓게 하시옵니까?
이도	…….
정인지	(답답하여) 전하! (하는데)
이도	13년 전… 가부조사 때… 조사원들은 한 가지 일을 더 하였다.
정인지	… 가부조사를 하며, 각 지방의 방언들을 수집하지 않았사옵니까.
이도	모두들 팔도지리지 편찬 때문이라 알고 있으나… 그것이 다가 아니었다.
정인지	(놀라) 예…? 허면….
이도	네가 연구하고 있는 소리들이… 언제 수집되었겠느냐?
정인지	……!
이도	그래, 바로 13년 전. 그때다.
정인지	(놀라 보면)
이도	이번 가부조사 때는… 민간의 모든 속요를 채록하게 될 것이다. 가부조사원은 무휼이 이미 따로이 뽑아놓은 자들이 있다. 남사철은 그저 가부조사의 책임자일 뿐… 속요 채록은… 가부조사원들이 맡을 것이야. 그리고… 우리 일의 최종 마무리를 하겠지….

정인지   (그저 놀랍게 보는데)
이도   (초조함과 의지로) 이제… 우리의 일을, 그들 때문에 멈추지 않을 것이다.
        앞으로 나아갈 것이야.

        #41. 의정부 집무실(낮)
        황희, 이신적, 장은성, 대신들 있고.

장은성   (흥분한) 대감, 이대로 계실 겁니까?
황희·이신적   (보면)
대신 1   예…, 이번 기회에…
        세법은 더 이상 거론치 않도록 확실히 해두어야 합니다.
장은성   지금 당장의 문제가 아니라… 이는 이후 조선 관료가 힘을 가지느냐
        못 가지느냐의 문제입니다!!
황희   어허! 무슨 말을 하는 것이야!
이신적   (나지막이) 영상… 틀린 말이 아니지 않습니까.
        세법 개혁은 결코 아니 될 일입니다….
황희   (더욱 심각해지는데)

        #42. 집현전 안(낮)
        최만리, 심종수, 박팽년, 이순지, 남사철 등 학사들 있다.

심종수   (흥분해) 전하께서 어찌 이러실 수 있단 말입니까!
        허담, 윤필, 장성수! 그들의 죽음보다 세제 개혁이 더욱 시급하단 말입니까?
        전하께선 학사들의 죽음은 안중에도 없단 말입니까?!
학사들   (동조하는 듯 보고)
남사철   (특히 안절부절못하며 난감한 표정으로 최만리만 보는데)
최만리   나도 도무지 전하의 어심을 알 수가 없네….
심종수   (박팽년, 이순지에게 불똥) 자네들이라도 전하께 직언을 했어야지!
이순지   그 때문에 자료를 찾아오라시는 줄은 미처….
박팽년   오늘 바로… 세법을 안건으로 내세우실 줄은 몰랐습니다.
최만리   (심각) 이로써… 전하께선… 모든 사대부들을… 적으로 돌리신 게야….

박팽년·이순지　(근심 어린 얼굴이고)

심종수　(계속 분개한 얼굴인데)

#43. 집현전 밖 일각(낮)
나오는 심종수와 따라나오는 남사철.

남사철　당장 저는 어찌합니까?

심종수　(의심스러이 보며) 자네는 이미 전하의 밀명을 받아두었던 것이 아닌가?

남사철　무슨 말입니까? 나도 오늘 처음 들은 것입니다.

심종수　(보며) 그러한가…?

남사철　그렇다니까요. (하고는 답답한 듯 바로) 전하의 성정으로 보아 내일 당장부
　　　　터 시행하라 하실 것인데….

심종수　… 그러실 테지…. (하고는 뭔가 생각하는 눈빛인데)

광평　　(E) 이번 세법 가부조사… 말이옵니다….

#44. 이도의 방(낮)
이도, 광평 있는데…

이도　　(의지에 차서) 이 일이 어떤 의미인지는 너도 알 터.
　　　　일도 마치기 전에 저들이 알게 된다면… 이 일은 수포로 돌아간다.

광평　　(보고) …….

이도　　허니 너는 가부조사원들이 각 고장의 속요를 올리는 대로
　　　　서둘러 마무리해야 할 것이다.

광평　　(보고) …….

이도　　그것만이 저들로부터 학사들도 지켜내는 방법이다.

광평　　예…, 아바마마. 성심을 다할 것이옵니다.

이도　　(그런 광평을 보는데) …….

광평　　(그런 이도를 보다가는 조심스럽게) … 하온데….

이도　　(보면)

광평　　… 혹여… 다른 뜻이 있는 것은 아니신지요…?

이도　　… (날카롭게 보며) 다른 뜻이라니?

광평	(보고) …….
이도	세법을 바로잡는 것도 대의요,
	그 가부조사를 이용하여 우리 일을 마치는 것도 대의다.
	겉뜻과 속뜻 모두 얘기했거늘
	또 다른 뜻이라니, 무슨 소리인 게냐?
광평	… 세법 개혁은 신하들이 가장 반대하였던 사안이 아니옵니까?
이도	해서?
광평	혹여… 신하들을 흔들어… 반기를 드는 자들을 가려내리는 것은…
	아니시온지…
이도	(물끄러미 보고) …….
광평	(눈치를 살피다가) 소자 짧은 생각으로… 아바마마의 심기를….
이도	(말 끊으며 평온하게) 나의 마음을 읽으려 하지 말거라.
광평	(당황하며) 예….
이도	(일부러 무시하고는) 함께 불렀거늘… 소이는 어딜 간 게냐?

#45. 삼각산 일각(밤)
옷이며 얼굴 등이 모두 흐트러진 채로 책 꾸러미를 찾고 있는 소이의
절박한 모습. 그 위로

채윤	(E) 아직도?!

#46. 삼각산 일각(밤)
오는 채윤과 박포. 채윤, 장성수의 책 꾸러미를 들고 있다.

박포	어! 삼각산을 혼자 막 뒤지고 있더라니까. 근데 넌 어쩌려는 거야?
채윤	(책 꾸러미를 들어 보이며) 이거.
박포	그니까 그거 뭐?
채윤	나인 소이는 분명 장교리에게 이걸 받으려고 했을 거야.
	지금은 이걸 찾고 있는 거고.
박포	그래서?
채윤	이게 소이 손에 들어가면… 어디로 갈까? 우린 그걸 쫓으면 되는 거지.

| 박포 | 아…, 그러면 그 나인이 전하 쪽인지, 범인 쪽인지 알 수 있다! 이거지? |
| 채윤 | (씩 웃으며) 그렇지. (하고는 의미심장한 표정으로 가는데) |

#47. 이도의 방(밤)
혼자 앉아 있는 이도. 생각하고 있다. 불안정한 이도의 풀샷 위로,
앞 씬 이펙트.

| 광평 | (E) 혹여… 신하들을 흔들어… 반기를 드는 자들을 가려내려는 것은… |
| | 아니시온지…. |

ins. cut - 40씬 편전. (40씬 뒷부분에 이어 찍을 씬)
편전 밖으로 모두 나가는 신하들. 모두 화가 난 표정들인데…
권좌에서 그들을 바라보는 이도.
바로 옆의 무휼에게

| 이도 | 당상관 이상 관리들의 동태를 모두 보고하여 올리거라. |
| 무휼 | ……! |

회상에서 돌아오는 이도. 그 위로

| 이도 | (마음의 소리 E) 그러한가…. |
| 광평 | (E) 어찌 그러는가. |

#48. 궁 마당 일각(밤)
광평, 나오는데, 급히 오는 무휼.

무휼	전하께오서 편전 회의가 끝난 직후,
	당상관 이상 신하들의 동태를 살펴 올리라 명하셨습니다.
광평	(놀라) ……!!!!!
무휼	전하를 뫼신 이래, 이런 일은 없었습니다.
광평	(충격에 휩싸여 혼잣말처럼) 설마… 정말 세 번째 이유가…?

무휼   예? 세 번째 이유라니요?

광평   이번 세법 개혁은 또 다른 이유가 있다.
      속요를 채록하여, 우리 일을 마무리 지으시려는 것이지.

무휼   예, 알고 있습니다. 헌데 세 번째 이유가 따로 있는 것입니까?

광평   태종대왕을 모시지 않았나? 모르겠는가?

무휼   (설마 싶지만 짐작했다는 듯이 놀라) ……!!! 서…설마….

광평   (역시 불안한데)

무휼   (일부러 더) 아닐 것이옵니다!
      제가 아는 전하는 그 누구보다 강하시옵니다.
      그 누구보다 현명하시옵니다. 그러셔야 하옵니다.

#49. 삼각산 다른 일각(밤)

수풀 사이에 숨어 어딘가를 보고 있는 채윤과 박포.
보면, 숲 일각에 놓여 있는 꾸러미.
이때, 저만치 어둠 속에서 살랑이는 횃불의 움직임.
주시하는 채윤과 박포. 점점 가까워오는 횃불의 일렁임.
드디어 보이는 소이의 얼굴.
눈물이 번진 얼굴에 손과 옷이 온통 흙투성이다.
그 모습에 놀라는 채윤. 뭐야 싶어 계속 주시하는데…
작게 흐느끼며 미친 듯이 꾸러미를 찾는 소이.
나무 밑이며 바위 사이며 온통 맨손으로 마구 뒤진다.
손이 돌에 긁혀 상처가 나는데도 상관 않고 뒤져보는데,
꾸러미는 없자, 흐느낌이 커지는 소이.
하지만 손으로 입을 막아 울음을 참으며 다시 주위를 두리번거린다.

박포   (보며, 작게) 야…, 저게 대체 뭔데… 저렇게까지 찾냐…?

채윤   (그저 주시하는데 기분이 좀 묘한데)

이때 소이, 뭔가를 본 듯 획 돌아본다. 서둘러 횃불을 비춰보면, 꾸러미 있다.
눈이 커지며 한걸음에 달려가는 소이.
서둘러 꾸러미를 풀어 책들을 살피며 한없이 기뻐한다.

보는 채윤.
소이, 책을 한 장 한 장 넘기며 보기 시작한다.
보는 채윤.
책을 모두 읽은 소이. 서책을 덮는다.

박포   (아주 작게) 이제 저 꾸러미가 어디로 가는지만 보면 되는 거지?
채윤   (작게 고개 끄덕이며 소이를 보는데)

순간 소이, 책을 찢는다. 그러고는 그대로 횃불로 불을 붙여버린다.

박포   (놀라, 작게) 뭐… 뭐 하는 거야 저거!
채윤   (역시 놀라 보는데)

소이, 타들어가는 책들을 보다간, 별안간 울음이 툭 터진다.
임무를 마쳤다는 안도감에 소리는 내지 못하는 채로 엉엉 우는데….
한참을 그러고 있는 소이. 그런 소이를 보는 채윤의 모습에서.

#50. 산길 일각(밤)
진정된 듯 보이는 소이가 길을 가고 있다.
북 한 번, 징 한 번이 울린다.
조금 떨어진 뒤에서 그런 소이를 조용히 따르고 있는 채윤, 박포.

박포   벌써 초경 일점(오후 7시 24분)이 됐나보네….

셋이 모두 그렇게 가고 나면, 카메라는 산 일각의 정자를 보여준다.

#51. 연월정 앞 일각(밤)
심종수와 막수가 정자가 보이는 곳을 향해 가고 있는데….

이신적   (E) 언급조차 해선 안 될 일입니다!!

#52. 연월정(밤)
황희, 이신적, 최만리, 장은성, 조말생 등이 있는데….

이신적   (황희 보며) 그 숱한 피바람을 뿌리신 선대왕께서도 이 일만은
         대신들의 뜻을 따라주셨습니다. 안 그렇습니까? 조대감?
조말생   (여느 때와는 달리 흥분하지 않고) 그랬지요.
         (약간 비웃듯) 이는 대신들의 이권을 건드리는 일이니까요.
황희   조대감은 말을 삼가게. 이권이라니'? (하는데)
심종수   (E) 예, 이권의 문제만은 아니지요.

         보면 정자 위로 올라와 서서는 다소곳이 인사하는 심종수.

심종수   (고개를 들며) 이는 유림을 혁파하려는 것입니다.
모두   (보는) …….
상궁   (E) 전하…, 내금위 정득룡 입시이옵니다!

#53. 이도의 방(밤)
이도가 있는데….

이도   들거라.

         하면, 들어오는 정득룡.

이도   (그냥 무표정하게 보는데)
정득룡   전하…. 의정부 대신들은 모두 연월정에 모여 있다 하옵니다.
이도   (무표정하게)
정득룡   또한, 사간원 김처림을 중심으로는 3사의 간관들이 모여
         이 일을 논의 중이며,
이도   … (살짝 흥분돼가고) …….
정득룡   이조참판은 각 지방 감영으로 은밀히 사람을 보냈다 하옵니다.

듣는 이도, 입을 앙다물었으나 호흡이 빨라지고 있다. 그 위로

황희   (E) 그게 무슨 소린가?

#54. 연월정(밤)
모두 있고….

이신적   유림을 혁파하다니?

심종수   (앉은 채) 그동안 이 생각을 떨쳐내려… 애써왔습니다만…
           아무래도 전하께오서는 성리학을 경시하시는 듯합니다.

조말생   (날카롭게 보고)

최만리   허나… 전하보다 더 성리학에 통달하신 분은 없네.

심종수   그럼에도 수없는 반대를 누르고, 궐내에 불당을 지으셨지요.

이신적   (보고)

심종수   더구나 근래 들어… 집현전의 학문 경향을 보십시오.
           경학(經學 : 유가경전을 연구하는 학문)보다는
           (빠르게) 역사, 천문, 산술, 운학!
           말로 다 말하기도 어려운 잡학으로 어린 학사들을 내몰고 있습니다.

최만리   그건 그렇습니다…. 도저히 막을 길이 없을 정도입니다.

이신적   (고갤 저으며) 그것만으로 성리학을 경시한다는 건 과하네.

심종수   조세 개혁을 했을 때 가장 큰 타격을 받는 곳이 어디겠습니까?

이신적   그야… 중앙의 사대부들과…. (하다가는 놀라며) 설마…?

심종수   예…, 지방 향촌의 유림들입니다.

조말생   ……. (보고)

심종수   조선 건국을 주도한 사대부들 중 일부는 중앙에 남았고,
           나머지는 지방으로 내려가 자치조직을 만들었습니다.

모두   (긴장하고 솔깃하여 듣는데)

심종수   그건 조선의 방방곡곡을 성리학으로 이끌어가려는 것이었습니다.

이신적   …….

심종수   그러기에 혜강 선생께서는 사비를 들여 향촌에 서재와 학당을 지으셨고,
           오랜 꿈이신 서원을 세우시려 하고 있습니다.

장은성	그러신가?
조말생	(이젠 약간 의심스런 눈으로 심종수를 보는데)
심종수	예. 헌데, 답험손실법(踏驗損失法 : 한 해의 농사상황을 조사해 세율을 매기는 법)을 개혁하신다면, 지방 유림들은 어찌 재정적 기반을 마련한단 말입니까?
이신적	(보는데)
심종수	지방 토호나 관리들이 조세에 관여하지 못하게 하는 건 곧! 지방 유림들이 백성을 이끌지 못하게 하겠다는 것입니다!
모두	(보는데)
심종수	이는 곧….
모두	(긴장하여 보며)
심종수	성리학이… 조선을… 이끌지 못한다는 것이지요!
모두	(그런 심종수를 의미심장하게 보는데)
조말생	(다른 의미로 의미심장하게 보는데) …….

#55. 이도의 방(밤)
이도, 가빠진 호흡을 누르며 상소문들을 읽고 있다.
옆엔 엄청나게 많은 상소문들이 놓여 있다.
이때 들어오는 무휼. 상소문들을 보고 놀란다.
결심한 듯 앞에 와 앉는다.
말이 없는 이도.

무휼	(조심스럽게) 지난 상소문들이 아니옵니까. 어찌 다시 읽으시는지요…?
이도	(읽으며) 그동안… 과인의 일에 대해… 참으로 많은 반대가 있었구나….
무휼	… 전하…, 아뢰옵건대… 다른 상념은 마시옵소서. 지금 중한 일은… 오로지… 밀본을 찾아내는 것이옵니다.
이도	(아무렇지 않게) 지금 찾고 있는 중이다.
무휼	(놀라) 전하! 전하의 뜻에 반하는 신하들이 밀본은 아니옵니다!
이도	그들 중 하나겠지.
무휼	(놀라) ……! (더욱 강하게) 전하! 심기를 굳건히 하시옵소서!!
이도	(상소문들을 집어던지며 버럭) 내가 무얼 그리 잘못했느냐?
무휼	…….

이도	난 조선을 세우고 싶을 뿐이었다!
무휼	…….
이도	헌데… 지금도 신하들은 모두 모여 나의 뜻을 거스를 모의를 한다더구나!
무휼	…….
이도	생각해보면 항상 그랬다.
	중국의 책력이 아닌 우리 책력을 만든다 할 때도!
	천문기기를 만들기 위해 중국에 사람을 밀파할 때도!
	세법 가부조사를 한다 할 때도!
	노비 장영실에게 관직을 줄 때도!
무휼	…….
이도	대명의 뜻을 거스를 수 없다며!
	국고를 낭비한다며!
	신분 질서를 어지럽힌다며!
	모두 자신들의 기득권을 지키려는 것이면서…
	온갖 공맹의 도리를 들이대며 말이다!
무휼	…….
이도	공자께서 언제 자국의 책력을 만들면 안 된다 하였느냐?
	맹자께서 언제 백성의 의견을 직접 물으면 안 된다 하였어?
	(하다가는 울컥) 난 단지… 조선을 세우고 싶을 뿐이었는데…
	대체 내가 무엇을 잘못하였느냐?
무휼	(보며)
	잘못하신 것이 없사옵니다.
이도	…….
무휼	전하께오서는 침수도 파하시고… 옥체를 열로 나누어 일하셨고!
	그 많은 반대에도… 기다리고 설득하셨사옵니다.
	그렇게 조선을 세워오셨사옵니다….
이도	(힘이 쭉 빠져서는) 그 결과…
	(스스로를 비웃듯 웃으며) 내 학사들이 죽어가고, 밀본은 나타났고,
	얼마나 많은 나의 사람들이 죽어갈지 알 수 없는 지경이 되었고,
	내 필생의 일이 중단될 위기에 처했어….
무휼	…….

이도	내 잘난 결심이! 나의 치기 어린 결심이! 그리 만들었다!!
	여기서 중단을 해야 하는 것이냐?
무휼	……
이도	… 난 정말 모르겠다. 답을 해다오…, 답을….
	아바마마의 방식이 맞는 것이 아니냐?
무휼	……
이도	난 힘이 있고! 권력이 있어! 나는 왕이다!
무휼	……
이도	나만 남기고! 모두 죽어 있게 해야 하는 것이 아니냐!!

그런 이도가 불쌍한 무휼. 차마 답을 하지 못한다.

#56. 이도의 방 밖 복도(밤)
광평, 들어가지 못한 채 안타깝게 듣고 있다.
이때 나오는 이도.
예를 취하는 광평.
이도, 상관치 않고 나간다.

#57. 집현전 앞 일각(밤)
걸어오는 이도. 집현전 현판을 본다.
ins. cut – 3부 4씬.

태종	(한심하다는 듯) 집현전… 그런 것으로 무엇을 할 수 있단 말이냐. (cut)

ins. cut – 현실의 이도의 표정.

태종	(비아냥) 어떤 조선인가, 그것은?
이도	권력의 독을 감추고, 칼이 아닌 말로써 설득하고,

ins. cut – 현실의 이도의 표정 위로 3부 4씬 이펙트.

이도   (E) 모두의 진심을 얻어내어, 모두를 오직 품고…
        하여 방진에 1만을 남기는 것이 아니라 2, 3, 4, 5, 6…
        모두가 제자리를 찾고 제 역할을 하게 하는… 그런 조선입니다.

        회상에서 돌아오는 이도.
        자조하듯 피식 웃고는 허허로운 표정으로 간다.
        따르는 상궁들과 무휼 등등….

이도   (상궁에게) 소이는 아직도 오지 않은 것이냐?
상궁   그러한 듯하옵니다, 전하.
이도   가여운… 것…. 제 탓이 아니거늘….

        회상에서 돌아와 안으로 걸어들어가는 이도.

#58. 집현전 안(밤)
혼자 들어오는 이도. 집현전 안을 본다.
그런데 어둠 속 집현전 서재에 책을 보고 있는 누군가.
그자가 고개를 돌리면, 용포를 입은 젊은 이도다.
이도, 늘 그래왔다는 듯 아무렇지도 않게 그를 노려본다.
그런 이도를 보며 생긋 웃는 젊은 이도.

젊은 이도 (비웃듯 헛웃음 흘리며) 그 꼴이 무언가?
이도   (노려보며) 밀본이 있다…. 아바마마의 말이 옳았어.
        밀본이… 나의 사람을 죽이고 있다.
젊은 이도 (물끄러미 보며) …….
이도   (점점 흥분하며) 어떤 권력이라도 독이 있다.
        그 독을 바깥으로 뿜지 않으면! 이렇게 안으로 썩는 것이다!!
젊은 이도 해서?
이도   권력의 독은 안으로 감추겠다고! 오직 문으로 치세를 하겠다고!
        그… 네놈의 한심하고 치기 어린 생각이 이리 만든 것이야!!
        아무 죄도 없는 내 사람을 이리 죽인 것이야!!

내가 아니라… 너다…. 내가 아니라… 네놈이 죽였다!!

젊은 이도　(가까이 다가가 비아냥대듯) 허면… 아직도 늦진 않았다.
　　　　　(귀에 대고) 이방원의 무덤에 가서, 눈물을 흘리며 (차가운 미소로) 사죄해라.

이도　　　(거칠게 젊은 이도의 멱살을 잡으며) 이놈!! (분노로 노려보며)

젊은 이도　(차가운 미소로) 이방원이 왜 이방원인가? 이도가 왜 이도인가?
　　　　　그것밖에 되지 않으니, 이도인 게지? (하고 깔깔 웃는다)

이도　　　그만!!

하고 보면, 아무도 없다. 멍하게 숨을 고르는 이도.
어둡고 빈 집현전. 고독한 왕이다.

#59. 반촌 검안소 밖 반촌 일각(밤)
검안소로 들어가는 소이의 모습.
일각에서 보고 있는 채윤, 박포.

박포　　　(놀라고 의아) 검안소 아냐? 저긴 왜 가지?

채윤　　　(강한 의구심으로 보는데)

cut. to – 검안소에서 나오는 소이. 간다.
의아한 채윤, 박포. 소이가 사라지자 검안소 안으로 들어간다.

#60. 반촌 검안소(밤)
한쪽에 펼쳐진 약재 봉지가 보이고,
가리온은 잔치에 쓰는 눌린 쇠머리고기를 면포에 정성스레 싸고 있다.
이때 들이닥치는 채윤과 박포.

채윤　　　(바로 가리온의 팔을 비틀며) 뭐야?

박포　　　(어슬렁어슬렁 도축소를 뒤지고)

가리온　　아이구…, 다짜고짜 뭐냐니요?

박포　　　(면포를 풀어 머리고기를 보며) 뭐야 이건?

가리온　　그건… 성균관…. (하고 말하려는데)

채윤	그 나인… 소이…. 이 밤중에 여길 왜 왔어?
가리온	아이구…, 가끔 옵니다요.
채윤	(더 비틀며) 그러니까… 가끔 왜?
가리온	(으아악) … 저기 보십쇼!! 산조인하고… 때죽나무 가지러 왔습니다요.
박포	(펼쳐진 약재 만지며) 산조인하고 때죽나무?
채윤	(약재를 흘깃 보고는 아는 듯) …!
	(팔 풀며) 산조인은 각성약재고 때죽나무는 마취약재잖아?
가리온	아뇨…. 산조인을 볶아 드시면 수면약재입니다요.
	불면이 심하시니… 볶아 드시겠죠.
채윤	때죽나무는?
가리온	사나흘도 못 주무실 때가 있으니… 어쩌겠습니까?
채윤	그렇다고 실신 지경이 되는 약재를 먹는단 말야?
가리온	예…, 워낙 불면이 심하셔요.
채윤	……. (뭔가 아는 듯한 표정인데)

#61. 길 일각(밤)
가는 채윤, 박포.

박포	불면은… 젠장….
	게을러서 그래. 낮에 빡세게 움직여봐. 잠이 안 오나.
채윤	불면… 아냐.
박포	뭐? 어떻게 알아?
채윤	나도… 먹었던 거니까. (하고는 앞서 가는데)
박포	(뭐야? 하는 듯이 보며 따라간다)

#62. 궁 일각, 몽타주(밤)
걷는 이도. 따르는 무리들.
침전 앞으로 가는 소이. 불이 꺼져 있다.
돌아서는 소이. 그런 소이를 보는 채윤. 따른다.
이런 세 명의 모습이 음악과 함께 흐른다.

#63. 궁녀 밖 처소(밤)

자신의 방으로 들어가는 소이. 일각에서 보는 채윤.

이내 세필 붓과 빈 서책을 들고 나오는 소이. 보는 채윤.

다시 처소 옆 부엌으로 들어가는 소이. 보는 채윤.

이내 바가지에 물을 떠서 나오는 소이. 보는 채윤.

빈 서책과 물을 가지고 나온 소이,

처소 근처의 횃불이 밝혀진 곳 옆으로 가 앉는다.

그리고는 가리온에게 받아온 산조인을 생으로 몇 알 입에 털어넣고

물을 마신다. 보는 채윤.

그리고는 빈 서책을 펴더니 세필 붓으로 뭔가를 적기 시작하는 소이.

적던 소이, 다시 산조인 몇 알을 입에 넣으려는데.

채윤   (E) 하지 마세요.

소이   (놀라서 벌떡 일어나 노려본다) …….

채윤   산조인은 볶아 먹으면 잠이 잘 오지만,

         그냥 먹으면 잠을 안 오게 하죠.

소이   (화난 듯 노려보며) …….

채윤   때죽나무는 마취약재라, 사람을 실신하듯 자게 하여 범죄에 많이 쓰이구요.

소이   (노려보고) …….

채윤   궐의 일이니… 상관 말라는 겁니까…?

소이   (노려보며 획 들어가려 하며) …….

채윤   하긴… 제가 상관할 일은 아니지요….

         (하고 돌아서 가다가 다시 돌아서며) 자는 게… 무섭습니까?

그 말에 돌아가려다 멈춘 소이의 뒷모습이 채윤의 시선으로 보인다.

채윤   무슨 일이 있었기에… 자는 게 그리 무섭습니까?

소이   (천천히 돌아보며) ……!

채윤   (보며) …….

소이   (보며) …….

채윤   (어색한 듯 표정 풀며) 그렇게 산조인으로 잠 안 자고 버티다가,

　　　　　　때죽나무를 먹고 죽은 듯이 쓰러지고… 그거…
　　　　　　못 버팁니다. 다른 길을 찾으세요….
소이　　　(채윤 보고) …….

　　　　　　채윤, 돌아서 가려는데,
　　　　　　그의 앞에 서 있는 무휼과 내금위 군관들 몇.
　　　　　　놀란 채윤. 놀란 소이.
　　　　　　이때 무휼과 군관들 뒤로 서 있는 이도의 모습이 드러나고….

이도　　　너는 그것을 어찌 아느냐?

　　　　　　놀라는 채윤과 소이. 바로 부복하는 채윤.
　　　　　　무휼은 잔뜩 긴장한 채 칼을 잡으며 이도 옆에 바짝 붙는데…

이도　　　어찌 알았냐는데두?
채윤　　　…….
소이　　　… (역시 채윤을 본다) …….
이도　　　… (채윤 보고) …….
채윤　　　… 저도 그런 적이 있습니다.
소이　　　……!
이도　　　어찌하여…?
채윤　　　…….
이도　　　버티지 못할 것을 어찌 먹었느냐…?
채윤　　　… 소인 대신 제 아비가 죽었습니다. 그다음에 그리 됐습니다.
이도　　　… (그랬구나) ……!
소이　　　… (자신의 경험과 비슷하여 본다) ……!
이도　　　아비가 그리도 그리웠느냐?
채윤　　　아니요. 무서웠습니다.
이도　　　(보는데) ……?
채윤　　　제겐 아부지가 세상 전부였습니다.
　　　　　　헌데 갑자기 혼자가 되었으니… 그것이 무서웠고…

그날이 그날 같던… 평범하던 날….

이도   …….

채윤   아무 죄도 없는 아부지를…

아무 이유도 없이 죽일 수 있는…

세상이… 무서웠습니다.

이도   …….

채윤   혹여 잠이라도 들면… 아비가 무서운 모습으로 나타났습니다.

이유라도 알려달라며… 왜 죽었는지 이유라도… 알려달라며….

이도   (그런 채윤을 깊은 자책감으로 본다)

소이   … (채윤을 보고) …….

이도   … (그렇게 보다가) … 어찌 고쳤느냐?

소이   (역시 채윤을 보는데)

채윤   … (이도를 또렷이 보며) 아비를 그렇게 한, 사람에 대한,

복수를 결심하고 나서… 끊었습니다.

이도   (본다)

채윤   …….

이도   그리… 마음을 먹으니… 몸도 마음도 편하고 쉽더냐?

채윤   (보다가는) ……. 아닙니다.

복수를 준비해야 하니 몸은 더 힘들고…

모든 인생을 그것에 바쳐야 하는 제 마음은 더 참혹했습니다.

이도   헌데… 어찌 그 길을 가느냐?

채윤   …….

이도   …….

채윤   결심이 왜 결심이겠습니까.

그 결심이 빠진 소인은, 소인이 아닙니다.

이도   ……!

ins. cut - 58씬.

젊은 이도 이방원이 왜 이방원인가? 이도가 왜 이도인가?

이도	… (혼잣말) 결심이 빠진 나는 내가 아니다…?
채윤	그만큼… 절박했고… 그만큼… 분노했고… 그만큼…
	의로운… 결심이었으니까요.
이도	… 그만큼… 절박했고…
채윤	…….
이도	그만큼… 분노했고…
채윤	…….
이도	그만큼… 의로웠다…!
	너의 결심은…?
채윤	… 예.
이도	(마음의 소리 E) … 그만큼이었구나…, 노비 똘복의 결심은….
채윤	…….

이도가 돌아서 가려 한다. 무휼도 궁녀들도… 움직이려는데…
가다 말고 멈추는 이도. 멈추는 무휼과 궁녀들.
채윤, 부복한 채로 '왜 멈추지' 하고 보는데,
이도, 멈춘 채로 조금 있다가 뭔가 결심한 듯 입가에 미소가 번진다.
그러고는 돌아선다.

이도	넌 너의 길을 계속 가거라.

놀라는 무휼, 보는 채윤, 보는 소이, 이도를 보는 채윤.
이도, 다시 뒤돌아선다.

이도	(돌아선 채 결연한 미소를 띠며, 마음의 소리 E) 난 나의 길을 갈 것이다.

작가판 시놉시스
I

기획 의도

제작 방향

배경 노트 1_ 반촌

배경 노트 2_ 글자방

한글을 창제한 왕! 세종의 이야기다

우리에게 세종은 아버지 태종의 칼부림으로 잔잔해진 조선을 이어받은, 애민정신으로 가득 찬 성군이라는 이미지밖에 없다. 그러나 세종은 조선이 창업한 지 겨우 26년째에 왕위에 올랐다. 태종의 힘으로 권력은 쟁취했으나, 신하들의 이해관계와 백성들의 기대 속에서 '나라의 꼴을 어떻게 갖출 것인가?' 하는 문제는 여전히 남아 있던 시기. 그 임무를 부여받은 자가 세종이다. 즉 자신을 포함해 자신의 선조들을 찬탈자로 만들 것인가, 아니면 일국의 시조로 만들 것인가를 세종이 판가름하게 된 것이다.

초조함에 시달렸을 세종. 그런 세종이 왕으로서의 임무를 행하던 마지막에 한글을 만든 이유는 무엇일까?

이 드라마는 실록에 나와 있지 않은 한글 창제 과정, 한글을 창제하게 된 이유와 배경, 또한 창제를 반대한 세력의 반대 이유와 배경 들을 유추·창작한다. '세종은 어떤 조선을 꿈꿨는지', 또한 그것을 이룩하는 과정에서 어떤 고뇌를 했는지 등을 통해 우리가 생각하지 못했던 세종의 이면을 보여주고, 세종을 재해석하려 한다.

한글을 처음으로 접하게 되는 백성의 대표! 채윤의 이야기다

백성을 사랑하기에 한글을 만든다는 왕이 있고, 같은 이유로 한글을 반대하는 사대부도 있다. 그러나 왕과 사대부 공히 언급하는 백성은 과연 한글에 대해 어떤 입장과 생각을 가졌을 것인가? 이는 어디에도 나와 있지 않다.

이 드라마는 조선 사회에서 가장 핍박받았던 신분인 노비 채윤을 통해 백성은 한글을 어떻게 받아들였으며, 왜 한글을 창제하려는 왕과 연합하여 대항세력에 맞서 싸워나갔는지를 보려 한다. 이는 비록 왕이 만들었으나 결국 백성의 것이 된 한글! 지금도 정치·경제·문화 등 모든 영역에서 한글을 쓰며 살아가고 있는 현대의 시청자들에게 한글의 현재적 의미를 생각하게 할 것이다.

이 드라마는 또한 사랑 이야기다

초조하고 고독한 왕! 들끓는 격정으로 가득한 노비! 그리고 잘못된 형태로 표출하고 있을지언정 조선의 건국이념을 굳건한 사상으로 삼고 있는 사대부 출신 자객! 또한 본의 아니게 한글 창제의 중심에 서게 된 노비 출신 궁녀! 이 드라마는 이 네 명 간의 연민과 신뢰, 그리고 대결 등이 어우러진 사랑 이야기다.

조선은 성리학의 나라이며, 사대부의 나라이며, 정도전의 나라다

정도전은 비록 반역자로 몰렸으나, 조선의 어느 누구도 정도전의 〈조선경국전〉에서 자유롭지 않았다. 그러나 그동안 수많은 조선시대 사극은 정도전이 만든 체계의 실체와 핵심을 다루는 데 소홀했던 것이 사실이다.

이 드라마는 경연 제도와 사헌부·사간원·홍문관 제도 등을 핵심으로 삼아 왕권을 제한하고 현대의 내각제와 흡사한 재상총재, 즉 영의정을 수반으로 하는 정치체제를 만들었던 정도전의 사상과 이상을 보여준다. 그럼으로써 오늘날 대한민국 국민인 시청자들에게 우리 조상들이 이 나라를 한 걸음 더 전진시키려 얼마나 노력했는가와 그 위대함을 보여주고자 한다.

조선시대 사극으로는 처음으로 반촌(泮村)을 주요 무대로 설정한다

반촌은 반인(泮人)들이 사는 곳이다. 우리나라에 처음으로 유학을 들여온 안향(安珦)의 유학교 노비들이 반인의 시초다. 반인들은 노비임에도 안향의 사당을 모시고, 조선 유학의 산실인 성균관 유생들의 모든 일을 다 처리해주었다.

또한 그들이 사는 반촌은 성균관 유생들의 고시촌으로, 급진적인 사상을 가진 유생들의 비밀결사 장소로도 쓰였다. 유생들에게만은 쇠고기를 먹여야 한다는 나라의 명에 따라 한양 안에서는 유일하게 도축이 가능한 곳이기도 했다.

유학자들과 친밀도를 쌓은 반인들은 사대부들의 호위무사나 결사조직의 행동요원이 되기도 했다. 또 반촌은 정계로 나간 유생들의 특별 보호로 인해 죄인이 숨어들어도 함부로 수색하지 못하는 금역의 공간이 되었다.

비록 노비촌이나, 유학촌이고 금역 공간이며 재물을 쌓을 수 있던 공간! 조선 사회 이면의 이 묘한 공간을 통해 시청자들에게 볼거리와 흥미를 제공하고자 한다.

이 드라마는 무술 사극이다

원작은 연쇄 살인 사건을 중심으로 한 추리극 형태이지만, 이 드라마에서는 각각의 살인 사건을 세종이 업적을 하나씩 이루어가는 과정과 결부시켜 추리 수사적 요소를 약화시키고, 대신 세종의 비밀결사조직과 반대세력 결사조직 간의 싸움을 장쾌한 액션으로 풀 것이다. 이를 통해 시청자들에게 시원함과 장쾌함을 선사하고자 한다.

사실적인 고증 _ 역사적 사실에서는 벗어난 설정을 토대로 하고 있지만, 조선 초의 제도와 풍속에 최대한 사실성을 더하여 제반 고증에 최선을 다한다.

디테일한 세트 _ 대형 왕궁 세트는 기존 세트를 개량해 쓰되, 극중 이야기가 벌어지는 실제 장소인 집현전(학사들 학습실, 도서관, 경연장, 숙소), 주자소, 장서각, 향원지, 경회루, 강녕전, 비밀 장소들, 성균관 노비들의 마을 반촌(유생들 고시촌, 도축장, 각종 공작소) 등은 실(實) 건축방법으로, 디테일에 최대한 주의를 기울여 오픈 세트를 세운다.

세종 시대를 살리는 소도구 _ 세종 시대에는 그동안 조선 사극에서 보여주지 않았던 의상, 장신구, 천문학 기구, 한글 창제에 필요했던 자료, 악기, 활자 기구, 신기전을 비롯한 무기 등, 수많은 소도구들이 존재한다. 이에 최대한 실제의 것과 똑같이 하되 현대적 세련미를 첨가하여 '단군 이래 최고의 시기'였던 세종 시대를 되살린다.

드라마만의 특색을 살린다 _ 원작은 미스터리 추리극의 형태를 띠고 있으나, 이를 최대한 약화시키고 인물 성공 드라마의 특색을 투입한다. 감정 이입을 위한 아역 시절, 회별 에피소드와 빠른 전개, 독창적인 캐릭터 설정, 끊임없는 볼거리 제공 등을 드라마 구성의 핵심요소로 정하고, 밝고 화사한 색채감을 TV 화면의 특징으로 삼아, 추리적 요소 때문에 어려움을 느낄 수 있는 장년층도 사랑할 수 있는 사극(史劇)을 만든다.

반촌(泮村)이란?

성균관을 다른 말로 반궁이라 한다. 이는 중국 고대 주나라 때 천자의 나라에 설립한 학교를 벽옹(辟雍)이라 하고 제후국에 세워진 학교를 반궁(泮宮)이라 한 데서 유래했다. 조선의 반촌은 고려 말 안향이 자기 집안의 노비 100명을 나라에 희사하여 성균관을 도운 데서 비롯됐는데, 조선이 한양으로 도읍을 옮길 때 개성의 반촌 노비들도 모두 성균관을 따라 내려와 성균관 옆에 마을을 이루어 살기 시작했다. 이들은 성균관의 관노로 유생들의 모든 생활을 보필하며, 반촌 북쪽에 제단을 세우고 안향의 제사를 지내는 등 유학자들 같은 의식을 일부 지녔다. 그러나 실제 삶은 소를 도축하는 백정이었으며, 노비 이상도 이하도 아닌 자들이었다.

반촌의 구역

실제 반촌은 현재의 성균관에서 응란교(지금은 비석만 있음)까지였던 것으로 추정되며, 중간에 있는 길을 중심으로 동반촌과 서반촌으로 나뉘어 있었다고 한다. 드라마에서는 다음과 같이 세 구역을 설정하고자 한다.

반촌굴 : 성균관 유생들의 의식주에 필요한 모든 것을 준비하고 만드는 곳이다. 즉 200명에 이르는 성균관 유생들의 세 끼 식사와 옷 등 각종 생활용품들을 해결해주기 위한 기초 작업장.

위에서 보면 좌우에 연속적으로 펼쳐진 차양들만 보일 뿐이다. 그러나 반촌굴 안으로 길을 따라 걸어 들어가면, 짚신과 가죽신 만드는 곳 – 옷과 갓 만드는 곳 – 참숯가마(숯 만드는 곳) – 그릇과 칼 만드는 곳 – 음식 재료를 다듬고 정리하는 곳 – 닭 키우는 곳 – 돼지 도축하는 곳 – 소 도축하는 곳 등이 죽 나열되어 있다. 그러나 장터처럼 밝고 화려한 분위기가 아니라 음산하고 칙칙하며 뭔가 은밀한 느낌이다. 특히 도축장의 경우, 폐쇄된 공간이 따로 있다.

또한 이 반촌굴의 외곽은 각종 물건들을 들여와 놓아두는 집하장으로 이용돼 어수선하기도 하다. 나라의 물건이기에 도난사고가 있으면 반촌민 전체에게 해가 될 수 있다. 때문에 자체적인 규율이 매우 엄격하다.

반촌가 : 반촌민들이 실제로 사는 집들. 초가집이 아니라 토막집이다. 토막집은 흔히 움막 또는 움집이라고 하는 것으로, 땅을 파서 그곳에 방을 들이고 풀이나 짚으로 지붕을 이은 집이다. 지금의 반지하방과 같은 모습이었으면 한다. 이는 기존 초가 민가보다 독립적이고 폐쇄적이어서 남의 얘기를 엿듣기 어려운 구조다. 유생들의 비밀을 많이 알고 있는 반촌민들의 주거 공간으로, 유생이나 양반들의 밀실로 이용되던 곳으로 적합할 듯하다.

반촌 세트장 전경.

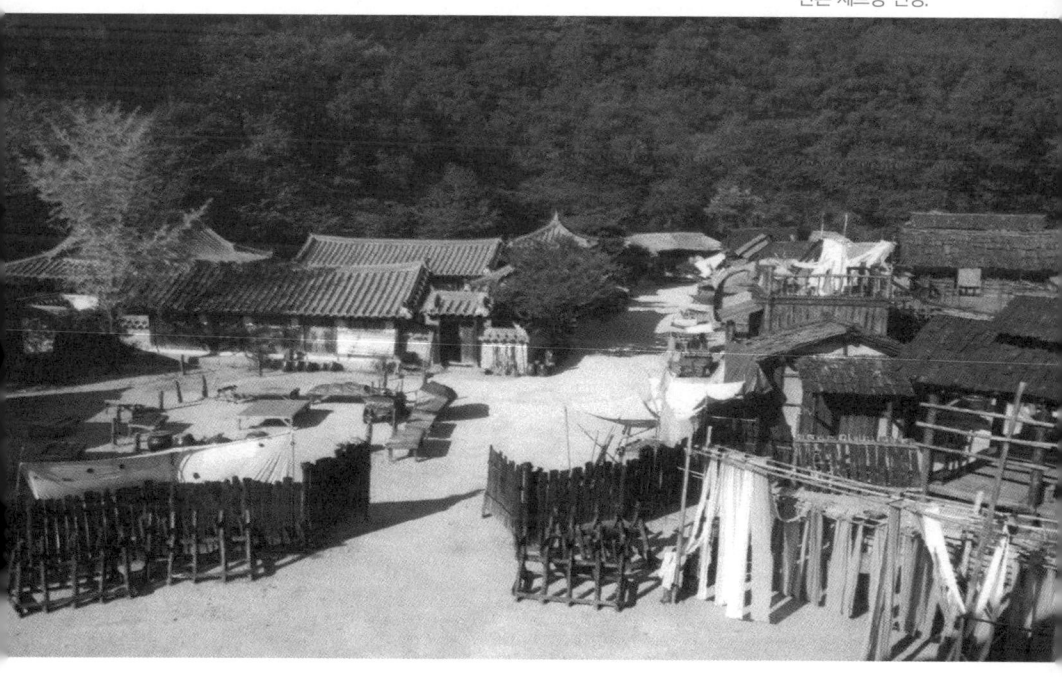

안향 사당 : 반촌굴과 반촌가에서 조금 떨어진 북쪽에 장승숲이 있다. 장승 10여 개와 20여 개의 방상시탈(方相氏탈 : 무덤 속의 악귀를 쫓는다는, 눈이 네 개 달린 귀신탈. 보통 탈보다 훨씬 크다)이 여기저기 흩어져 있어 을씨년스런 분위기를 풍기는 곳이다. 이 숲을 따라 들어가면 안향의 사당이 있다. 장승숲에서 안향 사당까지는 인간만 다니는 인도(人道)와 오로지 귀신들만 다닌다는 신도(神道)가 나뉘어 있어 혹여라도 사람이 신도를 밟으면 큰 사달이 벌어진다.

이곳은 현재 반촌민의 수장 격인 도담댁이 관장하고 있기 때문에, 제사를 지낼 때 외에는 아무도 들어올 수 없다. 그래서 정기준 일파의 은밀한 회합 장소로 쓰이거나 무기 등을 놓아두는 곳으로 이용되고 있다.

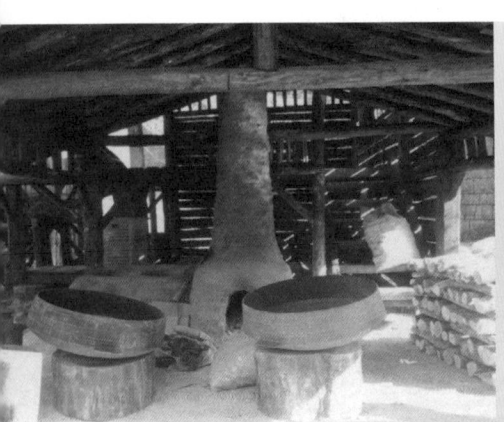
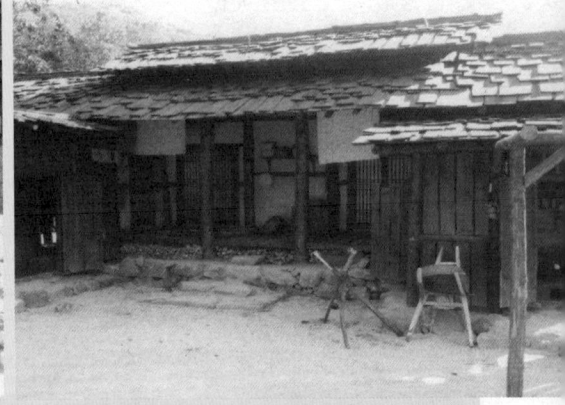
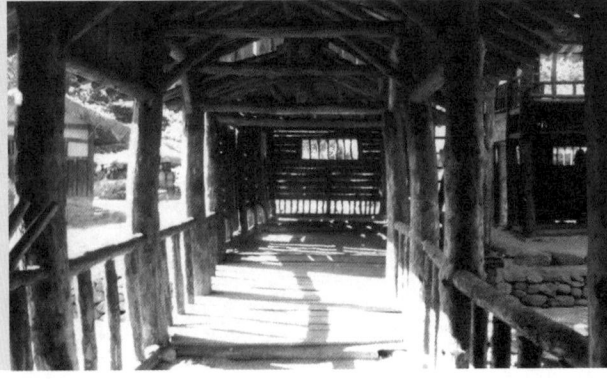

왼쪽 위부터 화덕 모습.
채윤의 집. 검안소 가는 길.

반촌민들의 생활

새벽 3시 기상 시각에 맞춰 일어난 반촌민들은 두 패로 나뉘어 일부는 성균관으로, 일부는 반촌굴로 간다.

성균관으로 간 반촌민들은 5시에 유생들을 깨우고, 그들의 세숫물을 받아놓고 유생들의 아침 운동을 도와준 뒤, 유생들이 자신의 방으로 들어가 아침 공부를 하는 동안 뒤처리를 담당한다.

반촌굴로 간 반촌민들이 전날 준비된 식재료를 성균관 부엌으로 옮기면, 대기하고 있던 여자 반촌민들이 음식을 만든다. 7시에 유생들의 아침 식사를 식당에 차려준 뒤, 모두 밥을 먹고 나면 그 뒤처리를 담당한다. 이어서 점심, 저녁을 계속 준비해야 하며, 유생들의 기숙사인 동재·서재의 청소와 빨래 등 각종 뒷일을 모두 처리한다.

또 신발이나 옷 따위를 수선하거나 만들어주고, 이튿날 먹을 식재료를 다듬거나 유생들의 글공부 종이를 세초해준다. 도축을 해야 하는 자들은 실려온 소나 돼지 등을 도축하는 등 맡은 역할에 맞게 자신의 일을 해야 한다.

밤이 되면 하루의 일과를 끝내게 되지만, 집에 돌아온다고 해서 일이 끝난 것은 아니다. 반촌민들의 은밀하고 중요한 일상은 오히려 밤부터 시작이다. 유생들과 밀접한 관련을 맺고 있기에…….

성균관의 경우, 〈사서삼경〉 이외의 모든 책을 금서로 취급했기 때문에 성균관 안에 둘 수 없다. 그러나 어린 학생들의 지적 호기심은 거기서 멈추지 않는다. 그래서 각종 금서를 구해오는 일을 맡기기도 하고, 또 그 금서를 빠른 시일 내에 돌려놓기 위해 반인들에게 필사를 시키는 일도 다반사다.

그러니 밤이 되면 성균관을 탈출하여 반촌으로 숨어든 유생들의 이런저런 뒤치다꺼리도 해야 하고, 몰래 금서를 읽으며 공부하는 모임의 보안을 위해 밤새 번도 서야 한다. 연애를 하는 유생, 집안을 돌봐야 하는 유생, 여인을 좋아하는 유생, 무술에 관심 있는 유생 등등 저마다 다른 유생들의 개인적인 일들을 모두 처리해주어야 한다.

또한 과거시험을 성균관 명륜당에서 보기 때문에 과거철이 되면 지방의 유생들이 몰려와 아예 기숙촌이 되니, 그 또한 보통 일은 아니다. 이러저러한 반촌민들의 특수성에 입각, 드라마에서는 그들 나름의 규율이 매우 강한 마을로 묘사할 예정.

반촌가의 규율

반촌굴로 들어오거나 성균관으로 들어가는 물건들에 대한 도둑질은 사형

이를 지키지 않아 도둑질이 빈번해질 경우, 반촌의 존립 자체가 위험해질 가능성이 있기 때문에 정도전이 죽은 뒤 도담댁이 반촌을 장악해가는 과정에서 만든 규율. 반촌의 물건을 관리하는 양현고 양반 관리들이 있으나, 그들보다도 훨씬 엄격한 규율을 적용한 것.

절대 중립과 발설 금지 원칙

반촌민들은 유생들의 정치적 사상을 알기 쉽다. 개중에는 위험한 사상을 품은 이들도 있고 심지어 역모를 꾸미는 자들도 있을 수 있으나, 그 어떠한 경우에도 조정에 발고하는 자는 사형이다.

이 또한 반촌의 존립과 관계가 있는 것으로, 역모 사건이나 정치적 파벌에 잘못 엮이면 마을 사람 거의 모두가 연결돼 있는 반촌민들의 몰살을 막을 길이 없기 때문이다. 따라서 옆집이나 뒷집에서 매일 밤 은밀한 모임이 벌어진다 해도 서로 알려고 하지 않아야 하며, 안다 해도 발설해서는 안 된다.

이는 양반들의 이해관계와도 일치한다. 유생들이나 양반들도 반촌의 이런 정황을 이용해 반촌을 활용하고 있기 때문이다. 반촌이 조정에서 공격당하면 조정과 뜻을 달리하는 양반은 다치게 된다. 그래서, 유생들이 정계로 진출한 뒤에도 조정의 병사들이 반촌을 수색하거나 공격하는 행위를 절대 못하도록 하고 있다.

결국 반촌은 죄인이 잠입해도 군사들이 뒤지지 못하는 금역 공간이 되었으며, 또한 외부인의 유입을 최대한 막는 공간이 되었다.

도담댁은 반촌을 장악하는 과정에서 정도전의 세력이 뿌리내릴 수 있도록 이런 특수성을 적극 이용했으며, 이방원이 정도전을 죽일 때 정도전의 위치를 알려준 반촌 노비를 사형시켰다.

또한 반촌에서는 사람을 죽여도 쥐도 새도 모르게 처리한다.

정식 명칭은 '경성전'. 세자 시절에는 방진을 하는 방이었으나, 왕이 되고 나서는 한글 창제를 준비하는 방으로 용도가 바뀌었다.

방진은 세자 이도가 아버지의 억압에서 도피하는 수단이었으며, '어떻게 아버지와는 다른 나의 조선을 만들 것인가'에 대한 답을 준 실마리이기도 했다.

방진을 접으며 "놀이는 끝났다"고 외친 이도. 왕이 된 뒤에는 방진방을 '이방원과는 다른, 이도의 조선'을 세우는 데 가장 중요한 일, '글자'를 만드는 방으로 바꾸었다.

글자방 서랍장 겉면(글자 배열 순서)

君 (군, ㄱ)	快 (쾌, ㅋ)	虯 (뀨, ㄲ)	業 (업, ㆁ)			呑 (·, 탄의 중성)	洪 (ㅗ, 홍의 중성)	覃 (ㅏ, 담의 중성)	君 (ㅜ, 군의 중성)	業 (ㅓ, 업의 중성)
那 (나, ㄴ)	斗 (두, ㄷ)	呑 (탄, ㅌ)	覃 (땀, ㄸ)			卽 (ㅡ, 즉의 중성)	欲 (ㅛ, 욕의 중성)	穰 (ㅑ, 양의 중성)	戌 (ㅠ, 술의 중성)	如 (ㅕ, 여)
彌 (미, ㅁ)	彆 (별, ㅂ)	漂 (표, ㅍ)	步 (뽀, ㅃ)		閭 (려, ㄹ)	ㅣ 侵(침)	義 (ㅢ, 의)	志 (ㅔ, 에)	愛 (ㅐ, 애)	禮 (ㅖ, 예)
欲 (욕, ㅇ)	挹 (읍, ㆆ)	虛 (허, ㅎ)	洪 (홍, ㆅ)				外 (ㅚ, 외)	倭 (ㅙ, 왜)	位 (ㅟ, 위)	
戌 (술, ㅅ)	卽 (즉, ㅈ)	侵 (침, ㅊ)	邪 (싸, ㅆ)	慈 (짜, ㅉ)	穰 (양, ㅿ)					

※표의 왼쪽에는 자음, 오른쪽(색칠한 부분)에는 모음이 표시되어 있다.
　자음 예 : 君(군, ㄱ)에서 군은 한자의 음이고, ㄱ은 그 칸의 대표 글자이다.
　모음 예 : 洪(ㅗ, 홍의 중성)에서 ㅗ는 그 칸에 들어갈 모음이고, 한자 '홍'의 가운뎃소리가 난다
　　　　는 뜻이다. ㅎ + ㅗ + ㅇ = 홍

글자방 1층에 위의 표와 같은 가로 11칸, 세로 5칸의 큰 서랍장을 설치하면 된다.

서랍장 겉면에는 표에 적힌 '한자'만 적어주면 된다(괄호 안 내용은 이해를 돕기 위해).

글자 도면 설명

자음 : 배열 순서는 윗줄부터 차례대로.

- 첫째 줄_아음(어금닛소리) ㄱ, ㅋ, ㄲ, ㆁ
- 둘째 줄_설음(혓소리) ㄴ, ㄷ, ㅌ, ㄸ
- 셋째 줄_순음(입술소리) ㅁ, ㅂ, ㅍ, ㅃ
- 넷째 줄_후음(목구멍소리) ㅇ, ㆆ, ㅎ, ㆅ,
- 다섯째 줄_치음(잇소리) ㅅ, ㅈ, ㅊ, ㅆ, ㅉ 의 순서이고, 그 옆줄에 빈설음 ㄹ과 반치음 ㅿ이 있다.

모음 : ·, ㅡ, ㅣ, ㅗ, ㅏ, ㅜ, ㅓ, ㅛ, ㅑ, ㅠ, ㅕ, ㅐ, ㅔ, ㅖ, ㅢ, ㅚ, ㅙ, ㅟ. 총 18개가 쓰여 있다.

서랍장 안 내용물 설명

서랍장 각각의 글자 칸을 열면 그 안에 종이가 수북이 쌓여 있는데, 종이에는 겉면에 적힌 글사로 시작하는 사물이 그려진 그림들이 있다.

예 : 君(군) 자가 적힌 문을 열면 그 안에 ㄱ 자로 시작하는 강, 개, 고드름, 구더기 등의 그림이 그려진 종이들이 들어 있다. 또한 각각의 그림 옆에는 작게 숫자가 매겨져 있다. 강(111), 개(112), 고드름(113), 이런 방식으로.

그림에 숫자 매기는 방식(세 자리 수)

- 君(군)_1번 계열 : 1로 시작하는 세 자리 수. 111, 112, 113…
- 那(나)_2번 계열 : 2로 시작하는 세 자리 수. 211, 212, 213…
- 彌(미)_3번 계열 : 3로 시작하는 세 자리 수. 311, 312, 313…
- 欲(욕)_4번 계열 : 4로 시작하는 세 자리 수. 411, 412, 413…

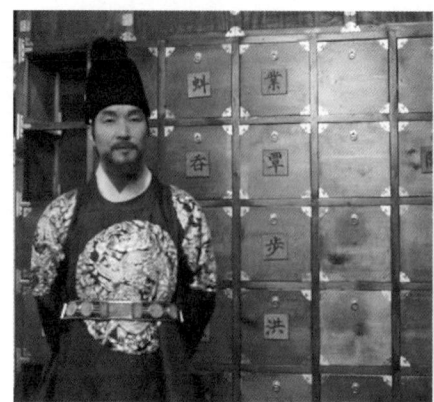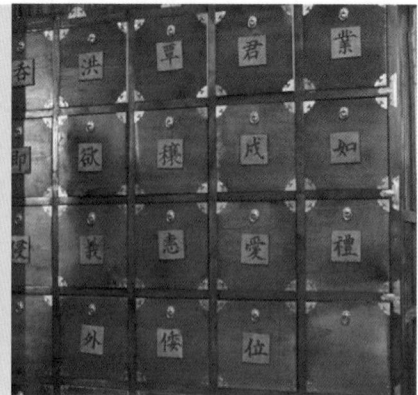

극중에 표현된 글자방 모습.

- 戌(술)_5번 계열 : 5로 시작하는 세 자리 수. 511, 512, 513…
- 모음 칸에도 위의 방식으로 그림과 세 자리 숫자가 적힌 종이가 들어 있다.

서랍장의 외형

옷장처럼 좌우로 여는 여닫이문 방식. 대표 글자가 적힌 한 칸의 서랍장을 좌우로 열면 그 안에 수북이 쌓인 그림이 보인다.

각 글자들이 적힌 서랍장은 1층을 채울 만큼 큰 서랍장이다. 2층에서부터 내려오는 비단 천으로 덮여 있다. 우선 궁녀들이 맨 앞줄에 세로로 드리워진 비단 천을 잡아당기면 위의 표에 적힌 맨 앞줄의 '君, 那, 彌, 欲, 戌' 한 줄이 드러나고, 나중에 궁녀들이 나머지 천을 벗겨내면 그 옆으로 이어진 서랍장의 전체 모습이 보인다.

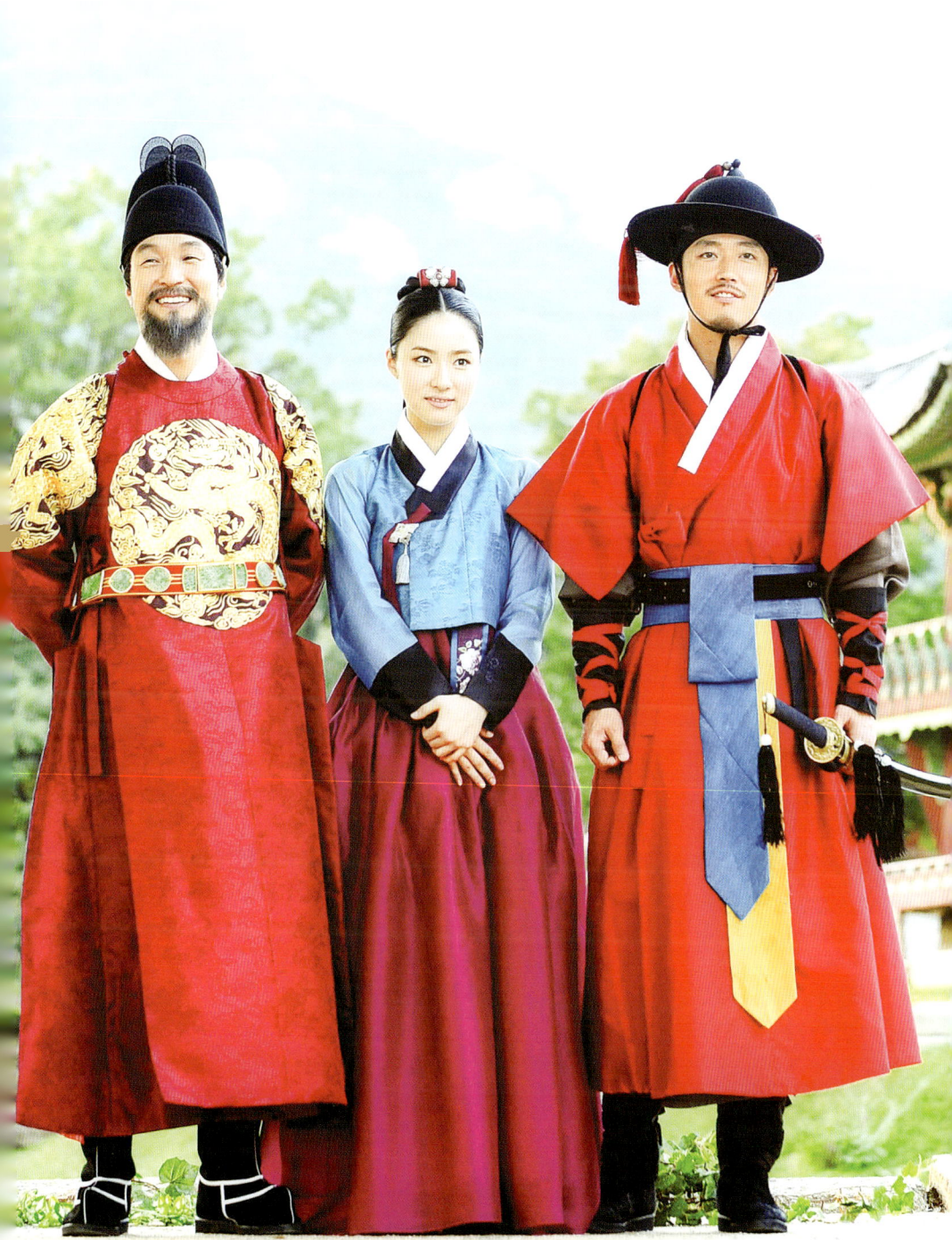

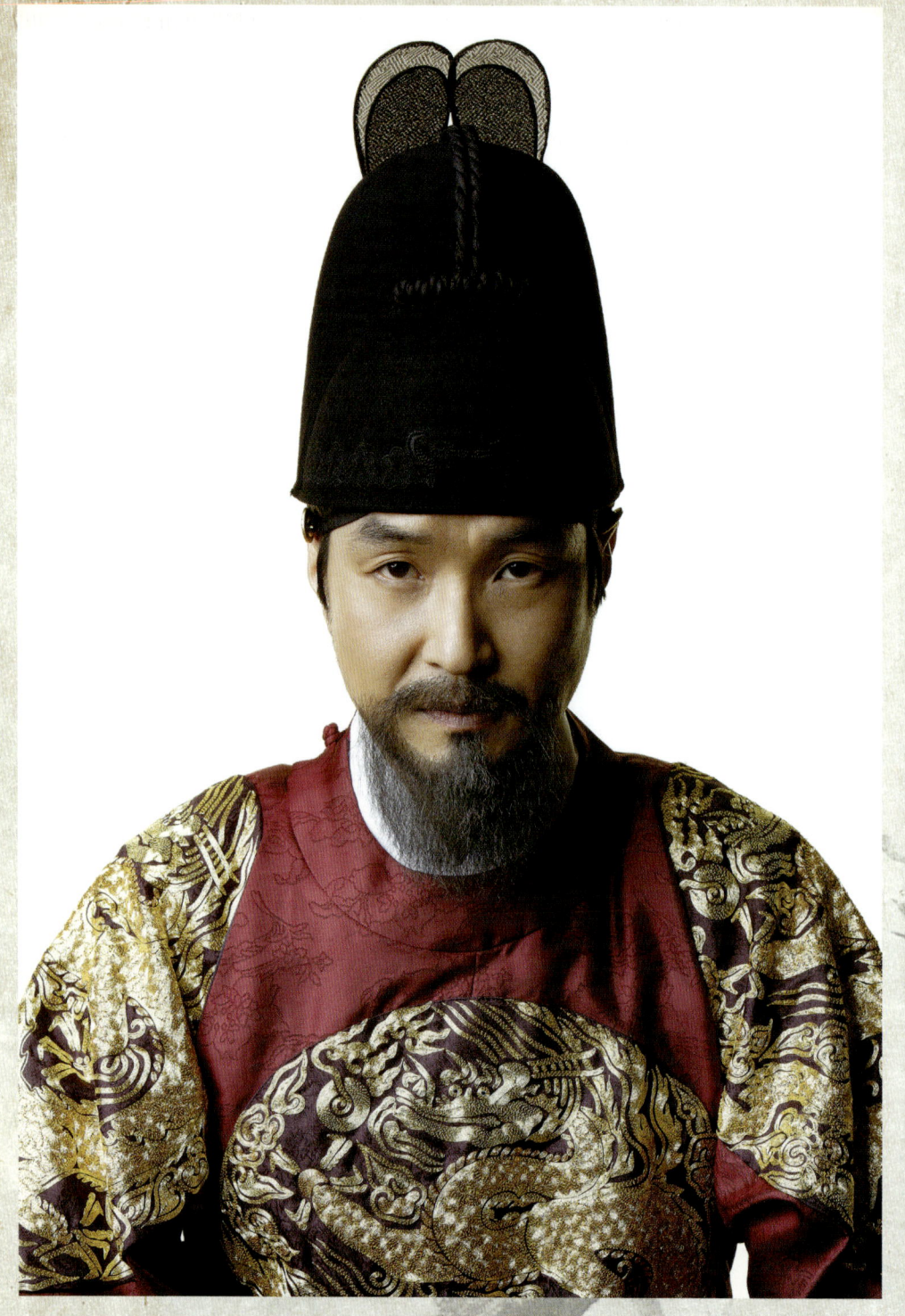

이제… 우리의 일을 그들 때문에 멈추지 않을 것이다.

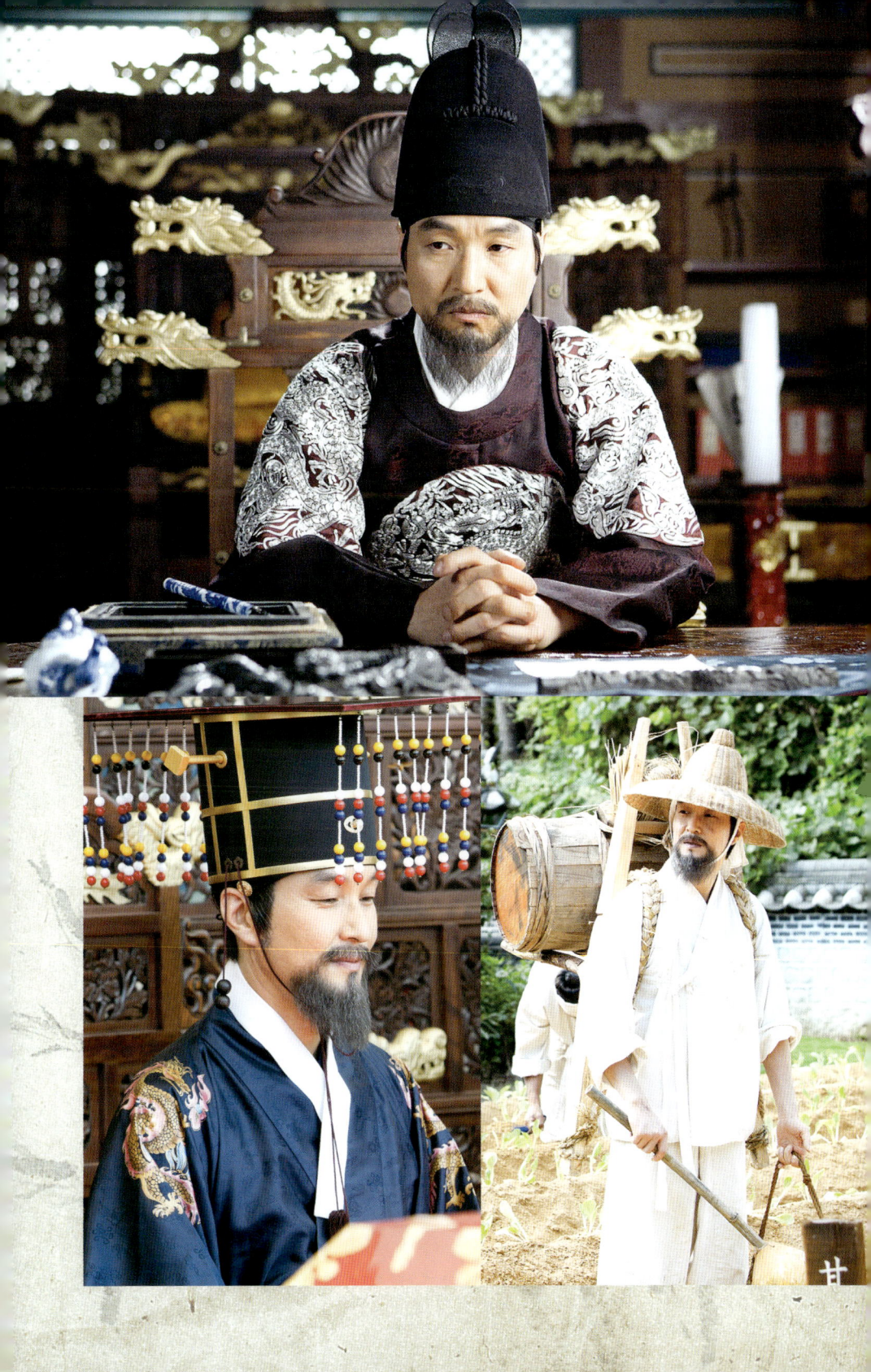

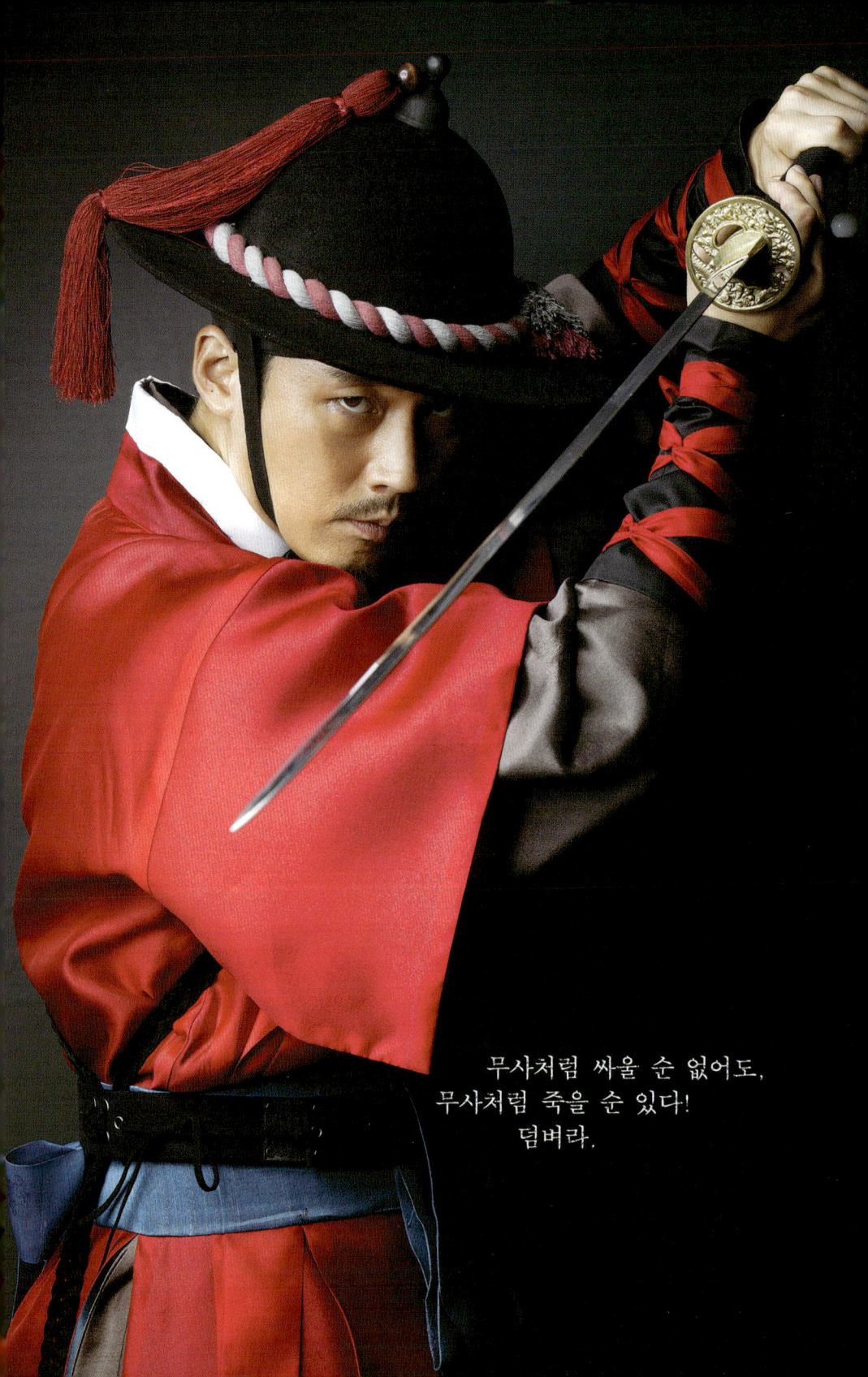

무사처럼 싸울 순 없어도,
무사처럼 죽을 순 있다!
덤벼라.

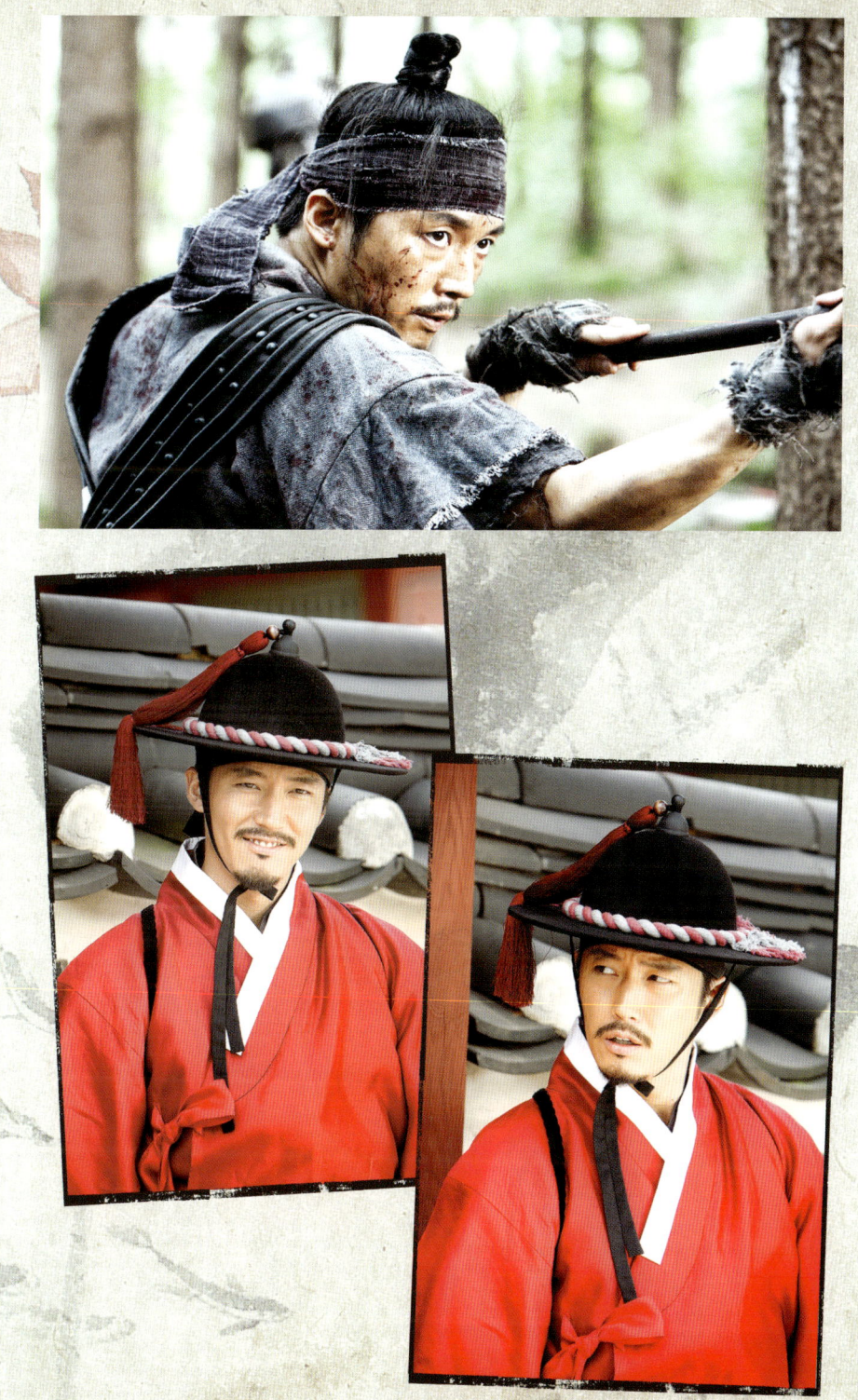

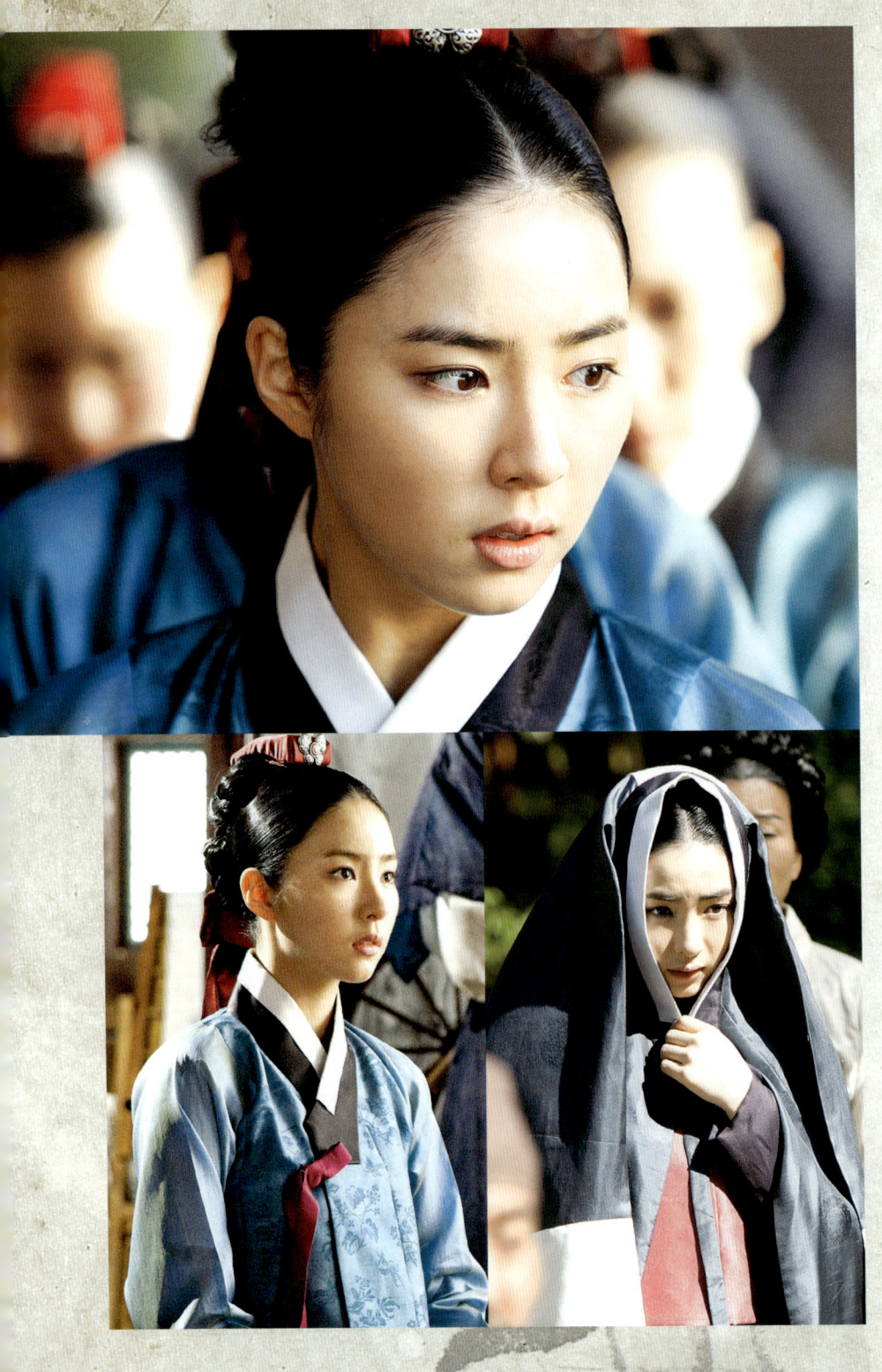

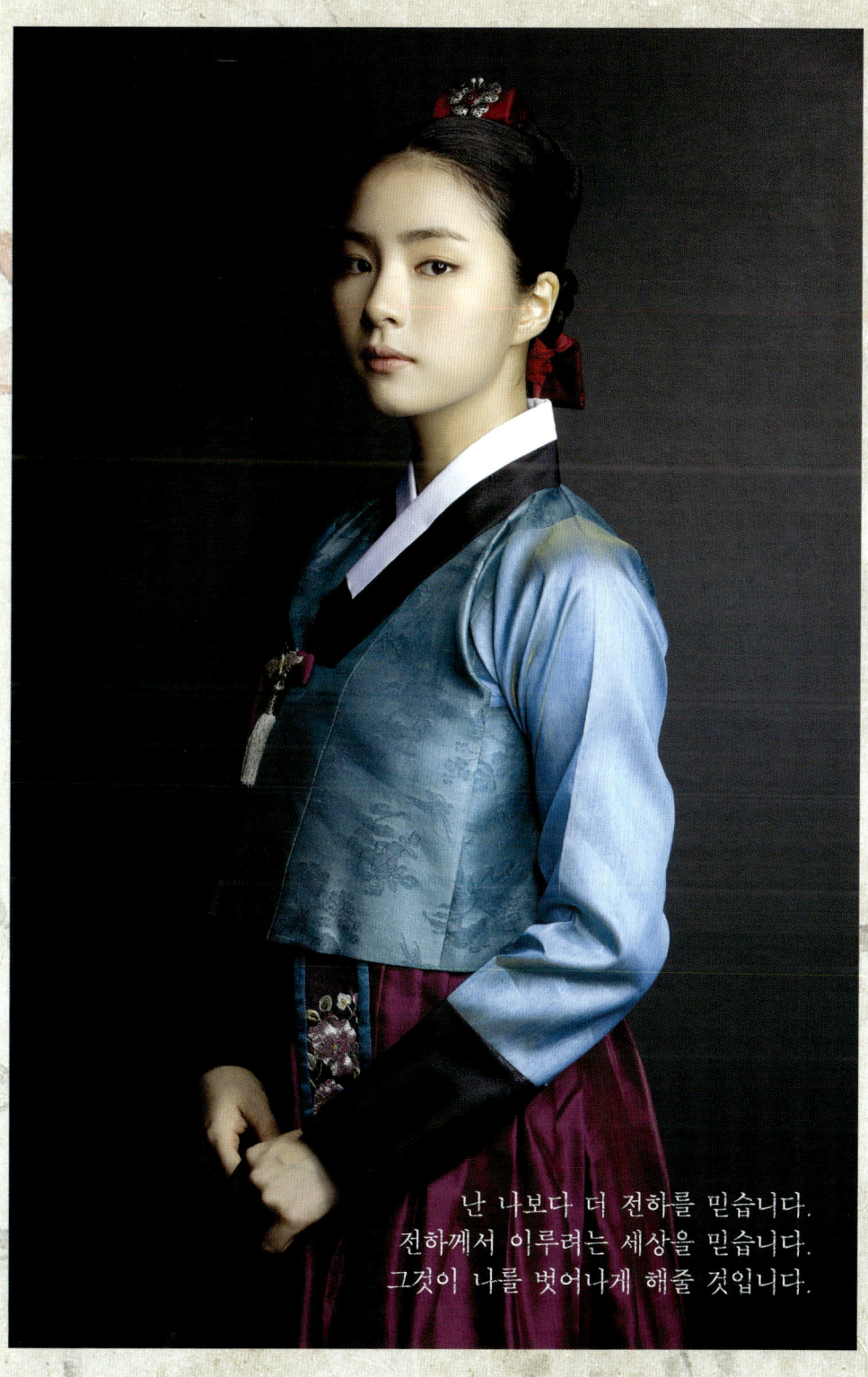

난 나보다 더 전하를 믿습니다.
전하께서 이루려는 세상을 믿습니다.
그것이 나를 벗어나게 해줄 것입니다.

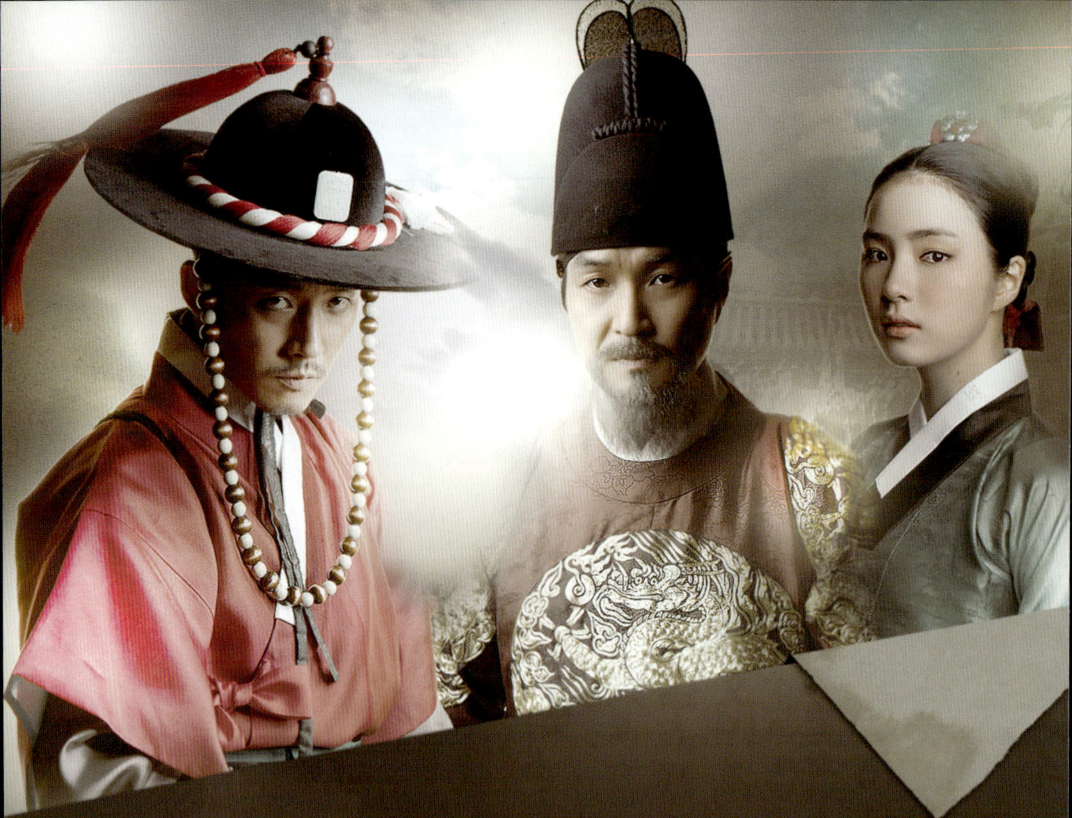

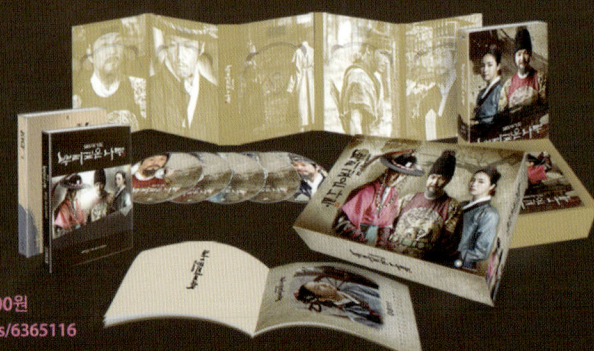